천일야화

# 천일야화 5
Les Mille et une nuits

**앙투안 갈랑 엮음**　임호경 옮김

**LES MILLE ET UNE NUITS**
**by ANTOINE GALLAND (1704~1717)**

### 일러두기

1. 이 책은 앙투안 갈랑의 『천일야화 Les mille et une nuits』를 대본으로 하여 번역하였습니다. 이는 갈랑이 14세기의 아랍어로 쓰인 사본을 토대로 작업한 여덟 권(1704~1709)과 알레포 출신의 마론파 교도인 한나가 들려준 이야기에 기초해 추가된 네 권(1712, 1717)이 합쳐진, 총 열두 권으로 구성되어 있습니다.
2. 『천일야화』는 아랍의 설화로 구성되어 있으나 앙투안 갈랑의 번안을 존중하여 인명, 지명 등의 고유명사는 프랑스어 발음을 따랐고, 관행적으로 굳어진 일부 용어(예: 알라딘←알라뎅Aladdin)의 경우에만 한글 맞춤법에 준하여 표기하였습니다.
3. 프랑스어판에서 갈랑과 편집자의 각주가 구분되지 않았으므로, 이 책에서도 구분 없이 모두 〈원주〉로 표기하였습니다. 그 외의 각주는 모두 옮긴이가 단 것입니다.
4. 본문 일러스트는 조판공 달지엘Dalziel 형제가 1864년 발행한 *Dalziel's Illustrated Arabian nights' entertainments*에 수록되어 있던 것으로, 이는 J. Millais(1829~1896), A. Houghton(1836~1875), T. Dalziel(1823~1906), J. Watson(1832~1892), J. Tenniel(1820~1914), G. Pinwell(1842~1875) 등 여섯 삽화가의 공동 작업입니다.

이 책은 실로 꿰매어 제본하는 정통적인 사철 방식으로 만들어졌습니다.
사철 방식으로 제본된 책은 오랫동안 보관해도 손상되지 않습니다.

## 알라딘과 신기한 램프 이야기
1399

## 칼리프 하룬알라시드의 모험
1567

### 장님 바바-압달라의 이야기
1576

### 시디 누만의 이야기
1593

### 코지아 하산 알하발의 이야기
1612

## 알리바바와 여종에게 몰살된 마흔 명의 도적 이야기
1655

## 바그다드 상인 알리 코지아 이야기
1711

# 알라딘과 신기한 램프 이야기
Histoire d'Aladdin

아부 하산의 이야기를 마친 셰에라자드 왕비는 술탄 샤리아에게 다음 날 이보다 더욱 재미있는 이야기를 해주겠노라고 약속했다. 그래서 그녀의 동생 디나르자드는 날이 밝기 전에 왕비를 깨우며, 어제 술탄께서도 기꺼이 듣고 싶다고 말씀하셨으니 어서 일어나 약속을 지켜 달라고 청했다. 이에 셰에라자드는 더 이상 뜸 들이지 않고 새로운 이야기를 시작했다.

폐하! 중국 대륙에 매우 부유하고도 영토가 넓은 한 왕국이 있었습니다. 그 왕국의 이름은 지금 정확히 기억할 수 없습니다만, 하여튼 그 수도에 무스타파라고 하는 양복장이가 살고 있었습니다. 양복장이 무스타파는 몹시 가난했고, 재단일을 통해 버는 것은 그와 아내 그리고 하느님이 부부에게 주신 아들, 이렇게 세 식구가 간신히 입에 풀칠할 정도에 지나지 않았습니다.

아들의 이름은 알라딘이라고 했는데, 빈한한 환경 탓에 교육을 제대로 받지 못하여 아주 못된 버릇들을 지니게 되었습니다. 고집이 세고 심술궂은 데다, 아버지와 어머니의 말도 듣지 않았습니다. 조금 덩치가 커진 후부터는 부모들이 그를 집 안에 잡아 놓을 수도 없었습니다. 아침부터 집을 나가 길거리며 광장을 쏘다니면서 자기보다도 나이가 어린 꼬마 개구쟁이들과 어울리며 하루 종일 놀다 오곤 했지요.

어느덧 알라딘도 자라나 일을 배워야 할 나이가 되었습니다. 다른 것을 가르칠 형편이 못 되었던 아버지는 아이를 가게에다 붙잡아 놓고 바늘 쓰는 법을 보이면서 가르치려 해보았습니다. 하지만 어르기도 하고 혼도 내 보았지만 산만하기 그지없는 아들의 마음을 붙잡는다는 건 불가능한 일이었습니다. 알라딘은 아버지의 바람대로 마음을 잡고 진득하니 앉아서 일에 열중하는 아이가 아니었던 것입니다. 무스타파가 잠시라도 고개를 돌리고 있으면 그대로 도망쳐 나가 하루 종일 돌아오지 않곤 했습니다. 여러 차례 벌을 주기도 했지만 알라딘은 도무지 고쳐지지 않는 아이였습니다. 결국 무스타파는 제멋대로인 아들을 그냥 내버려 둘 수밖에 없었습니다. 하지만 이로 인해 그는 크게 상심하게 되었고, 결국 병이 들어 몇 달 후에는 세상을 뜨고 말았습니다.

알라딘의 어머니는 아들이 도무지 선친의 유업을 이어받으려는 기미를 보이지 않자, 가게를 닫고 재봉 도구를 모두 팔아 버렸습니다. 그리고 자신이 목화 실을 자아 버는 몇 푼 안 되는 돈으로 아들과 근근이 살아갔습니다.

이제 알라딘은 세상에 무서울 것이 없었습니다. 아버지는 더 이상 계시지 않았고, 어머니는 아예 신경조차 쓰이지 않는 존재였던 것입니다. 어머니가 조금이라도 질책을 할라치면 도리어 성을 내며 그녀를 위협하려 들 정도였습니다. 이렇게 거치적거리는 것이 없게 된 그는 마음껏 방탕한 생활에 빠져들었습니다. 이제 그는 보다 나이 많은 아이들과 어울리며 이전보다도 더욱 정신없이 싸돌아다녔습니다. 나이가 열다섯이 되어서도 이런 일상은 계속되었고, 노는 것 외에는 아무 생각도 하지 않았습니다. 자신이 장차 무엇이 될 것인지 하는, 미래에 대한 고민 따위는 아예 관심 밖의 일이었죠.

그러던 어느 날이었습니다. 그가 한 무리의 부랑아들과 광장에서 놀고 있는데, 어떤 이방인이 광장을 지나다가 멈춰 서더니 그를 유심히 살펴보는 것이었습니다.

이 이방인으로 말씀드릴 것 같으면, 이 이야기를 쓴 작가들이 〈아프리카 마법사〉라는 이름으로 소개하는 악명 높은 마법사였습니다. 그래서 우리도 앞으로는 그를 이 이름으로 부르려 하는데, 이는 그가 실제로 고향 아프리카를 떠나 이곳에 도착한 지 이틀 밖에 안 된 진짜 아프리카 사람이므로, 매우 적합한 명칭이라 하겠습니다.

아프리카 마법사가 이 머나먼 중국 땅까지 찾아온 것은 어떤 은밀한 계획이 있었기 때문이었습니다. 그런데 관상학에 정통했던 그는 알라딘의 얼굴을 보고, 이 소년이 자신의 계획을 이루는 데 적합한 인물이라고 판단하게 되었습니다. 그래서 그는 주위의 사람들에게 물어 소년의 가족이며 성향 등에 대해 알아본 다음 그에게 다가왔습니다. 그러고는 그를 다른 아이들로부터 몇 걸음 떨어진 곳으로 데려가서 물었습니다.

「애야! 혹시 부친이 양복장이 무스타파가 아니냐?」

「맞아요, 아저씨! 하지만 이미 오래전에 돌아가신걸요.」

알라딘의 대답에, 아프리카 마법사는 그를 와락 껴안더니 눈물이 그렁그렁한 눈으로 한숨을 푹푹 내쉬면서 그의 얼굴에 연신 입을 맞추는 것이었습니다. 알라딘은 그에게 왜 이리 우는 거냐고 물었죠.

「아이고, 애야! 어찌 울지 않을 수 있겠니? 난 네 삼촌이란

다. 너의 선친이 바로 내 형님이야. 여러 해 전 나는 긴 여행을 떠났었고, 오늘 형님을 만나 재회의 기쁨을 나누려는 희망을 안고 돌아왔는데, 대체 이게 웬일이란 말이냐! 형님이 돌아가셨다니! 정말이지 그토록 고대하던 그 순간을 박탈당했다니, 이 가슴이 말할 수 없이 아프구나. 하지만 한 가지 위로가 되는 것은 너를 만났다는 사실이야. 넌 정말 돌아가신 형님을 쏙 빼닮았구나. 그래서 혹시나 하고 네게 말을 걸었는데 내 느낌이 틀리지 않았어.」

그는 허리에 찬 돈주머니에 손을 갖다 대면서 어머니는 어디 사시느냐고 물었습니다. 알라딘이 즉시 대답해 주자, 아프리카 마법사는 주머니에서 동전 몇 푼을 꺼내 주며 말했습니다.

「얘야! 가서 어머니께 내 안부를 전해 드려라! 그리고 만일 괜찮으시다면 내가 내일 찾아뵙겠다고 말씀드려라! 아아! 우리 착한 형님이 그렇게 오랫동안 살아오셨고, 또 숨을 거두신 곳을 한번 둘러봐야만 내 마음이 가라앉을 것 같구나.」

아프리카 마법사가 떠나가자, 졸지에 〈조카〉가 된 데다가 〈삼촌〉에게서 돈까지 받아 마냥 신이 난 알라딘은 즉시 어머니가 있는 집으로 달려갔습니다. 그는 집에 도착하자마자 소리쳤습니다.

「어머니! 제게도 삼촌이 계셨나요?」

「없어! 돌아가신 네 선친 쪽으로도, 내 쪽으로도 없다.」

「하지만 방금 어떤 분을 만났는데 자기가 내 친삼촌이래요. 분명히 아버지의 동생이라고 말하던데요? 심지어 아버지가 돌아가셨다고 하니까 울면서 나를 껴안기까지 했어요. 자, 그분이 주신 돈을 좀 보세요!」 알라딘은 손에 쥐고 있던 동전을 보여 주며 덧붙였습니다. 「제 말이 거짓말이 아닌 걸 아시겠죠? 그분은 엄마에게 안부 전해 달라고 당부하셨어요.

그리고 내일 시간이 되면 한번 방문하신대요. 아버님이 살아 오셨고 돌아가신 곳을 한번 보고 싶다나요?」

「애야! 네 선친께 동생이 하나 있긴 했었다. 하지만 오래전에 돌아가셨어. 그 외에 또 다른 동생이 있다는 말은 못 들어 봤는데……」

모자의 대화는 여기서 끝났고, 두 사람은 아프리카 마법사에 대해서 더 이상 얘기하지 않았습니다.

다음 날 알라딘이 도시의 다른 장소에서 다른 아이들과 놀고 있는데, 또다시 아프리카 마법사가 그에게 다가왔습니다. 그는 전날처럼 소년을 껴안아 준 후, 이번에는 금화 두 닢을 손에 쥐여 주고는 이렇게 말했습니다.

「애야! 이걸 네 어머니께 가져다 드려라. 그리고 내가 오늘 저녁 방문할 터이니 함께 식사를 할 수 있게끔 이 돈으로 찬거리라도 장만하라고 말씀드리거라. 하지만 우선 너희 집 위치부터 좀 알려 주련?」

알라딘이 집을 알려 주자, 아프리카 마법사는 다시 그를 떠나갔습니다.

알라딘은 금화 두 닢을 어머니에게 갖다 드렸습니다. 그가 삼촌의 뜻을 전하자, 어머니는 즉시 나가서 좋은 찬거리를 사왔지요. 집 안에 쓸 만한 그릇이 부족했으므로 이웃집에서 그릇들도 빌려 왔습니다. 그러고는 손님에게 대접할 음식 준비를 하느라 한나절을 보냈습니다. 저녁때가 되어 모든 준비를 마친 어머니는 알라딘에게 말했습니다.

「애야! 네 삼촌께서 우리 집을 못 찾고 계시는 것 아니냐? 네가 마중 나가서 모시고 오너라.」

아프리카 마법사에게 집의 위치를 분명히 알려 주긴 했지만, 그래도 알라딘은 어머니의 말에 따라 나가 보려 했습니다. 하지만 그럴 필요가 없었습니다. 누군가 문을 두드렸던 것입니다. 문을 열자 거기에는 아프리카 마법사가 서 있었습니다. 그의 손에는 만찬을 위한 것인 듯, 포도주 몇 병과 각종 과일이 들려 있었습니다.

아프리카 마법사는 가져온 것을 알라딘의 손에 들려 주고는 그의 어머니에게 인사했습니다. 그러고서 자기 형 무스타파는 살아 있을 적에 좌석의 어느 자리에 주로 앉았느냐고 물었습니다. 그녀가 자리를 가리키자, 그는 즉시 엎드려 그곳에 무수히 입을 맞추더니 눈에 눈물을 가득 담고 외쳤습니다.

「아, 불쌍한 형님! 내가 조금만 더 일찍 돌아왔더라면 형님을 한 번 더 안아 볼 수 있었을 텐데!」

알라딘의 어머니는 상석인 그 자리에 앉으라고 권했지만 그는 극구 사양했습니다.

「아닙니다! 그렇게 하지 않으렵니다. 대신 이렇게 형님의 자리와 마주 보고 앉아도 되겠습니까? 비록 한 가족의 가장으로서 위엄 있게 앉아 계신 그분의 모습을 직접 뵐 수는 없지만, 이렇게라도 하고 있으면 마치 형님이 앞에 계신 듯한 느낌이 들거든요.」

알라딘의 어머니는 더 이상 권하지 않고, 그가 원하는 자리에 앉게 해주었습니다. 이렇게 아프리카 마법사는 자신이 선택한 자리에 앉아 알라딘의 어머니와 이야기하기 시작했습니다.

「형수님! 형님과 사는 동안 저에 대한 얘기를 듣지 못했다고 하여 이상하게 생각하지 마세요! 제가 저와 형님의 고향인 이 나라를 떠났던 게 벌써 마흔 해 전입니다. 그때부터 저는 인도, 페르시아, 아라비아, 시리아, 이집트 등을 거치며 여러 도시에 체류한 후 아프리카에 이르렀고, 거기서 아주 오랫동안 살았답니다. 하지만 아무리 고향에서 멀리 떨어진 곳에 있다 해도 우리 인간들이란 결국 고향과 자신을 키워 준 사람들, 그리고 함께 자라난 사람들을 그리워하게 되는 법입니다. 저 역시 고향을 다시 보고, 그리운 형님을 만나 꼭 껴안고 싶은 간절한 바람을 느끼게 되었습니다. 또한 긴 여행을 견뎌 낼 수 있을 만한 힘과 용기가 아직 남아 있을 때 결행하는 게 좋겠다고 생각하여, 즉시 행장을 꾸려 길을 떠나온 것입니다. 그 여행길이 얼마나 길었는지, 그리고 도중에 마주쳐야 했던 그 모든 장애물과 겪어야 했던 그 모든 고통이 어떠했는지에 대해선 상세히 말씀드리지 않겠습니다. 하지만 이것 하나만은 말씀드리고 싶습니다. 이 힘든 여행 중에서도 저를 가장 슬프고 고통스럽게 만든 것은 다름 아닌, 사랑하는 형님이 돌아가셨다는 소식이었습니다. 제가 항상 진정한 피앗으로 사랑했던 그 형님께서 말입니다! 그런데 형수님의 아들 조카의 얼굴을 보니 형님을 쏙 빼닮았더군요. 여러 아이들 틈에 섞여 있었지만 한눈에 알아볼 수 있을 정도였습니다. 저 애에게 물어보십시오! 그분이 더 이상 이 세상 사람이 아니라는 소식을 듣고 제가 얼마나 슬퍼했는지! 하지만 우리는 모든 일 가운데 하느님을 찬양해야 합니다. 형님의 특징을 고스란히 지니고 있는 이 아이의 모습이 제 마음에 여간 위로가 되지 않더군요!」

아프리카 마법사는 알라딘의 어머니가 죽은 남편을 생각하며 눈물짓는 것을 보고는 화제를 돌리고자, 알라딘을 돌아보며 이름을 물었습니다.

「제 이름은 알라딘이에요.」

「그래, 알라딘! 넌 무슨 일을 하고 있느냐? 어떤 직업이라도 있느냐?」

이 질문에 알라딘은 당황하여 고개를 푹 숙였습니다. 그러자 어머니가 냉큼 끼어들며 말했습니다.

「알라딘은 천하의 게으름뱅이예요. 저 애 아버지가 살아 있을 적에 재봉 일을 가르쳐 주려고 얼마나 애를 쓰셨는지 모릅니다. 하지만 아무 소용이 없었지요. 그분이 죽고 난 이후에는 제가 아무리 잔소리를 해도, 삼촌께서도 보셨겠지만 동네 꼬마들하고 어울려 싸돌아다니는 게 일이었지요. 이젠 자기도 어린애가 아니라는 걸 아는지 모르는지! 오늘 삼촌께서 정신을 차리게끔 호되게 꾸짖어 주시지 않는다면 결국은 아무짝에도 쓸모가 없는 인간이 될 거예요. 돌아가신 부친이 아무것도 남긴 게 없어서, 이 어미가 온종일 목화 실을 자아 근근이 연명하고 있다는 사실을 뻔히 알면서도 저러고 있죠. 난 조만간에 저 녀석을 내쫓아 버릴 거예요. 어디 자기를 받아 줄 다른 집이 있는지 찾아보라죠, 뭐.」

알라딘의 어머니가 눈물을 흘리며 말하자, 아프리카 마법사는 알라딘에게 말했습니다.

「조카, 그러면 안 되지! 이젠 너도 자립해서 자기 먹을 것을 벌 궁리를 해야 해. 이 세상에는 여러 종류의 일이 있으니, 그중에 너의 적성에 맞는 것이 있는지 한번 찾아보거라! 아마 네 선친께서 하시던 일은 네 취향이 아니었겠지. 그렇다면 네게 적합한 다른 일이 있을 게다. 자, 이 삼촌이 도와줄 테니, 네 생각을 솔직히 얘기해 보거라!」

그러나 알라딘은 아무 대답이 없었습니다.

「음······. 특별한 전문 기술은 배우기 싫은 모양이구나. 그래도 신사가 되고는 싶겠지? 좋아! 그렇다면 삼촌이 값비싼 직물이며 고운 천이 가득한 포목점을 하나 열어 주마. 너는 그 상품들을 팔아 돈을 벌고, 또 그 돈으로 다른 상품을 사는 거야. 이런 식으로 넌 떳떳하고도 품위 있게 살아갈 수 있을 것이다. 자, 내 제안을 잘 생각해 보고 네 생각을 솔직히 말해 다오. 난 언제든 약속을 지킬 준비가 되어 있으니.」

알라딘은 그 제안이 아주 마음에 들었습니다. 그도 보고

들은 게 있던 터라, 그런 종류의 가게들이 얼마나 멋지고 사람들로 북적거리는지, 또 멋진 옷을 차려입고 거기서 일하는 상인들이 얼마나 선망의 대상이 되는지 익히 알고 있었지요. 손을 사용하는 천한 일 따위는 그의 눈에 차지 않았던 것입니다. 그는 아프리카 마법사에게 속마음을 털어놓았습니다. 자신의 성향은 수공업보다는 상업 쪽에 끌리는 듯하며, 삼촌이 도와준다면 그의 은혜에 평생 감사하며 살겠다고 말입니다. 아프리카 마법사는 다시 말했습니다.

「그 직업이 네 마음에 들겠니? 좋다! 내일 너를 데려가 이 도시에서 가장 큰 상인의 것 같은 멋지고도 값비싼 옷을 사서 입혀 주마. 그리고 모레에는 가게를 열도록 하자!」

사실 그때까지 알라딘의 어머니는 스스로 남편의 동생이라 주장하는 아프리카 마법사의 말을 반신반의하고 있었습니다. 하지만 그가 이처럼 아들에게 큰 은혜를 베풀겠다고 약속하자 모든 의심은 눈같이 녹아 버렸습니다. 그녀는 그의 후의에 무수히 감사했습니다. 또 알라딘에게는 삼촌의 은혜에 부끄럽지 않은 사람이 되라고 격려한 후, 음식을 내왔습니다. 세 사람은 알라딘의 장래에 대한 이야기를 나누며 시종 화기애애한 분위기 속에서 식사를 했습니다. 그렇게 밤이 꽤 깊어지자, 마법사는 모자에게 작별을 고하고 물러갔습니다.

다음 날 아침, 아프리카 마법사는 약속대로 양복장이 무스타파의 미망인의 집에 다시 찾아왔습니다. 그는 알라딘을 데리고 다양한 연령과 신분의 사람들을 위한 의복이며 온갖 고운 천들을 파는 큰 상점에 갔습니다. 그는 알라딘의 체격에 맞는 옷들을 가져오게 하여 그중 마음에 드는 옷들은 한쪽에 골라 놓고 스스로 보기에 멋지지 않은 옷들은 물리친 다음, 알라딘에게 말했습니다.

「자, 조카야! 이 옷들 가운데 네 마음에 드는 것을 골라

보렴!」

새로 생긴 삼촌의 후한 마음 씀씀이에 감격한 알라딘은 옷 하나를 골랐고, 마법사는 그것을 샀습니다. 또한 모자와 신발 등 옷에 갖춰 입는 의상 일습도 고르게 한 후, 이 모든 것의 값을 에누리 없이 지불했습니다.

머리끝에서 발끝까지 멋지게 차려입은 알라딘이 그의 삼촌에게 온갖 감사의 말을 늘어놓자, 마법사는 자신은 결코 그를 저버리지 않을 것이며 항상 곁에서 도와주겠노라고 약속했습니다. 과연 그는 알라딘을 도시의 가장 번화한 장소들, 특히 돈 많은 상인의 가게들이 모여 있는 곳으로 데려갔습니다. 가장 값비싼 천들이며 귀한 직물들을 파는 상점들이 줄지어 있는 거리에 이르자, 그는 알라딘에게 말했습니다.

「너도 얼마 후에는 이 사람들 같은 상인이 될 거야. 그러니 이런 곳을 부지런히 드나들며 사람들을 사귀어 두는 것이 좋을 거다.」

또한 그는 크고 아름다운 모스크들을 구경시켜 주었고, 외국 상인들이 머무는 칸이며, 술탄의 궁전 중 일반인의 출입이 허용된 장소에도 데리고 갔습니다. 이렇게 도시의 가장 멋진 장소들을 돌아다닌 후, 두 사람은 마법사가 세내어 묵고 있는 칸으로 갔습니다. 거기에는 그가 여기 도착했을 때부터 알고 지내던 외국 상인 몇 사람이 있었는데, 아프리카 마법사는 이들 모두를 초대하여 푸짐한 음식을 대접하면서 자기 조카를 소개해 주었습니다.

이 연회는 저녁이 되어서야 끝났습니다. 알라딘은 삼촌에게 작별을 고하고 집으로 돌아가려 했습니다. 하지만 아프리카 마법사는 그를 혼자 보내지 않고 몸소 집까지 데려다 주었습니다. 아들이 옷을 멋지게 차려입고 돌아오자 어머니는 기뻐서 어쩔 줄 몰랐습니다. 그녀는 자기 아들을 위해 이처럼 많은

돈을 쓴 고마운 마법사에게 수만 가지 축복을 기원했습니다.

「고마우신 도련님! 이 큰 은혜에 어떻게 감사해야 할지 모르겠어요. 더욱이 제 아들은 이런 은혜를 받을 자격도 없는 놈인데……. 만일 저 애가 감사한 마음을 갖지 않고, 이렇게 어엿한 기반을 마련해 주려 애쓰신 삼촌의 기대에 부응하기 위해 노력하지 않는다면, 정말이지 형편없는 놈일 거여요. 다시 한 번 진심으로 감사드리고, 저 녀석이 은혜 갚을 기회를 누리기 위해서라도 정말 오래오래 사시길 기원합니다. 하기야 최선의 보답은 삼촌의 훌륭하신 충고에 따라 제 한 몸 잘 간수하는 일이겠지만요.」

「알라딘은 착한 아이입니다.」 아프리카 마법사가 대답했습니다. 「내 말을 잘 듣고 있으니 모든 게 잘 되어 나갈 것입니다. 한 가지 제가 속상한 점은, 알라딘에게 약속한 것을 내일 당장 해줄 수 없게 되었다는 사실입니다. 내일은 금요일이라 모든 상점이 문을 닫기 때문이죠. 가게를 얻을 수도 없고, 그 안을 채울 물건을 살 수도 없습니다. 상인들이 모두 놀 생각만 할 테니 말입니다. 그래서 그 일은 모레인 토요일로 미뤄야겠습니다. 하지만 나는 내일도 와서 알라딘을 데리고 성 밖 공원들을 구경시켜 주려 합니다. 의젓한 신사들이 산책하며 즐기는 곳이죠. 저 아이는 사람들이 그런 곳에서 어떤 식으로 즐기는지 본 적이 없을 겁니다. 지금까지는 코흘리개들하고나 놀았으니까요. 하지만 이제는 어른들의 세계를 배워야 합니다.」

아프리카 마법사는 모자에게 작별을 고하고 물러갔습니다. 집에 남은 알라딘은 하늘로 날아오를 것만 같았습니다. 멋진 옷을 차려입어 벌써부터 정신을 못 차릴 정도인데, 내일은 도성 근방의 공원들을 신나게 돌아다닌다니! 사실 알라딘은 지금까지 성 밖에 나가 본 적도, 아름답고 쾌적하기로 소문난 인근 지역을 구경해 본 적도 없었던 것입니다.

다음 날 아침, 알라딘은 새벽부터 일어나 옷을 입고 삼촌이 오기만을 기다렸습니다. 어서 빨리 공원으로 달려가고 싶은 그에게는 기다리는 일분일초가 마치 몇 시간처럼 길게 느껴졌습니다. 급기야는 대문 밖에 나가 길에 서서 목을 쭉 빼고 삼촌이 오는지 살펴볼 정도였죠. 마침내 저쪽에서 삼촌의 모습이 보이자, 알라딘은 급히 어머니에게 작별을 고한 후 문을 닫고 그에게로 달려갔습니다.

아프리카 마법사는 인자한 미소를 띠고 알라딘의 머리를 연신 쓰다듬어 주며 말했습니다.

「자, 가자, 애야! 오늘 삼촌이 아주 멋진 것들을 구경시켜 주마!」

그는 알라딘을 성문 밖으로 데리고 나가, 크고 멋진 집들이 군데군데 서 있는 전원으로 인도했습니다. 집이라기보다는 오히려 궁전이라는 표현이 더 어울릴 그 건물들 각각에는 몹시 아름다운 정원이 딸려 있었으며, 그 입구는 모든 사람에게 개방되어 있었습니다. 아프리카 마법사는 궁전을 하나 만날 때마다 알라딘을 향해 어떠냐고 물어보았고, 흥분한 알라딘은 소리쳤습니다.

「삼촌! 이 궁전이 앞에서 본 것들보다 훨씬 더 멋져요!」

이런 식으로 두 사람은 점점 전원 깊은 곳으로 들어갔습니다. 하지만 교활한 마법사의 가슴에 품은 음흉한 계획을 이루기 위해서는 좀 더 멀리 가야 할 필요가 있었습니다. 그래서 그는 일단 약간의 휴식을 위해 정원에 들어갔죠. 그가 자리를 잡은 곳은 청동 사자상의 아가리에서 콸콸 흘러나오는 맑은 물로 채워진 널찍한 인공 연못 옆이었습니다. 무엇보다도 알라딘으로 하여금 휴식을 취하게 하려는 목적이었던 마법사는 몹시 피곤하다는 듯, 털썩 주저앉으며 말했습니다.

「아이고, 죽겠다! 너도 몹시 힘들지? 여기서 잠시 쉬며 힘을 회복하자꾸나! 그러고 나면 남은 산책이 한결 수월할 거다.」

두 사람이 자리에 앉자, 아프리카 마법사는 허리춤에 맨 보따리에서 미리 준비해 놓은 떡이며 각종 과일을 꺼내 연못가에 늘어놓았습니다. 그는 떡 하나를 알라딘에게 나눠 주며, 과일은 입맛에 맞는 것으로 골라 먹으라고 권했습니다. 이렇게 간단한 식사를 하며, 마법사는 알라딘에게 더 이상 아이들과 어울리지 말고 대신 현명하고도 진중한 어른들을 가까이할 것과, 그들의 말을 듣고 그들과의 유익한 대화를 통해 뭔가를 배우라고 권고했습니다.

「너도 조금 있으면 어른이 아니냐? 이제는 의젓한 어른처럼 말하고 행동하는 것을 훈련해야지. 그건 이를수록 좋다.」

식사를 마친 그들은 다시 정원들을 가로질러 걷기 시작했습니다. 서로 맞닿아 있는 정원들은 길고 야트막한 구덩이로 구분될 따름이었죠. 그 도성의 주민들은 심성이 순박하여 그 정도의 간단한 구획으로 충분했던 것입니다. 그렇게 걸으면서 아프리카 마법사는 슬그머니 정원 지대를 벗어나, 황량한 들판을 지나쳐 산지 근처에까지 이르렀습니다.

태어나서 이렇게 오래 걸어 본 적이 없는 알라딘은 녹초가 되어 버렸습니다. 그는 헐떡이면서 말했습니다.

「삼촌! 우리 어디로 가는 거죠? 벌써 오래전에 정원 지대를 벗어났고 주위엔 험한 산들밖에 없어요. 더 가면 힘이 다 빠져 버려 집에 못 돌아갈 수도 있잖아요?」

「힘을 내라, 조카야!」 가짜 삼촌이 대답했습니다. 「지금까지 본 것들보다 훨씬 더 아름다운 정원을 보여 줄 테니. 조금만 더 가면 된다. 너도 그곳을 보면 말하게 될 거다. 〈여기까지 와서 이렇게 멋진 곳을 못 보고 갔으면 정말 억울할 뻔했어요〉라고 말이다.」

결국 알라딘은 설득되었고, 마법사는 그를 아주 먼 곳까지 끌고 갈 수 있었습니다. 그는 길을 가는 내내 알라딘이 피로와 지루함을 잊을 수 있도록 여러 가지 재미있는 이야기를 들려주었습니다.

마침내 그들은 좁다란 골짜기로 나뉜, 높이가 엇비슷한 두 개의 펑퍼짐한 언덕 사이에 당도했습니다. 마법사가 아프리카 끝에 있는 고향을 떠나 이 머나먼 중국 땅까지 온 까닭은, 바로 이 골짜기에서 그가 품은 엄청난 계획을 이루기 위함이었던 것입니다. 그는 알라딘에게 말했습니다.

「자, 여기서 멈추자. 넌 여기서 이 세상 그 누구도 본 적이 없는 엄청난 것들을 보게 될 거고, 그 놀랍고도 신기한 것들을 보고 나면 내게 정말로 고맙다고 말할 거야. 자, 나는 불을 피우고 있을 테니, 넌 가서 마른 덤불들을 모아 오거라.」

그렇게 마법사가 부싯돌을 두드려 불을 피우는 동안, 알라딘은 주위에 지천으로 널려 있는 마른 덤불을 긁어 한 아름 안고 왔습니다. 덤불 더미에 불이 붙어 활활 타오르기 시작하자 마법사는 준비해 온 향유를 그 위에 뿌렸습니다. 거기서는 곧 짙은 연기가 피어올랐고, 마법사는 알라딘으로서는 전혀 알아들을 수 없는 마법의 주문을 중얼거리며 연기를 사방에 퍼지게 했습니다.

그때였습니다. 두 사람 앞쪽의 땅이 약간 진동하는가 싶더니, 땅에 묻혀 있던 석판 하나가 모습을 드러냈습니다. 지면에서 한 자쯤 되는 깊이에 나타난 그것은 가로세로가 한 자 반 정도 되는 정사각형 형태였으며, 중앙에는 청동 고리가 달려 있어 손으로 들어 올릴 수 있게 되어 있었습니다. 너무나도 이상한 일이 눈앞에서 벌어지자 겁에 질린 알라딘은 그대로 달아나려 했습니다. 하지만 그가 꼭 필요했던 마법사는 그를 붙잡았습니다. 그러고서 알라딘을 호되게 꾸짖으며 따귀까지 철썩 한 대 올렸습니다. 얼마나 호되게 때렸던지 땅바닥에 입을 박고 그대로 고꾸라진 알라딘의 앞니가 부러져 나갈 뻔했지요. 불쌍한 알라딘은 눈물을 글썽이며 벌벌 떨면서 소리쳤습니다.

「내가 어떻게 했다고 이렇게 때리는 거예요?」

「이렇게 하는 데에는 다 이유가 있어! 난 네 삼촌이고, 지금은 네 아버지나 마찬가지다. 그러니 함부로 말대꾸하지 마! ……하지만, 애야!」 마법사는 어조를 약간 누그러뜨리며 덧붙였습니다. 「걱정하지 마라. 넌 내가 시키는 대로만 하면 된단 말이다. 또 그래야 내가 네게 주려는 굉장한 것들을 받을 자격이 있지.」

마법사의 감언이설은 알라딘의 두렵고 분한 마음을 어느

정도 진정시켰습니다. 잠시 후, 알라딘의 마음이 완전히 가라앉자 마법사가 다시 말했습니다.

「아까 내가 향유를 태우고 주문을 외워서 어떻게 했는지 잘 보았겠지? 자, 이제 내가 한 가지 엄청난 사실을 알려 주마. 여기 보이는 이 돌 아래에는 보물이 숨겨져 있단다. 그건 다 네 거고, 너를 이 세상에서 가장 돈 많은 왕보다 더 큰 부자로 만들어 줄 수 있어. 그런데 말이다. 이 돌을 들어 올려 이 속에 들어갈 수 있는 사람은 이 세상에서 오직 하나, 바로 너뿐이란다. 심지어는 나도 이 돌을 만질 수 없고, 입구가 열려도 들어갈 수 없지. 자, 그러니 이제부터 내가 하는 말을 잘 듣고 그대로 해야 해! 이건 너에게나 나에게 극히 중요한 일이야!」

자신을 영원히 행복하게 해줄 보물이 있다는 소리에 알라딘은 뺨을 맞은 것도 잊어버리고 벌떡 일어서며 말했습니다.

「어떻게 하면 되는데요? 말만 하세요, 삼촌! 무슨 일이라도 할게요.」

「오오, 그래, 얘야! 정말 잘 생각했다!」 마법사는 그를 안아 주며 말했습니다. 「자, 이쪽으로 와보거라! 그리고 이 고리를 잡아서 번쩍 들어 올리렴!」

「안 돼요! 이건 너무 무거워요! 삼촌이 도와주셔야 해요.」

「아냐! 너 혼자서도 할 수 있어. 게다가 내가 도와주면 모든 게 수포로 돌아간단 말이다. 반드시 너 혼자서 들어 올려야 해. 자, 이렇게 해라! 네 아버지와 할아버지의 이름을 부른 다음, 고리를 잡고 들어 올려 보거라! 그러면 쉽게 들릴 거야.」

알라딘은 마법사가 말한 대로 해보았습니다. 과연 그는 돌을 쉽게 들어 올려 옆에다 내려놓을 수 있었죠.

돌을 치우자 깊이가 서너 자 되는 움이 드러났는데, 그 아래에는 지하 계단으로 통하는 작은 문이 보였습니다. 그러자 마법사는 알라딘에게 다시 말했습니다.

「자, 내가 하는 말을 잘 들어라! 이 지하 계단을 따라 내려가거라. 끝까지 내려가면 문이 하나 열려 있는데, 그것은 궁륭형 천장으로 된 큰 지하 공간으로 통해 있을 거다. 그 문으로 들어가라! 곧 넓은 홀 세 개가 차례로 나타날 텐데, 각 방 안에는 금과 은이 가득 담겨 있는 장독만 한 청동 항아리가 좌우에 네 개씩 놓여 있을 거다. 하지만 절대로 그걸 건드려서는 안 돼. 그리고 첫 번째 홀에 들어가기 전에 네가 입고 있는 통옷 자락을 들어 올려 허리춤에 단단히 묶어 놓아야 한다. 그런 차림으로 멈추지 말고 세 개의 홀을 곧장 통과해라! 이때 옷자락이 절대 벽에 닿아서는 안 된다. 닿으면 그 즉시 죽음이니까. 바로 이 때문에 옷자락을 걷어 허리춤에 묶어 두라고 말한 거야. 그렇게 세 번째 홀의 끝까지 가면, 거기에 다시 문이 하나 나올 거다. 탐스러운 과일이 주렁주렁 열린 나무들이 있는 정원으로 통하는 입구지. 그 정원을 가로질러 계속 걸어가! 그러면 마침내 높직한 테라스가 나올 거고, 쉰 계단을 걸어 그 위에 올라가면 움푹하게 파인 곳에 불이 켜져 있는 램프 하나가 보일 거다. 램프를 집어 들고 불을 끈 다음, 심지는 빼서 내버리고 속에 있는 액체는 땅에다 부어 버려. 그다음엔 램프를 품에 넣어 내게 가져오면 되는 거야. 옷을 더럽힐까 봐 걱정할 필요는 없다. 액체는 기름이 아닐뿐더러, 액체를 빼는 즉시 램프가 말라 버릴 테니까. 돌아오는 길에는 과일을 얼마든지 따도 상관없어. 그건 금지된 게 아니거든.」

말을 마친 후, 마법사는 자기 손가락에 끼고 있던 반지를 빼내어 알라딘의 손가락에 끼워 주었습니다. 그것은 혹시 알라딘에게 닥칠지 모르는 만일의 위험에 대비하여 빌려 주는 신물(神物)이었죠.

「자, 알라딘, 무서워 말고 가거라! 이제 우리 둘 다 부자가 되는 거라고!」

알라딘은 지하 통로로 깡총 뛰어내려, 곧 계단 아래까지 내려갔습니다. 과연 세 개의 홀이 나오자, 그는 마법사가 지시한 것을 어기지 않으려 극도로 조심하면서 그곳을 지나갔습니다. 그는 정원을 곧장 통과해 테라스에 올랐으며, 움푹한 곳에 놓인 램프를 집어 들어 심지를 빼고 액체를 따라 냈습니다. 과연 마법사의 말대로 램프가 즉시 말라 버리는 것을 확인하고는 품 안에 넣었죠.

다시 테라스를 내려온 그는 아까 눈길도 주지 않고 지나쳤던 과일 나무들을 살펴보았습니다. 그 정원의 나무들에는 정말로 기이한 과일들이 주렁주렁 달려 있었던 것입니다. 또 각 나무마다 각기 다른 색깔의 과일들이 달려 있었습니다. 어떤 것은 흰색이었고, 어떤 것은 수정처럼 투명한 빛으로 반짝이고 있었습니다. 붉은 것들도 있었는데 어떤 것은 색이 옅었고, 다른 것은 좀 더 짙었습니다. 그밖에 녹색, 청색, 자주색, 노르스름한 색 등 온갖 다양한 색들이 있었습니다. 사실 그 색색의 과일들은 각종 보석들이었습니다. 백색 과일은 진주였고, 투명하게 반짝이는 것은 다이아몬드, 짙은 홍색은 루비, 옅은 홍색은 홍옥, 녹색은 에메랄드, 청색은 터키석, 자주색은 자수정이었죠. 노르스름한 것은 사파이어였으며, 또 다른 색들 역시 각기 다른 종류의 보석들이었습니다. 그리고 이 모든 보석들은 지금껏 이 세상 그 누구도 보지 못한, 크고도 완벽한 것들뿐이었죠.

하지만 알라딘은 이것들을 보고도 크게 흥분하지 않았습니다. 포도나 무화과처럼 중국에서 흔히 먹는 과일이나 좋아하던 그의 눈에는 이상하게 생긴 그 과일들이 별로 맛있어 보이지 않았던 까닭입니다. 또 그는 아직 너무 어려 보석이 무엇인지 잘 몰랐기 때문에, 그것들이 대수롭지 않은 색유리일 것이라고 생각했지요. 하지만 과일들은 보기 드물게 크고 아름다웠을 뿐 아니라 색깔도 알록달록하니 매우 고왔기에, 알라딘은 종류별로 따서 가져가고 싶은 마음이 들었습니다. 그래서 그는 색깔별로 여러 개씩 따서 양쪽 호주머니에 잔뜩 쑤셔 넣었습니다. 또 마법사가 새 옷과 함께 사준 두 개의 돈주머니에도 불룩하게 채워 넣었습니다. 그렇게 채워진 주머니들은 허리띠 양쪽에 매달았습니다. 심지어는 허리띠 안쪽에도 교묘하게 집어넣었죠. 허리띠는 명주를 둘둘 말아 만든 것이었는데, 그것을 펼쳐 보석을 깐 다음 다시 말아 허리에 둘렀던 것입니다. 또 셔츠와 겉옷 사이의 공간도 잊지 않고 한 치의 틈도 없이 꼭꼭 쟁여 넣었습니다.

이렇게 자신도 모르는 사이에 엄청난 보물을 얻게 된 알라딘은 삼촌이 몹시 기다리고 있으리라 생각하고는 서둘러 발길을 옮겼습니다. 아까와 마찬가지로 조심조심하며 세 개의 홀을 지나서 계단을 올라, 지하 통로의 입구 부분에 다다랐습니다. 위쪽에서 초조하게 기다리고 있는 마법사의 모습이 보이자 알라딘은 외쳤습니다.

「삼촌! 올라가게 좀 도와주세요!」

그러자 아프리카 마법사가 대답했습니다.

「얘야! 우선 램프부터 올려 다오! 그걸 들고 올라오면 거추장스러울 테니 말이야.」

「미안하지만 그럴 수 없어요! 전혀 거추장스럽지 않다고요! 올라가는 즉시 드리겠어요.」

하지만 마법사는 먼저 램프부터 올려 달라고 고집을 부렸고, 이에 알라딘은 알라딘대로 올라가기 전에는 절대로 줄 수 없다고 버텼습니다. 사실 품속에 보석들이 잔뜩 들어 있

어 램프를 꺼내기 곤란했던 것입니다. 알라딘이 이렇게 버티자 절망한 마법사는 마침내 불같이 화를 내고 말았습니다. 그는 지금까지 꺼뜨리지 않고 있던 불에 약간의 향유를 뿌리고 마법의 주문을 외웠습니다. 순간 돌문이 저절로 닫혀 입구를 막아 버렸고, 그 위에 흙이 덮여 마법사와 알라딘이 처음 도착했을 때의 상태로 돌아왔습니다.

물론 아프리카 마법사는 양복장이 무스타파의 동생도, 알라딘의 삼촌도 아니었습니다. 하지만 실제로 아프리카에서 태어난, 진짜 아프리카 사람임은 분명했습니다. 아프리카는 이 세상 그 어느 곳보다도 마법이 성행하고 있는 나라입니다. 이런 곳에서 성장하여 젊었을 적부터 마법에 심취했던 그는 약 마흔 해 동안 주술, 흙 점, 훈증 마법 등을 수련하고 각종 마법서를 연구한 결과 한 가지 놀라운 사실을 발견했습니다. 즉 이 세계 어딘가에 신기한 램프가 하나 있는데, 그것을 지니는 사람은 우주 가운데 존재하는 그 어떤 왕보다도 더 강력한 존재가 될 수 있다는 사실이었습니다. 그리고 최근에 흙 점을 쳐본 결과, 이 램프가 중국 땅 한복판에 위치한 어느 지하 장소에 숨겨져 있다는 사실을 알게 되었죠. 그리하여 그는 아프리카의 끝에 있는 고향을 떠나 길고도 힘든 여행 끝에 보물이 있는 장소에서 얼마 떨어지지 않은 도시에까지 오게 된 것입니다.

그런데 한 가지 문제가 있었습니다. 마법사는 보물이 있는 장소를 확실히 알고 있긴 했지만, 그가 직접 그 안에 들어가 보물을 꺼내 오는 것은 금지되어 있었던 것이죠. 그에게는 대신 들어가 보물을 가져다줄 사람이 필요했습니다. 그러던 차에 알라딘을 만났고, 어느 날 갑자기 세상에서 사라져 버린다 해도 그 누구도 신경 쓰지 않을 이 하찮은 소년이 이 일에 적격이라 생각하고는 그에게 접근했던 것입니다. 하지만 알라딘이 램프를 찾아 온다 해도 약속했던 보물을 줄 생각은 추호도 없었습니다. 그러기에는 너무도 인색하고 사악한 작자였던 것입니다. 증인도 남기고 싶지 않았으므로 램프를 받는 즉시 돌문을 닫아 버려 불쌍한 소년을 희생시켜 버릴 작정이었습니다. 또 그의 따귀를 때리며 위압적인 모습을 보였던 것은 일단 자신을 두려워하고 자신의 명에 순종하는 버릇을 들여 놓아, 램프를 달라고 요구하면 즉각 복종하게 만들기 위함이었죠. 그런데 알라딘은 이런 기대와는 정반대로 행동했던 것입니다. 그렇다면 그는 왜 그처럼 급히 돌문을 닫아 버린 걸까요? 그것은 알라딘과 옥신각신하고 있는 자신의 모습을 누군가가 보게 되어, 그 중요한 보물의 비밀이 세상에 알려질까 두려웠던 까닭입니다.

모든 희망이 물거품이 된 마법사는 이제 아프리카로 돌아가는 수밖에 없었습니다. 그는 그날 당장 여행길에 올랐지만 알라딘의 집이 있는 도시를 거치지는 않았습니다. 그가 소년과 함께 집을 나서는 모습을 본 많은 사람들이 그 혼자서 돌아오는 것을 보면 수상하게 여기리라 생각했던 것입니다.

당시의 상황에서 알라딘이 살아 돌아올 가능성은 거의 없었습니다. 하지만 그를 완전히 끝내 버렸다고 믿고 있던 마법사조차 자신이 그에게 신기한 능력을 지닌 반지를 끼워 주었다는 사실을 까맣게 잊고 있었는데, 바로 이 반지가 후에 알라딘을 구해 주게 될 것입니다. 여기서 한 가지 놀라운 것은, 이처럼 반지와 램프를 동시에 잃어버렸음에도 마법사가 완전히 절망하지 않았다는 사실입니다. 마법사들이란 실패와 좌절로 점철된 험난한 삶에 익숙해 있기 때문에, 어떤 일을 당하더라도 숨이 붙어 있는 한 그들의 헛된 희망과 망상을 포기하지 않는 법입니다.

한편 알라딘은 말할 수 없는 충격에 빠져 있었습니다. 그렇게나 부드럽고 자상하게 대해 주던 삼촌이 돌연 전혀 예상치 못했던 고약한 정체를 드러냈기 때문입니다. 더욱이 자신이 산 채로 땅에 갇혀 버렸다는 사실을 깨닫자 극도의 공포가 엄습했습니다. 그는 삼촌이 원하는 대로 램프를 주겠다고 목이 터져라 외쳐 댔습니다. 하지만 아무 소용이 없었죠. 그의 외침을 들을 사람은 이미 거기 없었던 것입니다. 이제 눈앞에 보이는 것은 칠흑 같은 어둠뿐이었습니다. 이렇게 울고만 있을 때가 아니었습니다. 결국 알라딘은 눈물을 닦아 내고 계단을 내려갔습니다. 아까 지나왔던 정원에 가면 불을 찾을 수 있지 않을까 해서였습니다. 그런데 그가 홀 안에 들어서자, 마법에 의해 열려 있던 벽이 또 다른 마법에 의해 스르릉 하고 닫혀 버리는 것이었습니다. 황급히 사방을 더듬어 보았지만 문은 아무 데도 없었습니다. 알라딘은 지하 통로 계단 위에 털썩 주저앉아 아까보다도 더욱 큰 소리로 울기 시작했습니다. 이제 두 번 다시 빛을 보기는 글렀구나, 이 땅 속의 어둠에서 그대로 죽음의 어둠으로 옮겨지게 되겠구나 하는 생각뿐이었죠.

알라딘은 이런 상태로 먹지도, 마시지도 못하고 이틀을 보냈습니다. 마침내 사흘째 되는 날, 모든 것을 체념한 그는 하느님의 뜻을 받아들이리라 생각하고는 두 손을 깍지 껴서 머리 위로 쳐들고는 외쳤습니다.

「힘과 능력은 높고도 위대하신 하느님에게만 있도다!」

그런데 이렇게 두 손을 모으면서, 알라딘은 자신도 모르는 사이에 아프리카 마법사가 준 반지를 문지르게 되었습니다. 바로 그 순간, 섬뜩한 눈빛에 덩치는 산만 한 정령 하나가 마치 땅에서 솟아나듯 쑥 하고 나타났습니다. 머리가 천장에 닿을 듯 알라딘 앞에 우뚝 선 정령은 말했습니다.

「뭘 원하는가? 나는 반지의 종, 그 반지를 끼고 있는 사람의 노예다. 따라서 나는 지금 그대의 종이며, 그대의 명에 복종할 준비가 되어 있다!」

만약 알라딘이 이런 놀라운 광경을 다른 때에, 다른 상황에서 보았더라면 너무도 무서워서 입도 벙긋 못했을 것입니다. 하지만 어떻게 해서든지 이 위험에서 벗어나야 한다는 생각뿐이었던 그는 주저 없이 대답했습니다.

「네가 누군지는 모르겠다만, 할 수만 있다면 나를 여기서 나가게 해다오!」

말을 마치자마자 땅이 쩍 갈라지더니, 다음 순간 알라딘은 땅 속에서 솟아 나와 아까 마법사와 함께 도착했던 그 장소에 와 있었습니다.

처음에 알라딘은 눈을 뜰 수가 없었습니다. 너무도 오랫동안 칠흑 같은 어둠에 익숙해져 있었기 때문에 바깥의 밝은 빛을 감당할 수 없었던 것입니다. 하지만 점차 시각이 회복되어 주위를 살펴보기 시작한 그는 땅 표면에 그 어떤 입구도 보이지 않는 것에 크게 놀랐습니다. 어떻게 그렇게 갑자기 땅속 동굴에서 바깥으로 나올 수 있었는지 전혀 이해할 수 없었죠. 덤불을 태웠던 흔적만이 지하 통로의 장소를 대충 짐작하게 해줄 따름이었습니다. 고개를 돌려 보니 저 멀리 고향 도시가 보였고, 아프리카 마법사와 함께 거쳐 온 길도 보였습니다. 알라딘은 완전한 절망에 빠진 자신을 다시 세상으로 돌아오게 해준 하느님께 감사를 드린 후, 귀로에 올랐습니다. 그렇게 그는 기진맥진한 몸으로 간신히 집에 돌아올 수 있었죠.

대문을 들어서는 순간 알라딘은 그대로 기절해 버리고 말았습니다. 사흘 동안 아무것도 먹지 못해 극도로 쇠약해진 데다가, 어머니를 다시 보게 되었다는 기쁨에 맥이 풀려 버린 것입니다. 알라딘이 실종된 후, 어머니는 그가 죽었거나 다시는 돌아올 수 없는 몸이 되었다고 믿고는 절망에 빠져 있었습니다. 그런데 아들이 이렇게 돌아오자 그녀는 크게 기뻐하며 그를 소생시키기 위해 정성을 다했습니다. 잠시 후, 마침내 정신이 돌아온 알라딘이 처음으로 말을 내뱉었습니다.

「어머니! 우선 먹을 것 좀 주세요! 사흘 동안 아무것도 못 먹었어요!」

어머니는 집에 남아 있는 음식을 가져와 아들 앞에 놓으면서 말했습니다.

「애야! 급히 먹으면 위험하니 천천히 조금씩 먹어라! 지금은 탈진한 상태니 아주 조심해야 돼. 그리고 먹는 중에는 내게 말할 필요도 없다. 그동안 있었던 얘기는 먹고 나서 힘을 차린 후에 해도 충분하니까. 이렇게 다시 보게 되니 내 마음이 얼마나 기쁜지 모르겠구나. 지난 금요일, 넌 밤이 되어도 돌아오지 않았지. 어떻게 되었는지 백방으로 알아보아도 행방이 묘연하여 이 어미가 얼마나 슬퍼했는지 아니?」

알라딘은 어머니의 충고에 따라 천천히, 아주 조금씩 먹고 마셨습니다. 마침내 식사를 마친 그는 어머니를 향해 말했습니다.

「어머니! 도대체 왜 그런 사람에게 저를 그리 쉽게 맡겨 버리셨나요? 그는 저를 해치려는 흉계를 품고 있었고, 지금쯤은 내가 죽었거나 얼마 안 있어 숨이 끊어지리라 확신하고 있을 작자란 말이어요. 하기야 어머니뿐 아니라 저 역시 그가 삼촌이라고 철석같이 믿었으니 할 말이 없죠. 사실 제게 간이라도 빼줄 듯 그렇게 잘해 주는 사람을 어찌 의심할 수 있었겠어요? 하지만 어머니! 그자는 배신자요, 악당이요, 사기꾼이었어요! 그가 온갖 선물과 휘황한 약속으로 나를 꾀었던 것은 결국 나를 죽이고자 함이었다고요. 하지만 어머니! 도대체 그가 왜 그런 나쁜 뜻을 품게 되었을까요? 저로서는 그의 원한을 살 만한 짓을 한 기억이 전혀 없거든요. 자, 그럼 어머니와 헤어졌을 때부터 일어난 일들을 모두 들려 드릴 테니 어머니가 직접 판단해 보세요.」

알라딘은 어머니에게 그간 일어난 일들을 모두 이야기해 주었습니다. 가짜 삼촌이 자신을 데려가 성 밖에 있는 궁전들이며 정원들을 보여 준 일, 두 개의 언덕이 있는 장소로 가는 동안 일어난 일, 그가 놀라운 마법을 부린 일, 즉 주문을 외우며 불 위에 향유를 뿌리자 즉시 땅이 갈라지며 값을 따질 수 없는 엄청난 보물이 숨겨져 있는 지하 통로로 통하는 입구가 드러난 일……. 또 알라딘은 그가 자신의 따귀를 때린 일과, 그다음엔 약간 누그러져서 온갖 휘황한 약속들을 늘어놓은 다음 손가락에 반지를 끼워 주며 지하 통로로 들어가게 한 일도 잊지 않았습니다. 또 세 개의 홀과 지하 정원을 오가면서 본 모든 것들도 빼놓지 않았죠. 그러면서 알라딘은 램프와, 돌아오면서 정원에서 잔뜩 따온 투명한 과일들도 품에서 꺼내어 보여 주었습니다. 하지만 값을 따질 수 없는 보석들, 지금 방 안을 밝히고 있는 등불 빛에 반사되어 햇빛보다도 찬란하게 반짝이고 있는 이 과일들을 어머니는 대수롭지 않게 생각했습니다. 아들과 마찬가지로 그녀 역시 생전 이런 보석을 구경조차 한 일이 없었던 까닭입니다. 빈한한 환경에서 자라났을뿐더러, 결혼 후에도 알라딘의 아버지는 이런 보석을 사줄 만한 형편이 못 되었습니다. 또 이런 것을 가진 친척이나 이웃을 본 적도 없었죠. 따라서 그녀가 이 보석들을 그저 색깔이 알록달록 예뻐서 눈이나 즐겁게 해주는 노리개 정도로 여긴 것은 당연했습니다.

알라딘은 이것들을 자신이 앉은 좌단의 방석 뒤에다 쑤셔 넣은 후 이야기를 계속했습니다. 자신이 지하 통로의 입구로 돌아와 밖으로 나가려 했던 일, 하지만 램프를 먼저 올려 주기를 거부하자 가짜 삼촌이 그때까지 꺼뜨리지 않고 있던 불 위에 향유를 뿌리고 마법의 주문을 외어 즉시 입구를 닫은 일 등을 들려주었죠. 하지만 그 후 일어난 일들을 이야기할 때는 눈물이 앞을 가려 제대로 말을 잇지 못했습니다. 칠흑 같은 지하실에 산 채로 매장되어 죽을 때만 기다리고 있어야 했던 그 이틀은 지금 생각해도 몸서리가 쳐졌던 것입니다. 하지만 아직 반지의 효력에 대해 제대로 모르고 있던 터라, 어떻게 갑자기 바깥 세상에 나올 수 있었는지에 대해서 제대로 설명할 수 없었습니다. 이 모든 이야기를 마친 그는 어머니에게 말했습니다.

「그 나머지 일은 어머니도 아실 거예요. 자, 이것이 바로 우리가 헤어진 후 제가 겪어야 했던 일들이랍니다.」

결점이 많은 아들이었지만 알라딘의 어머니는 그를 몹시 사랑하고 있었습니다. 그래서 아들이 들려주는 이야기에 신기하고도 놀라워하면서도 다른 한편으로는 너무도 가슴이 아팠죠. 아들의 이야기를 중간에 끊지 않고 끝까지 들었지만, 중간 중간 가슴 아픈 부분, 특히 사악한 마법사가 고약하게 행동했던 부분을 들을 때 그녀의 얼굴에는 말할 수 없는 분노의 표정이 떠올랐습니다. 그리고 알라딘이 이야기를 다 마치자, 마침내 분노가 폭발한 그녀는 마법사에게 온갖 욕설을 퍼부어 댔습니다. 그녀는 그가 배신자, 악당, 야만인, 살인자, 사기꾼, 인류의 적이요 파괴자라고 소리친 다음 이렇게 덧붙였습니다.

「그렇다, 애야! 그놈은 바로 마법사였어! 마법사들이야말로 가장 가증스러운 존재들이지! 그놈들은 마법과 주술을 통해 악마와 거래하는 자들이란다. 그런 흉악한 놈에게 걸려들었으니 네가 목숨을 건질 수 있었던 것만도 하느님의 은총인 셈이다. 만일 네가 그 위급한 순간에 하느님을 기억하여, 도와 달라고 빌지 않았더라면 꼼짝없이 죽고 말았을 거야.」

그녀는 아들을 속인 마법사를 저주하며 계속해서 많은 말을 했습니다. 하지만 곧 지난 사흘 동안 한숨도 자지 못한 아들이 몹시 피곤해하는 것을 보고 잠자리에 들게 했고, 얼마 후에는 자신도 잠이 들었습니다.

지하 장소에 산 채로 매장되어 조금도 쉴 수 없었던 알라딘은 그날 밤 마치 죽은 사람처럼 잠을 잤습니다. 다음 날, 아주 늦게 일어난 그가 어머니에게 처음 한 소리는 역시 밥을 먹고 싶다는 것이었습니다. 하지만 어머니는 이렇게 대답했습니다.

「아이고, 애야! 지금은 빵 한 조각도 없단다. 어제저녁 우리가 먹은 것이 집에 남은 마지막 식량이었어. 하지만 잠깐만 기다리면 내가 먹을 것을 구해 오겠다. 그동안 내가 자아 놓은 목화 실이 조금 있거든. 그걸 가져다 팔면 빵과 점심거리를 좀 살 수 있을 거야.」

「어머니! 그 목화 실은 다음에 쓰게 남겨 두세요. 대신 제가 가져온 램프를 가져오세요. 그걸 팔면 점심으로 먹을 것을 살 수 있을 거예요. 어쩌면 저녁거리까지 얻을 수 있을지 모르죠.」

알라딘의 어머니는 램프를 가져왔습니다.

「자, 여기 있다. 하지만 엄청나게 더럽구나. 조금만 닦아 놓으면 더 높은 값을 받을 수 있을 것 같다.」

그녀는 물과 약간의 모래를 가져와 램프를 닦기 시작했습니다. 그렇게 그녀가 램프를 문지르기 시작했을 때였습니다. 홀연 그들 앞에 덩치가 산만 한 흉측한 정령 하나가 불쑥 나타나더니 천둥 같은 음성으로 말하기 시작하는 것이 아니겠습니까!

「무얼 원하는가? 나는 램프의 종, 그 램프를 손에 들고 있는 사람의 노예다. 따라서 나는 지금 그대의 종이며, 그대의 명에 복종할 준비가 되어 있다!」

알라딘의 어머니는 그의 말에 대답할 만한 상태가 아니었습니다. 정령의 모습이 너무도 흉측하고 무시무시하여 감히 마주 볼 수조차 없었는데, 그가 입을 열어 천둥 같은 말을 쏟아 내자 더 이상 견디지 못하고 그대로 기절해 버렸던 것입니다.

하지만 이미 지하 공간에서 이와 비슷한 존재를 본 일이 있는 알라딘은 달랐습니다. 그는 지체 없이 어머니의 손에서 신속히 램프를 받아 든 다음, 그녀를 대신하여 단호한 목소리로 명했습니다.

「난 배가 고프다! 먹을 것을 좀 가져와!」

이에 정령은 사라지더니, 곧바로 다시 나타났습니다. 이번에 그는 머리에 커다란 은 쟁반을 이고 있었는데, 거기에는 먹을 것이 산더미처럼 쌓여 있었습니다. 먹음직스러운 요리가 가득가득 담긴 열두 개의 은 접시, 눈덩이처럼 새하얗고 큼직한 빵이 하나씩 담긴 접시 여섯 개, 최상급의 포도주 두 병, 그리고 두 개의 은 술잔……. 정령은 이 모든 것이 담겨 있는 은 쟁반을 좌단 위에 올려놓더니 곧바로 사라져 버렸습니다.

하도 순식간에 일어난 일이라, 정령이 두 번째 사라졌을 때까지도 어머니는 아직 정신을 차리지 못하고 있었습니다. 알라딘은 어머니의 얼굴에 물을 뿌렸습니다. 그래도 반응이 없자 또다시 물을 뿌리려 했습니다. 그때 잠시 흩어졌던 정신이 다시 모인 것인지, 아니면 정령이 가져온 음식 냄새가 효력을 발한 것인지, 그녀는 정신을 차렸습니다. 알라딘이 말했습니다.

「어머니, 이제 괜찮아요! 일어나셔서 음식 좀 드세요. 이걸

드시면 힘이 나실 거예요. 저 역시 배고파 못 견디겠어요. 자, 이 좋은 음식들이 식게 놔두지 말고 어서 먹자고요.」

알라딘의 어머니는 입이 딱 벌어졌습니다. 눈앞에는 열두 개의 요리, 여섯 개의 빵, 두 개의 술병, 두 개의 잔이 놓인 은 쟁반이 있었고, 이 모든 음식들에서 피어오르는 향긋한 냄새가 코에 스며들고 있었던 것입니다.

「얘야! 이 모든 음식이 다 어디서 난 거냐? 대체 어떤 분이 우리에게 이 큰 은혜를 베푸셨단 말이냐? 혹시 우리가 찢어지게 가난하다는 소문이 술탄의 귀에까지 들어간 것 아니냐? 그래서 그분께서 우리를 불쌍히 여기신 것 아니냐?」

「어머니! 일단 앉아서 먹읍시다. 어머니나 저나 우선 먹어야 해요. 다 먹고 난 후에 자초지종을 말씀드릴게요.」

모자는 상 앞에 앉았습니다. 그러고는 엄청난 속도로 음식을 먹기 시작했습니다. 배가 고프기도 했거니와, 생전 처음 구경하는 진수성찬이었던 것입니다.

알라딘의 어머니는 식사를 하는 중에도 은 쟁반과 접시들을 보면서 연신 감탄사를 터뜨렸습니다. 물론 생전 그런 것들을 본 적이 없는 그녀였기에 그것들이 은인지 아니면 다른 금속인지조차 알지 못했지만요. 하지만 그녀로 하여금 탄성을 터뜨리게 한 것은 그녀로서는 알 수 없는 값어치가 아니라, 그것들의 기이한 아름다움이었습니다. 이 점에 있어서는 그녀의 아들 알라딘도 다를 바가 없었습니다.

알라딘과 어머니는 점심 식사만 할 생각으로 자리에 앉았지만, 저녁이 되어서까지 여전히 상 앞에 앉아 있었습니다. 우선은 음식이 너무도 맛있어서 좀처럼 상을 떠나기가 싫었기 때문입니다. 또 음식이 아직 따뜻할 때 조금이라도 더 먹으려 하다 보니, 결국에는 점심과 저녁 식사가 연결되어 버렸던 것입니다. 이렇게 두 끼분의 식사가 끝났을 때에도, 상위에는 아직 음식이 잔뜩 남아 있었습니다. 그날 밤의 야찬뿐 아니라, 다음 날의 두 끼를 푸짐하게 먹기에 충분한 양이었죠.

알라딘의 어머니는 상을 치우고, 아직 손도 대지 않은 음식들은 한쪽에다 치워 놓았습니다. 그러고는 아들 옆에 앉아 물었습니다.

「애야! 아까 대체 무슨 일이 일어났던 것인지, 너무나도 궁금하다. 빨리 좀 얘기해 다오!」

알라딘은 그녀가 기절하여 다시 정신을 차릴 때까지 그와 정령 사이에서 일어난 일을 모두 들려주었습니다.

그의 이야기를 들은 알라딘의 어머니는 깜짝 놀랐습니다.

「아니, 애야! 정령이라니 그게 무슨 소리냐? 내 여태 수십 년을 살아왔지만 주위에서 정령을 보았다는 사람은 하나도 없었다. 그런데 대체 어쩐 일로 그 흉측한 정령이 날 찾아왔단 말이냐? 그 정령은 보물이 있는 지하실에서 네게 나타났다고 하지 않았니? 그런데 왜 이제는 네가 아닌 나를 찾아왔단 말이냐?」

「어머니! 방금 나타난 정령은 지하실에서 나타났던 그 정령이 아니에요. 모두 거인 같은 덩치라, 서로 비슷해 보이는 것은 사실이죠. 하지만 얼굴이나 복장이 전혀 달랐어요. 또 그들은 각기 다른 주인에게 속해 있지요. 어머니도 기억하실지 모르겠지만, 내가 본 정령은 손가락에 끼고 있던 반지의 종이고, 어머니가 본 정령은 어머니가 들고 있던 램프의 종이에요. 하지만 그놈이 하는 말은 듣지 못하셨겠죠. 놈이 말하기 시작하는 순간 어머니는 기절해 버리셨으니까요.」

「뭐라고? 그 저주받을 정령놈이 나타났던 것이 그 램프 때문이었단 말이냐? 아이고, 애야! 당장 그 물건을 내 앞에서 치워 다오! 거기에 손을 댔다가는 또 그 흉측한 정령 놈이 튀

어나올 것 아니냐? 그놈 모습을 한 번 더 보았다가는 심장 마비로 죽을 것 같으니, 차라리 그 물건을 버리든지 누구에게 팔아 버렸으면 좋겠다. 너 그 반지도 빼버려라! 정령들하고 어울려서는 안 되는 법이야. 우리들의 예언자님께서 말씀하시길, 놈들은 다 악마라고 하지 않더냐?」

「어머니! 조금 전까지는 저도 이 램프를 팔고 싶었지만 지금은 그러고 싶지 않아요. 이것이 우리에게 무얼 가져다주었는지 어머니도 보셨잖아요? 이건 계속 우리에게 먹을 것이며 생활에 필요한 다른 것들을 공급해 줄 거예요. 생각해 보세요! 그 못된 가짜 삼촌이 왜 그 먼 아프리카에서 여기까지 힘들게 찾아왔겠어요? 거기엔 다 이유가 있었다고요. 바로 이 신기한 램프를 얻기 위해서였어요. 그는 지하실 안에 금이며 은이 잔뜩 있다는 사실을 알고 있었지만 그런 건 거들떠보지도 않았어요. 그건 이 램프의 가치를 너무도 잘 알고 있기 때문이었죠. 자, 우리도 우연히 이 램프의 효력을 알게 되었으니, 이제 유용하게 사용하기로 해요. 하지만 잘못하면 이웃들의 질투와 욕심을 불러일으킬 수 있으니 은밀하게 사용해야겠죠. 어머니는 또 정령이 나타날까 봐 너무 무섭다고 하셨죠? 그래요, 일단은 어머니 소원대로 이것을 눈에 띄지 않는 곳에다 넣어 두겠어요. 필요할 때만 꺼내서 사용하면 되니까요. 그리고 이 반지도 버리고 싶지 않아요. 생각해 보시라고요! 이 반지가 아니었다면 제가 살아 돌아올 수 있었겠어요? 그 어두운 땅속에 갇혀 죽어 버렸겠죠. 그러니, 어머니! 이 반지를 계속 손가락에 끼는 것을 허락해 주세요. 앞으로 또 어떤 큰 위험이 닥칠지 모를 일이잖아요. 그때 이 반지가 우리를 구해 줄 수 있지 않겠어요?」

알라딘의 말이 구구절절 옳았으므로 어머니는 더 이상 반대할 수 없었습니다.

「얘야! 그럼 네가 원하는 대로 하려무나. 하지만 나는 정령들하고는 관계하고 싶지 않으니 여기서 손을 떼겠다. 그리고 이 일에 대해서는 더 이상 말하지 않으련다.」

다음 날 만찬까지 들고 나자 정령이 가져온 음식도 모두 떨어져 버렸습니다. 그다음 날, 더 이상 앉아서 배고픔이 찾아오기만을 기다릴 수 없다고 생각한 알라딘은 은 접시를 통옷 속에 집어넣고 아침 일찍 집을 나왔습니다. 그리고 길에서 만난 어느 유대인을 한쪽으로 데려가서는, 은 접시를 꺼내 보여 주며 살 뜻이 있는지 물었습니다.

약삭빠르고 수완 좋은 유대인은 접시를 받아 들어 살펴보았습니다. 그는 그것이 매우 훌륭한 품질의 은 제품임을 확인하고는, 얼마나 받기를 원하느냐고 물었습니다. 그러나 알라딘은 접시의 가치에 대해 전혀 몰랐고, 또 이런 종류의 거래를 해본 적도 없었기 때문에 어떻게 대답해야 할지 알 수 없었죠. 그는 잠시 망설인 끝에 당신이 이 물건의 가치를 잘 알고 있을 터이니 알아서 주면 믿고 받겠노라고 대답했습니다. 너무나도 순진한 알라딘의 대답에 유대인은 잠시 당황했습니다. 이 어수룩해 보이는 소년이 정말로 그릇의 가치를 알고 있는지 가늠할 수 없었던 것입니다. 잠시 고민하던 그는 에라 모르겠다 하는 심정으로 주머니에서 금화 한 닢을 꺼내 알라딘에게 내밀었습니다. 은 접시의 실제 가치에 비하면 칠십 분의 일에 불과한 말도 안 되는 가격이었지만, 알라딘은 이게 웬 떡이냐는 듯한 표정으로 받아 들더니 곧바로 떠나가는 것이었습니다. 그런 소년의 모습을 본 유대인은 뜻밖의 횡재에 기분이 좋아지기는커녕 오히려 화가 났습니다. 이렇게 아무것도 모르는 녀석인 줄 알았더라면 더 형편없는 값을 지불해도 됐을걸 하는 생각 때문이었죠. 그래서 그는 소년을 뒤쫓아 가 자신이 준 금화 한 닢에서 얼마를 더 돌려받으려 했습니다. 하지만 쏜살같이 달려간 알라딘이 이미 너무도 멀리 가 있어서 붙잡을 수 없었습니다.

알라딘은 집에 돌아오면서 자신과 어머니가 먹을 빵을 샀습니다. 물론 돈은 유대인에게서 받은 금화로 지불하고, 거스름돈도 받았지요. 집에 돌아온 그는 빵을 어머니에게 맡기고 다시 시장으로 가서 며칠 동안 먹을 식량을 사왔습니다.

모자는 계속 이런 식으로 생활했습니다. 즉 집에 돈이 떨어질 때마다 은 접시를 하나씩 들고 나가 같은 유대인에게 팔았던 것입니다. 첫날 금화 한 닢을 지불했던 유대인은 그 후에도 값을 더 내리지는 못했습니다. 잘못하다가는 굴러 들어온 복덩이를 잃을 염려가 있었으니까요. 그래서 그는 매번 같은 값을 지불했습니다. 이렇게 마지막 은 접시까지 팔아

버린 알라딘은 이번에는 은 쟁반을 팔기로 했습니다. 하지만 은 접시보다 열 배나 무거운 그것을 혼자 들고 나갈 수는 없었기 때문에 아예 유대인을 집으로 데려왔죠. 유대인은 쟁반의 무게를 확인한 다음 즉석에서 금화 열 닢을 지불했고, 알라딘은 몹시 만족했습니다.

알라딘은 이 금화 열 닢을 생활비로 사용했습니다. 그는 이미 과거와는 다른 사람이 되어 있었습니다. 아프리카 마법사와의 일이 있은 후, 더 이상 아이들과 어울려 놀지 않게 된 것입니다. 대신 산책을 한다거나, 새로 사귄 사람들과 대화를 나누며 시간을 보냈습니다. 때로는 시내의 큰 상점에 들어가, 거기 모이는 지체 높고 교양 있는 사람들의 대화에 귀를 기울였습니다. 그리고 이러한 대화들을 통해 그는 세상에 대한 지식을 어렴풋하게나마 얻게 되었습니다.

은 쟁반을 판 금화 열 닢이 모두 떨어지자, 알라딘은 또다시 램프에 도움을 청하기로 마음먹었습니다. 그는 램프를 꺼내 들고, 어머니가 문질렀던 곳이 어디인지 살펴보았습니다. 다행히 모래로 문지른 자국이 남아 있어 어렵지 않게 찾아낼 수 있었지요. 알라딘은 전에 어머니가 했던 것처럼 다시 한 번 램프를 문질렀습니다. 그 즉시 정령이 나타났습니다. 알라딘이 램프를 좀 더 살살 문질러서인지, 이번에는 정령의 목소리도 한결 부드러워져 있었습니다.

「무얼 원하시오? 나는 램프의 종, 그 램프를 손에 들고 있는 사람의 노예요. 따라서 지금 나는 당신의 종이며, 당신의 명에 복종할 준비가 되어 있소!」

「난 배가 고파! 먹을 것을 좀 가져와라!」

정령은 사라졌다가 잠시 후에 다시 나타났는데, 전처럼 머리에 먹을 것을 잔뜩 이고 있었습니다. 그는 그것을 좌단 위에 내려놓은 후, 즉시 사라졌습니다.

사전에 알라딘의 계획을 들었던 어머니는 흉측한 정령을 보고 싶지 않았던지라 일부러 집을 나가 있었습니다. 그리고 잠시 후에 들어온 그녀는 진수성찬이 차려져 있는 상을 보았고, 램프의 놀라운 효력에 다시 한 번 놀랐습니다. 알라딘과 어머니는 상에 앉아 음식을 먹기 시작했습니다. 식사 후에도 음식은 지난번처럼 이틀 동안 실컷 먹을 수 있는 음식이 남아 있었습니다.

하지만 곧 그 음식도 다 떨어졌고, 이번에도 유대인에게 팔기 위해 은 접시 하나를 품에 넣고서 길을 가던 알라딘은 도중에 한 보석상의 가게 앞을 지나게 되었습니다. 성품이 올곧고 정직한 데다가, 연세도 지긋하여 사람들의 존경을 받는 그 금은 세공사는 알라딘이 지나가는 것을 보고 불러 세워 가게에 들어오게 했습니다.

「여보게! 난 자네가 이 앞을 지나가는 모습을 여러 번 보았다네. 그때마다 자네는 지금처럼 품에 뭔가를 넣고서 유대인을 찾아갔다가, 홀쭉해진 모습으로 그 집에서 나오더군. 난 자네가 무언가를 그에게 가져가 팔고 온 것이라고 추측했다네. 그런데 자네가 잘 모르는 것 같아 해주는 말이네만, 그 유대인은 사기꾼이야. 유대인들이 다 그렇지만 그자는 특히 고약한 사기꾼이지. 그래서 그를 아는 사람은 아무도 그와 거래하려 하지 않는다네. 이는 다 자네를 위해서 하는 말이니 잘 새겨듣게나. 그리고 지금 자네가 가지고 있는 것을 내게 한번 보여 줄 수 있겠나? 혹시 팔 것이라면 내가 제대로 값을 쳐서 사주겠네. 만일 내가 살 수 없다면 다른 정직한 상인을 소개해 줄 터이고.」

더 많은 돈을 받을 수도 있다는 희망에 알라딘은 통옷 자락에 숨기고 있던 접시를 꺼내어 금은 세공사에게 보여 주었습니다. 그것이 순은 접시임을 한눈에 알아본 노인은 유대인에게 판 것들도 이와 같은 것인지, 그리고 얼마를 받고 팔았는지 물었습니다. 알라딘은 순진한 눈을 꿈뻑이면서 모두 열두 개를 팔았으며, 접시당 금화 한 닢을 받았다고 대답했죠. 노인은 탄식했습니다.

「아하, 이런 날도둑놈을 봤나! 여보게! 어차피 끝난 일이니 더 이상 말은 않겠네. 하지만 이 접시는 우리 금은 세공사들이 사용하는 은 중에서도 최상품에 속한다네. 그 실제 가치를 알게 되면 그 유대인 놈이 자네를 얼마나 지독하게 속였는지 실감하게 될 거야.」

금은 세공사는 저울을 가져와 접시의 무게를 달았습니다. 이어 그는 알라딘에게 은의 단위인 〈마르크〉에 대해 알려 주며, 일 마르크는 값이 얼마나 되는지, 또 마르크의 하위 단위에는 무엇이 있는지 등을 상세히 설명해 주었죠. 그러고는 이 접시의 가격은 금화 일흔두 닢이라고 알려 주면서 즉석에서 현금으로 지불해 주었습니다.

「자, 받게! 이것이 자네 접시의 올바른 가격이야. 의심이 나거든 아무에게라도 좋으니 가서 물어보게. 만일 나보다 더 높은 가격을 부르는 사람이 있다면, 내 자네에게 준 돈의 두 배를 줄 것을 약속하네. 왜냐하면 더 이상의 가격은 나올 수 없거든. 우리 보석상들은 이런 은을 사서 거기에 가하는 수공 값만큼의 이득만을 취하기 때문이야. 하지만 유대인들은, 그들 중 가장 공정한 자라 할지라도 절대 그러지 않네.」

알라딘은 유익한 충고를 해준 노인에게 깊이 감사했습니다. 이후, 다른 접시들과 은 쟁반을 처분해야 할 일이 생기면 이 금은 세공사만을 찾아갔으며, 그때마다 노인은 그릇의 무게를 달아 정확한 값을 지불해 주었습니다.

알라딘과 그의 어머니는 이런 은 그릇들을 무한정 얻을 수 있었습니다. 다 떨어지면 언제든지 램프에 도움을 청하여 원하는 만큼 가질 수 있었기 때문이지요. 하지만 모자는 여전히 검소한 생활을 계속했습니다. 이전과 다른 점이 있다면, 그들의 소박한 살림에 필요한 비용 정도는 항상 준비해 두었기에 최소한의 품위 있는 생활을 할 수 있게 되었다는 것 정도겠지요. 어머니 역시 옷을 살 일이 있을 때는 항상 손수 자아 낸 목화 실을 판 돈으로 사곤 했습니다. 이런 검박한 생활을 영위했으니 은 그릇 열두 개를 판 돈으로 얼마나 오랫동안 살 수 있었을지, 가히 짐작이 되지 않습니까? 모자는 이렇게 가끔씩만 램프에 도움을 청해 가면서 몇 해를 살았습니다.

이 몇 해 동안, 알라딘은 틈만 나면 시내의 큰 상점들에 놀러 가 시간을 보내곤 했습니다. 앞에서도 말했듯이 금실과 은실로 짠 직물, 명주, 각종 고급 직물, 그리고 보석류 등을 취급하는 큰 상인들의 상점에는 교양 있고 지체 높은 사람들이 자주 모여 대화를 나누곤 했는데, 알라딘은 이들의 대화를 엿듣기도 하고 가끔은 직접 끼어들기도 하면서, 자신도 모르는 사이에 세상에 대한 지식을 얻고 상류 사회의 예절을 몸에 익힐 수 있었습니다. 그중 보석상의 가게에서 얻은 지식은 특히나 귀중한 것이었습니다. 왜냐하면 알라딘은 자신이 지하실에서 따온 투명한 과일들이 한낱 색유리 조각이 아니라, 사실은 엄청난 가격의 보석들이라는 사실을 이곳에서 알게 되었기 때문입니다. 그는 사람들이 각종 보석을 사고파는 것을 구경하면서 그것들의 가격을 알게 되었습니다. 그런데 가만히 보니까, 그 비싼 값으로 거래되는 보석들이란 것이 자신이 가지고 있는 색유리 과일들보다 그 크기나 아름다움에 있어서 나을 것이 하나도 없었죠. 이에 비로소 알라딘은 자신이 값을 따질 수 없는 엄청난 보물을 소유하고 있다는 사실을 깨닫게 되었던 것입니다. 하지만 알라딘은 이 사실을 아무에게도, 심지어는 어머니에게도 말하지 않았습니다. 그리고 앞으로 이야기하게 되겠지만, 나중에 그가 아주 높은 위치에 오를 수 있었던 것은 분명히 이런 신중하고도 현명한 태도 덕분이었을 것입니다.

어느 날이었습니다. 알라딘이 도성의 거리를 산책하고 있는데, 술탄의 명을 외쳐 전하는 광고꾼들의 높은 외침이 들려왔습니다. 술탄의 딸 바드룰부두르 공주가 목욕탕에 다녀오기 위해 거리를 지날 것이니, 모든 사람은 집과 가게의 문을 닫고 각자의 집에 들어가 나오지 말라는 명이었습니다.

이 소리를 들으니, 알라딘의 마음속에는 공주를 보고 싶다는 강한 욕구가 일었습니다. 하지만 어떻게 해야 볼 수 있을까요? 한 가지 방법은 아는 사람의 집에 들어가 창문에 친 발을 통해 거리를 지나가는 그녀를 엿보는 것이었습니다. 하지만 이 방법은 알라딘의 성에 차지 않았습니다. 왜냐하면 공주는 평소의 습관대로 얼굴을 너울로 가리고 있을 것이 분명했으니까요. 그래서 알라딘은 한 가지 꾀를 생각해 냈습니다. 바로 목욕탕 문 뒤에 숨어 있다가 정면으로 다가오는 공주의 얼굴을 훔쳐본다는 계책이었죠.

알라딘은 오랫동안 기다렸습니다. 드디어 공주가 나타나자, 그는 벽에 난 큰 구멍을 통하여 목욕탕을 향해 걸어오는 공주의 모습을 볼 수 있었습니다. 그녀의 좌우편과 뒤로는 수많은 내시들과 시녀들이 따라오고 있었습니다. 이윽고 목욕탕 문에서 서너 걸음 떨어진 곳에 이른 그녀는 몹시 답답했던지 문을 통과하기도 전에 너울을 걷어 버렸습니다. 그러면서 알라딘이 숨어 있는 쪽으로 걸어오고 있었기 때문에 알라딘은 공주의 얼굴을 분명하게 볼 수 있었죠.

지금까지 알라딘이 얼굴을 본 여자라고는 어머니밖에 없었습니다. 연로한 어머니의 얼굴이 그다지 아름다울 리 없었으므로, 알라딘으로서는 여자들이 얼마나 아름다울 수 있는

지 전혀 모르고 있었죠. 물론 그 역시 이 세상에 기막힌 절세 미인들이 있다는 말을 들어 보지 못한 바는 아니었습니다. 하지만 아름다움을 묘사하는 백 마디의 말보다도 아름다움 그 자체가 훨씬 강한 인상을 남기는 법입니다.

알라딘이 바드룰부두르 공주를 보게 되었을 때, 이 세상 모든 여자들이 자기 어머니와 비슷하겠거니 하는 생각은 씻은 듯이 사라져 버렸습니다. 가슴속에서는 생전 처음 느껴 보는 기이한 감정들이 솟아올랐고, 온 마음이 그를 매혹시킨 대상을 향해 걷잡을 수 없이 끌려가고 있었습니다. 사실 바드룰부두르 공주는 이 세상에서 가장 아름다운 갈색 머리 아가씨였던 것입니다. 커다란 눈망울은 생기 있게 반짝거렸으며 눈빛은 부드럽고도 다소곳했습니다. 코는 완벽한 형태를 이루고 있었고 입은 작았으며 붉은 입술이 그리는 균형 잡힌 선은 너무도 매력적이었습니다. 한마디로 모든 것이 완벽한 절세의 미모였죠. 생전 처음 예쁜 아가씨를, 그것도 이 같은 절세미인을 보게 되었으니, 알라딘이 그렇게 넋이 나가 버린 것도 그리 놀라운 일이 아니었습니다. 더욱이 공주는 용모만 아름다운 것이 아니라 몸매도 늘씬했으며, 위엄 있고 당당한 거동은 보는 이로 하여금 깊은 존경심을 느끼게 했으니까요.

공주가 목욕탕에 들어간 후, 알라딘은 마치 넋이 빠진 사람처럼 멍하니 서 있었습니다. 눈앞에는 아직도 공주의 아름다운 모습이 삼삼했고, 마음속에는 그 매력적인 자태가 깊이 깊이 새겨지고 있었습니다. 잠시 후 겨우 정신을 차린 그는, 공주가 목욕을 끝내고 나오더라도 너울로 얼굴을 가린 그녀의 뒷모습밖에 보지 못할 터이므로, 더 이상 거기 남아 있는 것이 불필요하다고 판단하고는 집으로 돌아갔습니다.

알라딘은 마음의 동요를 제대로 감추지 못했습니다. 어머니는 아들이 평소와는 달리 우울한 표정으로 들어오는 것을 보고는 크게 놀라, 무슨 일이라도 일어났는지, 아니면 어디 불편한 곳이라도 있는지 물었습니다. 하지만 알라딘은 그저 좌단에 털썩 주저앉을 뿐 아무런 대답도 하지 않았습니다. 다만 바드룰부두르 공주의 아름다운 모습을 눈앞에 그리며, 하염없이 같은 자세로 앉아 있을 따름이었습니다. 저녁 식사를 준비할 시간이 되었으므로 어머니는 더 이상 묻지 않았습니다. 상이 차려지자 그녀는 아들이 앉아 있는 좌단에 상을 내려놓은 다음, 자신도 앉았습니다. 하지만 알라딘은 차려 온 저녁상을 거들떠보지도 않았습니다. 보다 못한 어머니가 제발 좀 먹자고 사정하자, 그제야 조금 먹는 시늉을 할 뿐이었죠. 그러나 눈은 여전히 땅만 쳐다보고 있었고, 도대체 왜 이렇게 갑자기 사람이 변했느냐고 어머니가 수차례 물어보아도 묵묵부답이었습니다.

그날 밤 야찬을 든 후에도, 어머니는 그가 이토록 우울해하는 이유를 다시 한 번 물어보았지만 그는 어머니의 궁금증을 조금도 풀어 주지 않고 묵묵히 자기 침실로 들어가 버렸습니다. 바드룰부두르 공주의 아름다움과 매력에 사로잡힌 알라딘이 그날 밤을 어떻게 지냈는지에 대해서는 그냥 넘어가기로 하겠습니다. 다음 날, 그는 자리에 앉아 평소처럼 목화 실을 잣고 있는 어머니에게 말했습니다.

「어머니! 어제 시내에서 돌아온 후 제가 아무 말도 하지 않아 몹시 걱정하셨죠? 저도 알고 있었어요. 하지만 어머니의 염려와는 달리 저는 아픈 게 아니었고 지금도 아프지 않아요. 어제 저의 상태……. 어머니께 뭐라고 설명드리기가 힘들어요. 그리고 지금의 상태도 병에 걸린 것보다 훨씬 고약해요. 이게 대체 무슨 일인지 모르겠어요. 하지만 어머니께 말씀드리면, 어머닌 분명히 뭔지 알아내시리라 믿어요.

어제…… 술탄의 따님인 바드룰부두르 공주께서 오찬 후

에 우리 동네를 지나 목욕탕에 가신다는 예고는 전혀 없었어요. 그러니 어머니께서도 전혀 모르고 계셨겠죠. 그런데 갑자기 모든 가게 문을 닫고, 사람들은 각자의 집에 들어가 있으라는 왕명이 떨어진 거예요. 공주님께 경의를 표하고 목욕탕까지 가시는 길을 비워 주게 하기 위함이었죠. 그런데 뜬금없이 제게 공주님의 얼굴은 어떻게 생겼을까 하는 호기심이 떠오른 거예요. 마침 목욕탕에서 멀지 않은 곳에 있었기 때문에 목욕탕 문 뒤에 숨어 있기로 작정했죠. 어쩌면 공주님이 들어오시면서 너울을 벗을지도 모른다고 생각했거든요. 왜, 어머니도 그 목욕탕 입구의 구조가 어떤지 잘 아시잖아요? 만일 내 생각대로 공주님이 너울을 벗는다면 난 거기서 그분의 얼굴을 훤히 훔쳐볼 수 있었거든요. 그런데 정말로 공주님이 들어오시면서 너울을 벗으신 거예요! 그리하여 저는 운 좋게도 그토록 사랑스러운 그분의 얼굴을 보게 되었지요. 아, 정말 엄청나게 황홀한 순간이었어요……. 자, 어머니! 이게 바로 어제 제가 그런 모습으로 집에 들어오고, 또 지금까지 침묵을 지키고 있는 이유예요. 그래요! 저는 공주님을 사랑하고 있어요. 이 사랑이 얼마나 강렬한지 어머니는 상상도 못하실 거예요. 그리고 시간이 갈수록 맹렬하고 뜨거워지는 이 욕망은 제가 사랑스러운 바드룰부두르 공주님을 얻게 되기 전까지는 결코 충족되지 않을 거예요. 그래서 저는 청혼을 하기로 결심했어요.」

알라딘의 어머니는 아들의 말을 끝까지 주의 깊게 들었습니다. 하지만 아들이 공주에게 청혼을 하겠다고 고백하자 자신도 모르게 큰 웃음을 터뜨렸습니다. 알라딘은 계속 말하려 했지만, 그녀는 말을 끊었습니다.

「이놈아! 너 지금 무슨 생각을 하고 있는 거냐? 머리가 돌지 않고서야 어떻게 그런 말을 할 수 있어?」

「어머니! 분명히 말씀드리는데, 전 지금 실성하지도 않았고 지극히 정상이에요. 그리고 전 어머니가 엉뚱한 생각을 한다며 절 꾸짖으실 줄 이미 예상하고 있었어요. 하지만 어머니가 뭐라고 말씀하시더라도, 다시 한 번 제 결심을 분명히 밝히겠어요. 전 공주님께 청혼을 할 작정이에요.」

「정말이지, 이놈아!」 어머니는 아주 심각한 어조로 말했습니다. 「넌 지금 너 자신이 누구인지 완전히 잊어버린 녀석 같구나. 좋다! 네가 네 결심을 기어코 실행해야겠다고 치자. 그렇다면 술탄께 가서 청혼하는 일은 누구에게 부탁할 건데?」

「누구긴, 어머니죠!」 알라딘은 주저 없이 대답했습니다.

「뭐야? 나라고?」 어머니는 기겁을 하며 비명을 질렀습니다. 「그것도 술탄님께? 아, 난 그런 위험한 일에 뛰어들 생각은 추호도 없다! 아니, 이놈아! 넌 지금 감히 술탄의 따님을 넘보고 있는 거냐? 지금 네 주제를 알고 있기나 하니? 네가 술탄의 도성에서 가장 하찮은 양복장이의 아들이라는 사실을 잊었어? 그리고 네 엄마 역시 네 선친보다 나을 게 하나 없는 미천한 가문 출신이다. 또 술탄들이란 장래 일국의 왕이 될 만한 사람이 아니라면, 심지어 다른 술탄의 아들이라 해도 딸을 주지 않으려 한다는 사실은 알고 있니?」

「어머니! 지금 어머니가 하신 모든 말씀, 이미 다 예상하고 있었어요. 그리고 어머니가 또 무슨 말씀을 하실지도 다 알고 있고요. 하지만 어머니의 설득도 훈계도 제 마음을 바꿔놓을 수는 없어요. 다시 한 번 말씀드리는데, 저는 어머니를 통해서 바드룰부두르 공주에게 청혼을 할 거예요. 이건 제가 어머니께 정말 간곡하게 부탁드리는 것이니, 제발 거절하지 말아 주세요. 만일 거절하신다면, 어머니는 이 아들이 죽는 꼴을 보게 되실 거예요.」

알라딘의 어머니로서는 난감하기 짝이 없었습니다. 아들

에겐 이 너무나도 비상식적인 뜻을 굽힐 생각이 전혀 없어 보였기 때문입니다. 그녀는 다시 말했습니다.

「이놈아! 나는 네 어미다. 이 세상 모든 어머니가 다 마찬가지겠지만, 네가 원하는 일이 사리에 맞는 것이라면 내가 못해줄 게 대체 무엇이겠니? 예를 들어 우리와 신분이 비슷한 어느 이웃집 딸내미하고 결혼하겠다는 거라면, 내 할 수 있는 일은 무엇이든지 기꺼이 할 것이야. 그런데 말이다, 심지어 이웃집 딸내미와 결혼하는 데에도 갖춰야 할 것들이 있다. 어느 정도 재산이나 수입이 있든지, 아니면 확실한 직업이라도 있어야 한다. 우리 같은 가난뱅이들이 결혼하려 할 때, 가장 먼저 생각해야 하는 것이 뭔지 아니? 그건 먹고살 수 있는 길을 마련해 놓는 거야. 그런데 넌 뭐냐? 네 미천한 출신과 신분은 차치하고라도, 땡전 한 푼 없는 몸 아니냐? 그런데 과대망상도 유분수지, 그래 하늘 높은 줄 모르고 날뛰는 네놈을 말 한마디로 떨어뜨려 박살내 버릴 수 있는 나라님의 따님에게 청혼을 해?

좋다! 네 문제는 그렇다 치자. 지금까지 말한 건, 네가 조금이라도 정신이 남아 있다면 너 스스로 잘 생각해 봐야 할 문제니까. 하지만 나는 또 어떻게 하고? 술탄님께 가서 공주님을 네 아내로 달라고 말하라고? 아니, 도대체 어떻게 그런 엄청난 생각을 할 수 있단 말이냐? 그래, 내가 그 말도 안 되는 청혼을 하기 위해 감히, 아니 얼굴에 철판을 깔고 폐하를 찾아간다고 치자. 우선 내가 누굴 붙잡고 말한단 말이냐? 누구든 나를 미친 여자로 보고, 망신을 주어 쫓아 버리지 않겠냐?

그래, 내가 이 난관을 극복하고 드디어 폐하를 알현할 수 있게 되었다고 치자. 내가 들은 바로는 폐하께서는 백성 가운데 정의를 구하기 위해 알현을 요청하는 자가 있으면 어렵지 않게 만나 주시며, 또한 누군가가 그분의 은혜를 구하기 위해 찾아와도, 그가 그럴 만한 자격이 있는 한 기꺼이 만나 주신다고는 하더라. 하지만 네가 그런 경우에 해당되냐? 네가 구하는 그 은총을 받을 자격이 있냐고? 네가 폐하와 나라를 위해 한 일이라도 있어? 아니면 뭔가 뛰어난 점이라도 있어? 그런 큰 은총을 받을 만한 일을 한 게 없거늘, 그럴 수 있는 아무런 자격도 없거늘, 내가 무슨 면목으로 그분께 그 은총을 베풀어 달라고 부탁할 수 있단 말이냐? 아니, 어떻게 내가 폐하 앞에서 감히 입이라도 뻥긋할 수 있겠느냐? 위엄 있는 폐하의 모습과 웅장한 궁정의 분위기에 압도되어 내 입은 즉시 얼어붙을 것이다. 내가 누구냐? 심지어는 돌아가신 너의 부친에게 조그만 것 하나 부탁할 게 있어도 덜덜 떨던 내가 아니더냐?

그리고 얘야! 이것이 전부가 아니고, 네가 생각하지 못한 또 다른 이유가 있다. 술탄에게 뭐라도 부탁하러 갈 때에는 반드시 손에 선물을 들고 가야 하는 법이다. 어떤 이유가 있어서 부탁은 들어주지 못할지라도, 선물을 받으면 최소한 싫은 기색 없이 찾아간 사람의 말을 끝까지 듣는 법이니까. 하지만 넌 무슨 선물을 할 작정이냐? 또 설사 네가 눈곱만큼이라도 폐하의 관심을 끌 만한 뭔가를 보낸다손 치더라도, 네가 하려는 그 엄청난 요청에 비하면 그것이 어디 새 발의 피나 되겠느냐? 제발 정신 좀 차려라! 넌 지금 불가능한 것을 얻으려 하고 있다고!」

어머니가 그의 뜻을 돌리기 위해 하는 모든 말들을 알라딘은 아주 차분하게 들었습니다. 그는 그녀의 훈계를 조목조목 깊이 생각해 보고, 마침내 입을 열어 말했습니다.

「그래요, 어머니! 제가 감히 넘볼 수 없는 사람과 결혼하겠다고 나선 것, 정말 무모한 짓이라는 걸 인정해요. 그리고 어머니가 술탄의 알현을 허락받고 그분으로부터 호의적인 대접을 받을 만한 방법을 미리 생각해 보지도 않고서, 무작정 가서 청혼을 해달라고 조른 것도 참으로 성급하고 분별없는 짓이었어요. 정말로 죄송해요.

하지만 어머니! 제가 그처럼 앞뒤 가리지 않고 설친 것은 지금 저를 사로잡고 있는 정열이 너무도 맹렬하기 때문이에요. 저는 어머니께서 상상하시는 것 이상으로 바드룰부두르 공주님을 사랑하고 있답니다. 아니, 거의 숭배하고 있어요. 그리고 그녀와 결혼하겠다는 제 뜻에는 조금도 변함이 없습니다. 그건 이미 마음속에서 확고하게 결정된 일이에요.

하지만 어머니께서 제 눈을 열어 주시니 정말 고마워요. 어머니의 깨우침 덕에 저는 제 계획의 성공을 위한 첫발을 내딛을 수 있게 됐어요. 어머니께서 말씀하셨죠? 선물 없이 술탄을 찾아뵙는 것은 예의가 아니며, 제게는 그분의 마음에 들 만한 점이 아무것도 없다고요. 그래요, 어머니 말씀이 옳아요. 전 선물에 대해선 생각도 못하고 있었네요. 하지만 그분께 드릴 게 아무것도 없다는 것은 잘못 생각하신 거예요. 제가 구사일생으로 살아 돌아왔던 날 가져온 것이 뭔지 어머니는 아세요? 제가 두 개의 주머니와 허리띠에 넣어 가져온, 우리가 하찮은 색유리 조각으로 여겼던 것들 말이에요. 저는 그것들이 이 세상 군주들이나 가질 수 있는, 값을 헤아릴 수 없는 귀중한 보석들이라는 사실을 알게 되었어요. 잘 믿기지 않으시죠? 제가 보석상들의 가게를 드나들며 알게 된 사실이니, 믿으셔도 됩니다. 그들의 가게에서 본 보석들은 우리가 가지고 있는 것에 비하면 그 크기나 아름다움에 있어 한참 떨어지는 것들이었어요. 그런데도 그들은 엄청난 값을 부르더군요. 사실 지금은 어머니나 저나 우리가 가진 보석들의 값을 잘 모르지만, 이 정도 선물이라면 분명 술탄의 마음에 들 것이라 확신해요. 어머니! 우리 집에 이 보석들을 담기에 적합한 형태로 된 큼직한 도자기 그릇이 있지 않아요? 그걸 가져와 보세요. 그 안에다 보석들을 색깔별로 배열해서 모양이 어떤지 한번 보게요.」

어머니가 도자기 그릇을 가져오자, 알라딘은 두 개의 자루에서 보석들을 꺼내 그릇에 담았습니다. 그렇게 담아 대낮의 밝은 빛 가운데 보니, 그 색깔과 광채와 광택이 어찌나 아름다운지 모자는 눈을 뜰 수 없을 정도였습니다. 그들이 그렇게 놀란 것은, 지금까지 두 사람 모두 그것들을 등불 아래서만 보았던 까닭입니다. 물론 알라딘은 그것들이 영롱하게 반짝이는 과일들인 양 나무에 주렁주렁 달려 있는 황홀한 광경을 본 바 있었습니다. 하지만 어린애에 불과했던 그는 이 보석들을 단지 노리개 정도로만 생각했고, 또 그럴 목적으로 품에 넣어 왔던 것이죠.

이렇게 얼마 동안 선물의 아름다움을 감상한 후, 알라딘이 말했습니다.

「어머니! 이젠 선물이 없어서 술탄에게 갈 수 없다고 변명하지는 못하시겠죠? 자, 이걸 가져가시면 술탄의 극진한 대접을 받을 수 있을 거예요.」

알라딘의 어머니는 비록 선물이 아름답고 눈부시긴 하지만, 아들이 생각하는 것만큼 귀한 것인지는 확신할 수 없었습니다. 그래도 그 정도면 술탄에게 가지고 갈 만하다고 생각됐기에 더 이상 반박하지 못했죠. 그녀는 자신이 술탄에게 해야 할 부탁이 여전히 마음에 걸렸습니다.

「애야! 선물이 효과가 있어 술탄께서 나를 호의적으로 대해 주시리라는 것은 충분히 가능한 일이다. 하지만 청혼은 문제가 다르다. 난 그분 앞에 서면 힘이 쭉 빠져 꿀 먹은 벙어리가 될 거야. 그래서 결국은 소기의 목적도 이루지 못할뿐더러 네가 엄청난 가치가 있다고 주장하는 이 선물마저 잃고 돌아와서는, 너의 모든 희망이 사라져 버렸다고 알려 주게 될 것 같아. 이건 아까도 말한 거고, 반드시 그렇게 될 거야. 그래! 네가 그렇게 원한다면 이 어미는 두렵고 떨리지만 너를 위해 억지로라도 술탄을 찾아갈 수는 있다. 하지만 그다음엔? 술탄께서는 나를 미친 여자로 여겨 조롱하고 쫓아내든지, 아니면 당연한 일이겠지만 격노하여 우리 모자에게 엄한 벌을 내리실 거다.」

알라딘의 어머니는 아들의 마음을 바꿔 보기 위해 이 밖에도 여러 가지 이유들을 들었습니다. 하지만 바드룰부두르 공주의 매력에 강한 인상을 받은 그의 결심을 돌릴 수는 없었죠. 알라딘은 계속해서 어머니를 졸라 댔습니다. 결국 어머니는 꺼림칙한 마음을 억누르고 그의 뜻에 굴복하고 말았습니다. 아들을 사랑하기도 했거니와, 무엇보다도 말을 들어주지 않았다가 그가 무슨 극단적인 일이라도 저지를까 겁이 났기 때문입니다.

날이 벌써 저물어 있었으므로, 왕궁에 가는 일은 다음 날로 미루기로 했습니다. 그날 남은 시간 동안, 모자는 내일 있을 일에 대해서만 얘기를 나눴습니다. 알라딘은 행여 어머니의 마음이 변할까 봐, 머릿속에 떠오르는 말을 모두 동원하여 그녀를 격려하고 설득하려 애썼습니다. 하지만 어머니에게는 이 일이 성공하리라는 확신이 없었습니다. 그녀는 그에게 자신이 회의하는 이유를 설명했습니다.

「애야! 나도 널 위해 간절히 바라는 바이지만, 술탄께서 날 호의적으로 맞아 주시고 내가 제의하는 말을 경청해 주신다고 하자. 하지만 만일 네 재산은 얼마나 되는지, 네가 다스리는 나라는 어디 있는지 물으신다면 어떻게 하니? 그분은 너의 사람됨보다는 먼저 이런 것부터 알아보려 하시지 않겠니?

자, 말해 봐라! 그분이 이런 질문을 하시면, 난 어떻게 대답해야 하냐고?」

「어머니! 일어나지도 않은 일을 가지고 미리부터 걱정하실 필요는 없잖아요. 우선 그분이 어머니를 어떻게 맞아 주실지, 또 어떤 대답을 하실지 지켜보자고요. 만일 어머니께서 말씀하신 그런 것들을 물어 오신다면, 대답은 그때 가서 생각해도 되지 않겠어요? 어머니! 우리에겐 이 램프가 있잖아요. 최근 몇 년 동안 우리를 아무 걱정 없이 살게 해준 이 램프 말이에요. 이번에도 문제가 생기면 이게 반드시 도와줄 거예요.」

알라딘의 어머니는 더 이상 대꾸할 수 없었습니다. 그녀 역시 이 램프가 단순히 먹고살게 하는 것 이상의, 훨씬 더 놀라운 일들을 해줄 수 있으리라는 생각이 들었기 때문입니다. 비로소 그녀의 마음은 가라앉았고, 모든 근심은 사라져 버렸습니다. 어머니의 마음을 간파한 알라딘은 말했습니다.

「어머니! 한 가지 명심하실 게 있어요. 우리의 계획은 꼭 비밀로 지키세요! 우리가 성공하느냐 못하느냐는 여기에 달려 있다고요.」

알라딘과 어머니는 휴식을 취하기 위해 각자의 방으로 돌아갔습니다. 하지만 알라딘은 제대로 잠을 이룰 수가 없었습니다. 가슴속에서는 사랑이 거세게 불타올랐고, 머릿속에는 엄청난 행운을 얻기 위한 거대한 계획들이 가득했기 때문이죠. 그는 동이 트기도 전에 자리에서 일어나 어머니를 깨우러 갔습니다. 그러고는 어머니에게 어서 일어나 옷을 입고 왕궁 대문으로 가서 대재상과 재상들, 그리고 나라의 모든 대신들이 어전 회의를 위해 들어갈 때 같이 들어가라고 재촉했죠. 알라딘의 어머니는 아들이 시키는 대로 했습니다. 우선 보석이 든 도자기 그릇을 보다 편하게 들고 가기 위해 보

자기로 싸서 네 귀퉁이를 한데 모아 묶었습니다. 보자기도 하나는 아주 곱고 깨끗한 것, 다른 하나는 좀 더 거친 것으로 하여 두 겹으로 쌌죠. 마침내 어머니는 집을 나와 술탄의 궁으로 향했고, 그녀를 배웅하는 알라딘의 마음은 벌써 공주를 아내로 얻기라도 한 듯 한껏 부풀어 있었습니다.

어머니가 왕궁 대문 앞에 도착했을 때, 대재상과 재상들과 고관대작들은 이미 어전에 들어가고 난 후였습니다. 하지만 거기에는 그녀처럼 술탄에게 볼일이 있는 백성들이 무리를 이루어 기다리고 있었습니다. 드디어 대문이 열리자 그녀는 무리 틈에 끼어 어전으로 들어갔습니다. 어전은 아주 널찍하고도 멋진 홀로, 크고 화려한 입구를 통해 들어가도록 되어 있었습니다. 안쪽에는 술탄이 대재상을 비롯한 수많은 신하들에게 둘러싸여 있었죠. 백성들은 술탄의 맞은편에 멈춰 섰습니다. 알현은 탄원 신청을 한 순서대로 행해졌습니다. 그렇게 한 사람씩 순서대로 옥좌 앞에 불려 나가면 각자의 사건은 진술되고, 변론되고, 판결되었습니다. 이윽고 정해진 알현 시간이 끝나자, 술탄은 일어나 어전 회의를 해산한 다음 대재상만을 대동하고 내전으로 들어갔습니다. 다른 재상들과 대신들 역시 물러갔고, 각자의 문제를 해결하기 위해 모여든 백성들도 일제히 어전을 빠져나왔습니다. 어전 문을 나서는 그들의 표정은 제각각이었는데, 싱글벙글 웃고 있는 이들은 재판에서 이긴 사람들이었으며, 반대로 시무룩한 표정을 짓고 있는 이들은 불리한 판결을 받은 사람들이었습니다. 또 그날 재판을 받지 못하여 다음 기회를 기약하고 돌아가는 사람들도 적지 않았습니다.

술탄이 내전으로 들어가고 사람들도 모두 어전을 빠져나가자, 알라딘의 어머니는 오늘 술탄이 더 이상 나타나지 않을 것이라 판단하고는 집으로 돌아와 버렸습니다. 어머니가 술탄에게 전하러 가져간 선물을 그대로 들고 오는 것을 본 알라딘은 가슴이 덜컥했습니다. 그리고 그녀의 입에서 그 어떤 불길한 소식이 튀어나올지 몰라, 무슨 소식을 가져왔느냐고 감히 물어보지도 못했습니다. 하지만 태어나서 한 번도 왕궁에 들어간 본 적이 없었고, 그 안이 어떤 식으로 돌아가는지 아무것도 몰랐던 어머니가 처음으로 그곳을 구경하고 와서 들뜬 음성으로 전해 주는 말에, 알라딘의 불안감은 곧 씻은 듯 사라졌습니다.

「애야! 나는 술탄님을 봤어! 그리고 그분 역시 나를 분명히 보셨을 거야. 난 그분 바로 맞은편에 서 있었고 중간에서 시야를 가리는 사람도 없었거든. 그런데 좌우편에서 서로 자기가 옳다고 싸워 대는 사람들의 말을 참을성 있게 들어 주시느라 폐하께서 얼마나 고생이 많으시던지, 지켜보고 있는 내 마음이 다 아팠단다. 이런 재판들은 끝없이 계속되었고, 결국 폐하께선 지치시는 것 같더라. 갑자기 벌떡 일어나시더니 내전으로 들어가 버리시는 거야. 뒤에서 자기 차례를 기다리며 서 있던 사람들은 말을 해볼 기회도 없었지. 하지만 나는 너무나도 좋더라! 그렇게 오랜 시간 아무 말도 못하고 마냥 기다리고만 있으려니까 어땠는지 아니? 나 역시 답답해 미치겠는 데다가, 극도의 피로까지 몰려왔었거든. 하지만 우리 일에는 아무 이상 없단다. 난 내일 다시 가볼 작정이야. 내일은 폐하께서도 그다지 바쁘시지 않겠지.」

알라딘은 타오르는 사랑으로 금방이라도 터질 것만 같은 상태였습니다. 하지만 일단은 이 설명에 만족하고 인내로 무장하는 수밖에 없었지요. 그래도 오늘 한 가지 수확은 있었습니다. 어머니가 술탄이 마주 보이는 곳에 서 있어도 괜찮았다 하니, 가장 어려운 고비는 넘긴 셈이었죠. 이제 다른 사람들이 어떻게 하는지 지켜보았을 터이니, 폐하께 말할 수 있는 기회만 주어진다면 어머니도 자기가 부탁한 일을 문제없이 처리할 수 있을 게 아닙니까?

다음 날, 전날과 다름없이 꼭두새벽부터 일어난 어머니는 또다시 보석 보따리를 챙겨 들고 왕궁으로 향했습니다. 하지만 이번 걸음은 헛수고였습니다. 어전의 문이 닫혀 있었던 것입니다. 어전 회의는 이틀에 한 번만 열리니, 다음 날 와야 한다는 것이었습니다. 그녀는 돌아와 그 사실을 알라딘에게 전해 주었고, 그는 다시 한 번 인내해야 했습니다. 이렇게 그녀는 여섯 번을 더 어전에 가서 술탄 앞에 섰지만, 그때마다 뜻을 이루지 못하고 터덜터덜 돌아올 뿐이었습니다. 만일 술탄이 어전 회의 때마다 맞은편에 서 있는 그녀를 눈여겨보지 않았더라면, 그렇게 백 번을 더 나갔다 한들 결과는 똑같았을 것입니다. 더욱이 뭔가 탄원을 하거나 재판을 요청한 이들만이 순서에 따라 술탄 앞에 나아갈 수 있었는데, 알라딘의 어머니는 그 어느 경우에도 속하지 않았으므로 술탄을 뵐 수 있는 가능성이 거의 없었던 것입니다.

결국 어느 날, 어전 회의를 마치고 내전에 돌아온 술탄은 대재상에게 말했습니다.

「얼마 전부터 짐이 눈여겨본 일이 하나 있소. 어전 회의 때마다 한 여인이 무언가를 보자기에 싸들고 와서는, 알현이 시작될 때부터 끝날 때까지 짐의 맞은편에 하염없이 서 있는 것이었소. 그녀가 원하는 게 뭔지 경은 혹시 알고 있소?」

대재상은 아는 것이 없었지만, 가만히 있으면 망신이다 싶어 이렇게 대답했습니다.

「폐하! 폐하도 아시다시피 여인네들이란 아무것도 아닌 일들을 가지고 불평을 하곤 하지 않습니까? 이 여인도 그런 부류가 아닐까요? 아마 누군가가 그녀에게 형편없는 밀가루를 팔았거나 대수롭지 않은 잘못을 범하여, 그것을 하소연하려고 폐하를 찾아온 게지요.」

술탄은 이 답변에 만족하지 않았습니다.

「다음 어전 회의에도 그 여인이 오면, 경은 반드시 내 앞으로 데려오시오. 그녀의 사연을 한번 들어 봐야겠소.」

대재상은 자신의 손에 입을 맞춘 다음, 그것을 머리 위에 가져다 댔습니다. 만약 왕명을 어길 시 그 손이 잘려 나가도 좋다는 맹세의 표현이었죠.

알라딘의 어머니에게 어전 회의에 참석하는 일은 어느덧 하나의 습관이 되어 있었습니다. 더욱이 최선을 다하는 모습을 아들에게 보여 주고 싶었기에, 수고를 수고로 여기지 않았죠. 그래서 그녀는 그다음 알현일에도 어김없이 나타나 평소처럼 어전의 입구 부근, 술탄이 마주 보이는 곳에 서 있었습니다.

대재상이 그날 심의할 사안을 보고하려 막 입을 열 때, 마침내 술탄이 그녀를 발견했습니다. 지금까지 그녀가 얼마나 오래 기다려 왔는지 익히 아는 술탄은 깊은 동정심을 느끼며 대재상에게 말했습니다.

「잠깐, 다른 것보다도 말이오. 경이 잊을지도 몰라서 지금 말해 두겠소. 일전에 짐이 경에게 말했던 그 여인이 저기 있소. 그녀를 데려오시오! 먼저 그녀의 얘기부터 들어 보고, 문제가 있다면 해결해 주기로 합시다.」

대재상은 즉시 옆에 시립해 있던 호위대장에게 명하여 그녀를 옥좌 앞으로 데려오게 했습니다. 이에 호위대장은 알라딘의 어머니에게 다가가 자기를 따라오라고 손짓했습니다. 그러고는 옥좌 아래 인도해 준 다음, 다시 대재상 옆 자기 자리로 돌아가 섰습니다.

알라딘의 어머니는 다른 탄원자들이 보여 준 본에 따라, 옥좌 아래 계단을 따라 내려오는 양탄자에 이마를 처박고 죽은 듯이 엎드려 있었습니다. 일어나라는 명을 받고서야 다시 몸을 일으킨 그녀에게 술탄이 말했습니다.

「여인이여! 짐은 잘 알고 있었소. 오래전부터 어전 회의가 있을 때마다 그대가 나타나서, 시작할 때부터 끝날 때까지 입구에서 마냥 서 있었다는 사실을 말이오. 대체 무슨 일 때문이오?」

이에 알라딘의 어머니는 다시 한 번 바닥에 엎드려 절을 올렸습니다. 그러고는 다시 일어나서 대답했습니다.

「이 세상 모든 군주 중 가장 뛰어나신 군주시여! 오늘 쇤네로 하여금 폐하의 숭고한 옥좌 앞까지 오지 않을 수 없게 만든 그 기막힌, 아니 거의 믿기 힘든 사연을 말씀드리기에 앞서서, 미리 한 가지 간청드리고 싶은 게 있사옵니다. 그건 이

제 쉰네가 폐하께 무언가를 부탁드릴 것이온데, 이를 들으시고 제가 경솔하다거나 무엄하다는 생각이 드시더라도 부디 벌을 내리시지 말아 달라는 것이옵니다. 쉰네가 올릴 부탁은 너무나도 괴상망측한 것이어서, 감히 술탄께 말씀드리자니 쉰네 자신의 온몸이 후들거리고 얼굴은 화끈거리기만 할 따름이옵니다.」

술탄은 그녀가 좀 더 자유롭게 말할 수 있도록 대재상만 남고 모두들 물러가라고 명했습니다. 그러고는 그녀에게 이제 마음 편히 사연을 얘기해 보라고 분부했습니다. 하지만 술탄의 배려에도 불구하고 알라딘의 어머니는 좀처럼 마음이 놓이지 않았습니다. 곧 그녀가 하게 될, 술탄으로서는 전혀 예상하지 못했을 제의에 그가 진노할지도 모른다는 불안감에 그녀는 보다 확실한 보장을 얻고 싶었습니다.

「폐하! 심히 황송하오나 다시 한 번 간청드리고 싶사옵니다. 쉰네가 드릴 부탁이 불쾌하거나 모욕적으로 느껴지신다 할지라도 넓으신 아량으로 용서해 주시겠다고 분명히 약속해 주시옵소서!」

「좋아, 좋아! 그게 뭔지는 모르겠지만 다 용서해 주겠노라고 약속하오. 그대에게는 아무 일도 일어나지 않을 거요. 자, 이젠 두려워 말고 어서 말해 보시오!」

그제야 알라딘의 어머니는 모든 것을 이야기하기 시작했습니다. 어떻게 알라딘이 바드룰부두르 공주를 보게 되었는지, 어떻게 그녀의 모습이 그의 내부에 맹렬한 사랑을 일으키게 되었는지, 그가 집에 돌아와서 자신에게 어떻게 선언했는지, 또 그 어처구니없는 정열에 사로잡혀 있는 아들의 마음을 돌리기 위해 자신이 어떤 말들을 했는지, 하나도 빠짐없이 들려주었죠. 그러고는 이렇게 덧붙였습니다.

「쉰네도 알고 있사옵니다. 그놈이 빠져 있는 정열은 공주님뿐 아니라 폐하께도 지극히 모욕적인 것이라는 사실을 말입니다. 하지만 녀석은 쉰네의 말을 듣고 자신의 발칙함을 인정하기는커녕, 계속 고집만 부리며 심지어는 쉰네를 위협하기까지 했습니다요. 만일 쉰네가 폐하를 찾아가 청혼해 주지 않으면 뭔가 극단적인 행동을 하겠다고요. 그래서 쉰네는 전혀 내키지 않았음에도 불구하고, 못난 아들놈을 위해 이렇게 폐하를 찾아오지 않을 수 없었답니다. 그러니 폐하! 폐하의 하늘 같은 가문에 말도 안 되는 청혼을 하겠다는 무엄한 마음을 품었던 쉰네와 쉰네의 아들놈을 제발 용서해 주시옵소서!」

술탄은 조금도 노여워하는 기색을 보이지 않았고, 비웃지도 않았습니다. 오히려 아주 부드럽고 온화한 표정으로 끝까지 들어 주었습니다. 하지만 대답하기에 앞서, 보자기에 싸 온 것이 무엇이냐고 물었습니다. 그녀는 즉시 보자기를 내려놓고 그 앞에 엎드렸습니다. 그러고는 보자기를 풀어 그릇을 술탄에게 내밀었습니다.

술탄의 입은 딱 벌어지고 말았습니다. 여인이 내민 그릇 안에는, 그도 여태껏 본 적이 없는 진귀하고 완벽하고 큼직큼직한 보석들이 한데 모여 영롱한 광채를 발하고 있었던 것입니다. 그는 한동안 휘둥그레진 눈으로 감탄사만 연발할 뿐, 꼼짝도 하지 못했습니다. 이윽고 정신을 차린 그는 알라딘의 어머니의 손에서 선물을 건네받으며 탄성을 발했습니다.

「오오, 정말 아름답군! 아아, 정말 엄청나!」

그는 보석을 하나씩 집어 들고 이리저리 돌려 보며 각각의 아름다움과 특징을 감상한 후, 대재상 쪽으로 몸을 돌려 그릇을 보여 주었습니다.

「경, 보시오! 세상에 이렇게 귀하고 완벽한 보물을 본 적이 있소?」

대재상 역시 얼이 빠질 정도였습니다. 술탄은 말을 이었습니다.

「자, 이 선물을 어떻게 생각하시오? 이 정도면 내 딸 공주에게 어울리지 않소? 이 정도 값어치의 보석들이라면 청혼을 한 그 청년에게 공주를 줄 수도 있지 않겠소?」

이 말에 대재상의 마음은 기이하게 흔들렸습니다. 사실 얼마 전 술탄은 공주를 대재상의 아들과 결혼시킬 뜻이 있다고 밝힌 바 있었습니다. 그는 이 너무나도 귀하고 엄청난 보물을 본 술탄이 행여 마음을 바꾸지나 않을까 걱정하기 시작했습니다.

「폐하! 이 보물이 공주님께 조금도 부끄럽지 않은 선물이라는 사실은 소신도 인정하지 않을 수 없습니다. 하지만 결정하시기 전에 소신에게 석 달만 기한을 주옵소서! 황송하옵게도 일전에 폐하께서 소신의 아들 녀석을 눈여겨보셨다고 말씀하신 사실을 기억하십니까? 만일 조금만 시간을 주신다면 소신도 저 알라딘이라는 듣도 보도 못한 자가 보내 온 것보다 훨씬 귀한 선물을 구해 올 수 있을 것입니다.」

술탄은 대재상이 그런 선물을 구해 온다는 것은 불가능하다고 확신하고 있었습니다. 하지만 공주를 알라딘이라는 미천한 평민에게 주는 것이 아무래도 꺼림칙했던 터라, 일단은 재상의 청을 들어주기로 마음먹었습니다. 그는 알라딘의 어머니에게 몸을 돌려 말했습니다.

「자, 여인이여! 집에 돌아가 그대의 아들에게 전하시구려. 그의 제의를 받아들인다고. 하지만 공주에게 가구 등 혼수를 준비해 줄 시간이 필요하니 석 달만 기다리라고 하시오. 자, 그럼 석 달 후에 다시 봅시다!」

집으로 돌아가는 알라딘의 어머니는 너무도 기뻐 펄쩍펄쩍 뛰고 싶을 정도였습니다. 아침에 집을 나설 때만 해도 술탄에게 접근하는 일조차 불가능하다고 믿고 있던 어머니였습니다. 설사 가까스로 알현 기회를 얻어 알라딘의 말을 전한다 하더라도, 일언지하에 거절당해 망신만 당하고 쫓겨날 줄 알았습니다. 그런데 이게 웬일입니까? 술탄이 긍정적인 답변을 주실 줄 그 누가 상상할 수나 있었겠습니까?

알라딘은 집에 들어오는 어머니의 모습을 보고 좋은 소식이 있음을 직감했습니다. 첫째 그녀가 평소보다 일찍 들어왔고, 둘째로 얼굴이 활짝 펴 있었기 때문입니다.

「그래요, 어머니! 제게 희망이 있나요? 아니면 절망하여 죽어야 하나요?」

그녀는 우선 얼굴을 가린 너울부터 벗고, 아들과 마주 앉은 뒤 말했습니다.

「애야! 궁금해 죽겠을 터이니 뜸 들이지 않고 이것부터 말하마! 아니, 죽기는 왜 죽는단 말이야? 너무나도 기쁜 소식이 있는데!」

이어 그녀는 오늘 있었던 일들을 모두 이야기해 주었습니다. 술탄이 다른 사람을 보기에 앞서 자신을 먼저 부른 일, 술탄이 노여워하지 않게끔 본론을 꺼내기 전에 미리 다짐을 받아 놓은 일, 그리고 술탄이 직접 아주 긍정적인 대답을 해준 일……. 또 술탄의 말이나 표정으로 판단하건대, 그가 그런 호의적인 결정을 하게 된 데에는 무엇보다도 가져간 선물이 큰 역할을 한 것 같다고 덧붙였습니다.

「정말이지 나로서는 전혀 예상 못한 대답이었다. 특히나 폐하께서 답변을 주시기 전, 대재상이라는 사람이 그분의 귀에 대고 뭐라고 속닥대는데, 우리에게 호의를 품고 계신 그분의 마음을 돌리려고 하는 수작 같더라니까!」

알라딘은 이제 세상에서 가장 행복한 사람이 된 기분이었습니다. 그는 우선, 상사병에 걸린 아들이 행여 어떻게 될까 봐 수고를 마다 않고 그 어려운 일을 해주신 어머니에게 깊이 감사했습니다. 사실 당장에라도 사랑하는 공주에게 달려가고 싶은 그에게 석 달이라는 기간은 너무도 길게 느껴졌지만, 어차피 한번 떨어진 술탄의 답변이 철회될 리 없다고 생각하고는 참고 기다리기로 마음먹었습니다. 그렇게 알라딘은 시간과 요일뿐 아니라, 심지어는 일분일초까지 세어 가면서 시간을 보냈습니다.

두 달이 지난 어느 날 저녁, 알라딘의 어머니는 램프를 켜려다 기름이 떨어진 것을 보고는 기름을 사기 위해 밖으로 나왔습니다. 그런데 시내 쪽에 나가 보니 온통 축제 분위기였습니다. 저녁 늦은 시간이었음에도 불구하고 상점들이 모두 열려 있었고, 잎사귀 장식이며 연등 같은 것들로 꾸며져 있었습니다. 또 사람마다 자기 집을 다른 집보다 더 화려하게 꾸미려고 열심이었습니다. 무슨 일인지, 모든 사람들이 큰 경축 행사를 준비하고 있었던 것입니다. 거리는 예복을 차려입고 멋지게 치장한 말을 탄 관리들로 북적거렸고, 그 주위에는 수많은 종복들이 분주히 뛰어다니고 있었습니다. 알라딘의 어머니는 기름 가게 주인에게 대체 무슨 일이냐고 물었습니다.

「아니, 이 아주머니는 대체 어느 나라 사람이래?」 주인은 깜짝 놀라며 반문했습니다. 「그래, 아주머니는 대재상의 아드님이 술탄의 따님 바드룰부두르 공주와 결혼한다는 사실을 모른단 말이오? 그녀는 곧 목욕탕에서 나올 거요. 저기 보이는 관리들도 결혼식이 열리는 왕궁까지 공주님을 모셔 가려고 저리 모여 있는 것이지.」

알라딘의 어머니는 더 이상 알아보려 하지 않았습니다. 숨이 턱에 차도록 단숨에 집으로 달려와 대문에 들어서서는, 이런 불길한 소식이 날아들리라고는 꿈에도 생각지 못하고 있는 아들에게 소리쳤습니다.

「아들아! 이제 우린 끝났다! 넌 술탄의 그 고마우신 약속을 믿고 있었지? 하지만 이제 그럴 일은 없을 거야.」

알라딘은 깜짝 놀랐습니다.

「어머니! 어째서 술탄께서 약속을 안 지키신다는 거죠? 또 그 사실은 어떻게 알게 되셨는데요?」

「오늘 저녁, 대재상의 아들이 바드룰부두르 공주와 왕궁에서 결혼한단다.」 이어 그녀는 어떻게 이 소식을 듣게 되었는지 말해 준 다음, 모든 정황으로 볼 때 의심의 여지가 없는 일 같다고 덧붙였습니다.

이 소식을 들은 알라딘은 벼락이라도 맞은 듯 멍한 표정이었습니다. 다른 사람 같았으면 그냥 괴로워만 하고 있었겠지요. 하지만 질투와 분노에 불타는 알라딘은 가만히 앉아 있지 않았습니다. 자기에게 유용한 램프가 있다는 사실을 기억해 낸 그는 쓸데없이 술탄이나 대재상, 또는 대재상의 아들에게 화를 터뜨리는 대신, 다만 조용히 말했습니다.

「어머니! 오늘 밤, 대재상의 아들은 녀석이 생각하는 것만큼 행복하지는 못할 겁니다. 자, 저는 잠시 제 방에 들어가 있을 테니, 어머니는 저녁이나 준비하세요.」

알라딘의 어머니는 아들이 대재상의 아들과 바드룰부두르 공주의 결혼을 막기 위해 램프를 사용하려 한다는 것을 눈치챘습니다. 과연 알라딘은 자기 방에 들어가 신기한 램프를 꺼냈습니다. 정령을 본 이후로 어머니가 너무도 무서워하여 자신만 아는 장소에 감춰 두었던 것입니다. 그렇게 램프를 꺼내 든 그는 지금까지 그래 온 것처럼 똑같은 곳을 문질렀습니다. 그 순간 정령이 나타나 알라딘에게 말했습니다.

「무얼 원하시오? 나는 램프의 종, 그 램프를 손에 들고 있는 사람의 노예요. 따라서 나는 지금 당신의 종이며, 당신의 명에 복종할 준비가 되어 있소!」

「자, 내 말 잘 들어라! 지금까지 자네가 한 일은 필요할 때 내게 먹을 걸 가져다주는 일이었어. 하지만 이번에는 그와는 다른, 아주 중요한 일이야. 나는 술탄에게 바드룰부두르 공주를 아내로 달라고 청혼을 했어. 그는 그러겠노라고 약속하고, 석 달만 기다려 달라고 했지. 그런데 오늘 저녁, 아직 기한도 차지 않았는데 공주를 나 아닌 대재상의 아들놈과 결혼시켜 버린 거야. 나도 이 소식을 방금 들었는데, 확실한 것 같아. 자, 이제 자네가 할 일을 말하겠어. 신혼부부가 침상에 오르면 침대째 들어서 여기다 그대로 갖다 놓게.」

「알겠소, 주인! 다른 분부는 없소?」

「현재로선 그것뿐이다.」

정령은 그 즉시 사라졌습니다.

알라딘은 어머니에게 돌아와 평소처럼 차분하게 저녁을 들었습니다. 식사 후에는 공주의 결혼에 대해 어머니와 얘기를 나눴는데, 마치 남 얘기하듯 태연했습니다. 그러고는 어머니가 주무실 수 있도록 자기 방으로 돌아왔습니다. 하지만 그는 자지 않고, 자기 명을 집행하러 떠난 정령이 돌아오기만을 기다렸습니다.

한편, 술탄의 궁에서는 공주의 성대한 결혼식을 위한 모든 것이 순조롭게 준비되었고, 저녁 내내 계속된 각종 의식과 축하 잔치는 밤이 깊도록 이어졌습니다. 마침내 이 모든 것이 끝나자 대재상의 아들은 공주를 모시는 내시 대장의 신호에 따라 살그머니 연회장을 빠져나왔고, 내시 대장은 그를 공주의 거처에 마련된 신방으로 인도했습니다. 신랑은 먼저 침상에 올라 드러누웠습니다. 잠시 후, 자신의 시녀들과 공주의 시녀들을 거느린 왕비가 신부를 데리고 도착했습니다. 공주는 첫날밤 신부들이 으레 그렇듯 짐짓 앙탈을 부렸지만 왕비는 억지로 그녀의 옷을 벗겨 침대에 오르게 했습니다. 그러고는 행복한 첫날밤을 기원한 후 시녀들을 거느리고 신방을 나왔고, 마지막으로 나온 시녀가 문을 닫았습니다.

방문이 닫히자, 충직한 램프의 종으로서 언제나 주인의 분부를 정확하게 집행하는 정령은 즉각 행동을 개시했습니다. 신랑이 옆에 누워 있는 신부의 몸에 손을 대기도 전에, 침대를 번쩍 들어 올린 것입니다. 이어 깜짝 놀란 신랑 신부가 누워 있는 그 침대를 눈 깜짝할 사이에 알라딘의 방에다 옮겨 놨습니다.

이 순간을 초조하게 기다리고 있던 알라딘은 대재상의 아들이 공주와 함께 누워 있는 모습을 보고 눈이 뒤집혔습니다.

「정령! 이놈을 헛간에 가둬 놓아라! 그리고 자네는 내일 아침 동틀 무렵에 다시 돌아오도록!」

정령은 즉시 내의 차림으로 벌벌 떨고 있는 신랑을 번쩍 들어 알라딘이 지시한 곳에다 옮겨 놓고는 머리끝에서 발끝까지 자신의 입김을 쐬어 옴짝달싹 못하게 만들었습니다.

바드룰부두르 공주에 대해 깊은 사랑에 빠져 있는 알라딘이었지만, 막상 그녀와 단둘이 되고 보니 많은 말이 나오지 않았습니다. 단지 열정에 찬 목소리로 이렇게 말했을 뿐입니다.

「사랑스러운 공주님! 여기는 안전한 곳이에요. 그리고 아름답고 매력적인 공주님에 대한 내 사랑은 너무도 격렬하지만, 공주님에 대한 깊은 경의가 요구하는 만큼, 한계는 결코 넘지 않을 거예요. 우선 오늘 제가 이런 극단적인 행동을 한 것을 용서해 주세요. 그건 공주님을 모욕하려 함이 아니라, 자격도 없는 작자가 부당하게 공주님을 범하는 것을 막기 위함이었답니다. 사실 술탄께서는 공주님을 내게 주겠다고 약속하셨거든요.」

부왕과 알라딘 사이에 무슨 일이 있었는지 알 턱이 없는

공주로서는 알라딘의 말이 귀에 들어오지 않았습니다. 더구나 지금 그녀는 전혀 대답할 수 있는 상태가 아니었습니다. 창졸간에 너무도 놀라운 일을 당해 극도의 두려움에 사로잡혀 있었기 때문입니다. 하지만 알라딘은 개의치 않고 옷을 벗은 다음 그녀 옆에 드러누웠습니다. 그래도 예의상 공주에게서 등을 돌리고 그 사이에는 검을 한 자루 놓아, 그녀의 명예를 더럽히지 않겠다는 뜻을 분명히 했습니다.

이렇게 오늘 밤 맛보리라 잔뜩 기대하던 연적의 행복을 빼앗은 알라딘은 흐뭇하고 편안한 마음으로 잠이 들었습니다. 반면 바드룰부두르 공주의 기분은 정반대였습니다. 이렇게 고약하고도 불쾌한 밤은 정말이지 태어나서 처음이었던 것입니다. 하물며 정령이 헛간에다 가둬 놓은 대재상의 아들은 오죽했겠습니까? 거기서 그가 얼마나 고통스러운 밤을 보냈을지는 충분히 상상되시겠지요.

다음 날 알라딘이 램프를 문지르기도 전에, 정령은 막 옷을 차려입은 알라딘 앞에 나타났습니다.

「나, 또 왔소! 뭐 분부할 건 없소?」

「대재상의 아들놈을 데려와 다시 침대 위에 올려놓도록! 그리고 술탄 궁의 원래 장소에다 침대를 옮겨 놓아라!」

정령이 꼼짝 못하고 갇혀 있는 대재상의 아들을 데리러 떠났다가 다시 나타나자, 알라딘은 침대에서 검을 치웠습니다. 정령은 그를 신부 옆에 눕힌 다음 눈 깜짝할 사이에 술탄 궁에 있는 원래의 장소에다 옮겨 놓았습니다. 여기서 한 가지 밝혀 둘 것은, 이 모든 일 가운데 정령의 모습은 공주나 재상 아들의 눈에 전혀 보이지 않았다는 사실입니다. 만일 보였다면 그들은 무서워서 죽어 버렸을지도 모릅니다. 그들은 심지어 알라딘과 정령 사이에 오가는 말도 듣지 못했습니다. 다만 침대가 잠시 흔들리면서 순식간에 한 장소에서 다른 장소로 옮겨진 것만을 느꼈을 따름입니다. 하지만 그것만으로도 벌써 두 사람은 간이 떨어질 정도로 무서웠습니다.

정령이 신혼 침대를 제자리에 내려놓자마자 술탄이 문을 열고 들어왔습니다. 딸이 첫날밤을 어떻게 보냈는지 궁금하기도 하고, 아침 인사도 할 겸 해서 방문했던 것입니다. 밤새 추운 헛간에 갇혀 있어 몸이 꽁꽁 얼어 버린 신랑은 문이 열리자마자 어젯밤 옷을 벗어 놓았던 방으로 황급히 뛰어 들어갔습니다.

술탄은 공주의 침대에 다가가, 평소 습관대로 그녀의 두 눈 사이에 입을 맞추어 아침 인사를 했습니다. 그러고는 미소 띤 얼굴로, 첫날밤을 보낸 기분이 어떤지 물었습니다. 하지만 손으로 딸의 얼굴을 쳐들고 자세히 살펴본 그는 깜짝 놀랐습니다. 그녀의 얼굴에는 발그레한 홍조는커녕 아버지의 마음을 흡족하게 할 만한 그 어떤 표정도 나타나지 않았고, 크나큰 수심만이 가득했던 것입니다. 그녀는 무언가 몹시 슬프고 불만스러운 일이 있다는 듯, 지극히 처량한 눈으로 그를 올려다볼 뿐이었습니다. 술탄은 다시 그녀에게 몇 마디 던졌습니다. 하지만 곧 여전히 아무 대답이 없자, 아마도 부끄러워서 그러는 모양이라 생각하고는 방을 나왔습니다. 하지만 공주가 침묵을 지키는 데에는 무언가 심상치 않은 사연이 숨어 있을지도 모른다고 의심했죠. 그래서 당장에 왕비의 거처로 달려가 지금 공주의 상태가 어떤지, 또 어떤 모습으로 자신을 맞았는지 이야기해 주었습니다. 이에 왕비가 대답했습니다.

「폐하! 첫날밤을 지내고 난 신부는 다 그런 법이에요. 앞으로 사흘 정도 더 그럴 수도 있답니다. 그다음엔 폐하를 합당한 태도로 맞겠죠. 자, 제가 직접 가서 살펴보겠어요. 만일 저에게까지 그런 식으로 대한다면 제 생각이 틀린 거겠죠.」

왕비는 옷을 갖춰 입고 공주의 거처로 갔습니다. 그녀는 아직도 누워 있는 딸에게 다가가 입을 맞추며 아침 인사를 했습니다. 그러나 곧 왕비 역시 크게 놀라지 않을 수 없었습니다. 공주는 아무 대답이 없었을 뿐 아니라, 자세히 살펴보니 크게 낙담한 기색이었던 것입니다. 이에 자신이 모르는 어떤 일이 있었던 것이리라 생각한 왕비가 딸에게 물었습니다.

「애야! 이 어미가 이처럼 따뜻하게 말을 건네는데 왜 그리 묵묵부답, 아무 반응도 없는 거니? 그래, 첫날밤을 지낸 여자로서 기분이 어떨는지, 이 엄마가 모를 것 같아? 그래서 네 아버지께 하듯 그렇게 새침을 떨고 있는 거니? 아니, 그럴 리는 없겠지! 네게 뭔가 다른 일이 일어난 게 틀림없어. 솔직하게 좀 말해 봐! 이 엄마는 불안해 죽겠구나!」

마침내 바드룰부두르 공주는 침묵을 깨뜨리며 땅이 꺼질 듯 한숨을 내쉬었습니다. 그러고는 울먹이며 말했지요.

「아, 어마마마! 불손한 모습을 보인 걸 용서해 주세요! 사실 간밤에 너무도 기이한 일이 일어나서 소녀는 정신이 하나도 없었답니다. 아직도 너무나 무서워서 심장이 벌렁거리고, 심지어는 저 자신이 누구인지조차 모르겠어요.」

이어 그녀는 지난밤에 있었던 일들을 생생하게 들려주기 시작했습니다. 그녀와 신랑이 잠자리에 들자마자 침대가 두둥실 떠오르더니 순식간에 어떤 어둡고도 누추한 방으로 옮겨진 일, 신랑은 어디론가 사라져 버리고 자기만 혼자 남게 된 일, 신랑 대신 웬 낯모르는 청년이 나타난 일, 그가 자기에게 뭐라고 말을 했지만 자신은 하도 무서워 아무것도 이해하지 못한 일, 그가 두 사람 사이에 검을 내려놓고서 신랑 대신 침대에 누운 일, 아침이 되자 신랑이 돌아오고 다음 순간 침대가 원래의 자리로 되돌아온 일……. 그러고서 공주는 덧붙였습니다.

「이 모든 일이 끝나자마자 아버님께서 제 방에 들어오신 거예요. 하지만 저는 너무도 무서워서 그분 말씀에 한마디도 대답할 수 없었어요. 물론 폐하께서는 저의 이런 태도에 몹시 노여워하셨겠죠. 하지만 제가 얼마나 무서운 일을 겪었으며, 또 지금 얼마나 가련한 상태에 있는지 아신다면 용서해 주실 거예요.」

왕비는 딸의 말을 아주 차분하게 들었습니다. 하지만 그녀의 말을 믿지는 않았습니다.

「얘야! 네 아버님께 이 말을 하지 않은 건 참 잘한 일이다. 그리고 다른 사람에게도 절대로 하지 마라. 그 말을 들으면 모두들 너를 실성한 사람으로 여길 테니까.」

「어마마마! 지금 제 정신은 아주 말짱해요! 가서 신랑한테도 물어보세요! 똑같은 대답을 할 거니까요!」

「그래, 가서 알아보긴 하겠다. 하지만 설사 그가 너처럼 말한다 하더라도 난 못 믿는다. 자, 그건 그렇다 치고, 어서 일어나 그 이상한 상상을 머리에서 떨쳐 버리거라! 지금 이 왕궁과 왕국 전체에서는 네 결혼을 축하하는 축제가 한창이고, 또 앞으로도 여러 날 동안 계속될 터인데, 그래, 너의 그 엉뚱한 상상으로 이 모든 걸 망쳐 버린다면 참 보기 좋겠다! 자, 들어 봐라! 벌써 나팔과 탬버린과 북이 연주하는 팡파르 소리가 들려오지 않니? 자, 나가서 축제를 즐기자꾸나! 그럼 마음이 한결 가볍고 즐거워져서, 방금 말했던 그 괴상한 환상들을 잊어버릴 수 있을 거야.」

왕비는 즉시 공주의 시녀들을 불렀습니다. 그리고 공주가 시녀들의 도움을 받아 침대에서 일어나 몸단장하는 것을 확인한 후, 술탄의 거처로 갔습니다. 그녀는 술탄에게 과연 공주는 이상한 상상을 하고 있는 게 사실이지만, 큰 문제는 없을 것 같다고 말했습니다. 그러고 나서는 공주가 왜 그러는지 좀 더 자세히 알아보기 위해 대재상의 아들도 불렀습니다. 하지만 술탄의 사위가 된 것을 무한한 영광으로 여기는 대재상의 아들은 사실을 숨기기로 결심했습니다. 왕비가 물었습니다.

「여보게, 사위! 자네도 자네 각시처럼 고집을 부릴 텐가?」

「마마! 지금 대체 무슨 말씀을 하고 계신지요?」

「됐네! 더 이상 알아볼 필요도 없지. 자네는 공주보다는 훨씬 현명하구먼.」

왕궁에서는 잔치가 종일 계속됐습니다. 왕비는 한시도 공주 곁을 떠나지 않으면서 마음을 즐겁게 해주려 애썼고, 궁중에서 열리는 각종 여흥이며 공연에도 참석하게 했습니다. 하지만 공주의 표정은 내내 시무룩했습니다. 간밤에 일어난 일이 아직도 머리를 꽉 채우고 있었기 때문입니다. 마음이 우울하기는 대재상의 아들도 마찬가지였습니다. 하지만 야심을 위해 이런 감정을 숨기고 있었으므로, 겉으로는 누가 보아도 행복한 신랑일 뿐이었죠.

왕궁에서 무슨 일이 일어났는지 전해 들은 알라딘은, 어젯밤 이후로 신혼부부가 아직 동침하지 않았음을 확신할 수 있었습니다. 알라딘은 두 사람을 가만히 내버려 두고 싶은 마음이 추호도 없었습니다. 그래서 그날도 밤이 이슥해지자 다시금 램프를 문질렀습니다. 즉시 정령이 나타나 항상 하는 표현으로 인사를 했습니다. 알라딘은 명했습니다.

「오늘 밤에도 대재상의 아들놈과 바드룰부두르 공주가 동침할 것이다. 가서 그들이 잠자리에 들면 어제처럼 침대를 내 앞에 옮겨 놓도록!」

정령은 전날 밤처럼 알라딘의 명을 충직하고도 정확하게 집행했습니다. 대재상의 아들은 전날처럼 춥고 괴로운 밤을 보내야 했으며, 공주는 알라딘이 두 사람 사이에 검을 내려

놓은 다음 자기 곁에 눕는 모습을 두려운 마음으로 지켜봐야 했습니다. 알라딘의 지시대로 다음 날 아침 돌아온 정령은 신랑을 제자리에 데려다 놓고, 신혼부부의 침대를 번쩍 들어 원래의 장소에 옮겨 놓았습니다.

공주의 두 번째 밤은 어땠는지 궁금해진 술탄은 역시 아침 일찍 그녀의 방에 찾아갔습니다. 지난밤, 또다시 뜻을 이루지 못해 더욱 참담하고 괴로운 심정이 된 재상의 아들은 술탄이 들어오는 소리를 듣자마자 후닥닥 일어나 옷 갈아입는 방으로 몸을 숨겼습니다.

술탄은 공주에게 아침 인사를 던지며 그녀의 침대로 다가갔습니다. 그는 전날처럼 그녀에게 입을 맞추고 어루만져 준 다음 물었습니다.

「그래, 애야! 오늘 아침도 어제처럼 기분이 안 좋으냐?」

그녀는 여전히 묵묵부답이었습니다. 오히려 어제보다도 더욱 침울하고 낙담한 기색이었죠. 술탄은 더 이상 의심할 수 없었습니다. 분명 공주에게 무언가 기이한 일이 일어났던 것입니다. 하지만 공주가 끝끝내 입을 열지 않자 드디어 화가 폭발하고 말았습니다. 그는 칼을 뽑아 들고 소리쳤습니다.

「내게 숨기고 있는 것을 어서 말해! 안 그러면 당장 네 목을 베어 버릴 것이야!」

이렇게 술탄이 시퍼런 칼을 빼어 들고 성난 목소리로 위협하자, 두려움에 질린 공주는 입을 열지 않을 수 없었습니다. 그녀는 눈에 눈물을 가득 담고서 외쳤습니다.

「사랑하는 아버님! 아니 술탄님! 제가 노엽게 해드렸다면 제발 용서하세요! 지난밤과 지지난밤에 제가 무슨 끔찍한 일을 당하여 이렇게 슬퍼하고 있는지 아신다면, 폐하의 노여움은 동정심으로 바뀔 거예요.」

그녀는 이렇게 말문을 떼어 술탄의 마음을 약간 누그러뜨

린 다음, 지난 이틀 동안 무슨 일이 있었는지 낱낱이 들려주었습니다. 그렇게 이야기하는 모습이 얼마나 처량하고도 가련했던지, 딸을 지극히 사랑하는 술탄으로서는 가슴이 미어지는 것 같았죠. 공주는 이야기를 마치고 덧붙였습니다.

「만일 제가 해드린 이야기를 조금이라도 의심하신다면, 폐하께서 제게 주신 신랑에게 한번 물어보세요. 그 역시 똑같은 말을 할 것입니다.」

술탄으로서는 이렇게 끔찍한 일을 당한 딸의 마음이 얼마나 힘들 것인지 충분히 이해할 수 있었습니다.

「얘야! 그런 엄청난 일을 왜 내게 곧바로 말하지 않았느냐? 이건 너뿐 아니라 나하고도 관계 있는 심각한 일이야! 내가 널 왜 결혼시켰겠니? 이런 불행한 모습을 보려고 결혼시킨 건 절대 아니다. 네가 행복해하고 만족해하는 모습을 보고 싶어서, 네게 어울리는 신랑과 행복을 누리는 모습을 보고 싶어서였다. 자, 지금 네 머릿속을 꽉 채우고 있는 그 우울한 생각들은 모두 지워 버려라! 더 이상 그런 불쾌하고 괴로운 밤이 오지 않게끔 이 아빠가 다 알아서 처리해 주도록 하마.」

자신의 거처로 돌아온 술탄은 즉시 대재상을 불러오게 했습니다.

「재상! 경의 아들을 봤소? 혹시 그가 무슨 얘기 안 합디까?」 대재상이 아직 아들을 보지 못했다고 대답하자, 술탄은 바드룰부두르 공주에게서 들은 이야기를 들려주고는 이렇게 덧붙였습니다. 「나는 공주가 말한 것이 모두 사실이라고 확신하오. 하지만 일단 경의 아들을 불러 확인해 보는 게 좋을 것 같소. 자, 그에게 가서 무슨 일이 있었는지 물어보시오!」

대재상은 지체 없이 아들을 찾아갔습니다. 그는 아들에게 술탄에게서 무슨 얘기를 들었는지 알려 준 다음, 공주의 말이 과연 사실이냐며 있었던 일을 숨김없이 털어놓으라고 다그쳤습니다.

「아버님! 사실대로 말씀드릴게요. 공주님 말씀은 모두 사실입니다. 하지만 제가 어떤 험한 꼴을 당했는지에 대해서는 공주님도 잘 모르시는 것 같군요. 자, 제 얘기도 한번 들어 보세요! 결혼식 후, 저는 상상을 초월하는 잔혹한 이틀 밤을 보내야 했어요. 제가 겪은 그 모든 고통을 도대체 어떻게 표현해야 할지 모르겠군요. 우선 침대에 누운 몸이 공중에 번쩍 들린 채 한 장소에서 다른 장소로 옮겨지는 것을 느꼈을 때, 제가 얼마나 무서웠는지 아세요? 그것도 네 번씩이나, 누가 그러는 것인지, 도대체 무슨 도깨비장난으로 이런 일이 일어나고 있는지조차 모르는 상태에서 말이에요! 그런 다음에 저는 어떤 비좁은 헛간 같은 곳에 갇혔어요. 거기서 달랑 고쟁이만 걸친 채, 거의 알몸 차림으로 이틀 밤을 보내야 했죠. 제가 놓인 장소에서 한 발짝도 뗄 수 없었을 뿐 아니라, 아무 장애물도 보이지 않았음에도 손가락 하나 까딱할 수 없었어요. 그때 제가 얼마나 괴롭고도 무서웠을지, 아버님이 한번 상상해 보세요! 뭐, 이만하면 제가 얼마나 고통을 받았는지 더 말씀드리지 않아도 되겠죠. 물론 저는 아직도 공주님에 대해 사랑과 존경심, 그리고 감사하는 마음을 품고 있어요. 하지만 아버님! 술탄의 따님과 결혼한다는 것이 얼마나 영광스러운 일인지 충분히 알고 있습니다만, 솔직하게 고백하건대, 앞으로도 계속 이런 불쾌한 대접을 견뎌 내며 살아야 한다면 차라리 죽어 버리는 게 나을 듯싶어요! 공주님 역시 저와 같은 마음이리라 확신해요. 저뿐 아니라 공주님 자신의 편안한 삶을 위해서라도 우리가 반드시 헤어져야만 한다는 사실에 동의하실 거라고요! 아버님! 아버님은 저를 사랑하시는 마음으로 공주님과 결혼하는 큰 영예를 제게 얻어 주셨죠? 다시 한 번 그 사랑으로 술탄께 말씀해 주세요! 제발 우리의 결혼을 무효로 해달라고요!」

공주와 헤어지겠다는 그의 결심이 너무도 단호했기에, 아들을 술탄의 사위로 만들고자 하는 야심이 간절한 대재상으로서도 어쩔 수가 없었습니다. 과연 이런 불상사가 앞으로도 계속 이어질 것인지 보고 싶으니 며칠만 더 참아 보라는 말은 도저히 꺼낼 수 없었죠. 결국 그는 술탄에게 돌아와, 아들에게 확인해 보니 공주의 말은 틀림없는 사실이었다고 아뢰었습니다. 약삭빠르게도 그는 술탄이 결혼 파기를 요구하리라 예상하고, 자기 아들이 왕궁을 나와 집으로 돌아올 수 있게 해달라고 먼저 간청했습니다. 공주님이 자기 아들을 사랑해 주시는 것은 참으로 감사하지만, 그로 인해 귀하신 분이 그처럼 끔찍한 일을 더 겪어야 하는 것은 있을 수 없는 일이라는, 그럴싸한 핑계를 대면서 말입니다.

대재상의 청은 당연히 받아들여졌습니다. 이미 결심이 서 있던 술탄은 즉시 명을 내려 왕궁과 도성과 온 나라에서 벌어지고 있는 잔치를 모두 중단시켰습니다. 축제와 잔치로 떠들썩하던 도성과 왕국은 순식간에 잠잠해져 버렸지요.

이 예기치 못한 갑작스러운 변화에 백성들은 크게 놀랐습니다. 그들은 술탄이 왜 이런 명을 내렸는지 아느냐고 서로에게 물었습니다. 하지만 백성들이 확인할 수 있는 사실은 한 가지뿐이었습니다. 왕궁을 나온 대재상 부자가 어깨를 축 늘어뜨린 채 집으로 돌아갔다는 사실이었죠. 유일하게 그 비밀을 알고 있던 알라딘만이 일이 뜻대로 되었다는 것에 몹시 기뻐했습니다. 이제 자신의 경쟁자와 공주의 결혼이 완전히 깨진 것을 확인한 이상, 더 이상 정령을 불러 둘의 결혼을 막아 달라고 명령할 필요도 없게 된 것입니다. 한편, 술탄과 대재상은 이런 상황을 초래한 장본인이 알라딘인 줄은 꿈에도 모르고 있었습니다. 두 사람 모두 알라딘이 공주에게 청혼을 했다는 사실을 까맣게 잊고 있었던 까닭이지요.

알라딘은 술탄이 정한 기한인 석 달이 지나가기만을 기다렸습니다. 하루하루를 세어 가며 애타는 마음으로 기다렸죠. 마침내 약속한 석 달이 된 바로 그날, 알라딘은 약속을 상기시키기 위해 어머니를 왕궁에 보냈습니다.

알라딘의 어머니는 아들이 시킨 대로 왕궁으로 가, 어전 입구의 예전에 항상 서 있던 자리에 가서 섰습니다. 우연히 그쪽에 눈길을 던진 술탄은 즉시 그녀를 알아보았고, 동시에 그녀의 선물과 청혼 그리고 자신이 준 기한을 기억해 냈습니다. 마침 대재상이 술탄에게 어떤 사안에 대해 보고하고 있던 중이었는데, 술탄은 갑자기 그의 말을 끊었습니다.

「대재상! 저기 좀 보시오! 몇 달 전 우리에게 멋진 선물을 가져왔던 그 여인이오. 우선 그녀를 이쪽으로 데려오시오! 경의 보고는 나중에 듣기로 하고.」

어전 입구 쪽을 쳐다본 대재상 역시 그녀를 발견하고는, 즉시 호위대장을 불러 그녀를 옥좌 앞에 데려오라고 분부했습니다. 알라딘의 어머니는 옥좌 앞으로 나아왔고, 언제나처럼 바닥에 납작 엎드려 부복했습니다. 그녀가 다시 일어나자 술탄은 무얼 원하느냐고 물었습니다.

「폐하! 제가 이렇게 옥좌 앞에 나타난 까닭은 다름이 아니오라, 제 아들 알라딘을 대신하여 감히 한 가지 사실을 상기시켜 드리기 위함입니다. 혹시 일전에 제가 올린 청혼에 대해 폐하께서 석 달 기한을 주셨던 것과, 이제 그 기한이 끝났다는 사실을 기억하고 계시온지요?」

사실 이 여인에게 석 달의 기한을 주었을 때만 해도, 술탄은 설마 그녀에게서 다시 결혼 얘기를 듣게 되리라고는 꿈에도 예상하지 못했습니다. 왜냐하면 그녀가 걸치고 있는 남루

한 의복을 보아 이들은 가난하고 비천한 것임이 분명했고, 이런 집 아들에게 자기 딸 공주를 보낸다는 것은 어불성설이라고 생각했던 까닭입니다. 그러니 이제 와서 그녀의 말을 듣고 당황하지 않을 수 없었지요. 자신이 약속한 것은 분명한 사실이었기 때문입니다. 그는 당장에 대답하지 않고, 일단 대재상의 의견을 들어 보기로 했습니다. 그는 대재상에게 몸을 돌려, 이름도 들어 본 적 없고 재산도 형편없을 것 같아 보이는 작자와 자기 딸을 결혼시켜야 하는 것이 영 마뜩찮다고 털어놓았습니다.

대재상은 주저 없이 자신의 생각을 밝혔습니다.

「폐하! 과연 이는 너무도 어울리지 않는 결혼입니다. 하지만 소신에게 좋은 계책이 있사오니 조금도 걱정 마옵소서! 제 말대로만 하시면, 알라딘은 끽소리 못하고 물러날 것이옵니다. 다름이 아니오라, 공주를 아주 높은 가격에 올려놓는 것입니다. 제아무리 부자라 하더라도 결코 치를 수 없는 엄청난 값에 말입니다. 그렇게 하면 알라딘은 그의 대담무쌍한, 아니 무모하기 짝이 없는 야심을 포기하게 될 것이옵니다. 아마도 그자는 깊이 생각해 보지도 않고 이 일을 벌였을 겁니다.」

술탄은 대재상의 의견에 찬성했습니다. 그는 다시 알라딘의 어머니 쪽으로 몸을 돌리고 속으로 잠시 궁리한 다음 말했습니다.

「여인이여! 대저 술탄이란 반드시 약속을 지켜야 하는 법이지. 나 역시 약속을 지킬 것이고, 그대의 아들에게 내 딸을 주어 행복하게 해줄 것이오. 하지만 그에 앞서 나는 내 딸이 이 결혼을 통해 충분한 혜택을 입게 될 것인지 확인하고 싶소. 자, 가서 그대의 아들에게 이렇게 전하시오. 이전에 가져왔던 것과 같은 보물이 가득 담긴 커다란 황금 그릇 마흔 개를 내게 보내라고 하시오. 그 그릇들은 마흔 명의 흑인 노예들이 들어야 하며, 또 그들 앞에는 매우 화려한 옷을 갖춰 입은 건장하고 준수한 마흔 명의 백인 노예들이 앞장서야 하오. 이 조건을 만족시킨다면 즉시 약속대로 내 딸을 줄 것이오. 자, 대답을 기다리고 있을 테니, 어서 가서 전하시오!」

알라딘의 어머니는 다시 엎드려 절한 다음, 어전에서 물러나왔습니다. 집으로 돌아오면서 그녀는 아들의 터무니없는 망상을 다시 한 번 비웃었습니다.

「정말이지, 그 많은 황금 그릇과 그것들을 채울 그 많은 색유리 보석들은 어디 가서 찾아올 건데? 또다시 지하 정원에 내려가 나무에서 따올 건가? 하지만 그 입구는 이미 막혀 버렸다고 했잖아? 또 술탄께서 요구하시는 그 잘생긴 노예들은 어디 가서 데려오고? 자, 이제 알라딘 녀석, 닭 쫓던 개 꼴이 되어 버렸구나. 하지만 녀석은 심부름을 잘못했다며 나만 가지고 뭐라 하겠지.」

이렇게 그녀는 더 이상 희망이 없다 생각하면서 집으로 돌아와 아들에게 말했습니다.

「애야! 충고하는데, 바드룰부두르 공주와 결혼하겠다는 생각은 이제 그만 포기해라! 오늘 술탄께서는 날 아주 친절하게 맞아 주셨다. 그리고 너에 대해서도 호의적으로 생각하고 계시는 것 같더라. 한데 내 짐작이 맞다면, 대재상이 끼어들어 그분의 생각을 바꿔 놓은 것 같아. 자, 내 말을 들어 보면 너도 동의할 거다. 나는 우선 술탄께 석 달의 기한이 지났음을 알려 드리고, 그분이 하신 약속을 기억해 주십사 말씀드렸어. 그랬더니 그분은 먼저 대재상과 얼마 동안 이야기를 나눈 다음에 내게 대답하셨지.」 이어 알라딘의 어머니는 술탄이 말한 내용과 그가 내건 조건을 낱낱이 알려 주었습니다.

「애야! 술탄께선 네 대답을 기다리고 계신다. 하지만 우리끼리 얘긴데……」 그녀는 미소를 지으며 말을 이었습니다. 「그분은 아주 오래 기다리게 되시지 않겠니?」

「어머니가 생각하시는 것만큼 오래는 아닐 거예요. 또 그렇게 어마어마한 요구들로 나를 포기하게 만들 심산이었다면, 술탄께선 크게 잘못 생각하신 거지요. 사실 제 예상은 달랐어요. 술탄께서 훨씬 더 극복하기 힘든 난제들을 내걸거나, 나의 공주님을 훨씬 더 높은 가격에 올려놓을 줄 알았거든요. 어쨌든 저로서는 좋은 일이죠. 공주님을 얻기 위해서라면 훨씬 더 큰 것이라도 드릴 작정이었는데 고작 이 정도만 요구하셨으니 말이에요. 자, 저는 폐하의 요구를 들어 드리기 위해 준비할 테니, 그동안 어머니는 장이나 봐오세요!」

어머니가 밖으로 나가자, 알라딘은 램프를 꺼내어 문질렀습니다. 정령은 즉시 그의 앞에 나타났고, 예의 그 표현을 사용하여 무언가 분부할 것이 있는지 물은 다음, 자신은 충실히 복종할 준비가 되어 있노라고 덧붙였습니다. 이에 알라딘이 대답했습니다.

「술탄께서 내게 그분의 따님을 주신단다. 하지만 그 전에 조건이 있는데, 크고도 묵직한 황금 그릇 마흔 개에 내가 가져왔던 그 정원의 과일들을 가득 담아 가져오라는 거야. 또 마흔 명의 흑인 노예로 하여금 이 황금 그릇들을 들게 하고, 그들 앞에는 준수하고 건장하며 옷을 아주 화려하게 차려입은 마흔 명의 백인 노예를 앞장세워야 해. 자, 빨리 가서 이 선물들을 가져다줘! 어전 회의가 끝나기 전에 선물을 보낼 수 있도록!」

잠시 후, 정령은 마흔 명의 흑인 노예와 마흔 명의 백인 노예를 이끌고 다시 나타났습니다. 물론 흑인 노예들은 무게가 이십 마르크나 되는 황금 그릇을 머리에 하나씩 이고 있었고 그 안에는 진주, 다이아몬드, 루비, 에메랄드 같은 보석들이 가득 담겨 있었는데, 모두가 전에 술탄에게 가져다준 것들보다도 훨씬 크고 아름다운 것들뿐이었지요. 또 각각의 그릇은 은색 바탕에 금색 꽃무늬를 수놓은 천으로 덮여 있었습니다.

알라딘이 사는 곳은 앞쪽엔 조그만 내정이 있고 뒤쪽에는 손바닥만 한 뜰이 있는 아주 좁은 집이었습니다. 여기에 커다란 황금 그릇까지 든 흑백 노예 여든 명이 우글거리니 발 디딜 틈조차 없었지요. 정령은 알라딘에게 이제는 만족했는지, 또 다른 분부는 없는지 물었습니다. 알라딘이 더 이상 원하는 게 없다고 대답하자 그는 즉시 사라져 버렸습니다.

알라딘의 어머니가 시장에서 돌아왔습니다. 대문을 열자마자 집 안을 꽉 채우고 있는 사람들과 보물들을 본 그녀의 입은 떡 벌어지고 말았습니다. 그녀가 시장에서 사온 것들을 내려놓고 얼굴을 가린 너울을 벗으려 하자, 알라딘은 만류했습니다.

「어머니! 시간이 없어요! 어전 회의가 끝나기 전에, 술탄께서 요구하신 선물과 혼수를 빨리 갖다 드려야지요! 폐하의 명을 신속하고도 정확하게 집행하는 모습을 보여 드려야 한다고요. 그래야만 내가 공주님과 결혼하는 영예를 얻기 위해 얼마나 정성을 다하고 있는지 인정해 주실 것 아니겠어요?」

알라딘은 어머니의 대답을 듣지도 않고 즉시 대문을 열어 노예들을 줄지어 나가게 했습니다. 머리에 황금 그릇을 인 흑인 노예들을 하나하나 내보내면서, 각 사람 앞에는 백인 노예를 한 명씩 세웠습니다. 마지막 노예와 어머니까지 내보낸 그는 비로소 문을 닫고 방에 들어가 느긋한 마음으로 기다렸습니다. 이렇게 요구한 선물을 모두 보내 주었으니, 이제는 술탄도 어쩔 수 없이 자신을 사위로 맞아들이리라 확신한 것입니다.

알라딘의 집에서 나온 첫 번째 백인 노예가 거리에 나타나자 행인들은 모두 발길을 멈추고 그를 보았습니다. 그리고 곧 흑백이 뒤섞인 여든 명의 노예들이 줄줄이 거리로 쏟아져 나오자, 이 놀라울 정도로 화려하고 기이한 광경을 구경하기 위해 사방에서 엄청난 군중이 몰려들었습니다. 각 노예가 입고 있는 옷만 해도 지극히 값비싼 천으로 지어졌을 뿐 아니라 수많은 보석들로 장식되어 있었기 때문에, 보는 눈이 있는 사람들은 한 벌당 최소 금화 수천 냥 이상 갈 것이라는 사실을 잘 알고 있었습니다. 입은 사람과 멋지게 어울리는 옷들, 각 노예의 우아한 거동과 준수한 용모, 하나같이 당당한 그들의 체격, 정연한 대오 속의 위엄 있는 걸음걸이, 황금 혁대 주위에 박힌 엄청난 크기의 보석들이 발하는 눈부신 광채, 모자에 달린 특이한 형태의 보석 장식……. 이 모든 것들은 운집한 구경꾼들로 하여금 탄성을 연발하게 했습니다. 하지만 구경꾼들이 거리에 너무 빽빽하게 들어찼기 때문에 모두가 제자리에서 꼼짝할 수 없었죠. 구경꾼들은 행진하는 노예들을 따라가지는 못하고, 다만 그들의 뒷모습이 보이지 않을 때까지 눈으로 쫓을 뿐이었습니다.

알라딘의 집에서 왕궁까지 가려면 수많은 거리를 지나야 했습니다. 따라서 도성의 각계각층 시민들은 너무나도 멋진 이 광경을 구경할 수 있었죠. 드디어 여든 명 중 첫 번째 노예가 왕궁의 첫 내정으로 통하는 대문에 당도했습니다. 문지기들은 이 눈부신 행렬이 다가오는 것을 보자마자, 가장 앞선 노예를 어느 나라의 국왕으로 오해하고 그를 맞이하려 한 줄로 도열했습니다. 그런 다음 통옷 자락에 입을 맞추러 나오자, 이미 정령에게서 지시받은 바 있는 노예가 그들을 막으며 장중한 음성으로 말했습니다.

「우리는 다만 노예일 뿐이오. 우리의 주인께서는 때가 되면 오실 것이오.」

노예들은 두 번째 내정으로 들어갔습니다. 매우 넓은 곳이었는데, 조례가 있을 때 어전으로 꾸며지는 공간이었죠. 그곳에는 멋진 옷을 차려입은 신하들이 모여 있었고, 그중에서도 앞쪽에 서 있는 대신들의 모습은 화려하기 이를 데 없었습니다. 하지만 알라딘의 선물을 든 여든 명의 노예가 나타나자, 그들마저 태양 앞의 달처럼 대번에 빛을 잃고 말았습니다. 술탄의 궁 어디에도 이렇듯 멋지고 찬란한 무리는 없었던 것입니다. 술탄 주위에 있는 귀족들도 다를 바 없었습니다. 그들의 의복은 매우 호화로운 것이었지만, 지금 눈앞에 나타난 것에 비하면 정녕 아무것도 아니었으니까요.

노예들이 행진해 왔다는 소식을 이미 들은 술탄은 그들을 어전에 들이라고 분부했습니다. 어전 입구에 있던 사람들은 일제히 물러서며 길을 열어 주었고, 노예들은 흑백의 짝을 지어 두 열로 질서 정연하게 들어왔습니다. 옥좌 앞까지 나아와 반원형의 대열을 이루고 선 그들은 머리에 이고 있던 황금 그릇들을 양탄자에 내려놓았습니다. 그러고는 일제히 땅에 엎드리더니, 이마를 힘차게 박으며 큰절을 올렸습니다. 다시 몸을 일으킨 흑인 노예들은 황금 그릇을 덮은 보자기를 능숙한 동작으로 걷어 냈습니다. 그런 다음 모두가 지극히 공손한 자세로 두 손을 합장한 채 조용히 서 있었지요.

이때 알라딘의 어머니가 재빨리 옥좌 아래로 나와 큰절을 올린 후, 칼리프에게 말했습니다.

「폐하! 제 아들 알라딘은 잘 알고 있사옵니다. 그가 폐하께 보낸 이 모든 선물도, 비할 바 없이 존귀하신 바드룰부두르 공주님의 가치에 비하면 아무것도 아니라는 사실을요. 하지만 그는 폐하와 공주님께서 이 선물을 흔쾌히 받아 주시길 바라고 있사옵니다. 특히나 폐하께서 일러 주신 조건에 맞추려 애쓴 정성을 생각해서라도, 이제는 자신을 믿어 주시길 간절히 바라고 있사옵니다.」

하지만 술탄은 그녀가 하는 말을 주의 깊게 듣고 있을 정신이 아니었습니다. 이 세상의 것이라고는 믿기지 않는 진귀한 보석들을 가득가득 담은 채 반짝반짝 눈부신 광채를 발하는 마흔 개의 황금 그릇들……. 그리고 준수한 용모에 호화찬란한 옷을 걸치고 있어 각각이 한 나라의 국왕처럼 보이는 여든 명의 흑백 노예들……. 이 모든 것을 보고 있으려니 그저 황홀함에 입만 딱 벌어질 뿐 아무 생각이 없었던 것입니다. 그는 알라딘의 어머니에게 대답하는 대신, 역시 이 엄청난 보물이 대체 어디서 솟아 나왔는지 몰라 어리둥절해하는 대재상에게로 몸을 돌려 모든 사람이 들을 수 있게끔 큰 소리로 물었습니다.

「자, 어떻소, 재상! 이 엄청난 선물을 내게 보내 온 그 미지의 청년에 대해 어떻게 생각하시오? 그가 내 딸 바드룰부두르 공주의 짝이 될 만하다고 생각지 않으시오?」

물론 대재상의 마음은 질투와 고통으로 부글부글 끓어오르고 있었습니다. 생판 모르는 작자가 자기 아들 대신 술탄의 사위가 되려 하고 있으니 속이 터지지 않을 리 있겠습니까? 하지만 그렇다고 거짓을 말할 수도 없는 노릇이었습니다. 알라딘의 선물이 왕의 사위의 것으로 부족함이 없다는 사실은 누구의 눈에도 명백했기 때문이지요. 그는 술탄에게 자신이 느낀 대로 대답하지 않을 수 없었습니다.

「폐하! 소신이 감히 말씀드리거니와, 이 같은 선물을 가져온 사람이라면 오히려 그 자격을 넘어선다고 할 수 있습니다……. 물론 이 세상 그 어떤 보물도 폐하의 따님인 공주님에 비하면 아무것도 아니라고 확신하고 있긴 하지만 말입니다.」

대재상이 말을 마치자, 어전에 있던 모든 대신들은 우레와 같은 박수를 보내어 그들의 의견도 대재상과 다르지 않음을 표했습니다. 술탄은 더 이상 머뭇거리지 않았습니다. 심지어 알라딘이 자신의 사위가 되기에 필요한 다른 자질들을 갖추고 있는지 확인하려 하지도 않았죠. 지금 눈앞에 놓여 있는 이 엄청난 재산, 그리고 터무니없는 조건을 걸었음에도 불평 없이 신속하게 자신의 요구를 만족시킨 것만 보더라도, 그가 자신이 원하는 완벽한 사윗감이라는 사실을 충분히 짐작할 수 있었기 때문입니다. 그는 알라딘의 어머니에게 말했습니다.

「여인이여! 어서 가서 당신 아들에게 전하시오! 그가 오면 내가 두 팔을 벌려 환영하고 안아 줄 것이라고. 또한 한시라도 빨리 내 손에서 공주를 받아 갈수록, 내 마음은 더욱 기쁠 것이라고.」

알라딘의 어머니는 터질 듯 기쁜 마음으로 어전에서 물러나왔습니다. 미천한 신분의 여인으로 살아오다가 어느 날 갑자기 아들이 그토록 높은 위치에 오르는 것을 보게 되었으니 당연한 일이었죠. 한편 술탄은 그녀가 떠나자마자 어전 회의를 파했습니다. 그러고는 옥좌에서 일어나 내시들에게 황금 그릇들을 모두 공주의 거처로 옮겨 놓으라고 명한 다음, 공주와 함께 보물을 찬찬히 감상하기 위해 자신도 그곳으로 달려갔습니다. 그의 명은 내시 대장의 지휘 아래 즉각 집행되었습니다.

술탄은 여든 명의 노예들 역시 잊지 않고 있었습니다. 우선 그들을 내궁에 들여보냈다가, 잠시 후 바드룰부두르 공주의 거처 앞에 모이게 했습니다. 그들이 얼마나 굉장한 노예들인지 그녀에게 설명한 후 직접 보여 주고 싶었던 것입니다. 발을 통해 그들을 살펴본 공주는 과연 부왕의 말이 조금도 과장이 아니었음을, 아니 그의 말보다도 훨씬 굉장하다는 것을 확인할 수 있었습니다.

한편 알라딘의 어머니는 싱글벙글 미소 띤 얼굴로 집에 돌아왔습니다. 그 표정만 봐도 기쁜 소식이 있다는 사실을 충분히 짐작하게 하는 얼굴이었죠.

「애야! 기뻐해라! 나는 전혀 예상도 못했던 일이지만, 네가 원하는 것이 모두 이루어졌다! 무슨 말인지는 말 안 해도 잘 알거다. 자, 더 이상 뜸 들이지 않고 말해 주마. 술탄께서는 네가 바드룰부두르 공주님을 소유할 자격이 있다고 선언하셨고, 이에 온 궁정은 우레와 같은 환성으로 화답했다. 지금 그분은 너를 영접하고, 또 너와 공주의 혼사를 매듭짓기 위해 기다리고 계셔! 자, 이젠 폐하를 만나러 갈 준비를 해야 할 거다. 너를 아주 높게 평가하고 계시는 그분을 실망시켜서야 되겠니? 하지만 네가 지금까지 해온 그 모든 놀라운 일들로 보아, 이번에도 아무 문제 없으리라 확신한다. 자, 다시 말하는데 지금 술탄께선 널 초조하게 기다리신다. 그러니 지체 말고 어서 그분께 가보는 게 좋겠다.」

기쁜 소식을 전해 들은 알라딘의 얼굴은 환하게 밝아졌습니다. 벌써부터 정신이 온통 사랑스러운 공주에게 가 있었던 그는 어머니에게 별다른 말도 없이 자기 방에 들어가 버렸습니다. 거기서 그는 다시 램프를 꺼냈습니다. 지금까지 필요한 것이나 원하는 것이 있을 때마다 친절하게 봉사해 준 램프였습니다. 알라딘이 램프를 문지르자 그 즉시 정령이 나타나 무슨 일에든 복종할 준비가 되어 있다고 말했습니다.

「정령! 그대를 불러낸 것은 내가 즉시 목욕을 해야 하기 때문이야. 또한 목욕을 마친 후에 갈아입을 옷도 준비해 놓도록! 이 세상 그 어떤 군주도 입어 보지 못한 호화롭고 값비싼 옷이어야 한다.」

말이 떨어지기가 무섭게, 정령은 알라딘을 자신처럼 눈에 보이지 않는 투명한 몸으로 만들었습니다. 그러고는 번쩍 들어서, 지극히 아름답고 다채로운 색깔의 최상품 대리석으로 지은 어느 목욕탕에 옮겨 놓았습니다. 탕에 들어가기 전에는 우선 옷을 벗어야 했는데, 널찍하고 깨끗한 응접실에 서 있으려니까 보이지 않는 누군가의 손이 옷을 모두 벗겨 주었습니다. 그다음, 정령은 그를 훈훈한 목욕실로 인도했습니다. 거기서 알라딘의 몸은 각종 향기 나는 물로 씻기고, 닦이고, 문질러졌습니다. 탕 안에는 여러 개의 방이 있었는데, 방마다 물의 온도가 달랐죠. 그 방들을 모두 거쳐 나온 알라딘은 완전히 딴사람이 되어 있었습니다. 피부는 뽀얗고 싱싱하면서도 발그레했으며, 온몸은 한결 가볍고 힘이 넘쳤습니다. 알라딘이 다시 응접실에 들어가 보았더니, 아까 벗어 놓은 옷은 보이지 않고 대신 정령이 가져다 놓은 의복 일습이 놓여 있었습니다. 알라딘이 깜짝 놀랄 정도로 지극히 화려한 옷이었죠. 그는 정령의 도움을 받아 옷을 입었습니다. 하나하나 걸칠 때마다 상상을 초월하는 그 아름다움에 감탄이 절로 터져 나왔습니다. 옷을 다 입자, 정령은 알라딘을 다시 그의 방으로 옮겨 주었습니다. 그런 다음 다른 분부가 더 있는지 물었습니다.

「있다! 말 한 필을 최대한 빨리 끌고 와라! 술탄의 마사에서 가장 좋은 말보다도 훨씬 더 멋지고 온순한 녀석이어야 한다. 안장, 안장 밑에 까는 모포, 재갈, 그리고 기타 다른 마구들도 모두 천만금의 가치가 있는 귀한 것으로 골라 오도록! 또 스무 명의 노예도 데려오기 바란다. 이들은 옆과 뒤에서 나를 수행할 자들이니, 선물을 가져갔던 노예들만큼이나 화려하면서도 가뿐한 옷을 입히도록 해라. 또 내 앞에 두 줄로 서서 길을 인도할 노예 스무 명도 데려오도록! 어머니를 모시고 갈 여섯 명의 시녀도 잊지 말아라. 모두가 바드룰부두르 공주의 시녀만큼 화려하게 차려입어야 한다. 또 그들

각각은 왕후의 것 같은 호화롭고도 위엄 있는 의상 일습을 가져와야 한다. 마지막으로 열 개의 주머니에 나누어 담은 금화 만 냥도 필요하다. 자, 이상이 자네에게 분부할 내용이다. 지체 없이 시행하도록 하라!」

알라딘의 명이 떨어지기가 무섭게 정령은 사라졌고, 잠시 후에 다시 나타났습니다. 물론 말과 마흔 명의 노예, 그리고 여섯 시녀와 함께였죠. 남자 노예 중 열 명은 금화 천 냥이 든 자루를 하나씩 들고 있었고, 여섯 시녀는 어머니가 입을 의상 한 벌씩을 보자기에 싸서 머리에 이고 있었습니다.

알라딘은 열 개의 돈주머니 가운데 네 개를 받아, 필요할 때 쓰시라며 어머니에게 드렸습니다. 그리고 나머지 여섯 개를 들고 있는 노예들에게는 잠시 후 모두가 왕궁으로 행진해

갈 때, 셋은 그의 앞 좌편에, 셋은 우편에서 걸으며 거리의 군중들에게 금화를 한 움큼씩 뿌려 주라고 명했습니다. 마지막으로 여섯 시녀를 어머니에게 소개하면서, 이들은 모두가 여종들이니 어머니께서는 주인으로서 이들을 마음껏 부릴 수 있으며, 또 이들이 가져온 옷들도 모두 어머니 것이라고 일러 드렸죠.

이처럼 모든 준비를 마친 알라딘은 정령을 향해 필요할 때 다시 부를 테니 가도 좋다고 말했고, 정령은 즉시 사라져 버렸습니다. 이제 알라딘에겐 한시라도 빨리 술탄의 궁으로 달려가고 싶은 마음뿐이었습니다. 이를 위해 그는 노예 한 사람으로 하여금 — 노예 마흔 명 모두가 우열을 가릴 수 없는 미남들이었으므로, 그가 가장 뛰어난 미남이라고 할 수는 없었습니다 — 문지기 대장에게 달려가 언제쯤 술탄을 뵈러 가는 것이 좋을지 알아 오라고 명했습니다. 즉시 달려간 노예는 잠시 후 돌아와 지금 술탄이 그를 초조하게 기다리고 계신다는 대답을 전했죠.

알라딘은 지체 없이 말에 올라, 앞서 말한 대열을 이뤄 왕궁을 향해 행진하기 시작했습니다. 생전 처음으로 말을 타보는 알라딘이었지만 말을 다루는 솜씨가 얼마나 우아했던지, 가장 노련한 기수라 할지라도 그를 초심자로 여기지 못할 정도였습니다. 그가 지나가는 거리에마다 구름 같은 군중이 모여들었고, 앞장선 여섯 노예가 금화를 한 움큼씩 쥐어 좌우로 뿌려 댈 때마다 터지는 환성에 주위의 집들이 진동할 듯했습니다. 환성을 발한 것은 서로 밀치며 몸을 숙여 땅바닥에 떨어진 금화를 줍는 천민들이 아니었습니다. 오히려 그것은 너그러운 알라딘의 행동에 감탄한 점잖은 사람들이 보내는 축복의 갈채였지요. 완전히 모습이 변해 버린 알라딘을 사람들은 제대로 알아보지 못했습니다. 나이가 들어서도 코흘리개 아이들과 어울려 다니던 부랑아 같던 그를 기억하고 있는 사람들은 물론, 비교적 최근에 그를 보았던 사람들도 마찬가지였습니다.

그렇다면 어떻게 이 모든 기적이 가능했을까요? 그것은 바로 램프 덕분입니다. 누군가 이 램프를 소유하고 올바르게 사용함으로써 높은 위치에 도달하게 될 경우, 램프는 그 위치에 걸맞게끔 주인의 모든 것을 완벽하게 갖추어 주는 능력을 지니고 있었죠. 그래서 군중들은 행렬의 화려함보다 알라딘 자신을 더욱 눈여겨보게 되었습니다.

알라딘이 타고 있는 말 또한 감식안이 있는 사람들의 탄성을 자아냈습니다. 그것은 녀석의 몸을 뒤덮은 다이아몬드 등 값비싸고 휘황한 보석 때문이 아니라, 녀석 자체가 너무도 아름다운 준마였기 때문입니다. 이미 술탄이 그에게 바드룰 부두르 공주를 아내로 주었다는 소문이 파다하게 퍼져 있었음에도 그 누구도 알라딘의 행운을 비아냥대거나 시기하지 않았던 까닭은, 준마에 올라탄 그의 모습이 이 세상 어떤 왕자 못지않게 당당하고 늠름했기 때문입니다.

알라딘이 도착했을 때, 왕궁에서는 그를 맞기 위한 모든 준비가 끝나 있었습니다. 두 번째 내정으로 들어가는 대문 앞에 이른 알라딘은 말에서 내리려 했습니다. 이는 대재상, 장군, 지방 총독 같은 아주 높은 고관들마저 지키는 관례였던 것입니다. 하지만 술탄의 명을 받고 기다리고 있던 문지기 대장은 이를 만류하고 그를 말에 태운 채로 어전 근처까지 가 내리는 것까지 도와주었습니다. 알라딘은 과분한 대우라며 극구 사양했지만 대장은 막무가내였습니다. 이어 그는 알라딘의 우편에 서서, 어전 입구에 두 줄로 도열해 있는 신하들 사이로 인도하여 옥좌 앞까지 데려갔습니다.

알라딘의 모습을 본 술탄은 눈이 휘둥그레졌습니다. 그것은 비단 그가 자신조차 입어본 적 없는 값비싸고 화려한 옷을 입었기 때문만은 아니었습니다. 준수한 용모에 늠름한 체격, 거기에 어떤 위대한 기상마저 풍기는, 하천한 여인의 아들이라고는 도저히 믿을 수 없는 뜻밖의 모습이었기 때문입니다. 술탄은 이렇게 놀란 와중에도, 알라딘이 자신의 발밑에 엎드리려는 것을 보고는 급히 계단을 내려가 만류하며 따뜻하게 안아 주었습니다. 술탄이 이렇듯 친근하게 예를 표하자, 알라딘은 다시금 그의 발밑에 엎드리려 했습니다. 하지만 이번에도 술탄은 그의 손을 잡아 만류한 다음, 옥좌가 놓인 단상에 오르게 하여 자신과 대재상 사이에 앉혔습니다.

마침내 알라딘이 입을 열었습니다.

「폐하! 폐하께서 이렇듯 보잘것없는 몸에 영예를 베풀어 주시니, 저로서는 지극히 황송하오나, 폐하의 마음을 생각하면 받아들이지 않을 수 없습니다. 하지만 저는 폐하의 종에 불과하다는 사실을 결코 잊지 않고 있으며, 폐하의 권능이 얼마나 위대한지도 잘 알고 있습니다. 또한 미천한 태생인 저는 영광과 광휘에 둘러싸인 지존하신 폐하에 비하면 한없이 낮기만 한 존재라는 사실도 잘 알고 있습니다. 이처럼 부족하기만 한 자이기에, 폐하께서 이렇듯 환대해 주시니 다만 감읍할 따름이옵니다. 전 그저 우연히 공주님을 뵙게 된 이후, 대담무쌍하게도 지극히 존귀하신 그분만을 바라보고 흠모하고 욕망하게 된 뚱딴지같은 자에 불과할 뿐인데……. 하오나 폐하! 무엄함을 무릅쓰고서라도 감히 고백드리겠습니다. 만일 공주님을 얻고자 하는 저의 바람이 이루어지지 않으면, 소신은 너무도 상심하여 죽고 말 것이옵니다!」

「여보게!」 술탄은 다시 한 번 알라딘을 안아 주며 말했습니다. 「죽는다니 무슨 말인가? 이제 자네의 생명은 내게도 너무도 소중한 터, 내 무슨 수를 써서라도 자네의 생명을 지켜 줄 것이네! 나는 자네와 나의 보물을 다 합친 것보다도 이렇게 자네와 같이 있는 게 훨씬 더 좋다네.」

말을 마친 술탄이 신호를 하자 사방에 나팔, 피리, 탬버린 등으로 연주하는 풍악이 울려 퍼졌고, 술탄은 산해진미가 차려진 으리으리한 거실로 알라딘을 인도했습니다. 술탄은 알라딘만을 자기 곁에 앉혀 먹게 했고, 대재상과 다른 대신들은 각자의 서열에 따라 시립한 채 두 사람이 식사하는 것을 지켜봐야 했습니다. 식사 중에 술탄은 아무리 봐도 싫증 나지 않는다는 듯 알라딘에게서 시선을 떼지 않은 채, 다양한 주제로 대화를 나눠 보았습니다. 한데 어떤 내용을 얘기하든 알라딘은 지극히 박식하고도 현명한 모습을 보여 주어, 안 그래도 그에게 호감을 품고 있던 술탄을 더욱 흐뭇하게 해주었습니다.

식사가 끝나자, 술탄은 도성 최고의 카디를 불러오게 하여, 즉시 바드룰부두르 공주와 알라딘의 결혼 계약서를 작성하게 했습니다. 계약서가 작성되는 동안 술탄과 알라딘은 이런저런 일들에 대해 한담을 나눴는데, 옆에서 듣고 있던 대재상과 대신들마저도 알라딘의 견고한 지성과 유창한 언변에 감탄을 금치 못했습니다.

마침내 카디가 한 점의 하자도 없는 결혼 계약서를 작성하고 나자, 술탄은 알라딘에게 왕궁에 남아 아예 그날 당장 결혼식을 거행하는 것이 어떻겠느냐고 물었습니다. 그러자 알라딘이 대답했습니다.

「폐하! 물론 저 역시 폐하의 너그러우심에 힘입어 당장이라도 공주님과 결혼하고 싶은 마음이 굴뚝같사옵니다. 하지만 우선 공주님의 옥체를 모실 궁전부터 지어 놓는 것이 도리라고 생각합니다. 그러하니 그때까지만 이 결혼식을 연기해 주시옵소서! 또 한 가지 청이 있는데, 이 궁전을 지을 수 있게끔 폐하의 궁 맞은편에 부지를 마련해 달라는 것이옵니다. 이렇게 가까운 곳에 저희의 궁전이 있으면, 폐하를 한 번이라도 더 찾아뵐 수 있지 않겠습니까? 궁전이 최대한 빨리 지어지도록, 소신 최선을 다할 것을 약속드립니다.」

「여보게! 왕궁 앞에는 자리가 얼마든지 있으니, 자네가 원하는 곳에 부지를 잡게나! 사실은 나 역시 거기에 뭐라도 지어야겠다고 생각하고 있었다네. 하지만 한시라도 빨리 자네와 내 딸이 결합하는 모습을 보고 싶으니, 부디 서둘러 주게나!」

그는 다시 한 번 알라딘을 안아 주었습니다. 알라딘은 마치 궁정에서 교육받은 사람처럼 나무랄 데 없는 예를 갖춰 술탄에게 작별을 고했지요.

알라딘은 다시 말에 올라 집으로 향했습니다. 노예들로 하여금 올 때와 같은 대열을 이루게 하여 같은 길로 돌아왔죠. 물론 이번에도 수많은 군중들이 몰려들어 환성을 올리면서 그에게 모든 행복과 번영을 기원해 주었습니다. 집에 돌아온 알라딘은 말에서 내리자마자 방으로 달려가 램프의 정령을 불러냈습니다. 정령은 즉시 나타났고, 항상 그렇듯 주인의 명을 받들 준비가 되어 있다고 말했습니다.

「정령이여! 지금까지 내가 그대의 주인인 램프의 권능에 힘입어 명령을 내릴 때마다 그대는 모든 것을 정확하게 수행해 왔고, 나는 이를 마음 깊이 치하하는 바이다. 오늘 그대는 그 어느 때보다도 열심히, 그리고 신속하게 임무를 수행해 주기 바란다. 다름이 아니라, 술탄의 왕궁 앞 적당한 곳에 내 아내 바드룰부두르 공주를 맞이하기에 조금도 부족함이 없는 궁전을 가급적 빨리 지어 달라는 것이다. 재료의 선택은 그대에게 일임하겠다. 즉 반암이든, 벽옥이든, 마노든, 청금석이든, 혹은 다양한 색채의 최상급 대리석이든, 그대가 알아서 쓰라는 것이다. 하지만 다음의 몇 가지 사항만은 지켜 주기 바란다. 우선 궁전 꼭대기에는 돔형 천장으로 덮인 커다란 응접실이 있어야 한다. 길이가 균일한 사면의 벽은 오직 금과 은으로만 짓되, 금과 은을 번갈아 가며 한 줄씩 층층이 쌓아 올려야 한다. 창은 각 면에 여섯 개씩 모두 스물네 개를 낼 것이며, 또 각 창의 창살은 — 일부러 미완성으로 남겨둘 하나만을 제외하고는 — 모두 다이아몬드, 루비, 에메랄드 등으로 정교하고 조화롭게 장식하여 세상에 다시없는 기막힌 것이 되도록 만들어야 한다. 물론 전정, 내정, 정원도 딸려 있어야 하며, 무엇보다도 금화와 은화가 가득 들어 있는 보물 창고를 잊지 말도록 해라. 또한 주방, 찬방, 창고, 그리고 가구 보관실도 빼놓지 말아야 하는데, 특히 가구 보관실에는 계절마다 색다른 방식으로 왕궁을 꾸밀 귀한 가구들을 갖춰 놓아야 한다. 멋진 준마들로 가득한 마사, 그곳을 관리하는 마부, 그리고 각종 사냥 장비도 없어서는 안 될 것이다. 마지막으로 주방과 찬방을 관리하는 집사들이며, 공주님을 모실 시녀들도 준비하도록 하라. 자, 이만하면 내 의도를 짐작했을 터, 어서 떠나 일에 착수하도록!」

이렇게 알라딘이 분부를 마쳤을 땐 이미 날이 저물어 있었습니다. 그리고 다음 날, 한시라도 빨리 공주를 만나고 싶은 마음에 잠을 설친 알라딘이 새벽같이 일어나 보니, 어느새 정령이 눈앞에 나타나 있었습니다.

「궁전이 다 지어졌으니, 마음에 드시는지 한번 보시오!」

알라딘이 고개를 끄떡이자 정령은 순식간에 그의 몸을 궁전으로 옮겨 주었습니다. 궁전을 본 알라딘은 감탄을 금치 못했습니다. 그의 상상을 훨씬 뛰어넘는 것이었기 때문입니다. 정령은 그를 궁 곳곳으로 안내하며 구경시켜 주었습니다. 모든 것이 호화롭고 청결하고 웅장했으며, 각자의 위치와 직분에 맞는 제복을 갖춰 입은 집사며 종복들이 주인의 분부가 떨어지기만을 어디에서나 기다리고 있었습니다.

정령은 무엇보다도 보물 창고를 보여 주는 걸 잊지 않았습니다. 그들이 보물 창고 가까이 가자 집사가 문을 열어 주었고, 이에 안에 들어간 알라딘은 다양한 크기의 돈주머니들이 차곡차곡 보기에도 아름답게 천장에까지 쌓여 있는 것을 볼 수 있었죠. 보물 창고를 나오며 정령은 그곳을 관리하는 집사는 신뢰할 수 있는 충직한 자라고 귀띔하여 알라딘을 안심시켜 주었습니다.

이어 정령은 그를 마사로 인도하여 세상에서 가장 멋진 말들이며, 놈들을 글겅이질해 주느라 바삐 움직이고 있는 마부들을 보여 주었습니다. 또 그는 말 장식품이나 먹이 등, 말들을 관리하는 데 필요한 모든 것이 갖춰져 있는 창고들도 둘러보게 했습니다.

이렇게 스물네 개의 창이 난 응접실을 포함하여, 위층에서 아래층까지 궁전의 모든 방을 둘러본 알라딘은 모든 것이 자신이 원했던 것보다 훨씬 더 호화롭고 굉장하게 갖추어져 있음을 확인하고 정령에게 말했습니다.

「정령! 나는 지극히 만족하네! 불평할 것이 하나도 없단 말일세! 단, 미처 생각하지 못했던 것이 한 가지 있네. 다름이 아니라, 술탄의 궁전 대문에서부터 이 궁전 공주의 방까지 최고급 공단으로 카펫을 깔아 주게. 공주님이 그 위로 걸어올 수 있도록 말일세.」

「잠깐만 기다리시오!」

이렇게 말하고 사라져 버린 정령이 대체 무엇을 어떻게 했는지는 알 수 없었으나, 잠시 후 알라딘은 그가 원하는 것이 이루어져 있는 것을 발견했습니다. 정령은 곧 다시 나타나 건너편 왕궁의 대문이 열리는 때에 맞추어 알라딘을 집에 데려다 주었습니다.

이때 왕궁 대문을 연 문지기들은 너무 놀라 입을 딱 벌리고 있었습니다. 평소 궁전 앞쪽을 바라보면 거기엔 광활한 허허벌판이 펼쳐져 있었습니다. 그런데 이날 아침에는 달랐습니다. 저쪽 흐릿한 안개 속에 무언가가 우뚝 서 있는 데다가 대문에서부터 그곳까지 공단 카펫이 길게 깔려 있던 것입니다. 잠시 후 안개가 걷히자 그들의 놀람은 경악으로 바뀌었습니다. 그들의 눈앞에 모습을 드러낸 것은, 분명히 어제까지는 없었던 웅장한 궁전이었기 때문이죠. 이 기적의 소문은 삽시간에 온 궁전에 퍼졌습니다. 왕궁 문이 열리는 시각에 대문 앞에 도착한 대재상 역시 이 기적을 직접 목격하고 경악한 사람 가운데 하나였습니다. 그는 지체 없이 술탄에게 달려가 이 사실을 아뢰고는, 이는 필시 마법에 의해 이루어진 것이라고 주장했습니다. 하지만 술탄은 이렇게 대꾸했습니다.

「대재상! 왜 이걸 마법이라 생각하시오? 어제 경도 보지 않았소? 나는 공주를 위해 궁전을 짓게 해달라는 알라딘의 청을 들어주었고, 이에 따라 그는 궁전을 지었을 따름이오. 그가 얼마나 막대한 부를 지니고 있는지, 우리는 이미 확인한 바 있소. 그런 거부가 이 궁전을 약간 빨리 지었다 하여, 뭐가 그리 이상한 일이겠소? 그는 우리를 한번 놀라게 해주고 싶었던 거요. 사실 돈만 있으면 그 어떤 기적인들 못 이루겠소? 자, 재상, 우리끼리니까 솔직히 얘기해 봅시다! 경이 〈마법〉이라고 말한 건 알라딘에 대한 질투 때문이 아니요?」
어전 회의에 들어갈 시간이 되었으므로, 술탄은 더 이상 계속하지 않았습니다.

알라딘이 집에 돌아와 정령을 돌려보냈을 때, 어머니는 벌써 일어나 그가 준 고운 옷 가운데 하나를 차려입고 몸단장을 시작하고 있었습니다. 그리고 술탄이 어전 회의를 시작하고 있을 즈음엔 다시 술탄을 찾아갈 준비를 하고 있었죠. 알라딘은 그녀에게 일러 주었습니다.

「어머니! 술탄을 뵈면 이렇게 말씀하세요. 〈제가 찾아온 까닭은 공주님이 준비가 되었을 때, 즉 저녁 무렵에 공주님을 알라딘의 궁전으로 모셔 가기 위함입니다〉라고요.」

알라딘의 어머니는 시녀들을 거느리고 왕궁을 향해 출발했습니다. 그녀들은 하나같이 왕후처럼 화려한 복장을 하고 있었지만, 그녀들을 구경하러 나온 사람들은 그다지 많지 않았습니다. 모두가 얼굴을 너울로 가리고 있었을뿐더러, 비교적 수수한 겉옷을 걸쳤던 까닭입니다. 잠시 후에는 알라딘도 말에 올라 ─ 물론 그를 너무나도 행복하게 만들어 준 램프도 잊지 않고 챙겼습니다 ─ 집을 나왔습니다. 선친에게서 물려받아 오랫동안 살아온 정든 집이었지만, 이제는 영영 돌아오지 않을 곳이었습니다. 그는 모든 사람들이 지켜보는 가운데, 전날 술탄에게 갈 때와 마찬가지로 성대한 행렬을 거느리고서 왕궁을 향해 출발했습니다.

알라딘의 어머니가 오는 것을 발견한 문지기들은 지체 없이 이 사실을 술탄에게 알렸습니다. 즉시 왕궁의 옥상 곳곳에 배치되어 있던 나팔, 탬버린, 북, 피리, 횡적(橫笛) 주자들에게 명이 떨어졌고, 다음 순간 이들이 연주하는 팡파르는 도성 전체에 울려 퍼지며 축제의 시작을 알렸습니다. 이에 상인들은 그들의 가게를 예쁜 양탄자, 방석, 잎사귀 장식 등으로 꾸미고, 밤에 밝힐 연등도 준비하기 시작했습니다. 장인들도 작업장을 나왔으며, 백성들은 왕궁과 알라딘의 궁전 사이의 큰 광장으로 몰려들었습니다. 알라딘의 궁전을 본 백성들의 입에서는 탄성이 터져 나왔습니다. 그것은 단지 알라딘의 궁전이 그들의 눈에 익은 술탄의 궁보다 수십 배 더 아름다웠기 때문만은 아니었습니다. 그들을 더욱 놀라게 한 것은 바로 어제까지만 해도 허허벌판에 불과하던 이곳, 건축 자재도, 기초 공사를 한 흔적도 보이지 않던 이곳에 하룻밤 사이에 이런 웅장한 궁전이 지어졌다는 도저히 이해할 수 없는 사실이었습니다.

왕궁에 도착한 알라딘의 어머니는 내시 대장의 안내를 받아 바드룰부두르 공주의 거처로 인도되었습니다. 공주는 그녀를 따뜻하게 안아 준 다음, 자신의 좌단에 앉게 했습니다. 이어 시녀들의 도움을 받아 예복을 차려입고 알라딘에게서 선물받은 귀한 보석들로 치장하는 동안, 그녀에게 훌륭한 간식을 대접하게 했지요.

잠시 후면 헤어질 딸과 조금이라도 더 시간을 보내고 싶어 그곳에 와 있던 술탄 역시, 알라딘의 어머니를 매우 친절하게 대해 주었습니다. 여태껏 술탄은 그녀와 몇 차례 대화를 나눈 바 있었습니다만, 지금처럼 너울을 벗은 모습은 한 번도 본 적이 없었습니다. 그런데 이렇게 드러난 얼굴을 살펴보니, 비록 나이는 꽤 들었어도 한때 미인이었다는 사실을 충분히 짐작할 수 있었지요. 남루하다고까지는 할 수 없지만 소박한 차림을 한 모습만 보아 왔던 술탄으로서는 이렇게 공주 못지않게 화려한 옷차림을 하고 품위 있는 귀부인으로 변신한 그녀의 모습에 감탄을 금할 수 없었죠. 또 현숙한 어머니의 모습으로 미루어 보아, 아들 알라딘도 만사에 신중하고 현명한 청년임이 틀림없을 것이라 생각하고는 내심 몹시 흐뭇했습니다.

밤이 되자, 공주는 아버지 술탄에게 작별을 고했습니다. 부녀간의 이별은 참으로 애틋했습니다. 두 사람은 아무 말 없이, 다만 서로를 꼭 부둥켜안고 눈물을 흘릴 뿐이었죠. 마침내 공주는 거처를 나와 왼쪽에는 알라딘의 어머니를, 뒤로는 화려하게 성장한 시녀들은 거느리고 행진을 시작했습니

다. 알라딘의 어머니가 도착했을 때부터 연주를 멈추지 않고 있던 악사들도 한데 모여 행렬의 선두에 섰습니다. 그 뒤로는 백 명의 시종들과 백 명의 흑인 내시들이 두 줄로 따라왔고, 행렬의 좌우편에는 술탄의 어린 시동 사백 명이 저마다 횃불을 하나씩 들고서 무리를 지어 걸었습니다. 그들이 밝혀든 사백 개의 횃불이 왕궁과 알라딘의 궁에 밝혀진 각종 불빛과 더불어 캄캄하던 세상을 대낮같이 환하게 만드는 광경, 그것은 실로 경이로운 마법이 아닐 수 없었습니다.

왕궁 대문을 나온 공주는 거기에서부터 알라딘의 궁전에 이르기까지 길게 펼쳐져 있는 양탄자에 발을 내딛었습니다. 사뿐사뿐 양탄자를 밟으며 나아감에 따라, 행렬의 선두에 선 악사들이 연주하는 음악은 알라딘의 궁의 옥상에서 들려오는 음악에 다가가고 또 섞여 들었습니다. 이렇게 신랑 쪽의 음악과 신부 쪽의 음악이 한데 뒤섞이며 만들어지는 음악은 다소 혼란스럽고 기묘하긴 했지만, 듣는 이들 가운데 즐거움이 넘쳐 나게 했으며, 그 즐거움은 백성들이 모여 있는 광장뿐 아니라 두 개의 궁전과 온 도성, 그리고 그 너머에 이르기까지 멀리멀리 퍼져 나갔습니다.

마침내 공주는 새 궁전에 도착했습니다. 알라딘은 크게 기뻐하며 그녀를 맞이하러 입구로 달려갔습니다. 알라딘의 어머니가 시종들에게 둘러싸인 알라딘을 가리키며 저 사람이 바로 자기 아들이라고 공주에게 알려 주자, 공주는 그가 아주 잘생긴 청년임을 보고는 대번에 반해 버렸습니다. 알라딘은 그녀에게 다가와 정중히 인사하며 이렇게 말했습니다.

「사랑스러운 공주여! 보잘것없는 이 몸이 감히 지극히 존귀하신 술탄의 따님을 넘보았다고 하여, 혹시 불쾌하지는 않으셨는지요? 그렇다면 원망은 제가 아니라, 차라리 너무나도 아름다운 그대의 두 눈과 그대의 매력에 대고 하셔야 할 것입니다.」

「왕자님! — 이제 저와 결혼하시니 이렇게 불러도 되겠죠? — 저는 다만 아버님 술탄의 명에 따를 뿐입니다. 그리고 이렇게 당신을 직접 만나 보니, 너무나도 기꺼이 그분의 명에 순종하고 싶을 뿐이에요.」

이처럼 기분 좋은 대답에 정신이 황홀해진 알라딘은, 난생처음 먼 길을 걸어오느라 피곤해 있을 공주를 더 이상 세워 두면 안 되겠다고 생각했습니다. 그래서 얼른 그녀의 손을 붙잡아 활짝 미소 띤 얼굴로 손등에 입을 맞춘 후, 정령이 장만한 산해진미 잔칫상을 차려 놓은 넓은 응접실로 인도했습니다. 감미로운 고기 요리를 담은 접시는 모두 황금으로 된 것이었고, 뷔페 테이블에 가득 쌓여 있는 단지, 대접, 술잔들 역시 정교한 세공으로 만들어진 황금 제품들이었습니다. 응접실을 꾸민 다른 장식품과 가구들도 호화롭고 값비싼 것들뿐이었죠. 이렇게 엄청난 보물들이 한 장소에 모여 있는 것을 처음 본 공주는 황홀한 목소리로 말했습니다.

「왕자님! 난 지금까지 이 세상에서 우리 아빠 술탄의 궁전보다 멋진 것은 없다고 생각해 왔어요. 그런데 이제 보니 내가 잘못 생각하고 있었군요!」

「공주!」 알라딘은 준비된 자리에 공주를 앉히며 대답했습니다. 「과찬의 말씀입니다. 하지만 공주님의 따스한 칭찬이니 감사히 받아들이겠습니다. 그래도 제 분수는 항상 잊지 않고 있습니다.」

바드룰부두르 공주, 알라딘, 그리고 어머니는 함께 식탁에 앉았습니다. 그러자 선녀같이 아름다운 아가씨들이 일제히 각종 악기를 연주하며 노래를 부르기 시작했고, 그 감미로운 음악은 식사가 끝날 때까지 계속되었습니다. 공주는 술탄의 궁에서도 이처럼 아름다운 음악은 들어 본 적이 없다며 황홀해했습니다. 하지만 그녀가 모르는 사실이 있었으니, 이 악사 아가씨들은 모두 램프의 노예 정령이 골라 온 중국의 요정들이었답니다.

저녁 식사가 끝나고 신속히 상이 치워지자, 이번에는 남녀 춤꾼들이 들어왔습니다. 그들은 중국의 풍습에 따라 연속으로 다양한 종류의 춤을 추었고, 마지막으로는 남녀 춤꾼 두 사람이 놀라울 만큼 경쾌하고도 정열적인 동작으로 이인무(二人舞)를 추는데, 그들은 번갈아 가며 서로의 우아한 춤사위와 현란한 기교를 마음껏 발휘하게 했습니다.

어느덧 자정이 되자, 알라딘은 중국의 풍습에 따라 자리에서 일어나 공주를 향하여 손을 내밀었습니다. 신랑 신부가 함께 춤을 추어 결혼식의 대미를 장식하고자 함이었습니다. 두 사람의 춤 솜씨는 너무도 훌륭하여 거기 모인 모든 이들은 감탄을 금치 못했습니다. 춤이 끝나고 나서도 알라딘은 공주의 손을 놓지 않은 채, 그녀를 신방으로 인도했습니다. 공주의 시녀들은 그녀의 옷을 벗겨 침대에 오르게 했고, 알라딘의 시종들 역시 마찬가지로 봉사한 후 물러갔습니다. 이리하여 알라딘과 바드룰부두르 공주의 결혼식과 피로연은 모두 끝나게 되었죠.

다음 날 알라딘이 잠에서 깨어나자, 시종들이 옷을 입혀 주기 위해 나타났습니다. 그들이 입혀 준 옷은 결혼식 때 입은 것과는 달랐지만, 그에 못지않게 화려하고 값비싼 것이었습니다. 옷을 입은 알라딘은 자신의 말 가운데 하나를 끌어오게 했습니다. 말에 오른 그는 전후좌우에 무수한 노예들을 거느리고서 술탄의 궁으로 향했습니다. 술탄은 처음 만났을 때처럼 그를 반갑게 맞이했습니다. 그를 안아 준 다음 자기 옆 보좌에 앉히고, 시종들에게는 점심 식사를 준비하라고 분부했죠. 하지만 알라딘은 정중히 사양했습니다.

「폐하! 오늘만큼은 그 영예를 거두어 주십시오! 제가 찾아온 까닭은 폐하께서 대재상과 다른 대신들과 함께 공주의 궁전으로 왕림하셔서 식사를 함께해 주실 것을 청하고자 함입니다.」

술탄은 기꺼이 응낙하고 즉시 일어났습니다. 길이 그다지 멀지 않았으므로 친히 걸어가겠다는 뜻을 밝힌 후, 우편에는 알라딘, 좌편에는 대재상, 뒤로는 대신들을 거느리고 시종들이며 주요 궁신들을 앞장세워 궁을 나왔습니다.

알라딘의 궁에 다가갈수록 술탄의 놀라움은 점점 커졌습니다. 멀리서 볼 때도 웅장했지만 이렇게 가까이서 보니 그 아름다움은 상상을 초월하는 것이었습니다. 궁 내부는 한층 더 아름다워서, 방들을 둘러보는 술탄의 입에서는 연신 탄성이 터져 나왔습니다. 그리고 알라딘의 안내를 받아 마지막 방, 즉 스물네 개의 창이 있는 응접실에 당도하자 술탄은 너무 놀라 마치 벼락 맞은 사람처럼 꼼짝도 못했습니다. 그 방을 꾸미고 있는 그 모든 장식물들, 그중에서도 다이아몬드, 루비, 에메랄드 등 완벽한 형태의 큼직한 보석들이 반짝거리는 창살들을 보고는 얼이 빠져 버린 것입니다. 한동안 그렇게 서 있던 그는 이윽고 정신을 차리고서 가까이에 있던 대재상에게 말했습니다.

「재상! 내 왕국 안에, 아니 내 궁전과 지척인 곳에 이렇게 엄청난 궁전이 있었거늘 어떻게 내가 지금껏 모르고 있었단 말이오?」

「기억나지 않으십니까? 그저께, 폐하께서는 폐하의 사위 알라딘에게 폐하의 궁 맞은편에 궁을 지으라고 허락해 주시지 않으셨습니까? 그날 해 질 무렵만 해도 이 장소에는 아무것도 서 있지 않았습니다. 그리고 어제, 제가 폐하께 맨 처음으로 달려와 궁전이 완성되었다고 알려 드리지 않았습니까?」

「물론 기억하오! 하지만 나는 세상에 이런 불가사의한 궁전이 존재하리라고는 상상조차 못했소. 생각해 보오! 사면의 벽은 돌과 대리석이 아닌 황금과 은으로 되어 있으며, 창살 위에는 다이아몬드와 루비와 에메랄드가 달려 있는 궁전! 우주 그 어디에서 이런 곳을 찾아낼 수 있겠소? 아니, 이런 곳이 존재한다는 사실이 언급된 일조차 없소!」

술탄은 스물네 개의 창살들을 하나하나 감상해 보았습니다. 그런데 모두 둘러보고 난 그는 크게 놀랐습니다. 스물세 개는 완벽하게 꾸며져 있는 데 반해, 나머지 하나는 미완성 상태였기 때문이지요. 그는 자신을 그림자처럼 따라다니는 대재상에게 다시 말했습니다.

「재상! 이처럼 굉장한 응접실에 이렇듯 불완전한 부분이 남아 있다니, 참으로 놀라운 일이구려!」

「아마도 알라딘이 시간에 쫓겼던 모양입니다. 하지만 보석이라면 얼마든지 있는 사람이니 조만간에 공사를 매듭짓겠지요.」

하인들에게 뭔가를 분부하러 잠시 술탄을 떠나 있던 알라딘이 다시 돌아오자, 술탄은 그를 향해 말했습니다.

「여보게, 사위! 이 세상 누구라도 한번 보면 감탄을 금치 못할, 실로 대단한 응접실이 아닐 수 없네. 한데 한 가지 이상한 점이 눈에 띄는구먼. 이 미완성 상태로 남겨 놓은 창살 말일세. 잊어버린 것인가, 부주의해서인가, 아니면 시간이 모자라 인부들이 이 아름다운 건축 작품에 마지막 손질을 하지 못한 것인가?」

「폐하! 창살이 이런 상태로 남겨진 것은 전혀 그런 이유 때문이 아니옵니다. 그것은 일부러 그런 것이옵니다. 제가 인부들에게 거기엔 손대지 말라고 분부했지요. 왜 그랬느냐고요? 그건 폐하께서 이 응접실을, 나아가서는 이 궁전 전체를 영광스럽게 완성시켜 주시길 바랐던 까닭입니다. 폐하! 부디 소신의 갸륵한 소망을 받아 주시어, 저로 하여금 폐하의 성은을 영원히 기억하게 해주시옵소서!」

「자네의 뜻이 그랬다면, 참으로 고마운 일이 아닐 수 없네. 내 당장에 명을 내려 일에 착수하도록 하겠네.」

과연 술탄은 도성에서 보석을 가장 많이 보유하고 있는 보석 장인들과 가장 솜씨 좋은 금은 세공사들을 불러오게 했습니다.

알라딘은 다시 술탄을 인도하여, 이번에는 어젯밤 공주와 피로연을 가졌던 응접실로 모시고 갔습니다. 소식을 들은 공주도 곧 달려왔지요. 부친을 맞는 그녀의 환한 얼굴은 그녀가 이 결혼에 얼마나 만족하는지 여실히 보여 주고 있었습니다. 방에는 산해진미가 가득한 금 그릇들로 상다리가 부러지게 차려진 식탁 두 개가 기다리고 있었습니다. 술탄은 공주와 알라딘과 대재상과 함께 첫 번째 식탁에 자리를 잡았고, 다른 신하들도 아주 기다란 두 번째 식탁에 앉아 마음껏 먹었습니다. 술탄은 음식 맛에 감탄하며, 이제껏 이처럼 맛있는 것은 먹어 본 적이 없다고 고백했습니다. 그는 술에 대해서도 똑같이 말했는데, 사실 이날 제공된 것은 보기 드문 최고급의 포도주였던 것입니다. 무엇보다도 그를 감탄하게 한 것은 보석을 잔뜩 박은 황금으로 만든 술병, 대접, 술잔 등이 산처럼 쌓여 있는 네 개의 커다란 뷔페 테이블이었습니다. 술탄은 음악에도 지극히 만족했습니다. 바깥에서 나팔, 탬버린, 북 등이 연주하는 팡파르가 기분 좋게 들려오는 가운데, 응접실 안에 배치된 합창단이 감미로운 노래로 모든 이의 주흥을 한껏 돋워 주었던 것입니다.

마침내 식사를 마친 술탄이 자리에서 일어서자, 신하가 와서 보석 장인들과 금은 세공사들이 도착했다고 아뢰었습니다. 술탄은 보석 장인들과 금은 세공사들을 데리고 스물네 개의 창이 있는 응접실로 올라가, 미완성 상태로 남아 있는 창살을 보여 주며 말했습니다.

「내가 그대들을 오게 한 것은 이 창살을 손보기 위해서다. 그대들은 다른 것들을 자세히 검토하여 이 창살도 그것들처럼 완벽한 상태로 만들어 놓도록 하라!」

보석 장인들과 금은 세공사들은 스물세 개의 창살들을 면밀히 검토했습니다. 그러고는 협의를 통하여 각자의 일을 분담한 후에, 다시 술탄을 찾아왔습니다. 그중 왕궁 전속 보석 장인이 대표로 나서서 아뢰었습니다.

「폐하! 저희는 폐하의 뜻에 따르기 위해서라면 저희의 모든 정성과 재주를 발휘할 준비가 되어 있사옵니다. 하지만 이 작업을 위해서는 엄청나게 진귀한 보석이 필요한데, 우리가 가진 것을 다 털어도 그런 건 나오지 않습니다. 게다가 이렇게 많은 양의 보석을 어디서 구해 올 수 있겠습니까?」

「그런 거라면 내게 충분히 있다. 자, 나의 궁으로 오라! 내가 보여 줄 테니 골라서 사용하도록 하라.」

왕궁에 돌아온 술탄은 그의 보석을 모두 가져오게 하여, 장인들로 하여금 골라 가져가도록 했는데, 그들은 특히 알라딘이 선물했던 것들로만 골랐습니다. 하지만 가져간 보석을 남김없이 사용해도, 창살의 수십 분의 일도 끝낼 수 없었습니다. 그들은 다시 돌아와 보석을 가져갔고, 또다시 그렇게 하기를 수차례 했지만, 작업은 별다른 진척을 보이지 않았습니다. 결국 보석이 바닥나 버려, 술탄은 하는 수 없이 대재상의 보석까지 빌려야 했습니다. 하지만 그 모든 보석을 다 써 가면서 작업을 했건만, 한 달이 지난 후에도 창살은 절반밖에 완성되지 않았습니다.

알라딘은 술탄이 아무리 애를 써도 공사를 마무리 지을 수

없으리라는 사실을 알게 되었습니다. 그는 장인들을 불러 작업을 중단시키고, 지금까지 작업한 것을 모두 철거하되 보석은 전부 술탄과 재상에게 돌려주라고 분부했습니다. 장인들은 여섯 주가 넘게 작업한 것을 모두 부숴 버리고, 보석을 챙겨 물러갔습니다. 알라딘은 응접실에 혼자 남자, 몸에 지니고 있던 램프를 꺼내어 문질렀습니다. 즉시 정령이 나타났습니다.

「정령! 내가 그대에게 이 응접실의 스물네 창살 가운데 하나는 미완성 상태로 남겨 놓으라고 명한 것을 기억하겠지? 그대는 내 명을 충실히 이행했었네. 그리고 지금 내가 그대를 부른 것은, 이 나머지 한 창살도 다른 것들과 똑같이 만들어 달라고 부탁하기 위해서야.」

정령은 즉시 사라졌고, 알라딘은 아래층으로 내려갔습니다. 그러고서 잠시 후 다시 올라와 보았더니, 창살은 그가 원했던 대로 다른 것들과 똑같은 모양이 되어 있었습니다.

이즈음 보석 장인들과 금은 세공사들은 왕궁에 도착하여 술탄의 거처로 인도되었습니다. 그중 우두머리 되는 왕궁 전속 보석 장인이 모든 사람을 대표하여, 다시 가져온 보석들을 술탄에게 바치며 말했습니다.

「폐하! 폐하께서도 아시다시피, 저희는 폐하께서 맡기신 공사를 끝내기 위해 벌써 상당한 시간 동안 부지런히 작업해 왔사옵니다. 실제로 공사가 상당히 진척되기도 했었는데 알라딘 님이 분부하시기를, 공사를 중단하고 저희가 지금까지 만들어 놓은 것을 모두 철거하여 폐하와 대재상님의 보석을 돌려 드리라고 했사옵니다.」

술탄은 알라딘이 그 이유를 설명해 주더냐고 물었습니다. 그들이 그런 건 없었다고 대답하자, 술탄은 당장 말을 준비하라고 명했습니다. 그리고 말이 준비되자, 그 위에 올라 수행원 몇 사람만을 따라오게 하여 왕궁 문을 나섰습니다. 알라딘의 궁에 도착한 그는 스물네 개의 창문이 있는 응접실로 통하는 계단 입구에서 말을 내려, 알라딘에게 알리지도 않고 곧장 응접실로 올라갔습니다. 하지만 마침 응접실에 있던 알라딘은 문에서 술탄을 영접할 수 있었죠.

알라딘은 정중한 태도로, 왜 이처럼 아무 기별도 없이 갑자기 오셔서 자신으로 하여금 결례를 범하게 하시느냐고 불평하려 했습니다. 하지만 술탄은 그의 말을 막으며 먼저 말했습니다.

「여보게! 내가 이렇듯 직접 온 까닭은, 대체 왜 이처럼 굉장하고도 특별한 궁전을 굳이 미완성 상태로 남겨 두려 하는지, 그 이유를 알고 싶어서이네.」

사실 알라딘이 그리한 것은 술탄에게 충분한 보석이 없음을 알고 있기 때문이었지만, 그는 솔직히 밝히지 않았습니다. 그래도 최소한 술탄으로 하여금 이 궁전이 그의 궁전은 물론, 이 세상 그 어떤 궁전보다도 훨씬 뛰어나다는 사실만큼은 깨닫게 해주고 싶었죠. 그가 아무리 애를 써도 극히 작은 부분조차 완성할 수 없었던 궁전이 다 완성된 것을 보면 자신이 가진 것이 얼마나 보잘것없는지, 또 알라딘의 궁전이 얼마나 대단한 것인지를 분명히 느끼지 않겠습니까?

「폐하! 물론 전에는 미완성 상태였을 것입니다. 하지만 지금은 어떻게 되었는지, 직접 가셔서 확인해 보시옵소서!」

술탄은 즉시 미완성 상태로 있었던 창으로 가보았습니다. 그리고 그것이 다른 것들과 똑같이 되어 있는 것을 보고는 자신의 눈을 의심하지 않을 수 없었죠. 그는 비교를 위해 양옆에 있는 창들뿐 아니라, 응접실의 다른 모든 창들까지 하나하나 면밀히 살펴보았습니다. 결국 자신이 그토록 많은 인력과 시간을 들였음에도 끝낼 수 없었던 것이 순식간에 완성되어 버렸음을 확인할 수 있었죠. 그는 알라딘을 껴안고 그의 두 눈 사이에 입을 맞추며 외쳤습니다.

「여보게, 사위! 이 엄청난 일을 그야말로 눈 깜짝할 사이에 해치워 버리다니, 자넨 대체 어떤 사람인가! 온 세상을 뒤져도 자네 같은 인물은 없을 걸세! 자네를 알면 알수록 감탄스럽기만 하구먼!」

알라딘은 술탄의 찬사 앞에서도 겸손한 태도를 잃지 않고 대답했습니다.

「폐하! 이렇듯 부족한 저에게 과분한 칭찬을 내려 주시니 영광스러울 따름입니다. 앞으로도 폐하의 기대에 어긋나지 않게끔 최선을 다하겠나이다.」

술탄은 왕궁까지 배웅해 주겠다는 알라딘을 극구 만류하

고는, 아까처럼 말에 올라 수행원들을 거느리고 왕궁에 돌아왔습니다. 도착해 보니 마침 대재상이 기다리고 있기에, 술탄은 아직도 놀람과 감탄에서 깨어나지 못한 얼굴로 알라딘의 궁에서 겪은 일을 상세히 들려주었습니다. 대재상은 그의 말을 믿어 의심치 않았지만, 다른 한편으로는 알라딘의 궁전이 나타난 직후부터 품어 왔으며 그때 이미 술탄에게 밝혔던 생각, 즉 알라딘의 궁전이 마법에 의해 만들어졌다는 의심은 한층 강해졌습니다. 그는 이번에도 자신의 의견을 술탄에게 말해 보려 했습니다만, 술탄은 그의 말을 끊으며 쏘아붙였습니다.

「재상! 그건 이미 들었던 소리요. 왜 경은 자꾸 이런 말을 하는 거요? 아직도 내 딸과 경의 아들의 결혼에 미련이 남아 그러는 것 아니오?」

대재상은 술탄의 생각이 요지부동인 것을 보고는 더 이상 입을 열지 않았습니다.

그 이후, 술탄에게는 한 가지 습관이 생겼습니다. 매일 아침 잠자리에서 일어날 때마다, 아니 하루에도 틈만 나면 몇 번씩이라도 알라딘의 궁이 보이는 방으로 올라가, 창을 통해 그것을 감상하며 시간을 보내는 버릇이었죠.

반면 알라딘은 궁 안에 죽치고 있지 않았습니다. 그는 일주일에 한 번 이상 도성으로 외출했습니다. 기도를 드리러 모스크에 가거나, 정기적으로 그의 궁에 찾아와 아첨을 떨곤 하는 대재상의 집을 방문하기도 했으며, 어떤 때는 그가 가끔씩 궁에 초대하여 진수성찬으로 대접하곤 하는 왕국 최고 귀족들의 집을 찾아가기도 했습니다. 이렇게 외출할 때마다 알라딘은 그가 탄 말을 둘러싼 호위 노예 가운데 두 사람으로 하여금, 거리와 광장에 구름같이 모여드는 군중들에게 금화를 뿌려 주게 했습니다. 그리고 어떤 사람이라도 형편이 어려워 그의 궁의 대문 앞에 가면, 알라딘의 명에 의해 항상 넉넉한 도움을 받고 돌아올 수 있었습니다. 또 알라딘은 시간을 쪼개어 최소한 일주일에 한 번씩은 사냥을 즐기곤 했습니다. 이를 위해 때로는 도성 근처로, 때로는 더 먼 곳으로 나가곤 했는데, 그때마다 길이나 마을에서 만나는 가난한 사람들을 도와주곤 했지요. 백성들은 이처럼 너그러운 알라딘을 칭송했고, 심지어 그의 목숨에 대고 맹세하는 풍습까지 생겨났습니다. 요컨대 알라딘은 그가 주군으로서 깍듯이 섬기는 술탄의 권위를 조금도 침범하지 않으면서도, 상냥하고 관대한 행동으로 백성들의 사랑을 한몸에 받게 되었습니다. 사실, 백성들은 술탄보다도 그를 더욱 사랑했다고 할 수 있습니다.

알라딘의 훌륭한 점은 그것만이 아니었습니다. 그는 애국심도 강했습니다. 한번은 왕국의 변경에서 반란이 일어났는데, 알라딘은 그 소식을 듣자마자 술탄에게 달려가 자신으로 하여금 진압군을 지휘할 수 있게 해달라고 간청했습니다. 술탄이 허락하자, 그는 즉시 진압군을 이끌고 반란군을 향해 달려갔습니다. 그가 진압 작전을 얼마나 확실하고 신속하게 수행했던지, 반란군이 격파되고 처벌되고 해산되었다는 소식이 술탄의 귀에 들어올 즈음에 알라딘은 벌써 돌아와 있을 정도였죠. 이처럼 위대한 무공을 세워 그의 명성이 온 왕국을 뒤흔들게 되었음에도 불구하고 그의 마음은 조금도 변하지 않았습니다. 개선장군이 되어 돌아왔지만, 언제나 그래왔듯 여전히 겸손하고 상냥한 모습이었지요.

알라딘이 이렇게 살게 된 지도 몇 해가 지난 때였습니다. 알라딘으로 하여금 이처럼 높은 지위에 오를 수 있게 해준 애초의 원인이었던 마법사는, 고향인 아프리카에 돌아가 지내고 있다가 문득 알라딘을 떠올렸습니다. 그때까지 그는 알라딘이 지하 공간에서 비참하게 죽었을 거라 믿고 있었죠. 그런데 불현듯 그가 어떻게 죽었는지 정확히 알고 싶은 생각이 들었던 것입니다. 뛰어난 점술가였던 그는 흙 점을 보는 데 사용하는 상자를 꺼냈습니다. 그러고는 좌단에 앉아 상자를 앞에 놓고 뚜껑을 열었습니다. 먼저 그 안에 담긴 모래를 평평하게 고른 다음, 작은 조각들을 던져 그것들이 형성하는 그림을 보고 점괘를 뽑아냈죠. 점괘를 살펴본 마법사는 입이 딱 벌어지고 말았습니다. 알라딘은 지하 공간에서 죽지 않고 그곳을 빠져나왔을 뿐 아니라, 공주와 결혼하여 부귀영화를 누리면서 잘 살고 있었던 것입니다.

이처럼 악마적인 점술을 통해 알라딘이 높은 지위에 이르렀음을 알게 된 마법사의 얼굴은 시뻘게졌습니다. 그는 불같이 화를 내며 소리쳤습니다.

「이 형편없는 양복장이 아들놈이 램프의 비밀을 알아냈구나! 분명히 죽은 줄 알고 있었더니만, 내가 그토록 오랜 세월 동안 애써 준비해 온 것을 홀딱 가로채? 네놈이 누리는 부귀영화가 오래갈 것 같으냐? 내 눈에 흙이 들어가기 전에는 절대로 그럴 수 없어!」

즉시 마음을 정한 그는 오래 기다리지도 않았습니다. 당장 다음 날 아침, 마사에서 아랍종(種) 말 한 필을 끌어내 올라타고는 길을 떠난 것입니다. 그의 고향 아프리카에서 중국까지 가기 위해서는 수많은 고장과 도시를 거쳐야 했지만, 말의 휴식을 위한 경우를 제외하고는 한 번도 멈추지 않았습니다. 마침내 그는 중국 땅에 다다랐고, 얼마 후에는 알라딘의 장인인 술탄이 다스리는 도성에 도착했습니다. 한 여관에서 말을 내린 그는 방을 얻어, 거기서 여독을 풀었습니다.

다음 날, 마법사는 무엇보다도 사람들이 알라딘에 대해 어떻게 얘기하는지 알고 싶었습니다. 그는 도성 이곳저곳을 돌아다니다가, 사람들이 많이 드나드는 유명한 장소가 있다는 말을 듣고는 그곳을 찾아갔습니다. 그곳은 상류 계급 사람들이 뜨거운 차를 마시기 위해 모여드는 장소였죠. 그가 한쪽에 자리를 잡자 점원이 달려와 차를 잔에 따라 주었습니다. 마법사가 잔을 받아 들고 사방에서 들려오는 사람들의 대화에 귀를 기울이고 있자니, 그 가운데 알라딘의 궁전에 대한 얘기도 있었습니다. 잔을 비운 그는 알라딘의 궁에 대해 말하는 사람들에게 다가가서 그렇게 좋다는 알라딘의 궁전이란 게 대체 무엇이냐고 물었습니다. 이에 질문받은 사람이 대답했습니다.

「당신 어느 나라 사람이오? 아직 알라딘 왕자님의 궁전도 보지 못했다니. 심지어는 알지도 못하고 있다니, 이곳에 처음 온 외지인이 분명하구려!」

알라딘은 바드룰부두르 공주와 결혼한 이후 〈알라딘 왕자〉라고 불리고 있었던 것입니다. 그 사람은 말을 이었습니다.

「난 그것을 〈세계 몇 대 불가사의의 하나〉라고 표현하지 않으려오. 왜냐하면 그것은 세계 〈유일의〉 불가사의기 때문이지. 맹세코 내 생전에 그렇게 거대하고 호화롭고 웅장한 것은 본 적이 없소! 그것에 대해 들어 본 적도 없다니, 선생은 아주 먼 곳에서 온 모양이구려. 사실, 그 건물이 지어지고 나서 그 소문은 거의 전 세계에 알려졌다오. 자, 당신도 직접 가서 한번 보시오! 그럼 우리가 한 말이 거짓이 아니란 걸 알게 될 테니까.」

「저의 무지를 용서해 주십시오! 전 어제 막 도착한 데다가, 말씀대로 아주 먼 곳, 아프리카에서도 저쪽 끝에서 왔습니다. 제가 그곳을 떠날 때는 그 궁전의 소문이 아직 거기까지 미치지 못했습죠. 그리고 매우 긴급한 용무 때문에 하루라도 빨리 이곳에 도착해야겠다는 일념뿐이어서, 사람들의 말에 주의를 기울일 겨를이 없었습니다. 하지만 꼭 가서 보겠습니다. 아니, 너무나도 보고 싶어서 더 이상 이렇게 앉아 있을 수 없군요. 거기 가는 길을 좀 알려 주시겠습니까?」

이에 그는 알라딘의 궁전이 보이는 곳으로 가는 길을 흔쾌히 알려 주었습니다.

마법사는 즉시 자리에서 일어나 출발했습니다. 얼마 후 궁전에 도착한 마법사는 그 주위를 돌면서 면밀히 살펴본 뒤, 이는 분명 램프를 사용하여 만든 것이라는 결론을 내렸습니다. 그건 알라딘이 아무런 힘도 없는, 빈한한 양복장이의 아들이기 때문만은 아니었습니다. 오직 램프의 노예인 정령들만이 이런 경이로운 궁전을 지을 수 있다는 사실을 너무나도 잘 알고 있었던 까닭이죠. 이렇게 알라딘이 술탄도 부럽지 않은 부귀영화를 누리고 있다는 사실에, 마법사는 너무도 분하여 이를 부드득 갈았습니다. 그는 무슨 수를 써서라도 램프를 빼앗으리라 결심하면서 숙소로 돌아왔습니다.

우선은 램프가 어디 있는지 알아내야 했습니다. 알라딘이 몸에 지니고 다니는 것인지, 혹은 어떤 장소에 숨겨 놓았는지는 흙 점을 쳐서 알아낼 터였습니다. 마법사는 숙소에 도착하자마자 아프리카에서 가져온 흙 점 치는 상자와 모래를 꺼냈습니다. 잠시 후에는 점괘를 통해 램프가 알라딘의 궁전에 있다는 사실을 알게 되었죠. 마법사는 너무나 기뻐 춤이라도 추고 싶은 심정이었습니다.

「이제 램프는 내 거야! 알라딘 녀석으로부터 램프를 빼앗아, 하늘 높은 줄 모르고 까부는 녀석을 다시 원래의 자리로 되돌려 놓겠어. 그 형편없이 미천한 신분으로 말이야!」

불운하게도, 그때는 알라딘이 사냥을 위해 여드레 일정으로 궁을 비운 지 사흘째 되는 날이었습니다. 그럼 아프리카 마법사는 어떻게 이 사실을 알게 되었을까요? 흙 점을 통해 램프가 알라딘의 궁에 있다는 사실을 알게 된 마법사는 한담이나 나누자는 구실로 여관 수위를 찾아갔습니다. 이런저런 얘기를 나누면서 그는 자신이 지금 알라딘의 궁을 보고 오는 길이라고 말하며 화제를 슬그머니 돌렸습니다. 그는 거기서 본 놀랍고도 굉장한 것들, 그의 눈을 특별히 끈 것들을 과장해서 떠들고 난 다음, 이렇게 덧붙였습니다.

「그런데 이렇게 놀라운 건물 주인은 대체 어떻게 생겼을까요? 정말이지 한번 보고 싶군요.」

「그를 보는 건 어렵지 않은 일이라오. 거의 매일 시내에 나오시니까. 하지만 사흘 전에 여드레 일정으로 사냥을 떠나신 터라 지금은 부재중이라오.」

마법사로서는 더 이상 알아볼 필요조차 없었습니다. 그는 즉시 수위에게 인사를 하고 나오면서 생각했죠.

〈이런 절호의 기회를 놓쳐선 안 되겠지!〉

그는 즉시 램프를 만들어 파는 가게로 달려갔습니다.

「주인 양반! 구리 램프가 열두 개 정도 필요하오! 지금 물건이 있소?」

상점 주인은 지금은 몇 개가 부족하지만, 원한다면 다음 날까지 만들어 줄 수 있다고 대답했습니다. 마법사는 값은 두둑이 치를 테니 반들반들 예쁘게 만들어 달라고 부탁한 후 숙소로 돌아갔습니다. 다음 날 마법사는 램프 열두 개를 찾을 수 있었고, 값은 에누리 없이 달라는 대로 치렀습니다. 그는 미리 사 온 바구니에 램프들을 쟁여 놓고 곧장 알라딘의 궁으로 향했습니다. 궁이 보이기 시작하자 그는 목청껏 외치기 시작했습니다.

「헌 램프를 새 램프와 교환할 분 계시오?」

그러자 근방에서 놀고 있던 꼬마들이 그 소리를 듣고 몰려들었습니다. 꼬마들은 그를 놀려 대며 미쳤다고 소리쳤습니다. 행인들 역시 그의 어리석음을 비웃으며 수군댔죠.

「정신이 나간 사람인 모양이군. 새 램프를 헌 램프와 바꾸려 들다니 말이야.」

하지만 아프리카 마법사는 꼬마들의 놀리는 소리에도, 행인들의 수군거림에도 아랑곳하지 않았습니다. 다만 물건을 팔기 위해 목청껏 소리칠 뿐이었습니다.

「헌 램프를 새 램프와 교환할 분 계시오?」

그는 이처럼 궁전 앞 광장을 왔다 갔다 하면서, 혹은 궁전 주위를 빙빙 돌면서 똑같은 말을 끈질기게 외쳐 댔습니다. 결국 스물네 개의 창이 있는 응접실에 앉아 있던 바드룰부두르 공주도 밖에서 웬 사내가 외치는 소리를 듣게 되었죠. 하지만 아이들이 놀리는 소리에 묻혀 사내가 하는 말을 잘 알아들을 수 없었던지라, 가까이에 있던 한 시녀를 불러 이게 무슨 소리인지 알아 오라고 분부했습니다.

분부를 받고 나간 시녀는 잠시 후 돌아왔는데, 응접실에 들어서자마자 참았던 웃음을 요란하게 터뜨리는 것이 아니겠습니까? 얼마나 호들갑스럽게 웃어 대는지 그 모습을 본 공주까지 멋모르고 웃지 않을 수 없을 정도였습니다.

「애, 너 미쳤니? 도대체 왜 그리 웃어 대는 거야?」

「오호호호, 공주님!」 시녀는 계속 웃어 대며 대답했습니다. 「직접 보시면 공주님이 더 웃으실 거예요! 글쎄 웬 남자가 반짝반짝 빛나는 새 램프가 가득한 바구니를 팔에 끼고서, 헌 램프를 새 램프하고 교환하라는 거예요! 그리고 이 시끄러운 소리는 그 사람 주위에 구름같이 몰려든 꼬마들이 소리를 지르며 놀려 대는 소리예요.」

그러자 다른 시녀 하나가 이 얘기를 듣고는 끼어들며 말했습니다.

「공주님! 헌 램프라면 우리에게도 있답니다! 공주님께서

도 아실지 모르겠지만, 이 방 코니스 위에 하나 올려져 있다고요. 램프 주인이 누구인지는 모르겠지만, 나중에 알게 된다 해도 헌 램프를 새 램프와 바꾸었으니 오히려 좋아하겠죠. 그러니 공주님! 정말로 저 남자가 아무것도 원하지 않고 헌 램프를 새 램프로 교환해 줄 정도로 미친 것인지 한번 확인해 보는 게 어떨까요?」

시녀가 말한 램프란 다름 아닌 알라딘의 램프, 즉 그를 현재의 높은 위치로 올려 준 그 놀라운 램프였습니다. 사냥을 떠나기 전, 그것을 응접실 코니스 위에다 올려놓은 것도 알라딘 자신이었죠. 사실 그는 나름대로 조심한답시고 매번 사냥을 떠날 때마다 램프를 거기에 보관해 놓곤 했던 것입니다. 하지만 지금까지는 시녀들도 내시들도, 그리고 공주 자신도 거기 놓여 있는 그 하찮은 물건에 큰 관심을 기울이지 않았습니다. 그리고 다른 때에는 알라딘이 항상 몸에 지니고 있어 안전했지요. 어찌 보면 알라딘도 나름대로 조심했다고 할 수 있겠지만, 보다 안전한 장소에 숨겨 놓았어야 했습니다. 하지만 이런 실수가 어디 알라딘 혼자만의 것이겠습니까? 세상 모든 사람이 항상 그런 실수를 하며 사는 법 아니겠습니까?

공주는 램프가 그렇게 귀중한 물건인지 전혀 몰랐습니다. 또한 알라딘을 위해, 아니 자기 자신을 위해서라도 절대 그 램프에 손대는 일 없이 소중히 보관해야 한다는 사실을 알 턱이 없었죠. 그녀는 장난을 치고 싶은 기분에, 내시로 하여금 램프를 가지고 내려가 교환해 오게 했습니다. 내시는 즉시 분부에 따라 램프를 들고 응접실로 내려갔습니다. 왕궁 문을 나서자마자 마법사가 눈에 들어와 내시는 그를 불렀습니다. 그리고 그가 다가오자 램프를 보여 주면서 말했죠.

「자, 이걸 줄 테니 새 램프를 주시오!」

아프리카 마법사는 그것이 바로 자신이 찾던 램프임을 의심할 수 없었습니다. 금 그릇이나 은 그릇밖에 없는 알라딘의 궁에서 이런 헌 램프가 나왔다면, 그것이 무엇인지는 말할 필요도 없었기 때문이지요. 그는 얼른 내시의 손에서 램프를 받아 들어 품속 깊이 집어넣었습니다. 그러고는 자신의 바구니를 내밀고 마음에 드는 램프를 골라 가지게 했습니다. 내시는 램프를 골라 그것을 바드룰부두르 공주에게 가져다주었습니다. 이렇게 두 사람이 램프를 맞바꾸자마자, 주위에 있던 꼬마들은 더욱 큰 소리로 마법사의 어리석은 짓을 비웃으며 깔깔댔지요. 마법사는 꼬마들이 웃든 떠들든 조금도 개의치 않았습니다. 대신 알라딘의 궁 근처에서 꾸물대지 않고 슬그머니, 더 이상 램프를 바꾸라는 외침도 없이 슬금슬금 궁에서 멀어져 갔습니다. 그가 입을 다물자 아이들도 하나둘 흩어져 길을 내주었습니다.

두 궁전 사이의 광장에서 어느 정도 멀어진 마법사는 얼기설기 얽힌 인적 없는 골목길로 들어갔습니다. 그리고 주위에 아무도 없는 것을 확인하고는 더 이상 필요가 없어진 바구니며 램프 등을 길바닥에 팽개친 다음, 후딱 다른 골목길로 들어갔습니다. 걸음을 재우쳐 도성의 한 성문을 빠져나온 그는 교외를 관통하는 아주 긴 도로를 걸으면서 식량도 구입했습니다. 전원 지역에 이르자 길에서 벗어나 후미진 장소를 찾아 들어갔고, 거기에 숨어 마침내 자신의 계획을 실행할 적당한 때가 오기를 기다렸습니다. 칸에다 훌륭한 아랍종 말을 두고 왔지만 그까짓 것은 조금도 아깝지 않았습니다. 지금 손에는 모든 것을 보상해 주고도 남을 엄청난 보물이 들려 있기 때문이었죠.

아프리카 마법사는 해가 질 때까지 거기 숨어 있었습니다. 이윽고 밤이 되어 사방이 칠흑같이 캄캄해지자 그는 비로소 품에서 램프를 꺼내어 문질렀습니다. 과연 정령이 그의 앞에 나타났습니다.

「무얼 원하시오? 나는 램프의 종. 그 램프를 손에 들고 있는 사람의 노예요. 따라서 나는 지금 당신의 종이며, 당신의 명에 복종할 준비가 되어 있소!」

「네게 명한다! 지금 즉시, 너와 램프의 다른 노예들이 이 도성 안에다 지어 놓은 궁전과 그 안에 있는 모든 사람들을 송두리째 아프리카로 옮겨 놓아라! 물론 나도 함께 말이다.」

이에 정령은 대답도 하지 않고, 역시 램프의 노예인 다른 정령들의 도움을 받아 아주 짧은 시간에 궁전 전체를 지시받은 장소에다 옮겨 놓았습니다. 자, 여기서 우리는 아프리카 마법사와 바드룰부두르 공주가 있는 궁전 이야기는 잠시 미루고, 이 사건으로 인해 엄청나게 놀란 술탄의 이야기를 해 봅시다.

이날도 술탄은 평소의 습관대로 잠에서 깨자마자 알라딘의 궁전을 느긋이 감상하기 위해, 그쪽을 향해 창이 나 있는 방으로 올라갔습니다. 한데 이게 웬일입니까? 궁전은 감쪽같이 사라져 버리고, 대신 궁전이 지어지기 전의 허허벌판만이 펼쳐져 있는 게 아니겠습니까? 술탄은 혹시 잘못 보았나 싶어 눈을 비벼 보았습니다. 하지만 날씨는 청명하고 하늘은 맑게 개어 있으며 밝아 오기 시작한 새벽빛에 삼라만상이 분명히 드러나고 있었건만, 거기엔 여전히 아무것도 없었습니다. 이번에는 두 개의 창을 오가며 각기 다른 각도로 보았습니다만, 결과는 마찬가지였습니다. 술탄은 너무도 놀란 나머지 궁전이 있던 곳을 멍하니 바라보면서 한동안 꼼짝 않고 서 있었습니다. 어떻게 그렇게 커다란 궁전이, 자신의 허락으로 지어진 이후 거의 하루도 빠짐없이 보아 온 그 궁전이, 바로 전날까지도 분명히 거기에 있었던 그 궁전이 이렇게 아

무런 흔적도 남기지 않고 감쪽같이 사라져 버릴 수 있단 말입니까? 아무리 생각해 봐도 도무지 이해할 수 없는 일이었습니다. 그는 생각했습니다.

〈아냐, 그건 분명한 사실이었어! 궁전은 분명히 저기에 있었다고! 그런데 이게 웬일이지? 만약 무너져 버린 것이라면 잔해 무더기라도 남아 있어야 할 것 아닌가? 또 땅속으로 꺼져 버린 것이라면, 구덩이 같은 흔적이라도 남아 있어야 하는 게 아니냐고!〉

이제 궁전이 사라져 버렸다는 사실을 인정할 수밖에 없었지만, 혹시 지금 자신이 착시를 일으켰을지도 모른다는 생각에 그는 얼마 동안 기다려 보았습니다. 하지만 결국 마지막으로 고개를 돌려 다시 한 번 그쪽을 바라본 후 자신의 거처로 돌아와야 했습니다. 즉시 대재상을 불러오라고 명한 다음 자리에 앉고서도, 그는 머릿속이 뒤죽박죽하여 도무지 갈피를 잡을 수 없었습니다.

대재상은 술탄을 그리 오래 기다리게 하지 않았습니다. 그와 그의 부하들은 너무 급히 달려오느라, 광장을 지나오면서도 알라딘의 궁전이 사라졌다는 사실을 알아채지 못했습니다. 심지어는 대재상에게 성문을 열어 준 문지기들조차 그 사실을 의식하지 못했죠.

대재상은 술탄 앞으로 나아오면서 말했습니다.

「폐하! 이렇듯 급히 소신을 부르신 걸 보니 무언가 큰일이 일어난 모양이군요? 더구나 오늘은 어전 회의가 있는 날이라, 구태여 부르시지 않아도 잠시 후면 입궐할 참이었는데 말입니다.」

「경의 말대로 정말로 큰일이 일어났소! 혹시 알라딘의 궁전이 어디로 갔는지 알고 있소?」

「알라딘의 궁전이라고요?」 대재상은 깜짝 놀라며 대답했습니다. 「방금 전에 소신이 그 앞을 지나왔는데, 궁전은 제자리에 있는 것 같던데요? 그렇게 튼튼한 건물은 쉽게 자리를 바꾸지 않는 법입니다.」

「자, 위층 방으로 올라가서 한번 내다보시오! 그러고 돌아와서 무엇이 보였는지 내게 말해 보시오!」

위층에 올라간 대재상 역시 술탄과 같은 것을 보았습니다. 그는 알라딘의 궁전이 아무런 흔적도 남기지 않고 연기처럼 사라져 버렸다는 사실을 확인하고는 다시 술탄에게 돌아왔습니다.

「자, 그래! 알라딘의 궁전을 보셨소?」

「폐하! 폐하께서도 기억하실 것입니다. 전에 소신은 폐하께서 그렇게 감탄해 마지않으시는 알라딘의 궁전을 가리켜, 마법의 결과이며 마법사의 소행이라고 몇 차례나 말씀드렸습니다. 하지만 폐하께선 귀담아듣지 않으셨지요.」

술탄으로선 더 이상 대재상의 말에 반박할 수 없었습니다. 그리고 그 무안함은 알라딘을 향한 분노로 폭발했습니다.

「이 사기꾼! 이 악당! 어디 있는가? 당장에 목을 베어 버리겠다!」

「폐하! 며칠 전 그자가 사냥을 떠난다며 작별 인사를 하러 폐하를 찾아오지 않았습니까? 그에게 사람을 보내어 궁전이 어디 있는지 알아보십시오. 필시 알고 있을 것이옵니다.」

「그건 놈에게 너무 관대한 처사요! 당장에 내 호위병 서른 명을 보내어 놈을 체포하고 쇠사슬로 묶어 이 앞에 데려다 놓으시오!」

대재상은 술탄의 명을 호위병들에게 전했고, 그들을 이끄는 호위대장에게는 알라딘을 놓치지 않고 잡아올 수 있는 방법까지 가르쳐 주었습니다. 알라딘은 사냥에서 돌아오고 있던 참이라, 도성에서 불과 대여섯 마일 떨어진 곳에 있었죠.

호위대장은 그에게 다가가, 술탄께서 한시라도 빨리 그를 보고 싶은 마음에 자신을 보내셨다고 말하여 알라딘을 안심시킨 후 그와 동행했습니다.

호위병들이 찾아온 진정한 이유를 알 턱이 없는 알라딘은 조금도 의심하지 않았고, 계속 사냥을 즐기면서 도성으로 향했습니다. 하지만 도성에서 약 반 마일 떨어진 곳에 이르자 갑자기 호위병들이 그를 에워싸더니 호위대장이 이렇게 말하는 것이었습니다.

「알라딘 대공! 매우 유감스럽습니다만, 이제 술탄의 명을 전하지 않을 수 없군요. 당신을 역모 죄로 체포하여 압송해 오라는 분부입니다. 우리는 다만 왕명을 집행할 뿐이니 이해해 주시기 바랍니다.」

알라딘은 크게 놀라며 대체 자신이 무슨 죄를 지었는지 물었습니다. 호위대장은 자신이나 부하들은 전혀 아는 바가 없다고 대답했습니다.

알라딘으로서는 별다른 수가 없었습니다. 자신의 부하들은 호위병들보다 수가 훨씬 적었을뿐더러, 그나마도 겁을 먹고 뿔뿔이 달아나 버렸던 것입니다. 그는 말에서 내리며 말했습니다.

「좋소! 당신이 받은 왕명을 집행하시오! 하지만 이 몸은 술탄에 대해서나 이 나라에 대해서 아무런 죄가 없소이다!」

호위병들은 그의 목에 아주 굵고 긴 쇠사슬을 채우고, 그 쇠사슬의 다른 쪽으로는 몸통 가운데를 친친 둘러 두 팔을 꼼짝 못하게 했습니다. 그러고 나서 호위대장이 대열의 선두에 서고, 부하 중 하나가 그 뒤에서 사슬 끝을 잡아 알라딘을 끌고 갔습니다. 알라딘은 이런 비참한 꼴로 도성까지 끌려가야 했지요.

이렇게 호위병들이 도성에 들어서자, 알라딘이 죄인의 꼴을 하고 끌려가는 모습을 발견한 사람들이 하나둘 모여들기 시작했습니다. 알라딘을 사랑하고 있던 대부분의 백성들은 그가 곧 참수형에 처해지리라는 사실을 눈치채고는, 어떤 이는 칼을, 어떤 이들은 다른 무기를, 아니면 돌멩이라도 집어 들고서 압송 행렬을 뒤따르기 시작했습니다. 후미에 선 호위병들이 위협을 느끼고 돌아서서 군중을 쫓아 버리려 험악한 표정을 지어 보였습니다만 군중의 수는 점점 더 늘어나기만 하여, 이제 호위병들은 무사히 궁전 대문을 통과할 수만 있다면 천만다행이라는 심정이었습니다. 그들은 죄인을 빼앗기지 않기 위해 일렬로 길게 늘어서서 그의 뒤쪽을 막으며 나아갔는데, 지나가는 길의 폭에 따라 호위병들 사이의 간격은 벌어지기도 했고 좁아지기도 했습니다. 천신만고 끝에 궁전 앞에 도착한 그들은 궁정 문을 통과한 후 문지기들이 간신히 문을 잠글 때까지, 밀려드는 무장 군중을 저지하기 위해 또다시 진땀을 흘려야만 했습니다.

끌려간 알라딘 앞에는 술탄이 대재상과 함께 기다리고 있었습니다. 술탄은 알라딘을 보자마자 해명은 들어 볼 생각도 않고, 즉시 옆에 대기하고 있던 망나니에게 그의 목을 치라고 명했습니다.

망나니는 알라딘을 붙잡아 그의 목과 몸을 묶고 있는 쇠사슬을 풀었습니다. 그러고는 지금까지 그가 처형한 수많은 죄인들의 피로 얼룩진 가죽 담요를 바닥에 간 다음, 그 위에 알라딘을 무릎 꿇리고 보지 못하게끔 눈을 천으로 감았습니다. 그러고는 칼을 뽑아 들고 술탄의 신호가 떨어지기만을 기다리면서 시퍼런 칼날을 공중에 세 번 휘둘렀습니다.

이때 창밖에 시선을 던진 대재상은 광장을 가득 메운 군중이 기사들의 저지선을 무너뜨리고 궁전의 성벽 여기저기로 기어 올라오는 모습, 그리고 성벽을 부수기 시작하는 모습을 발견했습니다. 이에 당황한 그는 막 참수 신호를 내리려 하는 술탄에게 황급히 외쳤습니다.

「폐하! 명을 내리시기 전에 충분히 숙고하시옵소서! 잘못하면 폭도들이 궁에 난입할 위험이 있사옵니다. 그러면 사태는 걷잡을 수 없이 악화될 것이옵니다!」

「궁에 난입해? 누가 감히 그런 짓을 한단 말인고?」

「지금 광장과 궁의 성벽에서 무슨 일이 일어나고 있는지, 폐하께서 직접 한번 보시옵소서!」

군중이 소요를 벌이고 있는 광경을 목격한 술탄은 혼비백산하여, 당장 망나니에게 칼을 거두라고 명하고 알라딘의 눈에 감은 천을 푼 다음 그를 석방해 주었습니다. 또 사령들에게 명하여, 광장이 굽어보이는 곳으로 올라가 술탄이 알라딘을 사면하였으니 이제 모두들 해산하고 물러가라고 외치게 했습니다.

궁전 성벽 꼭대기까지 기어 올라와 있던 사람들은 술탄이 알라딘을 석방하는 광경을 보고는 즉시 아래로 내려갔습니다. 그들은 자신들이 진정으로 사랑하는 이의 생명을 구했다는 기쁨으로 가득하여 그 소식을 주위에 있던 다른 사람들에게도 알려 주었죠. 그 소식은 광장의 모든 군중에게 퍼져 나갔고, 이내 성벽 꼭대기에 서서 같은 내용을 알리는 사령들에 의해 공식적인 것으로 확인되었습니다. 이에 백성들은 무기를 버리는 등 소요를 중단하고 하나둘 집으로 돌아가기 시작했습니다.

한편, 궁 밖으로 쫓겨난 알라딘은 발코니 쪽에 서 있는 술탄의 모습을 보고 애절한 음성으로 외쳤습니다.

「폐하! 기왕 제게 은혜를 베풀어 주셨으니, 다시 한 번 은혜를 베푸시어 대답해 주시옵소서! 대체 소신이 무슨 죄를 지었사옵니까?」

「네 죄가 무어냐고? 이런 사악한 놈 같으니! 정녕 네놈이 그것을 모른단 말이냐? 자, 가르쳐 줄 테니 이리로 올라와!」

알라딘이 다시 올라가자, 술탄은 그를 쳐다보지도 않고 앞장서서 걷기 시작했습니다. 그는 알라딘의 궁전이 보이던 방으로 그를 데리고 가서 다시 말했습니다.

「자, 네놈은 네 궁전이 어디에 있었는지 알고 있겠지? 자, 사방을 둘러봐라! 궁전이 어떻게 됐지?」

알라딘이 내다봤지만 거기엔 허허벌판뿐 아무것도 없었습니다. 대체 궁전이 어디로 사라져 버린 것인지, 귀신이 곡할 노릇이었죠. 알라딘은 이 놀랍고도 괴이한 사건 앞에서 너무도 어이가 없어 술탄의 질문에 대답도 못하고 한동안 멍하니 있었습니다. 알라딘이 아무 말도 하지 않자, 술탄은 더 화가 치밀어 소리쳤습니다.

「자, 말해 달란 말이다! 네 궁전과 내 딸이 어디로 간 거냔 말이다!」

마침내 알라딘이 침묵을 깨고 말했습니다.

「폐하! 과연 제가 지은 궁전이 사라져 버렸군요. 하지만 궁전이 어디 있는지는 소신도 잘 모르겠습니다. 이 사건은 저하고는 아무 상관도 없으니까요.」

「네놈의 궁전 따위는 어찌 되든 상관없다! 그 궁전보다 내 딸이 수백만 배 더 소중해! 당장 그 애를 내게 돌려다오! 그러지 않으면 네놈 목을 정말로 베어 버리겠어! 그리고 이번에는 하늘이 무너진다 해도 마음을 바꾸지 않겠어.」

「폐하! 소신이 최선을 다해 찾아볼 테니 사십 일만 기한을 주십시오. 만일 그 기간 안에 공주님을 찾아오지 못한다면, 스스로 제 목을 폐하의 발밑에 가져다 놓겠으니 그때는 마음대로 처분하십시오!」

「좋다! 네가 원하는 대로 사십 일을 주겠다. 하지만 내 호의를 악용하여 도망칠 생각일랑 말아라! 네놈이 이 세상 그 어느 곳에 숨는다 해도, 반드시 쫓아가 찾아내고야 말 테니까!」

쫓기듯 술탄의 거처를 빠져나오는 알라딘의 모습은 보기 안쓰러울 정도였습니다. 황망함에 어찌할 바를 몰라 궁의 내정을 통과할 때에도 고개를 푹 숙였고, 감히 사람들을 쳐다보지도 못했습니다. 지금까지 그가 그토록 친절하게 대해 주었고, 또 그의 친구이기도 했던 궁신들 가운데 다가와 위로해 주는 사람은 하나도 없었습니다. 오히려 그가 알은척할까 봐 외면하고 등을 돌려 버렸죠. 하지만 누군가가 뭔가 위로의 말을 던져 주려고, 혹은 뭔가 도움을 제의하려고 다가갔다 하더라도 알라딘은 그를 전혀 알아보지 못했을 것입니다. 사실 지금 그는 제정신이 아니었기 때문입니다. 그의 이러한 정신 상태는 궁 밖에 나갔을 때 분명하게 드러났습니다. 그는 지금 자신이 무슨 행동을 하는지 의식하지도 못한 채 이 집 저 집 문을 두드리면서, 혹은 길에서 만나는 사람을 아무나 붙잡고서 혹시 자신의 궁전을 보았는지, 아니면 그에 대한 소식이라도 들었는지 물었습니다. 이 광경을 본 사람들은 알라딘이 드디어 미쳐 버렸다고 믿게 되었죠. 이런 그를 어떤 사람들은 비웃었지만, 보다 사려 깊은 이들, 특히 그와 조금이라도 친분이 있었던 사람들은 깊이 동정했습니다. 이렇게 그는 사흘간 도성 이곳저곳을 떠돌아다니며, 가끔씩 사람들이 동정하여 준 음식으로만 연명했습니다. 앞으로 어떻게 해야 할지 몰라 막막하기만 했지요.

과거 영화를 누렸던 도시에 거지보다 못한 모습으로 남아 있는 것도 괴로운 일, 알라딘은 마침내 도성을 나와 시골 쪽으로 걷기 시작했습니다. 큰길은 가급적 피하고 후미진 오솔길로만 골라 다녔죠. 이처럼 모든 것이 끔찍이도 불확실한 상태에서 산을 넘고 들판을 지나기를 여러 차례 반복한 끝에, 그는 마침내 어떤 강가에 이르렀습니다. 그리고 그렇게 강가에 서 있는 알라딘에게는 절망감이 엄습해 왔습니다.

〈어딜 가야 내 궁전을 찾을 수 있을까? 어느 지방, 어느 나라, 이 세상 어느 지역에 가야 내 궁전과 사랑스러운 나의 바드룰부두르 공주를 다시 찾을 수 있단 말인가? 결코 성공할 수 없을 거야. 차라리…… 이 부질없는 수고에서, 나를 갉아먹는 이 쓰라린 슬픔에서 해방되는 게 낫지 않을까?〉

그는 강물에 몸을 던져 죽어 버리자고 마음먹었습니다. 하지만 신앙심이 뼛속 깊이 배어 있는 독실한 이슬람 신자였던 그는 죽기 전에 최소한 기도는 올려야겠다고 생각했습니다. 그는 이 나라의 관습에 따라 기도 전에 손과 얼굴을 씻으려고 강으로 다가갔습니다. 하지만 그 부근의 경사가 급한 데다가 물결에 젖은 땅이 몹시 질척거렸던지라, 그만 미끄러지고 말았죠. 만약 비탈에 두 자 정도로 솟아 있는 바위를 붙잡지 못했더라면, 아마 그대로 물에 빠져 버렸을 것입니다. 그런데 그때 다시 한 번 행운이 일어났습니다. 알라딘은 전에 아프리카 마법사에게서 받은 반지를 아직 손가락에 끼고 있었는데, 바위를 붙잡을 때 그 반지가 세차게 긁혔던 것입니다. 그 순간 지하 공간에 갇혀 있을 때 나타났었던 그 정령이 또다시 나타났습니다.

「무얼 원하시오? 나는 반지의 종, 그 반지를 손가락에 끼고 있는 사람의 노예요. 따라서 나는 지금 당신의 종이며, 당신의 명에 복종할 준비가 되어 있소!」

캄캄한 절망에 빠져 있을 때 전혀 예상하지 못했던 반지의 정령이 나타나자, 알라딘의 얼굴은 놀람 반 기쁨 반으로 환해졌습니다. 그는 즉시 대답했습니다.

「정령! 내가 지은 궁전이 어디 있는지 알려 다오! 아니면 그것을 즉시 원래의 자리로 옮겨 다오! 그리하여 다시 한 번

내 생명을 구해 다오!」

「지금 주인이 요구하는 건 내 능력 밖의 일이오. 그건 램프의 정령만이 할 수 있는 일, 나는 반지의 정령에 불과하다오.」

「좋다! 그렇다면, 지금 궁전이 이 세상 어느 곳에 있는지는 모르겠다만, 반지의 능력으로 나를 바드룰부두르 공주의 창문 아래로 옮겨 다오!」

말이 떨어지기 무섭게 정령은 알라딘을 들어 아프리카 대초원 한가운데 있는 그의 궁전으로 데려가, 바드룰부두르 공주의 거처에 난 창문 아래에 정확하게 떨어뜨려 놓았습니다. 이 모든 것은 순식간에 일어난 일이었지요.

밤이라 사방이 컴컴했지만 알라딘은 자신의 궁전과 공주의 거처를 분명히 알아볼 수 있었습니다. 하지만 밤이 꽤 깊었고 궁전 안은 너무도 조용했으므로, 그는 약간 떨어진 곳에 가서 한 나무 아래에 앉았습니다. 거기 앉아 우연히 찾아온 행운 덕에 궁전과 공주를 다시 찾을 수 있게 되었다는 생각을 하고 있으려니 마음이 편안해졌습니다. 체포되어 술탄 앞에 끌려가 죽음의 직전까지 갔다가 풀려난 이후 처음으로 느껴보는 행복감이었죠. 하지만 벌써 대엿새 동안 한잠도 자지 못했던 그는 쏟아지는 잠을 이기지 못하고 나무 아래에서 그대로 잠들어 버렸습니다.

다음 날 동녘이 밝아 오기 시작할 때, 알라딘은 새들의 노랫소리에 잠이 깨었습니다. 그가 밤을 보낸 나무뿐 아니라, 궁전 정원에 무성하게 자라난 나무들 위에 무수한 새들이 앉아 즐거이 합창하고 있었던 것입니다. 알라딘은 눈을 들어 이 아름다운 건물을 바라보았습니다. 다시 이것의 주인이 되고, 동시에 사랑하는 바드룰부두르 공주를 소유할 수 있게 되었다고 생각하니 말할 수 없는 기쁨이 느껴졌습니다. 그는 몸을 일으켜 공주의 거처로 다가가, 누군가가 일어나 자신을 보게 되기를 기다리며 창문 아래에서 잠시 거닐었습니다. 그는 대체 왜 이런 불행이 일어났을까 생각해 보았습니다. 그리고 곰곰이 생각한 끝에, 결국 이 모든 불행이 램프를 몸에 지니고 다니지 않았기 때문이라는 결론에 도달했습니다. 그는 램프를 소홀히 보관했던 스스로를 몹시 책망했죠. 하지만 대체 누가 자신을 질투하여 이런 짓을 벌였는지는 아무리 생각해 봐도 알 수 없었습니다. 만일 지금 있는 곳이 아프리카라는 사실을 알았더라면, 그 장본인을 쉽사리 짐작했을 것입니다. 하지만 반지의 정령은 그를 거기 데려다 주면서 아무 말도 하지 않았고, 그 역시 물어볼 생각을 못했습니다. 아프리카란 말 한 마디만 들었어도, 곧바로 불구대천의 원수 아프리카 마법사를 떠올렸을 텐데 말입니다.

이날, 바드룰부두르 공주는 평소보다 일찍 잠에서 깨어났습니다. 아프리카 마법사에게 납치되어 아프리카 땅에 옮겨진 이후, 그녀는 이제 궁전 주인이 된 흉악한 마법사를 매일 한 번씩 대면해야 했습니다. 하지만 그때마다 그녀가 몹시 매몰찬 태도를 보였기 때문에 마법사는 감히 궁전 안에 들어와 지낼 엄두를 못 냈죠. 그렇게 지내던 중 이날도 공주가 일어나 옷을 입고 있을 때, 한 시녀가 창에 친 발을 통해 밖을 내다보다가 알라딘을 발견했습니다. 그녀는 즉시 달려와 이 사실을 공주에게 알렸습니다. 믿기지 않는 심정으로 창으로 달려간 공주는 과연 알라딘이 거기 있는 것을 보고 발을 걷었습니다. 그 소리에 위를 올려다본 알라딘 역시 공주의 모습을 보았고, 기쁨에 넘치는 음성으로 인사를 했습니다. 그러자 공주가 말했습니다.

「자, 시간이 없으니 우선 올라오세요! 시녀가 비밀 문을 열어줄 것이니, 그리로 올라오세요!」 그리고 나서 그녀는 다시 발을 내렸습니다.

공주의 거처 아래편에 있던 비밀 문이 열리자, 알라딘은 공주의 거처로 올라갔습니다. 영영 만나지 못하리라 믿었던 부부가 다시 만나게 되었으니, 그 기쁨을 어찌 말로 표현할 수 있겠습니까? 그렇게 갑작스러운, 그렇게 가슴 아픈 이별 후에 다시 만난 부부는 기쁨의 눈물을 흘리며 서로를 안고 또 안았습니다. 잠시 후 두 사람은 자리에 앉았습니다.

「공주! 무엇보다도 긴급히 물어볼 것이 하나 있소. 이것은 당신을 위해, 또 존경하는 당신의 부친 술탄을 위해, 그리고 특히 나를 위해 매우 중요한 일이오. 내가 사냥을 떠나기 전, 스물네 개의 창이 있는 응접실의 코니스 위에 두고 간 낡은 램프는 어디에 있소?」

「아, 여보! 안 그래도 그 램프가 우리의 불행의 원인이었으리라 짐작하고 있었어요! 아아, 그런데 너무도 통탄스럽게도 이 모든 일은 바로 저 때문에 일어났답니다!」

「공주! 그렇게 자책하지 마시오! 모든 책임은 내게 있소. 내가 그걸 좀 더 신중히 보관했어야 옳았소. 하지만 지금은 한탄하고 있을 때가 아니라, 램프를 되찾을 방도를 궁리해야 할 때요. 자, 그러니 무슨 일이 있었는지 내게 얘기해 주시오. 대체 어떤 자의 수중에 그게 들어갔는지.」

이에 바드룰부두르 공주는 어떻게 그 낡은 램프를 새 램프와 바꾸게 되었는지 설명한 다음, 새 램프를 가져와 직접 보여 주었습니다. 또 램프를 바꾼 바로 그날 밤 궁전이 어디론가 옮겨지는 것을 느낀 것, 그리고 다음 날 아침 자신이 궁전과 함께 어떤 낯선 고장, 즉 아프리카로 옮겨졌다는 사실을 알게 된 것, 이는 마법을 사용하여 그녀를 이곳에 납치해 온 그 못된 작자에게서 직접 들은 사실이라는 것 등을 차례로 설명해 주었습니다.

「잠깐, 공주!」 알라딘이 그녀의 말을 끊으며 말했습니다.

「지금 우리가 있는 곳이 아프리카라는 말을 들으니 그 못된 놈이 누구인지 알 것 같소. 그자는 세상에서 가장 사악한 인간이라오. 하지만 그자가 얼마나 못된 인간인지는 나중에 얘기하기로 하고, 우선 그가 램프를 어떻게 했는지, 그리고 어디에다 놓았는지부터 말해 주시오!」

「그는 램프를 아주 소중히 싸서 몸에 지니고 다닌답니다. 품속에서 꺼내어 내게 보여 주며 으스댄 일이 있지요.」

「공주! 피곤하게 자꾸 질문해서 미안하오. 하지만 이는 내게나 당신에게나 극히 중요한 일이니 이해해 주기 바라오. 자, 이제는 내가 특히 궁금하게 생각하는 점을 하나 묻겠소. 지금까지 그 사악하고 못된 인간이 당신을 어떻게 다루어 왔소?」

「이곳에 옮겨 온 이후로, 그는 매일 한 차례씩 내 앞에 나타났어요. 요즘은 조금 덜 나타나는 편인데, 그건 아마 내가 아주 매몰차게 대해서일 거예요. 그런데 올 때마다 그자가 내게 뭐라고 하는지 아세요? 글쎄, 당신과의 연을 끊고 자기를 남편으로 받아들이라는 거여요. 술탄의 명으로 당신은 이미 참수당해 죽었으니, 더 이상 당신을 볼 희망일랑 버리는 게 좋다나요! 또 당신은 배은망덕한 사람이며, 당신의 모든 재산은 자기에게서 나온 거래요. 하지만 아무리 그래도 내게서 얻는 거라곤 눈물과 고통스러운 탄식밖에 없기 때문에, 들어올 때와 똑같이 언짢은 기분으로 돌아가곤 하죠. 그래도 그의 의도가 무엇인지 아는 나로서는 불안하기만 했어요. 분명 언젠가 슬픔이 지나가면 내가 마음을 바꾸리라 기대하고 있겠지요. 그러지 않고 내가 계속 고집을 부리면 폭력을 사용하겠다는 심산일 거예요. 하지만 사랑하는 당신이 이렇게 오셨으니 내 불안감은 이미 다 사라져 버렸답니다.」

「공주! 당신의 불안감이 다 사라졌다니, 모든 일이 잘 풀릴 거라고 확신하오. 걱정 마시오! 우리의 원수로부터 당신을 해방시킬 방법이 생각났으니까. 하지만 이를 위해 나는 우선 시내에 다녀와야겠소. 이따가 정오 무렵에 다시 돌아와 내 계획이 어떤 것인지, 또 이 계획에 당신이 어떻게 기여할 수 있는지 알려 주도록 하겠소. 하지만 한 가지 먼저 일러두겠는데, 이따 내가 다른 옷을 입고 오더라도 놀라지는 마시오. 그리고 비밀 문을 두드리면 지체 없이 문을 열어 줄 수 있도록 시녀에게 미리 분부해 놓으시오.」

공주는 사람을 시켜 미리 문 앞에서 기다리고 있다가 즉시 문을 열어 주게 하겠다고 약속했습니다. 공주의 거처에서 내려와 비밀 문을 통해 궁 밖으로 빠져나온 알라딘은 주위를 살펴보다가, 시골 쪽으로 가고 있는 농부 한 사람을 발견했습니다. 알라딘은 급히 달려가 농부를 따라잡아서는, 그에게 서로의 옷을 바꾸자고 제의했습니다. 간절한 알라딘의 부탁을 농부는 들어주었죠. 두 사람은 덤불 속에 숨어서 옷을 바꿔 입은 후 헤어졌고, 알라딘은 도시로 향했습니다.

도시에 들어간 그는 성문에서부터 이어지는 대로를 통해 가장 번화한 구역에 도착했고, 이어 골목마다 각기 다른 종류의 가게들이 있는 시장으로 들어갔습니다. 약국들이 늘어서 있는 골목에 들어선 알라딘은 그중에서도 가장 크고 물건이 많은 가게로 들어가 약사에게 어떤 가루약의 이름을 대면서 그 약을 갖고 있는지 물었습니다. 약사는 허름한 농사꾼 옷을 입고 있는 그를 보고 가난하여 돈도 없을 것이라 판단하고는, 그 가루약은 있지만 아주 비싸다고 대답했습니다. 약사의 마음을 간파한 알라딘은 돈주머니를 꺼내 금화를 보여 주면서, 가루약을 반 드라크마 정도만 달라고 했지요. 약사는 가루약의 무게를 달아 종이에 싸서 주고, 값으로 금화 한 닢을 요구했습니다. 알라딘은 돈을 지불하고 나와서 시장

을 잠시 더 돌아다니며 약간의 식량을 구입한 다음, 더 이상 지체하지 않고 궁전으로 돌아갔습니다. 비밀 문 앞에 서자, 기다릴 필요도 없이 금방 문이 열렸습니다. 그는 곧장 바드룰부두르 공주의 거처로 올라갔지요.

「공주! 저 흉악한 납치범을 혐오하는 공주의 마음, 나는 충분히 이해하오. 그러니 이제 내가 공주에게 부탁하려는 일을 행하기가 몹시 역겨울 것이오. 하지만 내 그대에게 간절히 부탁하거니와, 놈의 박해에서 벗어나고 싶다면, 또 당신의 부친이자 내 주군이신 술탄께 당신을 다시 보는 기쁨을 선사하고 싶다면, 입술을 꽉 깨물고라도 그 역겨운 감정을 숨겨야만 하오. 자, 어떻게 해야 할지 자세히 설명할 터이니 잘 들으시오.

우선 그대가 가진 옷 중 가장 고운 것으로 차려입으시오. 그리고 마법사가 오면 뻣뻣하게 굴지 말고 가능한 가장 상냥한 태도로 맞아 주시오. 이때 주의할 점은 어색하거나 꾸민 티를 내지 말고 자연스러운 얼굴을 보여야 한다는 거요. 하지만 약간의 슬픈 그림자가 남아 있는 것은 상관없소. 그런 것은 시간이 지나면 없어질 것이라고 생각할 테니까. 대화가 시작되면, 마치 나를 잊으려 노력하고 있다는 듯이 말하시오. 그리고 당신의 진심을 증명하기 위해 놈에게 저녁 식사를 함께하자고 제안하며, 식사와 함께 이 고장에서 나는 가장 훌륭한 포도주를 마시면 참으로 좋을 것 같다고 말하시오. 놈은 분명 포도주를 구하러 나갈 것이오. 그러면 놈이 다시 돌아올 때까지 당신이 할 일이 있소. 뷔페 테이블이 준비되면, 당신이 평소 사용하는 것과 같은 종류의 잔에다 이 가루약을 넣으시오. 그다음 그 잔을 적당한 곳에 숨겨 놓고 시녀에게 분부하기를, 당신이 신호를 하면 이 잔에 포도주를 가득 채워 가져오라고 이르시오. 이때 잔이 바뀌지 않도록 각별히 주의해야 할 것이오!

마법사가 돌아온 후 식사가 시작되면, 얼마 동안은 함께 음식을 들고 술을 마시시오. 그러다 적당한 때가 되었다고 판단될 때 신호를 보내어 가루약이 든 잔을 가져오게 한 다음, 놈에게 술잔을 바꿔 마시자고 제의하시오. 놈은 황송해서라도 거절하지 못할 것이오. 심지어 한 방울도 남기지 않고 쪽쪽 다 빨아 마시겠지. 술잔을 비우자마자 놈은 썩은 고목처럼 자빠져 버릴 것이오. 만일 놈의 더러운 술잔에 입술을 대기가 정히 역겹다면, 그냥 마시는 척만 해도 되오. 약 기운이 너무도 신속히 작용하여 놈은 당신이 마시는지 안 마시는지 살필 겨를도 없이 쓰러져 버릴 테니까.」

알라딘이 말을 마치자 공주가 입을 열었습니다.

「솔직히 말해서, 그 역겨운 마법사 놈에게 그런 아양을 떨어야 하는 것은 죽기보다 싫어요. 하지만 잔혹한 원수를 잡기 위해서라면 무슨 결심인들 못하겠어요? 좋아요! 당신의 충고대로 하겠어요. 왜냐하면 거기에 나와 당신의 행복이 달려 있으니까요.」

이렇게 공주와 작전을 짠 후, 알라딘은 작별을 고하고 밖으로 나왔습니다. 밤이 될 때까지 궁전 근처 어딘가에 숨어 기다리기 위함이었습니다.

알라딘과 헤어진 이후, 바드룰부두르 공주는 몸단장에 전혀 신경을 쓰지 않고 지내 왔습니다. 어쩌면 당연한 일이었습니다. 이는 비단 부부로서의 의무감에서만이 아니었습니다. 마음 깊이 사랑하는 낭군인 알라딘뿐 아니라, 그녀를 지극히 아껴 주며 그녀 자신 역시 몹시 사랑하는 아버지 술탄과도 떨어져 있어야 하는 그 고통스러운 상황에서, 어떻게 몸을 가꿀 경황이 있었겠습니까? 특히 마법사가 처음 방문하고 간 뒤, 시녀들을 통해 그가 바로 새 램프를 헌 램프로 바꿔 간 장본인이라는 사실을 알게 된 이후에는, 여성으로서 각별히 신경 써야 할 청결마저 소홀히 하게 되었습니다. 하지만 예상했던 것보다 빨리 복수의 기회가 찾아오자, 그녀는 알라딘의 지시에 충실히 따라야겠다고 결심했습니다.

그녀는 남편이 나가자마자 몸단장을 하기 시작했습니다. 우선 시녀들을 시켜 머리를 가장 예쁜 형태로 올리게 한 다음, 가장 화려하면서도 목적을 이루기에 적합한 옷을 꺼내 입었습니다. 허리띠는 전체가 금으로 되어 있고, 그 위에 각종 굵직한 다이아몬드들이 박혀 있는 것이었죠. 목걸이는 가장 큰 진주를 중심으로 좌우에 굵은 진주 여섯 개씩, 모두 열세 개의 진주를 꿰어 만든 것이었는데, 그중 가장 작은 크기의 알로만 만들어진 진주 목걸이라 해도 이 세상의 가장 위대한 여왕이나 부유한 왕비마저 황홀하게 만들었을 것입니다. 수많은 다이아몬드와 루비로 장식되어 있는 팔찌 역시 화려하고 진귀한 것으로, 허리띠나 목걸이와 기막히게 어울렸습니다.

이렇게 완벽하게 성장한 공주는 자신의 모습을 거울에 비춰 보면서, 혹은 시녀들의 의견을 들으면서 마지막 손질을 했습니다. 마침내 턱도 없는 정열을 품고 있을 마법사를 홀리기에 조금도 부족함이 없는 상태가 되었음을 확인하고는 좌단에 앉아 그가 오기만을 기다렸죠.

이윽고 시간이 되자 어김없이 마법사가 나타났습니다. 그가 스물네 개의 창문이 있는 응접실로 들어서자, 기다리고 있던 공주는 매력이 넘치는 자태로 몸을 일으켜서 상석을 가리키며 앉으라고 권한 후, 그가 앉자 자신도 따라 앉았습니다. 여태껏 그녀가 한 번도 보여 주지 않았던 상냥하고도 정중한 태도였죠.

그녀를 본 마법사는 눈도 제대로 뜨지 못할 정도였습니다. 우선 그녀의 몸을 휘감은 무수한 보석들의 광채, 그리고 보석보다 영롱하게 반짝이는 그녀의 두 눈동자……. 자신을 대하는 행동 역시 평소와는 사뭇 달랐습니다. 평소의 그 매몰찬 태도는 온데간데없고, 대신 위엄 있으면서도 상냥한 모습에 당황스럽고 어리벙벙할 따름이었죠. 처음에 그는 좌단 가장자리에 궁둥이만 붙이고 앉으려 했습니다. 하지만 그가 상석에 앉지 않으면 자신도 앉지 않겠다고 공주가 말하자, 얌전히 그녀의 말에 따랐습니다.

아프리카 마법사가 이유를 몰라 당황스러운 표정을 지으며 자리에 앉자, 그녀는 더 이상 그를 가증스러운 존재로 여기지 않는다는 듯한 눈빛으로 마법사를 바라보면서 설명했습니다.

「오늘 저의 변한 모습을 보고 아마 놀라셨을 거여요. 하지만 설명을 들으시면 제가 왜 이러는지 이해하실 것입니다. 저는 원래 슬픔이나 우울이나 근심, 이런 감정들과는 기질적으로 거리가 먼 여자예요. 또 어쩌다 그런 감정들에 빠진다 해도, 일이 지나가면 가급적 빨리 거기서 벗어나려고 노력하는 사람이죠. 그동안 당신이 알라딘의 운명에 대해 하신 말씀을 곰곰이 생각해 보았어요. 사실 아버님 술탄의 성격을 익히 아는 저로서는, 당신 말씀대로 알라딘이 그분의 진노를 피할 수 없었을 것이라 확신해요. 제가 평생 울고 있어 봐야 무슨 소용이 있겠어요? 죽은 사람을 다시 살려 낼 수는 없는 노릇이지요. 지금까지 저는 제 사랑이 요구하는 모든 의무를 다했다고 생각해요. 심지어 무덤처럼 깊은 고통까지 맛보았으니까요. 따라서 이제는 마음을 추스르고 기분을 전환할 수 있는 방법을 찾아봐야 할 것 같아요. 바로 이런 이유로 오늘 제가 이렇게 모습을 바꾸고 나타난 거랍니다. 또 저는 오늘 슬픔을 완전히 쫓아 버리기 위해, 시녀들에게 근사한 저녁 식사를 준비하라고 분부했어요. 당신도 저와 함께해 주실 거죠? 그런데 궁전 안에 있던 중국 술이 떨어져 버렸네요. 마침 이곳은 아프리카이고 하니, 이곳에서 생산되는 좋은 포도주를 좀 맛보고 싶어요. 당신께서 훌륭한 포도주를 가져다주시지 않겠어요?」

이렇게나 쉽고 빠르게 공주의 마음을 얻는 것은 거의 불가능한 일이라 믿고 있었던 마법사는, 이렇듯 따뜻한 마음을 보여 주니 얼마나 감격스러운지 모르겠다며 아양을 떨었습니다. 이어 너무도 뜻밖이라 오히려 당황스럽기까지 한 이 대화를 빨리 끝내기 위해, 공주가 말한 아프리카 포도주로 화제를 돌렸습니다. 그는 아프리카에는 자랑할 만한 좋은 것들이 많지만 그중에서도 특히 지금 그들이 있는 고장에서 산

출되는 훌륭한 포도주는 단연 으뜸이라고 떠벌렸죠. 그러고 는 마침 자신에게 아직 개봉하지 않은 일곱 해 묵은 포도주가 있는데, 조금도 과장 없이 말해서 전 세계에서 가장 뛰어난 포도주일 것이라고 장담했습니다.

「잠시만 시간을 주신다면 제가 달려가 두 병을 들고 오겠습니다.」

「그런 수고를 끼쳐 드리고 싶진 않아요. 누군가를 대신 보내면 안 되나요?」

「반드시 제가 가야 합니다. 창고 열쇠를 가진 건 저뿐이고, 창고를 여는 비밀도 저만 알고 있으니까요.」

「그렇다면 할 수 없죠. 빨리 다녀오도록 하세요. 당신이 늦어질수록 제 마음은 더욱 애가 탈 거예요. 그리고 당신이 돌아오는 즉시 식사를 시작하도록 하겠어요.」

그토록 탐하던 공주를 잠시 후면 소유하게 된다는 희망에 거의 정신이 나간 마법사는 포도주가 있는 곳으로 나는 듯이 달려갔습니다. 그사이, 공주는 자신이 사용하는 잔에 가루약을 넣어 한쪽에 준비해 놓았죠. 마침내 마법사가 돌아와 두 사람은 식탁에 마주 보고 앉았습니다. 마법사는 뷔페 테이블에 등을 돌린 방향이었죠. 공주는 손수 가장 맛있는 것을 골라 마법사에게 권해 주며 말했습니다.

「원하신다면 악사들로 하여금 노래와 악기 연주를 하도록 해서 즐겁게 해드릴 수도 있어요. 하지만 이렇게 우리 단둘이서 대화를 나누는 게 더 좋지 않아요?」

마법사는 이러한 공주의 선택이 더욱 황송하기만 했죠.

두 사람 다 음식을 몇 점 먹고 나서, 공주는 포도주를 가져 오라고 분부했습니다. 그녀는 우선 마법사를 위해 건배하고는, 술을 맛보면서 고개를 끄떡였습니다.

「그렇게 이 포도주를 칭찬하시더니만, 그 이유를 이제야 알겠군요. 이처럼 감미로운 술은 맛본 적이 없어요.」
「사랑스러운 공주님!」 마법사는 시녀가 바치는 잔을 받아 들며 대답했습니다. 「그렇게 칭찬을 해주시니 제 포도주가 더욱 빛이 나는 것 같습니다!」
「저도 포도주에 꽤 조예가 깊다는 사실을 알게 될 거예요! 제 건강을 위해서도 한 잔 드세요!」
그는 공주를 위해 건배하고는, 빈 잔을 시녀에게 돌려주며 말했습니다.
「공주님! 이 포도주를 남겨 두어 참으로 다행이군요! 이런 기쁜 날에 마실 수 있게 되었으니 말이에요! 솔직히 말해서, 저 역시 이렇게 달콤한 포도주는 평생 처음인 것 같습니다. 여러 가지 의미에서 말입니다.」
이렇게 두 사람은 계속 먹으며 술도 석 잔씩 더 마셨습니다. 공주는 상냥하고 애교 있는 태도로 마법사의 넋을 빼놓은 다음 시녀에게 살짝 눈짓을 하면서, 자신과 마법사의 술잔에 포도주를 가득 부어 가져오라고 명했습니다. 그렇게 두 사람이 손에 각자의 잔을 들게 되자 공주가 말했죠.
「이곳 아프리카에서는 연인끼리 술을 마실 때 어떻게 하는지 모르겠어요. 하지만 우리 중국에서는 서로 잔을 교환하여, 상대의 건강을 위해 건배하는 풍습이 있답니다.」
이렇게 말하며 공주는 들고 있던 잔을 그에게 건네며, 그의 잔을 달라는 뜻으로 다른 손을 내밀었습니다. 이렇게 공주가 자신의 마음이 완전히 정복당했음을 암시하는 마당에, 마법사가 주저할 까닭이 없었죠. 그런데 입이 귀에 걸려 허겁지겁 잔을 교환한 그는 후딱 마시려 하지는 않고, 사설을 늘어놓기 시작했습니다.
「공주님! 사랑을 양념하는 기술만큼은 우리 아프리카 사람들이 중국 사람들을 따라가려면 한참 멀었군요! 제가 한 수

배웠다고 인정하지 않을 수 없습니다. 또한 오늘 공주님께서 제게 보여 주신 따뜻한 애정, 얼마나 고마운지 모르겠습니다. 사랑스러운 공주님, 내가 당신의 잔 속에서 되찾은 것이 뭔지 아십니까? 그것은 당신의 매정한 태도가 조금만 더 오래갔더라면 아마 잃어버렸을지도 모를 저의 생명입니다! 공주님의 은혜, 평생 잊지 않겠습니다!」

공주는 끝없이 계속되는 마법사의 사설에 짜증만 날 뿐이었죠.

「우리 일단 마시자고요! 마신 다음에 하고 싶은 말, 마음껏 하시라고요!」

동시에 그녀가 입술 끝을 마법사의 잔에 대고 마시는 시늉을 하자, 공주를 기쁘게 해주고 싶었던 마법사는 한 방울도 남기지 않고 허겁지겁 잔을 비웠습니다. 그리고 이렇게 술을 쭉 들이켠 그는 자신의 멋진 동작을 공주에게 보여 주고 싶어서 고개를 뒤로 젖힌 상태로 잠시 가만히 있었습니다. 공주가 여전히 잔을 입에 댄 채 살짝 눈알을 돌려 그를 쳐다보자, 마침내 마법사는 의식을 잃고 뒤로 꽈당 넘어졌습니다.

공주가 문을 열어 알라딘을 들여보내라고 분부할 필요도 없었습니다. 이미 공주에게서 지시받은 시녀들이 응접실에서부터 비밀 문에까지 점점이 늘어서 있다가 릴레이식으로 연락을 취하여, 마법사가 쓰러지는 것과 거의 동시에 문이 열리게 했던 것입니다.

알라딘은 단숨에 계단을 뛰어올라 응접실에 들어섰습니다. 아프리카 마법사가 좌단에 나자빠져 있는 모습을 본 그는, 기쁨에 넘쳐 자신을 껴안으러 달려오려는 공주를 제지했습니다.

「아직 그럴 시간이 없소! 당신은 우선 방에 들어가, 나를 여기 혼자 있게 해주시오. 내가 작업을 하여 당신이 중국 땅

에서 멀어졌을 때만큼이나 빠른 속도로 다시 돌아가게 해주겠소.」

공주가 시녀들과 내시들을 데리고 응접실을 나가자 알라딘은 문을 닫았습니다. 아프리카 마법사가 자빠져 있는 좌단으로 다가가 보았더니 그는 이미 숨이 끊어져 있었습니다. 알라딘은 마법사의 저고리 안섶을 뒤져 공주가 얘기한 대로 천에 소중히 싸여 있는 램프를 꺼냈습니다. 그가 천을 풀고 램프를 문지르자, 즉시 정령이 노상 사용하는 인사말과 함께 나타났습니다.

「정령! 여기 있는 그대의 주인 램프의 능력으로 그대에게 명한다! 이 궁전을 원래 있었던 중국 땅의 그 장소에다 다시 옮겨 놓아라!」

정령은 복종의 표시로 고개를 까딱한 뒤 사라져 버렸습니다. 그리고 다음 순간 두 차례 가볍게 진동하는가 싶더니, 궁전은 벌써 제자리로 옮겨져 있었습니다. 첫 번째 진동은 궁전이 아프리카 땅에서 들릴 때, 두 번째는 중국 땅에 내려질 때 발생한 것이었죠. 이 모든 일은 거의 순식간에 이루어졌습니다.

그제야 알라딘은 공주의 방으로 뛰어 내려가 그녀를 껴안았습니다.

「공주! 내일 아침, 당신과 나의 기쁨은 완전한 것이 될 것이오!」

공주는 저녁 식사를 끝내지 못했고 알라딘 역시 몹시 시장한 상태였으므로, 두 사람은 스물네 개의 창이 있는 응접실로 올라가 아까 거의 손대지 않은 음식을 다시 차려 오게 했습니다. 그들은 함께 음식을 들며 아프리카 마법사가 가져온 훌륭한 포도주도 맛보았죠. 그렇게 재회한 부부는 정겨운 대화를 나누면서 저녁을 든 다음, 잠자리에 들기 위해 침실로 향했습니다.

알라딘의 궁전과 바드룰부두르 공주가 사라진 이후, 술탄은 공주가 죽었다고 생각하고는 크나큰 슬픔에 잠겨 있었습니다. 밤에도 낮에도 잠을 이루지 못했고, 슬픔을 자극하는 것을 피하려 하기는커녕 오히려 더욱 열심히 찾으려 들었습니다. 전에는 알라딘의 궁전을 감상하기 위해 그 궁전이 보이는 방에 아침마다 한 번씩 찾아갔었지만, 이제는 하루에도 수차례씩 올라가 눈물을 흘리며 슬픔을 곱씹는 것이었습니다. 그토록 자신을 즐겁게 해주었던 것들, 세상에서 가장 소중했던 것들을 이제는 영영 볼 수 없으리라는 생각에 슬픔은 점점 깊어만 갔습니다.

알라딘의 궁전이 원래의 자리로 돌아온 다음 날 아침에도, 술탄은 여느 날과 다름없이 새벽부터 그 방으로 올라갔습니다. 고개를 푹 숙이고 힘없는 걸음으로 방에 들어선 그는 여전히 허허벌판만 펼쳐져 있겠거니 생각하고는, 알라딘의 궁전이 있던 쪽으로 서글픈 눈길을 돌려 보았습니다. 한데 이게 웬일입니까? 그 빈 공간이 무언가로 꽉 채워져 있는 게 아니겠습니까? 그는 잠시 안개가 너무 짙어 자신이 잘못 본 것이라고 생각했습니다. 그래서 좀 더 자세히 살펴보았는데, 그건 틀림없는 알라딘의 궁전이었습니다. 순간 슬픔은 기쁨으로 바뀌었고, 답답하던 마음은 활짝 폈습니다. 걸음을 재우쳐 자신의 거처로 돌아간 그는 즉시 말에 안장을 올려 끌어오라고 명했습니다. 말이 도착하자 그는 말에 올라 행여 궁전이 다시 꺼져 버릴세라 급히 말을 몰았습니다.

이런 일이 일어날 줄 예상하고 있었던 알라딘은 이미 이른 시간에 일어나 의상 보관실에서 가장 호화로운 옷을 꺼내어 갖춰 입은 다음, 스물네 개의 창이 있는 응접실로 올라가 기다리고 있었습니다. 곧 술탄이 달려오고 있는 모습이 보였습니다. 그는 급히 내려가 계단 아래에서 술탄을 맞으며 말에서 내리는 것을 도왔지요. 그를 본 술탄이 말했습니다.

「알라딘! 우선 내 딸을 보고 입맞춰 주고 싶네.」

알라딘은 술탄을 바드룰부두르 공주의 방으로 데리고 갔습니다. 공주 역시 아까 알라딘으로부터 이곳은 더 이상 아프리카가 아닌 중국 땅, 그것도 그녀의 부친 술탄의 도성 옆이라는 사실을 들은 참이라, 이미 일어나 옷을 갖춰 입고 기다리고 있었습니다. 술탄은 눈물로 범벅이 된 얼굴로 딸에게 수없이 입을 맞추었고, 공주 또한 부친을 다시 보게 된 지극한 기쁨을 마음껏 표현했습니다.

죽었으리라 믿고 있던 공주를 다시 찾게 된 술탄은 가슴이 벅차올라 말도 제대로 하지 못했습니다. 공주는 공주대로 아버지 술탄을 다시 보게 된 기쁨에 눈물만 줄줄 흘렸죠.

마침내 술탄이 입을 열었습니다.

「애야! 네 얼굴을 보니, 마치 아무 일도 없었던 것처럼 조금도 변하지 않았구나. 그건 아마 나를 다시 보게 된 기쁨에 얼굴이 밝아져 그러한 거겠지. 하지만 그동안 넌 무척 고생이 많았을 것이다. 그렇게 갑자기 궁전과 함께 어디론가 실려 갔으니 얼마나 놀라고 무서웠겠느냐! 자, 무슨 일이 있었는지 조금도 숨김없이 들려줄 수 있겠니?」

공주는 즐거운 마음으로 술탄의 부탁을 들어주었습니다.

「제가 왜 조금도 변하지 않았느냐고요? 사실은 제가 이렇게 제대로 숨을 쉬기 시작한 것도 어제 아침부터였답니다. 죽은 줄만 알았던 사랑하는 남편이자 저의 해방자인 알라딘 님을 다시 보고 나서부터였어요. 그리고 간밤에 낭군의 품에서 행복하게 자고 일어났더니 이렇게 정상으로 돌아왔답니다. 하지만 솔직히 말씀드려서 그동안 힘들었던 것은 사실이에요. 우선은 폐하와 떨어져 있어서 그랬고, 무엇보다도 알라딘 님 때문이었어요. 그건 단지 그이를 보고 싶어서만이 아니었어요. 폐하의 성격을 익히 아는 저로서는 폐하의 진노가 그이에게 떨어져 무슨 참혹한 일이라도 생기지 않았을까 심히 불안했습니다. 사실 저를 납치했던 자는 제게 불쾌한 말을 잔뜩 늘어놓긴 했지만, 그렇게 고약한 짓은 하지 않았답니다. 매몰차게 대해 주었더니 고양이 앞의 쥐마냥 꼼짝도 못했거든요. 전 비교적 자유롭게 지냈답니다. 그리고 이번 일에 알라딘 님은 아무런 잘못이 없어요. 다 제 탓이었다고요. 물론 알고서 한 일은 아니었지만요……」

이어 그녀는 자신의 말이 진실임을 증명하기 위해, 보다 자세하게 자초지종을 들려주었습니다. 아프리카 마법사가 변장을 하고 나타나 헌 램프를 새 램프와 바꾸라고 외치고 다닌 일, 알라딘이 가지고 있던 램프의 비밀과 중요성을 몰랐던 자신이 장난삼아 램프를 바꿔 오게 한 일, 궁전과 자신의 몸이 순식간에 아프리카로 납치된 일, 마법사가 나타났을 때 램프를 바꿔 온 시녀가 그가 바로 램프를 바꿔 간 장본인임을 알아본 일, 그가 결혼을 제의해 온 일, 알라딘이 오기 전까지 그가 자신을 괴롭힌 일, 그가 몸에 지니고 다니는 램프를 빼앗기 위해 알라딘과 자신이 계획한 일, 특히 자신이 했던 일, 즉 속마음을 숨기고 마법사를 초대하여 가루약을 탄 잔을 권해 마시게 한 일까지……. 그러고 나서 공주는 덧붙였습니다.

「나머지 이야기는 알라딘 님에게 들어 보세요.」

공주가 거의 다 얘기했으므로 알라딘이 들려줄 이야기는 별로 없었습니다.

「비밀 문이 열리자 저는 스물네 개의 창문이 있는 응접실로 한걸음에 뛰어 올라갔습니다. 가루약을 먹은 못된 놈이 좌단 위에 자빠져 있는 게 보이더군요. 저는 공주님을 거처

1549

로 내려가게 하고 혼자만 남았습니다. 그리고 마법사의 품에서 램프를 꺼내어, 그가 납치했을 때 사용했던 것과 똑같은 마법을 사용하여 궁전을 원래의 장소로 되돌려 놓았습니다. 그 결과, 폐하께서 명하신 대로 이처럼 공주님을 모셔 올 수 있게 된 것입니다. 폐하께서 친히 확인하고 싶으시다면, 위층 응접실로 올라가 보십시오. 응분의 벌을 받은 마법사를 보실 수 있을 것이옵니다.」

술탄은 진실을 완전히 확인하고자 몸을 일으켜 응접실로 올라갔습니다. 그리고 독약이 퍼져 얼굴이 시퍼렇게 변해 죽어 있는 아프리카 마법사의 모습을 보고 난 후에야 알라딘을 따뜻하게 안아 주었죠.

「여보게, 사위! 내가 자네에게 한 일에 대해 너무 섭섭하게 생각지 말게! 자식을 잃은 슬픔에 잠시 이성을 잃고 지나친 행동을 한 것이니, 부디 이해하고 용서해 주게나!」

「폐하! 폐하를 원망하는 마음은 조금도 없사옵니다. 폐하께서는 당연한 행동을 하셨을 뿐입니다. 이 마법사, 이 흉악한 놈, 이 인간 말종이 제 불행의 원인이었습니다. 이자는 과거에 저에게 또 다른 흉악한 짓도 저질렀었는데, 그 이야기는 나중에 시간이 있을 때 들려 드리겠습니다. 그때도 하느님의 특별한 가호가 아니었다면 저는 살아남지 못했을 것입니다.」

「조만간 시간을 내서 그 사연을 듣기로 하겠네. 하지만 우선은 이 끔찍한 시체를 치워 버린 후, 모두 함께 즐길 생각이나 하자고!」

알라딘은 아프리카 마법사의 시체를 짐승과 새들에게 먹이로 던져 주라고 명했습니다. 한편 술탄은 북, 탬버린, 나팔 등 각종 악기를 다루는 악사들로 하여금 온 도성에 풍악을 울리게 하고, 바드룰부두르 공주와 알라딘과 궁전의 귀환을 축하하는 열흘간의 축제를 선포했습니다.

이렇게 하여 알라딘은 목숨을 잃을 수도 있었던 두 번째 위기를 모면하게 되었습니다. 하지만 이것이 마지막이 아니었습니다. 앞으로 말씀드리겠지만 그는 세 번째 위기를 맞게 되지요.

아프리카 마법사에게는 그 못지않게 마법이 뛰어난 동생이 하나 있었습니다. 아니, 사악함과 못되기로 말하자면 형보다 더하면 더했지 결코 떨어지는 인물이 아니었죠. 그런데 두 형제는 항상 같은 도시에 거하기보다, 한 사람이 머나먼 동쪽 끝 나라에 가 있으면 한 사람은 서쪽 끝 나라에 있는 식으로 떨어져 지낼 때가 많았습니다. 그래서 형제는 매년 흙점을 쳐서 서로가 지구의 어느 지역에 있는지, 상태는 어떠하며 서로 도움을 줄 일은 없는지 알아보곤 했지요.

아프리카 마법사가 알라딘의 행복을 빼앗으려다 실패하여 죽은 지 얼마 안 되었을 때, 아프리카에서 멀리 떨어진 곳에 체류하느라 일 년 전부터 형의 소식을 모르고 있던 동생은 지금 형이 어디 있는지, 건강은 어떠하며 무얼 하고 있는지 알고 싶었습니다. 그는 형이 그랬듯, 어디를 가든 흙 점을 치는 상자를 항상 몸에 지니고 다녔습니다. 그는 이 상자를 꺼내 모래를 평평하게 고른 다음, 작은 조각들을 던져 그것들이 형성하는 그림을 보고 점괘를 뽑아냈습니다. 그런데 놀랍게도 점괘는 형이 독살되어 급사했다는 사실을 알려 주고 있었습니다. 자세히 알고 싶어 다시 한 번 점괘를 뽑아 보니, 그를 독살한 사람은 술탄의 딸 공주와 결혼한 어떤 천민이라는 것이 아니겠습니까!

형의 슬픈 운명을 알게 된 마법사는 형의 죽음을 애통해하느라 쓸데없이 시간을 허비하지 않았습니다. 그는 원수를 갚겠노라 굳게 결심하고는, 즉시 말에 올라 중국을 향해 출발했습니다. 무수한 평원과 강과 산과 사막을 건넜지요. 그리하여 길고긴 여행 끝에 지친 몸으로 마침내 중국 땅, 흙 점이 알려 준 도시에 도착할 수 있었습니다. 이곳이 바로 자신이 찾는 왕국임을 확인한 그는 도성에서 걸음을 멈추고 숙소를 잡았습니다.

다음 날, 마법사는 시내로 나가 보았습니다. 물론 그에게 아무런 흥미도 없는 도성의 아름다운 경치를 감상하고자 함이 아닌, 사악한 계획을 실행에 옮기기 위해서였죠. 그렇게 시내를 돌아다니면서 사람들로 붐비는 장소들을 찾아가, 거기서 오가는 말에 귀를 기울여 보곤 했습니다. 그중 한 곳은 사람들이 모여 각종 놀이를 즐기는 곳이었는데, 한쪽에서 사람들이 놀이를 하고 있으면 다른 쪽에서는 사적인 일이나 세상사에 대해 한담을 나누는 그런 장소였습니다. 그들이 나누는 대화 가운데 특히 마법사의 관심을 끈 것은 파티마라는 이름의 여인에 대한 이야기였습니다. 은둔 수행자인 그 여인은 신앙심과 덕성이 뛰어나 온갖 놀라운 기적들을 행하고 다닌다는 것이었습니다. 이 말을 들은 마법사는 자신의 계획을 이루는 데 있어 이 여인을 매우 유용하게 이용할 수 있겠다고 생각하고는, 대화자 가운데 한 사람에게 그 성녀가 대체 누구이며 어떤 종류의 기적을 행하는지 좀 더 자세히 알려 달라고 부탁했습니다. 이에 그 사람이 대답했습니다.

「뭐요? 아직까지 그분 이야기를 못 들어 봤단 말이오? 그분은 금식과 엄숙한 생활, 그리고 모범적인 행동으로 인해 만인의 존경을 받고 있는 분이오. 월요일과 금요일을 제외하곤 일주일 내내 작은 암자에 파묻혀 나오지 않는다오. 하지만 시내에 모습을 드러내는 날이면 무수한 선행을 베푸시며, 아무리 두통이 심한 사람이라도 그녀의 안수를 받으면 즉시 치유된다오.」

이에 마법사는 더 이상 들어 볼 필요도 없다고 판단하고, 그 성녀의 암자가 도성 어느 구역에 있는지 알아냈습니다. 그렇게 필요한 정보를 캐낸 그는 흉악하기 이를 데 없는 계획을 세웠습니다. 그리고 일을 확실히 하고자 그녀가 외출한 날, 암자를 나와 시내를 돌아다니다가 저녁때 귀가할 때까지 뒤를 밟으며 그녀의 행동을 낱낱이 관찰했습니다. 그녀가 거처하는 장소를 정확히 파악한 그는 앞에서 말한 바 있는, 뜨거운 차를 파는 장소로 들어갔습니다. 그런 장소에서는 단지 차만 마실 수 있는 게 아니었습니다. 특히 무더운 여름날에는 ― 중국인들은 날씨가 무더울 때는 침대보다는 돗자리 위에서 자는 것을 좋아한답니다 ― 나그네들이 밤을 지낼 수도 있었던 것입니다.

자정 무렵, 마법사는 자신이 먹고 마신 값을 주인에게 지불한 뒤 곧장 성녀 파티마의 암자로 향했습니다. 걸쇠 하나로만 잠긴 문을 여는 것은 식은 죽 먹기였죠. 암자에 들어간 그는 소리가 나지 않게끔 살그머니 대문을 닫았습니다. 파티마는 안뜰의 좌단, 거친 돗자리 위에 앉아 벽에 등을 기댄 채 잠들어 있었습니다. 그렇게 달빛 아래 잠들어 있는 성녀의 모습을 발견한 마법사는 가까이 다가가 허리에 차고 있던 비수를 뽑아 들고 그녀를 깨웠습니다.

눈을 뜬 파티마는 웬 괴한이 비수를 들고 서 있는 것을 보고 크게 놀랐습니다. 그는 비수로 그녀의 심장을 당장이라도 쑤셔 버릴 듯이 위협했습니다.

「비명을 지르거나, 조금이라도 소리를 내면 죽여 버리겠어! 자, 일어나서 내가 시키는 대로 해!」

수도복을 입은 채 자고 있던 파티마는 공포에 질려 벌벌 떨었습니다.

「걱정 마라! 내가 원하는 것은 네 옷뿐이니까. 그걸 내게 주고, 대신 내 옷을 입어!」 파티마가 옷을 내주자 여인의 옷으로 갈아입은 마법사는 다시 말했습니다. 「네 얼굴처럼 내 얼굴도 색칠해 다오. 분간할 수 없을 정도로 똑같아야 하며, 절대로 지워져서는 안 된다.」

그녀가 아직도 덜덜 떨고 있는 것을 본 마법사는 그녀를 안심시켜 작업을 잘할 수 있게끔 만들고자 이렇게 덧붙였습니다.

「다시 한 번 말하지만 걱정 말라고! 하느님의 이름으로 맹세하는데, 내가 시키는 대로만 하면 목숨은 살려 주겠다.」

파티마는 그를 자기 방으로 데리고 들어가 불을 밝혔습니다. 이어 어떤 액체가 들어 있는 단지와 붓을 꺼내어 그의 얼굴을 화장해 주고, 이 색깔은 조금도 변하지 않을 것이며 지금 그의 얼굴은 자신과 분간하기 힘들 정도로 똑같이 되었다고 말했습니다. 또 자신의 머리쓰개와 너울도 씌워 주면서, 시내에 나갈 때 얼굴을 가리는 법도 알려 주었죠. 마지막으로는 배꼽까지 내려오는 커다란 염주를 목에 둘러 주고 자신이 평소 가지고 다니는 지팡이까지 준 다음, 거울을 내밀어 얼굴을 비춰 주면서 말했습니다.

「어떻소! 나와 구별할 수 없을 정도로 똑같지 않소?」

마법사는 자신의 모습이 원하는 대로 되었음을 확인할 수 있었습니다. 하지만 불쌍한 파티마에게 그토록 엄숙하게 행했던 맹세를 지킬 생각은 전혀 없었죠. 비수로 찔러 죽이면 옷에 피가 튈 지도 몰랐기 때문에, 마법사는 그녀의 목을 졸라 살해했습니다. 그리고는 시체의 발을 잡아 질질 끌고 가서 암자의 수조에다 던져 버렸습니다. 이처럼 가증스러운 살인을 저지른 마법사는 성녀 파티마의 모습으로 변장한 채 동이 틀 때까지 암자에 숨어 있었습니다.

다음 날 아침, 성녀가 외출하는 날이 아니었음에도 불구하

고 그는 집을 나섰습니다. 왜 외출했느냐고 시비 거는 사람이 있을 리 없었고, 설혹 물어 온다 하더라도 적당히 둘러댈 심산이었죠. 도성에 도착해서 처음 할 일은 알라딘의 궁을 확인하는 것이요, 이처럼 변장을 한 까닭도 거기서 뭔가 흉악한 일을 벌이기 위함이었으므로 그는 곧장 그쪽으로 발길을 옮겼습니다. 성녀로 변장하고 시내에 들어선 마법사는 이내 수많은 군중에 둘러싸였습니다. 어떤 이들은 기도를 부탁했고, 어떤 이들은 그의 손에 입을 맞췄으며, 머리에 병이 있거나 병을 예방하고 싶은 사람들은 안수를 받으려고 그의 앞으로 나아와 고개를 숙였습니다. 이에 마법사는 알아듣기 힘든 말로 중얼거리며 기도를 하는 등, 성녀의 행동을 감쪽같이 흉내 냈습니다. 이처럼 아무런 효과도 없는 안수를 해주느라 자주 걸음을 멈춰 가면서 계속 나아간 끝에, 마침내 그는 알라딘의 궁전이 보이는 광장에 당도했습니다. 그곳에 이르자 몰려드는 군중의 수는 더욱 많아졌고, 그에게 조금이라도 가까이 다가가려는 사람들로 주변이 북새통을 이뤘습니다. 좀 더 힘세거나 열성적인 사람들은 그의 앞으로 나오려고 다른 사람들을 밀쳐 대기도 했지요. 그 결과 여기저기에서 싸움이 일어났고, 그 소란스러운 소리는 스물네 개의 창이 있는 응접실에 있었던 바드룰부두르 공주의 귀에까지 들려왔습니다.

공주는 이 소리가 무어냐고 물었지만 아무도 아는 이가 없자, 누군가 내려가서 보고 오라고 분부했습니다. 그러자 한 시녀가 창을 통해 광장을 내려다보고는, 이는 성녀에게 안수를 받아 병 고침을 얻으려고 몰려든 군중들이 내는 소리라고 알려 주었습니다.

공주 역시 오래전부터 성녀의 소문을 귀가 닳도록 들어 왔습니다. 하지만 아직까지 한 번도 본 적이 없었던 터라, 직접 만나서 얘기를 나눠 보고 싶은 마음이 들었습니다. 그녀가 이런 심정을 내비치자, 옆에 있던 내시 대장이 그렇게 원하신다면 가서 불러오는 것은 조금도 어렵지 않으니 분부만 내리시라고 말했습니다. 공주가 동의하자 내시 대장은 네 명의 내시에게 즉시 성녀를 모셔오라고 명했죠.

알라딘의 궁에서 내시들이 나와 성녀 쪽으로 다가오는 것을 본 군중들은 사방으로 흩어졌습니다. 이에 마법사는 일이 자신의 계획대로 되어 간다 생각하고 내심 쾌재를 불렀죠. 이윽고 내시들이 그의 앞에 당도했고, 그중 하나가 이렇게 말했습니다.

「공주님께서 성녀님을 뵙기 원하십니다. 우리를 따라오십시오.」

「공주님께서 이 몸을 부르신다니 무한한 영광입니다. 당장이라도 따라갈 준비가 되어 있습니다.」

이에 내시들은 몸을 돌려 궁으로 향했고, 가짜 성녀는 그들을 따라갔습니다.

성스러운 의복 아래 악마의 마음을 감춘 마법사는 스물네 개의 창이 있는 응접실로 인도되었고, 공주의 모습을 보자마자 준비했던 사설을 늘어놓기 시작했습니다. 공주님의 건강과 번영을 기원한다는 등, 공주님의 모든 소망이 다 이루어지기를 기원한다는 등, 이 경건한 머리쓰개를 둘러쓴 사기꾼은 공주의 마음을 사로잡기 위해 온갖 위선적이고도 간교한 말들을 늘어놓았습니다. 그리고 그는 너무나도 쉽게 목적을 이룰 수 있었습니다. 천성이 착한 공주는 이 세상 사람들이 모두 자기 같다고만 생각했던 데다, 특히 상대가 은둔 수행을 하며 하느님을 섬기는 사람이었으니 조금도 의심하지 않았던 것입니다. 가짜 파티마가 장광설을 마치자 공주는 말했습니다.

「부인! 이렇게 좋은 기도를 해주셔서 고마워요. 당신의 기도이니 하느님께서 꼭 들어주시리라 믿어요. 자, 이리 와서 내 옆에 앉으세요!」 가짜 파티마가 짐짓 황송한 체하며 그녀 곁에 앉자 공주는 말을 이었습니다. 「한 가지 청이 있으니 꼭 들어주셨으면 해요. 이곳에서 저와 함께 지내 주세요! 그러면서 당신의 지난 삶을 제게 들려주시고, 저로 하여금 당신의 훌륭한 본을 보고 하느님을 어떻게 섬겨야 하는지 배울 수 있도록 해주세요.」

「공주님! 그건 너무도 곤란한 일이옵니다. 이렇게 화려한 왕궁 안에서 어떻게 기도며 경건한 생활을 계속할 수 있겠습니까?」

「그 점에 대해선 조금도 걱정 마세요. 여기엔 빈방이 얼마든지 있으니, 적당한 방을 골라 거기서 지내세요. 그렇게 하면 암자에서처럼 자유롭게 신앙생활을 할 수 있을 거예요.」

사실 공주가 부탁한 것은 마법사가 바라던 바였습니다. 그가 꾸미고 있는 흉악한 계획을 이루기 위해서는, 암자에서 알라딘의 궁까지 왔다 갔다 하는 것보다 공주의 보호를 받으며 궁 안에 머무는 것이 훨씬 더 유리하기 때문이었죠. 그는 공주의 호의를 더 이상 사양하지 않았습니다.

「공주님! 저 비록 이 세상 영화를 다 포기하기로 굳게 결심한 가련한 여인이옵니다만, 이토록 독실하고 자비로우신 공주님의 뜻을 감히 거절할 수는 없겠습니다.」

마법사가 이렇게 대답하자 공주는 몸을 일으키며 말했습니다.

「자, 일어나서 나와 함께 가요. 빈방들을 보여 드릴 테니 고르도록 하세요.」

마법사는 바드룰부두르 공주를 따라갔습니다. 그리고 그녀가 보여 주는 수많은 방 가운데 일부러 가장 허름한 방을 고르며, 이조차도 자신에겐 과분하지만 공주님의 호의를 생각해서 고를 뿐이라고 위선을 떨었습니다.

공주는 마법사를 스물네 개의 창이 있는 응접실로 데려가 오찬을 같이하려 했습니다. 하지만 식사를 하기 위해서는 지금까지 감추고 있던 얼굴을 드러내야 할 것이고, 그러면 자신이 성녀 파티마가 아님이 들통 날 위험이 있었습니다. 그는 자신이 빵과 건과밖에 못 먹는다며 극구 사양한 후, 방에서 조용히 식사를 하게 해달라고 간청했습니다.

「그래요! 암자에서처럼 자유롭게 생활하세요! 당신의 방에 먹을 것을 가져다주게 하겠어요. 하지만 식사 후에는 제게 오시는 걸 잊지 마세요!」

공주는 오찬을 들었고, 가짜 파티마는 공주가 식사를 마쳤다는 소식을 들을 때까지 기다렸다가 다시 그녀를 찾아갔습니다. 그가 들어온 것을 보고 공주가 말했습니다.

「부인과 함께 있게 되어 너무도 기뻐요. 당신처럼 성스러운 분이 계시면 궁전 전체에 축복이 임할 테니까요. 그런데 우리 궁전을 어떻게 생각하세요? 앞으로 궁 안의 모든 방을 하나하나 다 보여 드릴 터이지만, 우선 이 응접실을 어떻게 생각하는지 말씀해 주시겠어요?」

지금까지 조신한 성녀 흉내를 내느라 시종 고개를 푹 숙이고 눈도 좌우로 돌리지 않고 있던 가짜 파티마는, 이 질문에 비로소 고개를 들어 응접실 전체를 찬찬히 둘러본 다음 대답했습니다.

「공주님! 이 응접실은 진정 경탄스럽고도 아름답습니다. 그런데…… 이 세상의 아름다움을 등지고 사는 저이긴 하지만, 이 응접실에 뭔가가 부족한 듯한 느낌이 듭니다.」

「그게 뭔데요? 제발 말해 주세요! 나는 여기에 부족한 것은 전혀 없다고 믿고 있었고, 다른 사람들도 그렇게 말해 왔어요. 하지만 뭔가가 부족하다면 고쳐야겠죠.」

「그럼 감히 말씀드리겠습니다. 제 생각에는 저 돔형 천장 한가운데 로크의 알을 매달아 놓으면 어떨까 합니다. 그렇게만 해놓으면 세상 어디에 가도 이와 같은 응접실은 찾아볼 수 없을 것이며, 이 궁전은 전 우주의 경이가 될 것이옵니다.」

「한데 로크란 게 대체 어떤 새인가요? 그리고 어딜 가야 그 알을 구할 수 있죠?」

「캅카스 산맥 꼭대기에 사는 엄청나게 큰 새랍니다. 알을 구하는 것도 어렵지 않아요. 이런 궁전을 지을 정도의 건축가라면 분명히 찾아줄 수 있을 겁니다.」

바드룰부두르 공주는 좋은 의견을 주어 고맙다고 말했고, 그들은 다른 주제들에 대해 계속 대화를 나눴습니다. 하지만 공주의 머리에서는 로크에 대한 생각이 떠나지 않았죠. 그녀는 알라딘이 사냥에서 돌아오기만 하면 이에 대해 말해야겠다고 마음먹었습니다. 알라딘은 엿새 전에 사냥을 떠났었고, 그 사실을 잘 알고 있던 마법사는 그가 없는 틈을 이용하여 공주에게 접근했던 것입니다.

알라딘은 바로 그날 저녁에 돌아왔습니다. 즉 가짜 파티마가 공주와 대화를 마친 후 자기 방으로 물러가고 나서 얼마 후에 돌아온 것입니다. 궁에 들어오자마자 그는 공주의 방으로 뛰어 올라갔습니다. 오랜만에 만나 반가운 마음에 공주를 껴안고 입을 맞추었지만, 웬일인지 그녀는 약간 차가운 태도로 그를 맞는 것이 아닙니까?

「공주! 오늘은 평소처럼 내게 상냥한 모습을 보여 주지 않는구려. 내가 없는 동안 뭔가 불쾌하거나 슬픈 일이라도 있었소? 제발 숨김없이 말해 주시오! 당신의 기분을 풀어 줄 수만 있다면, 내 무슨 일이라도 하리다.」

「아주 사소한 일이에요. 하도 별것 아닌 일이라, 그게 당신의 눈에 띌 정도로 내 얼굴에 나타나리라고는 생각도 못했어요. 하지만 이왕 당신이 알아보았으니 숨김없이 말하겠어요. 저는 이 궁전이 세상에서 가장 멋지고 웅장하고 완벽한 것이라고 믿어 왔어요. 하지만 스물네 개의 창문이 달린 응접실을 면밀히 관찰해 보고 나서 무슨 생각이 떠올랐는지 솔직히 말할게요. 그건 돔 천장 한가운데 로크의 알이 매달려 있으면 이 궁전이 완벽해지리라는 거예요. 당신도 그렇게 생각하지 않나요?」

「당신이 여기에 로크의 알이 필요하다고 생각한다면, 나 역시 그렇게 생각하오. 자, 당신을 위해서라면 내가 무엇이라도 할 수 있다는 걸 보여 주기 위해서라도, 신속히 그 결점을 고쳐 놓도록 하겠소.」

알라딘은 즉시 바드룰부두르 공주를 떠나 스물네 개의 창문이 달린 응접실로 올라갔습니다. 그러고는 주의를 소홀히 한 탓에 큰 위험을 겪은 이후로 어디를 가나 항상 품에 지니고 다니는 램프를 꺼내어 문질렀습니다. 그 즉시 정령이 앞에 나타났습니다.

「정령! 이 응접실에는 빠진 것이 하나 있으니, 바로 저 천장 한가운데 매달려 있어야 할 로크의 알이다. 자, 내가 들고 있는 이 램프의 이름으로 명하노니, 즉시 그 결점을 고쳐 놓도록 해라!」

알라딘의 말이 끝나기 무섭게 정령은 섬뜩한 괴성을 질렀습니다. 얼마나 커다랗고 끔찍한 소리였던지 응접실 전체가 흔들렸고, 알라딘의 몸은 사시나무처럼 떨렸습니다.

「뭐라고? 이런 형편없는 놈!」 정령은 가장 대담무쌍한 사람이라도 덜덜 떨지 않을 수 없는 무서운 음성으로 소리쳤습니다. 「지금까지 나와 내 동료들은 네가 원하는 것이라면 무엇이든 다 들어주었다. 한데 그것으로도 성에 차지 않더냐?

그래서 그런 배은망덕하기 이를 데 없는 말을 하고 있단 말이냐? 지금 네가 요구한 게 뭔지나 아느냐? 그건 바로 내 주인님을 이 돔 천장 한가운데 매달아 놓으라는 말이다. 그런 고약한 생각을 품은 것만으로도, 네놈은 물론 네 마누라와 이 궁전 전체를 당장에 잿더미로 만들어 버려야 마땅할 터이다. 하지만 네가 다행으로 생각해야 할 것은, 그 흉악한 생각이 네 머리에서 나온 것이 아니라는 사실이다. 이 모든 것은 네가 죽인 너의 원수 아프리카 마법사의 동생 놈이 꾸민 짓이다. 그놈은 성녀 파티마를 암살한 후, 그녀의 모습으로 변장한 채 지금 이 궁에 숨어 들어와 있다. 바로 그놈이 네 마누라를 꼬드겨 너로 하여금 그 사악한 요구를 하도록 만든 거야! 그의 목적은 너를 죽이는 것이니, 부디 조심하기 바란다.」 말을 마친 정령은 곧 사라져 버렸습니다.

정령의 말에 알라딘은 크게 놀랐습니다. 그 역시 두통을 치유하는 능력이 있다는 성녀 파티마에 대한 소문을 여러 번 들었던 것입니다. 알라딘은 공주의 방으로 돌아왔습니다. 그리고 무슨 일이 있었는지는 밝히지 않고, 다만 갑자기 머리가 빠개질 듯 아프다고 호소하면서 이마에 손을 대고 자리에 주저앉았습니다. 이에 바드룰부두르 공주는 즉시 성녀를 불러오게 했습니다. 그녀가 도착하기를 기다리는 동안에는, 어떻게 해서 그녀가 이 궁전에 들어오게 되었는지 알라딘에게 설명해 주었죠.

드디어 가짜 파티마가 도착했습니다. 그녀가 들어오자 알라딘은 인사를 건네며 말했습니다.

「자, 이리 오시오, 부인! 부인을 뵙게 되어 무한히 기쁘오. 부인 같은 분이 이곳에 있게 되었다니, 우리로서는 행운이 아닐 수 없소. 그런데 조금 전부터 내 머리가 빠개질 듯 아프다오. 듣기로는 나와 비슷한 병을 가진 사람들을 부인의 영

험한 기도로써 수도 없이 고쳐 주셨다니, 제발 나도 좀 도와 주시오!」

이렇게 말한 그는 머리를 숙이면서 자리에서 일어났습니다. 그러자 가짜 파티마는 그의 옆쪽으로 다가오면서, 비수를 뽑으려 통옷 아래 허리띠 쪽으로 손을 가져갔습니다. 하지만 그녀의 행동을 주시하고 있던 알라딘은 번개처럼 그 팔목을 붙잡는 동시에 그녀의 심장에 자신의 단검을 박아 버렸습니다. 그리고는 일격에 즉사해 버린 그녀의 시체를 바닥에 내동댕이쳤습니다.

「아니, 여보! 이게 무슨 짓이에요?」 공주는 경악하며 소리쳤습니다. 「당신이 성녀를 죽이다니요!」

「아니오, 공주!」 알라딘은 태연히 대답했습니다. 「내가 죽인 사람은 파티마가 아니오. 이자는 나를 죽이러 온 악당이오! 자, 보시오!」 그는 시체의 너울을 벗겨 얼굴을 보여 주며 말을 이었습니다. 「이 흉악한 인간이 파티마를 목 졸라 죽인 후, 나까지 비수로 찔러 죽이려고 성녀의 옷으로 변장하고 찾아온 것이오. 좀 더 자세히 설명하자면, 이자는 당신을 납치했던 아프리카 마법사의 동생이오.」

이어 알라딘은 자신이 어떻게 이 모든 사실들을 알게 되었는지 설명해 주었습니다. 그러고 나서 시체를 치우게 했죠.

이렇게 해서 알라딘은 두 마법사 형제의 위협으로부터 완전히 벗어나게 되었습니다. 그로부터 몇 년 후 술탄은 지극히 연로하여 세상을 떠났고, 바드룰부두르 공주가 합법적인 후계자로서 왕위를 이어받게 되었습니다. 물론 공주는 지고의 권력을 남편 알라딘과 나누어 행사하게 되었죠. 이렇게 그들은 오래오래 나라를 다스리면서, 영명(英明)한 후손들을 많이많이 남겼다고 합니다.

「폐하!」 놀라운 램프를 둘러싼 흥미진진한 이야기를 마친 셰에라자드 왕비가 술탄에게 말했다. 「이 이야기를 듣는 동안 폐하께서도 아마 많은 것을 느끼셨을 것입니다. 아프리카 마법사는 사악한 방법으로 보물을 획득하려는 과도한 욕망을 지닌 자로서 엄청난 보물을 발견하고도 제대로 누리지 못했던바, 이는 그럴 만한 자격을 갖추지 못했던 까닭입니다. 반면 알라딘은 미천한 출신이었지만 왕의 자리에까지 이르렀습니다. 왜 그랬을까요? 이는 그가 우연히 얻게 된 보물들을 올바르게 사용한 까닭이고, 올바른 사용이란 그가 세운 목적을 추구함에 있어서 꼭 필요한 일이 아닌 경우에는 함부로 사용하지 않았음을 의미합니다.

또 술탄을 보며 우리는 무엇을 배울 수 있을까요? 아무리

선하고 올바른 군주라 할지라도, 공평성의 규칙을 무시해 버리고 죄인의 변명은 들으려 하지도 않은 채 무고한 사람을 사형에 처해 버리는 불의를 범한다면, 위험에 처하게 될 뿐 아니라 심지어는 왕위까지 잃을 수 있다는 사실입니다.

마지막으로 폐하께서는 두 악랄한 마법사가 얼마나 끔찍한 인간들인지 보셨을 것입니다. 한 사람은 보물을 소유하기 위해 자기 생명을 희생했으며, 다른 하나는 자신과 같은 악당의 원수를 갚으려다 자신의 생명도, 신앙도 잃었습니다. 즉 그의 형제와 마찬가지로 사악함에 대한 천벌을 받게 된 것입니다.」

인도의 술탄은 신기한 램프의 이야기 속에 담겨 있는 놀라운 일들이 얼마나 재미있었는지, 또 그녀가 밤마다 해주는 이야기들이 자신에게 얼마나 큰 즐거움을 안겨 주는지 고백했다. 사실 그녀의 이야기들은 재미있을 뿐 아니라, 언제나 유익한 교훈이 곁들여져 있었던 것이다. 물론 그는 잘 알고 있었다. 이야기들이 끊임없이 이어지게끔 왕비가 교묘한 방법을 쓰고 있다는 사실을. 또 그럼으로써 한 여인과는 하룻밤만 함께할 것이며, 이튿날에는 죽여 버리겠다는 자신의 엄숙한 맹세의 실행을 매일매일 미뤄 가고 있다는 사실을. 하지만 지금 그는 왕비의 이야기보따리가 바닥나면 어쩌나 하는 마음뿐이었다.

그랬기 때문에 알라딘과 바드룰부두르 공주의 이야기를 모두 듣고 난 술탄은 다음 날 디나르자드보다도 일찍 일어났다. 그러고는 뒤따라 잠에서 깨어난 왕비에게 이제 이야기가 다 떨어진 것이냐고 물으며 오히려 디나르자드를 깨웠다.

「제 이야기가 다 떨어지다니요, 폐하!」 왕비는 술탄의 질문에 미소를 지으며 대답했다. 「천만의 말씀입니다. 제가 알고 있는 이야기는 너무도 많아서 저 자신도 그 정확한 수를 모를 정도입니다. 제가 두려운 것은 이야깃거리가 떨어지는 것에 대한 것이기보다는 폐하께서 싫증을 느끼시지나 않을까 하는 것입니다.」

「그런 쓸데없는 염려는 지워 버리시오! 또 어떤 새로운 이야기가 있는지, 어디 한번 들어 봅시다.」

술탄의 격려에 고무된 셰에라자드 왕비는 다음과 같이 또 다른 이야기를 시작했다.

「폐하! 저는 폐하께 그 유명한 칼리프 하룬알라시드가 겪은 흥미진진한 모험담을 벌써 몇 차례 들려 드린 바 있습니다. 그는 이것들 말고도 폐하의 호기심을 채워 드릴 만한 다른 모험도 수없이 겪었는데, 지금부터 들려 드릴 이야기도 그중 하나이옵니다.」

# 칼리프 하룬알라시드의 모험
Les Aventures du calife Haroun-al-Raschid

우리 모두가 한 번쯤은 경험해 보았을 터이니, 폐하도 모르시진 않겠지요? 때로 우리는 주위에 있는 사람들에게 기쁨을 전염시킬 정도로 즐거워지는 때가 있습니다. 또 때로는 자기 자신이 못 견디게 느껴질 정도로 울적해지기도 합니다. 스스로도 원인을 설명할 수 없는, 아무런 이유 없는 우울함이죠…….

어느 날 대재상 자파르가 찾아왔을 때, 칼리프가 바로 그런 상태였습니다. 대재상은 평소와는 달리 그가 혼자 있는 것을 보고 약간 놀랐습니다. 그뿐이 아니었습니다. 다가가면서 살펴보았더니 아주 침울한 기색이었을 뿐 아니라, 자신이 다가오는 것을 알고도 눈을 들어 쳐다보지도 않았죠. 자파르는 멈춰 서서 그가 눈을 들어 자신을 보아 주기만을 기다렸습니다.

마침내 칼리프는 눈을 들어 자파르를 보았습니다. 하지만 금방 외면하며 아까처럼 우울한 낯으로 꼼짝 않는 것이었습니다. 그래도 칼리프의 시선 가운데 자신에 대한 개인적인 불만 같은 것은 느껴지지 않았기에, 자파르는 용기를 내어 이렇게 아뢰었습니다.

「신자들의 사령관이시여! 폐하께서는 지금 몹시 울적해 보이시는데, 그 이유를 여쭤 봐도 되겠습니까? 평소 우울함과는 거리가 있으신 분이 이러시고 계시기에 여쭙는 것입니다.」

「맞소, 재상!」 칼리프는 비로소 자세를 고쳐 앉으며 대답했습니다. 「난 그런 사람이 아니고말고! 한데 경의 지적이 아니었으면 나는 지금 내가 울적해하고 있다는 사실조차 의식하지 못할 뻔했소. 이런 기분, 어디 가서 훌훌 털어 버리고 싶소! 그런데, 경! 경이 다른 특별한 볼일이 있어 날 찾아온 게 아니라면, 뭔가 내 기분을 풀어 줄 만한 일을 하나 꾸며 보지 않겠소?」

「신자들의 사령관이시여! 소신은 다만 폐하에 대한 의무를 다하려 찾아왔을 뿐입니다. 한데, 폐하! 혹시 오늘이 무슨 날인지 기억하십니까? 폐하께서는 도성과 그 인근의 치안이 제대로 유지되고 있는지 확인하기 위하여 때때로 이 일대를 몸소 순시하신다는 규칙을 세우셨던바, 오늘이 바로 그날이옵니다. 이는 폐하의 명랑함을 그늘지게 하고 있는 이 먹구름을 흩어 버릴 수 있는 절호의 기회가 아닌가 하옵니다만⋯⋯.」

「그래, 그걸 잊고 있었군! 경이 아주 잘 상기시켜 주었소! 자, 당장 옷을 갈아입을 터이니, 경도 가서 그리하도록!」

두 사람은 외국 상인의 복장으로 갈아입고 변장한 모습으로 정원의 비밀 문을 통해 왕궁을 빠져나온 다음, 다시 성문을 통해 도성을 빠져나왔습니다. 그들은 성의 외곽을 빙 둘러 가며 도성에서 꽤 멀리 떨어진 티그리스 강가에까지 이르렀지만, 특별히 질서를 어지럽히는 점은 발견하지 못했습니다. 처음 나타난 배를 타고 강을 건넌 그들은 다시 성의 외곽을 빙 둘러 도성의 반대편을 살펴보면서 걸었고, 마침내 강의 양쪽 기슭을 연결하는 다리에 이르게 되었습니다.

그들이 다리를 건너려 할 때였습니다. 그 끝에 몹시 늙은 장님 한 사람이 서서 지나가는 행인들에게 동냥을 하고 있는 것이 보였습니다. 칼리프가 몸을 돌려 그의 손에 금화 한 닢을 쥐여 주자, 장님은 그의 손을 꼭 붙잡아 멈춰 세우면서 말했습니다.

「자비로우신 선생님! 당신이 누구신지는 모르겠지만, 하느님의 영감을 받아 이렇게 적선을 해주셨겠지요. 자, 적선을 해주셨으니, 이왕이면 뺨도 한 대 후려쳐 주십시오! 사실 이 몸은 그보다 훨씬 심한 벌을 받아도 마땅한 자입니다.」

그는 칼리프가 자신의 뺨을 때릴 수 있게끔 잡은 손을 놓아 주었습니다. 하지만 따귀를 때리지 않고 그냥 지나갈까 봐, 한쪽 손으로는 계속 그의 옷자락을 붙잡고 있었죠.

칼리프는 장님의 부탁과 행동에 적이 놀랐습니다.

「영감! 그 부탁은 들어줄 수 없네. 일껏 적선을 했는데, 그런 고약한 짓을 하면 무효가 될 것 아닌가?」

그는 장님의 손에서 벗어나려 애썼습니다. 하지만 적선해 준 사람이 그렇게 나오리라는 걸 오랜 경험을 통해 이미 알고 있던 장님은 더욱더 꼭 붙잡으면서 다시 말했습니다.

「선생님! 이렇게 무례하고 귀찮게 굴어서 정말 죄송합니다! 제발 부탁이니 따귀를 한 대 때려 주시든지, 아니면 이 돈을 다시 가져가 주십시오! 저는 이미 하느님 앞에서 엄숙하게 맹세한 바 있답니다. 뺨을 맞는 조건으로만 돈을 받겠노라고요. 선생님께서도 그 이유를 아신다면, 그 정도 형벌은 아무것도 아니라는 사실에 동의하실 것입니다.」

칼리프는 장님이 귀찮기도 하고 그곳에 오래 지체하고 싶지도 않았기 때문에, 아주 살짝 뺨을 한 대 때려 주었습니다. 그러자 장님은 즉시 옷자락을 놓고서, 그에게 감사하며 축복을 기원했습니다. 칼리프는 다시 대재상과 함께 걸음을 옮기

기 시작했습니다. 그러나 몇 걸음 가다가 멈추고 말았죠.

「그 장님이 적선하는 모든 사람에게 그런 식으로 행동하는 데에는 뭔가 심상치 않은 사연이 있을 터, 난 그것을 알고 싶소. 그러니 경은 돌아가 내가 누군지를 밝힌 다음, 내일 저녁 기도 시간이 끝난 뒤 왕궁에 찾아오라고 전하시오. 할 말이 있으니.」

대재상은 돌아가 장님에게 적선을 했습니다. 그러고는 가볍게 그의 뺨을 한 대 친 다음 왕명을 전하고 칼리프에게 돌아왔습니다.

다시 도성에 들어온 그들은 이번에는 어떤 광장을 지나게 되었습니다. 그런데 저쪽에서 수많은 군중이 모여서 무언가를 구경하고 있었습니다. 다가가 살펴보니, 옷을 말끔하게 차려입은 한 청년이 말을 타고 전속력으로 광장 주변을 뱅뱅 돌고 있지 않겠습니까? 더욱 이상하게도 그는 자신을 태운 암말을 채찍과 박차로 잔인하게 학대하고 있었습니다. 언제부터 그렇게 맞은 것인지, 암말은 주둥이에 허연 거품을 물고 있었고 몸뚱이는 온통 피에 젖어 있었습니다.

청년의 잔혹한 행동에 놀란 칼리프는 걸음을 멈추고 옆에 있는 구경꾼을 붙잡아, 청년이 대체 왜 저렇게 자신의 말을 학대하는 것인지 물어 보았습니다. 하지만 질문을 받은 사람은 자신 역시 아무것도 모르며, 다만 벌써 여러 날 전부터 매일 같은 시간에 청년이 나타나 저렇듯 고통스러운 광경을 보여 준다는 사실만을 안다고 대답했습니다.

두 사람은 다시 걷기 시작했습니다. 하지만 이번에도 칼리프는 대재상에게 이 장소를 잘 기억해 두었다가, 다음 날 장님과 같은 시간에 청년을 데려오라고 분부했습니다.

기이한 일은 왕궁에 도착하기 전에 한 번 더 일어났습니다. 왕궁으로 돌아가는 길에는 칼리프가 오랜만에 지나가는 거리가 하나 있었는데, 거기에 못 보던 건물 한 채가 우뚝 솟아 있는 것이었습니다. 칼리프는 혹시 어떤 궁정 대신의 성관인가 싶어, 이게 누구 것인지 아느냐고 대재상에게 물었습니다. 이에 대재상은 즉시 알아보겠다며 달려갔지요.

대재상은 그 근처로 다가가 이웃 사람에게 건물의 주인을 아느냐고 물었습니다.

「이 집은 코지아 하산의 집입니다. 밧줄을 만들어 연명했기 때문에 〈알하발〉이라는 별명을 얻게 된 사람이죠. 그는 찢어지게 가난했는데 어느 날 갑자기 저 으리으리한 집을 떡하니 지어 놓고서 정승같이 살기 시작했습니다. 그 엄청난 재산이 다 어디서 난 것인지는 모르겠지만요.」

대재상은 칼리프에게 돌아와 그가 들은 내용을 보고했습니다. 이에 칼리프는 대재상에게 말했습니다.

「이 코지아 하산 알하발 역시 보고 싶소. 가서 앞의 두 사람과 같은 시간에 왕궁에 출두하라고 전하시오!」

대재상은 즉시 칼리프의 명을 받들었습니다.

다음 날 저녁, 기도를 마친 칼리프가 자신의 거처로 돌아오자 대재상은 즉시 앞에서 말한 세 사람을 칼리프 앞으로 데려왔습니다.

세 사람이 모두 칼리프의 옥좌 앞에 부복했다가 일어나자 칼리프는 먼저 장님에게 이름을 물었습니다.

「폐하! 소인은 바바-압달라라고 합니다요.」

「그래, 바바-압달라! 그대가 동냥하는 방식은 너무도 괴이했다. 만일 내가 그대를 불쌍히 여기지 않았더라면, 보는 이로 하여금 불쾌감을 느끼게 하는 그따위 짓은 두 번 다시 못 하게 했을 것이다. 이제 내가 그대를 여기 부른 까닭은 충분히 짐작하겠지? 그건 왜 그런 말도 안 되는 맹세를 하게 되었는지, 그 이유를 밝히라는 것이다. 그대의 말을 들어 보고 나서, 그대가 과연 올바르게 행동한 것인지, 또 사회에 아주 나쁜 본이 될 수 있는 그런 행동을 계속 허용할 것인지를 판단할 것이다. 그러니 조금도 숨김없이 말하라! 대체 왜 그런 괴상망측한 생각을 하게 되었는가? 나는 모든 것을 알기 원하니, 아무것도 감추지 말고 다 말해야 하느니라!」

칼리프의 호통에 겁을 먹은 바바-압달라는 다시 한 번 옥좌 아래 머리를 조아렸습니다. 그러고는 다시 몸을 일으키며 입을 열었습니다.

「신자들의 사령관이시여! 과연 소인은 상식에 어긋나는 그런 행동을 폐하께 강요하였나이다. 폐하께 큰 죄를 범하였으나 상대가 폐하인 줄은 꿈에도 몰랐던 제 무지의 소치이오니, 부디 관용을 베풀어 주시옵소서! 폐하께서는 제 행동을 괴상망측하다고 하셨는데, 저 역시 그리 생각하며 누가 보아도 그리 보일 것입니다. 하지만 하느님이 보시기에 그건 제가 지은 엄청난 죄에 비하면 오히려 극히 가벼운 고행일 뿐이며, 이 세상 사람 모두에게 따귀를 한 대씩 맞는다 하더라도 결코 그 죄를 씻을 수 없을 것이옵니다. 자, 제가 사연을 들려 드릴 터이니, 폐하께서 직접 판단해 보시옵소서! 그 엄청난 잘못이 무엇이었는지 한번 들어 보시옵소서!」

# 장님 바바-압달라의 이야기

 신자들의 사령관이시여! 바그다드에서 태어난 저는 며칠 간격으로 돌아가신 부모님에게서 얼마간의 유산을 물려받았습니다. 나이는 그리 많지 않았지만, 저는 쓸데없는 지출과 방탕한 생활로 유산을 낭비해 버리는 여느 젊은이들과는 달리 행동했습니다. 오히려 근면과 노력으로써 가진 재산을 늘리려고 노력했죠. 결국 저는 여든 마리의 낙타를 소유하게 되었고, 또 폐하께서 다스리시는 이 제국의 각지를 여행하며 장사하는 대상들에게 낙타들을 대여하여 큰돈을 벌곤 했습니다. 이렇게 행복한 몸이었지만, 더욱 부자가 되고 싶은 제 욕망은 갈수록 커져만 갔지요.
 그러던 어느 날, 저는 낙타들에 상품을 잔뜩 싣고 발소라에 가서 인도행 상선에 물건을 선적한 다음, 빈 몸이 된 낙타들을 몰고 바그다드로 돌아오고 있었습니다. 인가와 멀리 떨어진 어느 곳에 이르니 풀밭이 몹시 기름지기에 낙타들을 풀어 놓고 꼴을 뜯게 하고 있는데, 발소라 쪽으로 가고 있던 탁발승 하나가 다가오더니 휴식을 취하려는지 제 곁에 앉는 것이었습니다. 저는 그에게 어디서 오는 길이며, 어디로 가는

지 물었습니다. 그도 제게 같은 질문을 하더군요. 그렇게 우리는 서로의 궁금증을 풀어 준 후, 각자가 싸온 음식을 펼쳐 놓고 함께 먹기 시작했습니다.

그렇게 이런저런 한담을 나누며 식사를 하던 중에 탁발승은 제게 놀라운 사실 하나를 알려 주었습니다. 우리가 있는 곳에서 얼마 떨어지지 않은 곳에 엄청난 보물이 숨겨져 있다는 것이었습니다. 그 보물 창고에 숨겨진 보물이 얼마나 많은가 하면, 거기서 꺼낸 황금과 보석을 제 낙타 여든 마리에 가득 싣는다 해도 마치 조금도 손대지 않은 듯 아무 표도 나지 않을 정도라고도 했습니다.

그 소식은 저를 놀라게 했고, 또 황홀하게 했습니다. 너무도 기뻐서 정신을 차리지 못할 정도였죠. 탁발승이 거짓말을 할 리 없다고 생각한 저는 그를 끌어안으며 외쳤습니다.

「오, 착한 탁발승 양반! 척 보아도 물욕이 조금도 없는 고결하신 분 같군요! 그러니 혼자만 알고 계신 그 비밀이 무슨 소용 있겠소? 더구나 지금 이렇게 혼자이시니, 보물을 가져오고 싶어도 아주 조금밖에 가져올 수 없을 거요. 그곳이 어디인지 내게 알려 주시오! 이 여든 마리의 낙타에 가득 실어 오게 말이오. 낙타 한 마리는 당신에게 선물로 드리겠소. 내게 큰 재산과 기쁨을 안겨 준 것에 대한 보답으로 말이오.」

사실 제가 제안한 낙타 한 마리는 보잘것없는 놈이었습니다. 하지만 그의 말을 들은 순간부터 엄청난 탐욕에 사로잡혀 있던 제게는 오히려 많게 느껴졌죠. 남의 떡이 더 커 보인다고, 제 몫인 낙타 일흔아홉 마리 분의 보물은 아무것도 아니고, 그를 위해 포기해야 할 몫은 엄청나게 크게 느껴졌던 겁니다.

탁발승은 제가 기이할 정도로 재물에 집착하는 사람임을 눈치채고는, 그 말도 안 되는 제의를 듣고도 분개하지 않았습니다. 다만 담담한 어조로 이렇게 말했죠.

「형제님! 당신이 제의한 대가가 당신이 내게 요구하는 것에 비하면 보잘것없는 것이라는 사실, 당신도 잘 아실 겁니다. 사실 나는 당신에게 입을 다물어 버리고 이 비밀을 나만의 것으로 간직해 버릴 수도 있습니다. 하지만 아까 그 말씀을 드렸던 까닭은 우리 둘이서 함께 행운을 얻음으로써 나에 대한 좋은 기억을 남겨 주고 싶었기 때문이며, 그 마음은 지금도 변함이 없습니다. 따라서 나로서는 보다 올바르고 공평한 제안을 하고 싶으니, 그것이 어떤지는 당신이 판단하십시오.

당신에게 낙타 여든 마리가 있다고 하셨죠? 나는 당신을 보물이 있는 곳으로 데려다 드리겠습니다. 가서 황금과 보석을 낙타들에 실을 수 있는 만큼 최대한 실읍시다. 단, 낙타는 정확히 반반씩 나눠 가지는 겁니다. 그런 다음엔 헤어져서 각자 가고 싶은 곳으로 가는 거죠. 자, 내 제안이 공평하다고 생각하지 않으십니까? 사실 낙타 마흔 마리 분의 보물만 가져도 이런 낙타 수천 마리는 더 살 수 있을 것입니다.」

저는 탁발승의 제의가 매우 공평하다는 사실을 인정하지 않을 수 없었습니다. 하지만 그 제의를 받아들임으로써 제가 얼마나 큰 재물을 얻게 될 것인가는 생각하지 않고, 다만 제 낙타 반을 주는 것만을 아깝게 생각했습니다. 특히 탁발승이 나만큼 부자가 된다는 사실이 너무도 배 아팠습니다. 이렇게 저는 탁발승이 순전히 공짜로 주는 은혜에 감사하기는커녕 배은망덕한 생각을 품었던 것입니다. 어쨌든 선택의 여지가 없었던 저는 그의 조건을 받아들이기로 했습니다. 안 그러면 큰 재산을 얻을 천재일우를 놓쳤다는 후회를 평생 안고 살아가야 할 것이었으니까요.

저는 즉시 낙타들을 모아 그와 함께 출발했습니다. 그렇게 얼마 동안 걸은 후, 우리는 안이 상당히 널찍한 어느 협곡에 도착했습니다. 입구가 좁았기 때문에 낙타 한 마리씩밖에 통과할 수 없었지만, 안으로 갈수록 점점 넓어져서 결국 낙타들은 아무 문제 없이 무리를 이루어 나아갈 수 있었습니다. 협곡을 이루는 두 개의 산은 협곡의 막다른 지점에 이르러서 서로 합쳐져 반원 형태의 절벽을 이루고 있었는데, 양옆을 병풍처럼 둘러싸고 있는 산들이 얼마나 높고 가팔랐던지 그 안에 있는 우리가 사람들의 눈에 띌 염려는 조금도 없었습니다.

이렇게 절벽 앞에 도착하자 탁발승이 말했습니다.

「자, 이제 다 왔습니다. 낙타들로 하여금 저기 보이는 빈터에 배를 깔고 앉게 하십시오. 그래야 짐을 싣기 편합니다. 그러면 저는 보물 창고를 열도록 하겠습니다.」

저는 그가 시킨 대로 해놓고 다시 그에게로 달려갔습니다. 그는 불을 피우려는지 손에 부싯돌을 들고서 근처에 있는 나뭇가지를 모으고 있었습니다. 나뭇가지가 어느 정도 쌓이자 그 위에 향유를 뿌리고 나로서는 뜻을 이해할 수 없는 주문을 중얼거렸고, 불붙은 나뭇가지에서 짙은 연기가 뭉게뭉게 피어오르자 그 연기를 반으로 갈랐습니다. 그러자 참으로 신기한 일이 일어났습니다. 연기가 걷히자, 아무런 틈도 보이지 않았던 그 높다란 수직 암벽에 어느덧 입구가 하나 열려 있는 것이었습니다. 그것은 놀라운 솜씨로 바위를 파서 만들어 놓은 일종의 바위 문, 그것도 두 개의 문짝이 달린 바위 대문 같은 것이었습니다.

입구를 통해 안에 들어가니 커다란 공간이 나타났는데, 그것은 바위 속을 깎아서 만든 웅장한 궁전의 내부였습니다. 도저히 사람이 지었다고는 생각할 수 없는, 정령들의 작품같아 보이는 공간이었죠. 이 세상 어떤 사람이 그처럼 대담하고도 놀라운 공간을 만들 생각을 할 수 있겠습니까!

하지만 폐하! 저도 지금에서야 이런 말씀을 드릴 수 있는 것일 뿐, 당시에 그런 것은 눈에 들어오지도 않았습니다. 심지어 저는 사방에 산같이 쌓여 있는 보물들이 얼마나 풍부하고 엄청난 것인지, 또 그것들이 얼마나 아름답고 조화롭게 정리되어 있는지 음미할 여유조차 없었죠. 다만 한 무더기의 금화가 눈에 들어오자, 마치 먹이를 덮치는 독수리처럼 달려들어 준비해 간 자루에 미친 듯이 퍼 담기만 할 뿐이었습니다. 욕심 같아서는 그 큰 자루들을 모두 꽉 채우고 싶었지만, 낙타에 실을 수 있는 무게가 한정되어 있는지라, 다만 그것이 한스러울 따름이었죠.

탁발승도 저처럼 하고 있었습니다. 한데 흘깃 눈을 돌려 보니 그는 주로 보석을 퍼 담고 있더군요. 그 이유야 자명한 것이었으므로, 저도 그의 본을 따랐습니다. 그렇게 우리는 금화보다는 보석들로 가지고 간 자루들을 채워 낙타에 실었습니다. 이제는 바위 대문을 닫고 떠나기만 하면 되었죠.

떠나기 전에 탁발승은 다시 한 번 보물 창고에 들어갔습니다. 그 안에는 각종 진귀한 재료와 다양한 형태로 만든 세공 항아리들이 여러 개 늘어서 있었는데, 탁발승은 그중 하나에서 무언가를 꺼내더군요. 자세히 살펴보니 알 수 없는 목재로 만든 상자였는데, 그는 그 안에 일종의 연고가 들어 있다고 설명해 주고는 품속에 넣었습니다.

탁발승이 바위 문을 닫기 위해 사용한 방법은 열 때 사용한 것과 동일했습니다. 뭐라고 주문을 중얼중얼 외우니 보물 창고의 문이 닫혔고, 암벽은 원래의 모습으로 돌아왔습니다. 우리는 낙타들을 반씩 나누어 가진 후, 놈들을 일으켜 세웠죠. 그러고서 저는 제 몫의 낙타들 앞에, 탁발승은 제가 준 낙타들 앞에 섰습니다. 우리는 낙타들을 몰아 들어온 입구를 통해 협곡을 빠져나와 한동안 같이 걸었습니다. 하지만 큰길에 이르러서는 헤어져야 했죠. 그는 발소라로 가던 중이었

고, 저는 바그다드로 돌아가야 했던 것입니다. 헤어지기에 앞서 저는 그에게, 이 세상의 많고 많은 사람 중 나를 선택하여 그 엄청난 보물을 안겨 주니 얼마나 고마운지 모르겠다고 진심으로 감사를 표했습니다. 우리는 환한 얼굴로 서로를 포옹하고 작별 인사를 나눈 후 각자의 방향으로 멀어져 갔죠.

그런데 참으로 이상한 일이었습니다. 그와 헤어져 몇 걸음 가지도 않았는데, 제 마음속에 이상한 생각이 불쑥 고개를 쳐드는 것이었습니다. 그것은 바로 배은망덕함과 욕심이라는 이름의 악마였습니다. 갑자기 그에게 준 마흔 마리의 낙타, 그리고 그 위에 실린 보물이 너무나도 아깝게 느껴지기 시작했던 것입니다.

〈아니, 중놈에게 저렇게 많은 재산이 무슨 소용이람? 게다

가 그는 그 보물 창고의 주인이 아닌가? 원하기만 하면 언제든지 가서 퍼다 쓸 수 있을 텐데 말이야!〉

이렇게 갑자기 시커먼 생각에 빠진 저는 결국 그의 낙타와 보물들을 모조리 빼앗을 생각을 하게 되었습니다. 그 흉계를 실행하기 위해 우선 낙타들을 멈추게 했습니다. 그러고는 탁발승을 뒤쫓아 달려가면서, 뭔가 할 얘기가 남아 있는 것처럼 그를 목청껏 부르며 낙타를 세우고 기다리라고 손짓했습니다. 제 목소리를 들은 그는 걸음을 멈췄습니다.

「여보시오! 당신을 떠나자마자 내가 미처 생각하지 못했던, 그리고 아마 당신 역시 생각하지 못했을 사실이 하나 생각났소. 당신은 오직 하느님만을 섬기기 위해 속세의 번뇌를 멀리하고 조용히 살아온 순진한 탁발승 양반 아니오? 이런 분이 갑자기 이 많은 낙타들을 몰고 가려면 얼마나 고생이 심할지 생각해 보셨소? 그러니 서른 마리만 끌고 가는 게 어떻겠소? 사실 그마저도 너무 힘들겠지만 말이오. 자, 경험 있는 사람의 충고이니, 내 말을 들으시오.」

「당신 말이 맞는 것 같습니다.」 탁발승은 나와 싸우려 들지 않고 순순히 시인했습니다. 「사실 나는 그 생각을 못하고 있었는데, 듣고 보니 걱정이 되기 시작하는군요. 자, 그러니 마음에 드는 열 마리를 골라 끌고 가십시오.」

저는 열 마리를 끌어내 제 낙타들이 있는 방향으로 돌려세우고 그쪽으로 가도록 궁둥이를 후려쳤습니다. 하지만 제 욕심은 거기에서 끝나지 않았습니다. 예상 밖으로 탁발승이 제 말에 선선히 따르는 것을 보고는, 또 다른 열 마리도 쉽게 얻을 수 있겠다는 생각이 들었던 것입니다. 그래서 탁발승의 엄청난 선물에 감사하기는커녕 다시 이렇게 말했습니다.

「형제님! 이런 일에는 전혀 익숙하지 못한 분께서 낙타 서른 마리를 끌고 가실 생각을 하니까, 차마 발길이 떨어지지 않소. 열 마리를 또 내게 주면 훨씬 더 홀가분해지지 않겠소? 이건 결코 나를 위해서 하는 말이 아니라, 형제님을 기쁘게 해주기 위함이라오. 나는 한 마리를 몰고 가든 백 마리를 몰고 가든 아무런 차이가 없는 사람이니 열 마리만 더 내게 넘기시오!」

제 말은 효과가 있었습니다. 탁발승이 조금도 맞서려 하지 않고 열 마리를 내준 것이죠. 그리하여 저는 낙타 예순 마리의 주인이 되었는데, 그 위에 실려 있는 보물의 가치는 웬만한 왕의 재산을 능가할 정도였습니다. 즉 제가 충분히 만족할 만한 재산이었던 것입니다.

그런데, 신자들의 사령관이시여! 마치 마시면 마실수록 갈증이 더 심해지는 수종(水腫) 환자처럼, 제 안에서는 탁발승의 남은 스무 마리의 낙타마저 차지하고 싶은 욕심이 더욱 맹렬하게 타올랐습니다. 저는 탁발승에게 또다시 낙타 열 마리를 달라며 간청하고 애원하고 졸라 댔습니다. 이번에도 그는 선선히 청을 들어주었죠. 마지막 열 마리에 대해서도 마찬가지였습니다. 저는 그에게 입 맞추고 구슬리면서 애원했습니다. 제발 나머지 열 마리도 달라고, 그걸 내게 주어 내가 영원히 잊지 않을 그 큰 은혜를 온전케 해달라고, 당신이 허락해 주면 내 마음은 하늘에 오른 듯이 기쁠 것이라고……. 그러자 착한 탁발승은 이렇게 대답했습니다.

「알겠습니다. 다 드릴 테니, 잘 사용하십시오!」 그러고는 덧붙였죠. 「하지만 이것만은 기억하십시오. 만일 우리가 재산을 가난한 사람을 돕는 데 사용하지 않는다면, 우리에게 재산을 주신 하느님께서 다시 거둬 가실 수도 있다는 사실을 말입니다. 왜 그분께서 사람들을 가난하게 놔두시는지, 그 까닭을 아십니까? 그것은 부자들에게 적선할 기회를 주기 위해서입니다. 그래야만 다른 세상에 가서 더 큰 보상을 받을 자격이 생기니까요.」

하지만 탐욕에 이성이 마비되어 있던 제게는 이 귀중한 충고도 귀에 들어오지 않았습니다. 벌써 여든 마리 낙타의 주인이 되어 있었지만, 게다가 그 위에는 저를 이 세상 제일의 부자로 만들어 줄 보물이 실려 있다는 사실을 알고 있었지만, 제 욕심은 아직도 꺼지지 않고 있었습니다. 탁발승이 항아리에서 꺼내어 제게 보여 주었던 그 작은 상자가 그로부터 받은 이 모든 보물보다도 훨씬 귀중한 무엇일지도 모른다는 생각이 불쑥 떠오른 것입니다. 저는 생각했습니다.

〈그게 어디서 나온 거지? 보물 창고의 그 귀한 항아리에서가 아닌가! 또 그걸 얼마나 조심조심 꺼냈던가! 이 모든 것으로 보아 그 안에는 무언가 신비한 것이 담겨 있는 것이 틀림없어.〉

결국 저는 그것마저 얻어 내야겠다고 마음먹었습니다. 이미 작별 인사까지 하고 몸을 돌린 후였지만, 전 다시 그에게 몸을 돌리며 말했습니다.

「그런데 말이오, 그 조그만 연고 상자는 어디다 쓰려고 그러오? 보아하니 별것 아닌 것 같던데, 그런 것을 가져갈 필요가 있겠소? 내게 선물로 주시오. 더욱이 세상의 허영을 포기한 당신 같은 탁발승에게, 미용에 사용하는 그런 연고가 무슨 소용이 있겠소?」

아, 그때 탁발승이 제 청을 거절해 주었더라면 얼마나 좋았겠습니까! 하지만 설사 그에게 그럴 뜻이 있었다 해도 무슨 소용이었을까요? 저는 이미 제정신이 아니었던 것을! 그보다 완력이 강했던 저는 강제로라도 상자를 빼앗을 심산이었습니다. 그에게 헤아릴 수 없는 은혜를 입은 몸이었음에도 불구하고, 그가 빈털터리로 돌아가는 모습을 보아야만 직성이 풀릴 것 같은 기분이었죠.

한데 탁발승은 제 요구를 거절하기는커녕, 즉시 품에서 그것을 꺼내어 흔쾌히 내주면서 말했습니다.

「자, 형제님, 여기 있습니다! 이걸 받으시고 이제는 만족하시기 바랍니다. 하지만 내게 또 원하는 게 있다면 언제든지 말하십시오. 나는 들어 드릴 준비가 되어 있습니다.」

상자를 받아 든 저는 얼른 열어 보았습니다. 그러고서 연고를 들여다보며 물었죠.

「형제님께서 시종 너그럽게 은혜를 베풀어 주시니 또 하나 묻겠소. 이 연고가 특별히 쓰이는 데라도 있소?」

「물론 있지요! 그것도 아주 놀랍고 신기한 것이지요. 이걸 왼쪽 눈 주위와 눈꺼풀에 바르면 이 세상 땅속에 묻혀 있는 보물들이 훤히 보일 것입니다. 하지만 오른쪽 눈에 바르면 실명할 것이니 주의하십시오.」

저는 그 경탄스러운 효과를 직접 시험해 보고 싶었습니다. 그래서 그걸 탁발승에게 내밀며 말했지요.

「이 상자를 받으시오. 그리고 연고를 직접 내 왼쪽 눈에다 발라 주시오. 나보다는 이런 일에 훨씬 능숙할 테니 말이오. 그런 믿기지 않는 일이 사실인지 빨리 확인해 보고 싶소!」

탁발승은 이번에도 거절하지 않았습니다. 제 눈을 감게 한 다음 연고를 발라 주었죠. 곧 눈을 뜬 저는 그의 말이 사실임을 확인할 수 있었습니다. 도저히 말로 묘사할 수 없을 정도로 엄청나고도 다양한 보물들을 숨기고 있는 장소들이, 셀 수도 없을 정도로 많은 그 장소들이 눈에 훤히 보이는 것이었습니다. 그런데 계속 오른쪽 눈을 감고 있으려니 너무나 피곤하여, 저는 탁발승에게 거기에다가도 연고를 발라 달라고 부탁했습니다. 이에 그가 대답했습니다.

「얼마든지 해드릴 수 있습니다. 하지만 제 경고를 기억하십니까? 이걸 오른쪽 눈에 바르면 즉시 장님이 됩니다. 이게 바로 이 연고의 특성이니 잘 사용하셔야 합니다.」

하지만 저는 얼마나 어리석은 자였던가요! 탁발승의 말을 믿지 않고, 오히려 그가 뭔가 더욱 신비스러운 것을 제게 감추고 있는 거라고 확신했으니 말입니다. 저는 미소 지으며 대꾸했습니다.

「하하! 내가 그렇게 순진한 사람으로 보이시오? 똑같은 연고인데 눈에 따라 다른 효과가 나올 리 있겠소?」

「하지만 제 말은 사실입니다.」 탁발승은 하느님을 증인으로 삼으며 대꾸했습니다. 「저는 절대 거짓말을 못하는 사람이니, 제발 제 말을 믿으십시오.」

이렇게 그가 자신의 명예를 걸고 맹세했지만 저는 그의 말을 믿으려 들지 않았습니다. 스스로도 어쩔 수 없는 욕심이 머리를 가득 채우고 있었기 때문입니다. 땅속에 묻힌 모든 보물을 다 보고 싶다는 욕심, 원할 때면 언제나 마음껏 보고자 하는 욕심……. 저는 더 이상 그의 권고를 들으려 하지 않았습니다. 잠시 후면 큰 불행 속으로 떨어지게 될 줄도 모른 채, 너무나도 진실이었던 그의 말을 믿으려 들지 않았죠.

그때 저는 엉뚱한 망상에 사로잡혀 있었습니다. 연고를 왼쪽 눈에 발라 땅속의 모든 보물을 볼 수 있는 것이라면, 오른쪽 눈에 바르면 그것들을 손에 넣을 수 있는 능력까지 얻게 될 것이 아니겠는가 하는…… 너무도 어처구니없는 생각이었죠. 그렇게 탁발승에게 연고를 오른쪽 눈에도 발라 달라고 졸라 댔지만, 그는 한사코 거절했습니다.

「형제님! 저는 당신에게 큰 복을 선사했습니다. 이런 분에게 이번에는 크나큰 재앙을 안겨 줄 수는 없는 노릇입니다. 시력을 잃는다는 것이 얼마나 큰 불행인지 잘 생각해 보세요. 그리고 당신이 평생 후회하게 될 일을 하는 데 나까지 억지로 끌어들이지 말아 주세요!」

하지만 저는 끝까지 고집을 부렸습니다. 수그러들기는커녕 매우 단호했지요.

「형제님! 왜 이렇게 어렵게 나오시는 거요? 지금까지 당신은 내가 부탁하는 모든 것을 너그럽게 다 들어주었소. 고마운 마음을 안고 헤어지려 하는데, 그 하찮은 것 때문에 모든 걸 망치려고 하는 거요? 제발 이 마지막 부탁을 들어주시오! 무슨 일이 일어난다 해도 결코 당신을 원망하지는 않으리다. 문제가 발생하면 다 내 책임으로 알겠소!」

탁발승은 버티려 애를 써보았습니다만, 제 뜻이 요지부동임을 알고는 체념한 듯 말했습니다.

「그렇게 원하시니 하는 수 없군요. 좋습니다. 당신 뜻대로 해드리겠습니다.」

그는 그 치명적인 연고 약간을 손가락에 찍어, 꼭 감은 제 오른쪽 눈 주위에 발랐습니다. 하지만, 아아! 눈을 떠보니 보이는 건 시커먼 어둠뿐, 전 폐하께서 보시는 바와 같이 장님이 되어 버린 것입니다.

「야, 이 망할 놈의 땡초야!」 저는 비명을 지르고는 혼자 절규했습니다. 「저놈이 예고한 것은 너무나도 진실이었구나! 아아, 치명적인 호기심이여! 부에 대한 끝없는 욕망이여! 너희는 나를 그 어떤 불행의 구렁텅이로 빠뜨린 것이냐! 아, 그래 인정한다! 이 모든 불행을 끌어들인 것은 다름 아닌 나 자신이었음을……」 이어 저는 탁발승에게 말했습니다. 「하지만, 당신, 존경하는 형제님! 너무도 자비롭고 너그러운 형제님! 당신은 놀라운 비밀들을 많이 알고 계시니, 제가 시력을 되찾을 방법도 알고 계시겠죠?」

그러자 탁발승이 대답했습니다.

「이런 형편없는 작자 같으니! 그대가 이 불행을 맞게 된 건 내 책임이 아니다. 그대는 마땅한 벌을 받았을 뿐, 마음의 눈이 멀어 육체의 눈까지 잃게 되었구나! 그래, 나는 많은 비밀들을 알고 있다. 그리고 나와 함께 있는 짧은 시간 동안, 그대도 그 비밀들을 알게 되었지. 하지만 불행히도 그대의 시력을 회복시켜 주는 비밀은 나도 몰라. 하느님을 의지해라! 만일 그분이 존재한다고 믿고 있다면 말이다. 그대의 시력을 돌려줄 분은 오직 그분뿐이시다. 그분은 그대에게 부를 주셨다. 하지만 그대에게 받을 자격이 없었기 때문에 다시 거둬 가셨어. 그분은 다시 내 손을 통하여, 그대처럼 배은망덕하지 않은 다른 사람들에게 그 부를 주실 것이야.」

탁발승은 더 이상 말하지 않았고, 저 역시 유구무언이었습니다. 그는 말할 수 없는 부끄러움과 고통에 빠져 있는 저를 혼자 남겨 두고 떠나 버렸습니다. 저의 낙타 여든 마리와 함께 발소라를 향해 출발한 것이죠.

그렇게 떠나는 그에게 저는 소리쳐 애원했습니다. 이런 비참한 상태로 혼자 남겨 두지 말라고, 최소한 인가가 있는 곳까지만이라도 데려다 달라고……. 하지만 이렇게 눈물을 흘리며 사정해 보아도 그는 들은 척도 안 했습니다. 다음 날 발소라에서 돌아오고 있던 대상이 저를 불쌍히 여겨 바그다드에까지 데려다 주지 않았더라면, 시력과 모든 소유를 잃게 된 저는 고통과 굶주림 속에서 죽어 버렸을 것입니다.

이렇게 하여, 그 힘과 권위에서는 아니라 할지라도 부와 재물에서만큼은 이 세상 어느 왕공과도 어깨를 견줄 수 있었던 제가 졸지에 빈털터리 신세로 전락해 버린 것입니다. 저는 동냥을 하여 연명하기로 결심했고, 지금까지 이 짓을 하면서 살아오고 있습니다. 하지만 하느님 앞에서 속죄하고자 하는 마음으로 스스로에게 한 가지 형벌을 부과했습니다. 그것은 비참한 저를 동정해 주시는 자비로우신 분들께 따귀 한 대씩을 얻어맞겠다는 것이었습니다.

신자들의 사령관이시여! 이것이 바로 어제 폐하께서 겪으셨고, 저에 대해 그토록 분개하시게 만든 그 괴이한 일의 사연입니다. 이 미천한 종이 폐하께 다시 한 번 용서를 구합니다. 폐하께서 그 어떤 벌을 내리신다 해도 달게 받겠습니다. 아무리 혹독한 벌일지라도, 제가 지은 죄에 비하면 너무도 가벼운 것일 테니까요.

장님이 그의 이야기를 마치자 칼리프가 말했습니다.
「바바-압달라! 그대의 죄가 참으로 크구나! 하지만 그대가 자신의 죄를 깨달아 지금까지 사람들 앞에서 회개하고 스스로를 벌했으니, 정의는 이루어진 셈이다. 자, 그만하면 충분하다. 고행을 계속하고 싶다면 앞으로는 혼자서 하고, 대신 매일 그대의 종교적 의무에 따라 기도할 때마다 하느님께 용서를 구하도록 하라! 그리고 이제는 동냥을 안 하고도 살아갈 수 있도록, 내가 매일 은화 네 드라크마씩을 하사하겠다. 이는 대재상이 집행할 것이다. 그러니 그대는 아직 돌아가지 말고, 대재상이 내 명을 집행할 때까지 기다리도록 하라!」
이 말에 바바-압달라는 감격하여 칼리프의 옥좌 앞에 넙죽 엎드려 절했고, 다시 일어나 그에게 모든 축복과 번영을 기원했습니다.
바바-압달라와 탁발승의 이야기에 만족한 칼리프는 이번에는 자신의 암말을 학대한 청년에게 몸을 돌려 이름이 무어냐고 물었습니다. 이에 청년은 자신의 이름은 시디 누만이라고 대답했습니다.
「시디 누만! 나는 여태껏 살아오면서 사람들이 말을 타는 것을 봐왔고, 나 자신도 자주 말을 타왔다. 하지만 그대가 어제 광장 한가운데서, 분개한 군중들이 거센 야유를 퍼붓는 가운데 그대의 말에게 한 것처럼 그렇게 잔인하게 말을 다루는 사람은 본 적이 없었다. 나 역시 군중 못지않게 분개했으며, 내 신분을 밝혀서라도 공공의 질서를 무너뜨리는 그 행위를 바로잡고 싶은 심정이었다. 하지만 지금 그대의 모습을 보니 원래부터 그렇게 야만적이고 잔인한 사람은 아니었을 것이라는 느낌이 든다. 심지어는 그대가 피치 못할 사연으로 그런 행동을 하는 것이라 믿고 싶기까지 하다. 듣자 하니 그대가 이런 행동을 한 것은 이번이 처음이 아니요 매일같이 계속해 왔다 하던데, 그 사연이 뭔지 알고 싶어서 이렇게 그대를 부른 것이다. 자, 그 사연을 밝히되, 아무것도 숨기지 말고 있는 그대로 얘기하라!」

시디 누만은 칼리프가 자신에게 요구하는 것이 무엇인지 이해했습니다. 밝히기 어려운 사연이었는지, 그는 얼굴이 샛노랗게 변한 채 당황해했죠. 하지만 지엄한 칼리프의 명이 떨어졌으니 다른 도리가 없었습니다. 그는 말하기로 마음먹고 옥좌 앞에 엎드려 절했습니다. 그런데 다시 몸을 일으켜서 이야기를 시작해 보려 해도 차마 입술이 떨어지지 않는 것이었습니다. 그것은 칼리프의 위엄에 눌렸다기보다는 그가 시작할 이야기의 내용 때문이었죠.

원래 칼리프는 자신의 명령에 즉각 따르지 않고 꾸물거리는 사람을 보면 참지 못하는 조급한 성격이었습니다. 하지만 이 시디 누만의 침묵에 대해서는 조금도 역정을 내지 않았습니다. 아마도 그가 주눅 들어 있거나, 자신의 엄한 어조에 겁을 먹고 있거나, 혹은 그의 이야기 가운데 숨기고 싶은 내용이 들어 있어서 그러는 것이겠거니 하고 이해한 것이죠. 칼리프는 그를 안심시켜 주려고 이렇게 말했습니다.

「시디 누만! 지금 자네와 이야기하는 상대를 내가 아닌 자네의 친구라고 생각하게! 자네의 이야기 중에 혹시 내 기분을 거스를까 봐 고민되는 부분이 있다면, 그것이 어떤 내용이든 모두 용서해 주겠네. 그러니 걱정은 모두 떨쳐 버리고 흉금을 터놓고 내게 말해 보게나! 마치 가장 친한 친구에게 얘기하듯, 아무것도 숨김없이 다 말해 보란 말일세.」

이 말에 안심한 시디 누만은 마침내 입을 열었습니다.

「신자들의 사령관이시여! 옥좌 위에 앉아 계신 지엄하신 폐하 앞에 이렇게 나아왔는데, 이 세상 그 어떤 사람이 마음이 떨리고 오금이 저려 오지 않겠습니까? 저 역시 심히 두렵고 떨리는 것은 사실이지만, 폐하의 분부에 입도 못 열고 있을 정도로 그렇게 심약한 자는 아니옵니다. 단지 제가 밝혀야 할 사연이 너무도 슬프고 끔찍한 것이오라……. 폐하! 저는 감히 스스로를 완벽한 자라고 말하지는 않겠습니다. 하지만 그렇다고 하여 엄한 형벌을 받을 만한 불법 행위를 범했거나, 혹은 범할 뜻을 품을 만큼 고약한 인간도 아니옵니다.

그러나 폐하! 오늘 폐하의 말씀을 듣고 보니, 저는 자신의 의도와는 상관없이 단지 무지함만으로도 죄를 범할 수 있으며, 또 실제로 그런 죄를 지었다는 사실을 깨닫게 되었습니다. 이런 죄를 지은 저를 폐하께서는 얘기도 듣지 않으시고 미리 용서해 주셨습니다. 하지만 제가 진정으로 원하는 바는 폐하께서 제 사연을 들으신 후에 공정한 판단을 내려 주시고, 만일 제가 벌 받아 마땅하다면 벌도 내려 달라는 것입니다.

그렇습니다! 폐하께서 질책하셨듯이, 저는 얼마 전부터 암말을 다뤄 온 제 방식이 괴이하고도 잔혹했다는 사실을 인정합니다. 하지만 폐하! 제가 바라는 바는, 여기에는 충분히 그럴 만한 이유가 있었으며, 저는 형벌보다는 오히려 동정을 받아 마땅한 자라는 사실을 폐하께서 알아 주셨으면 하는 것입니다. 하지만 이처럼 지루한 서론을 더 이상 늘어놓아서는 안 되겠지요. 자, 제게 무슨 일이 있었는지 한번 들어 보시옵소서!」

# 시디 누만의 이야기


 신자들의 사령관이시여! 제 출신에 대해서는 말씀드리고 싶지 않습니다. 폐하의 관심을 끌 만한, 그렇게 훌륭한 가문은 아니니까요. 하지만 제 조상들께서는 몹시 근면한 분들이어서 제게 상당한 재산을 물려주셨습니다. 큰 욕심을 부리지 않으면 다른 사람들에게 신세지지 않고도 품위 있는 생활을 유지할 수 있을 정도는 되는 재산이었죠.

 그렇게 행복한 삶 가운데 제게 부족한 것은 단 한 가지였습니다. 바로 저의 사랑스러운 짝을 찾는 것이었죠. 제 모든 사랑을 바칠 수 있는 감미로운 여인, 그리고 저를 진정으로 사랑하며 저의 행복을 같이할 수 있는 그런 여인 말입니다. 하지만 하느님께서는 제게 그런 여인을 허락할 뜻이 없으셨나 봅니다. 반대로 그분이 제게 주신 것은 결혼식 다음 날부터 제 인내심의 한계를 시험하기 시작한 그런 여인이었습니다. 그것은 겪어 본 사람만이 이해할 수 있는, 정말이지 끔찍한 시련이었습니다.

 폐하께서도 잘 알고 계시겠지만, 우리 문화권 사람들은 결혼 상대를 사전에 보지도 못한 채 결혼식을 치러야 합니다.

따라서 신랑은 자신의 신부가 눈이 튀어나올 정도의 추녀나 불구가 아니라면, 혹은 어떤 가벼운 육체적 결함이 있을지라도 그것을 덮어 줄 만한 덕성과 지혜와 좋은 행실을 지니고 있으면 그나마 다행으로 여겨야 하는 형편이지요.

결혼식 날, 통상적인 의식과 함께 사람들이 신부를 우리 집에 데려왔을 때 처음으로 그녀의 얼굴을 보게 된 제 마음은 기쁨으로 넘쳤습니다. 그녀의 미모에 대해 들은 말들이 전혀 거짓이 아니었음을 확인할 수 있었기 때문입니다. 제 마음에 꼭 드는, 완전히 제 취향의 여자였습니다.

결혼식 다음 날, 우리 부부는 갖가지 음식이 차려진 저녁상을 받았습니다. 상이 차려진 곳에 갔더니 신부가 보이지 않기에 종에게 그녀를 불러오라고 시켰습니다. 한참을 기다렸더니 겨우 나타나더군요. 저는 언짢은 마음을 감추고 그녀와 함께 식탁에 앉았습니다.

저는 우선 쌀밥부터 먹기 시작했습니다. 평소처럼 수저로 퍼먹었지요. 그런데 아내는 여느 사람들처럼 수저를 사용하지 않고, 대신 호주머니에서 상자 하나를 꺼내더니 다시 거기에서 귀이개 같은 것을 꺼내어 그걸로 밥을 먹는 것이었습니다. 물론 그 작은 것이 충분한 양을 담을 수는 없는지라, 그녀는 쌀알을 한 알 한 알 떠서 입으로 가져가야 했습니다. 그 기이한 방식에 놀란 저는 물었습니다.

「아민! 당신 집에서는 밥을 그렇게 먹으라고 가르쳤소? 원래부터 그렇게 조금씩 먹는 사람이오? 아니면 한 번에 한 알씩만 먹으려고 일부러 그걸 사용하는 거요? 만일 절약하기 위해, 혹은 내게 지나치게 낭비하지 말라는 교훈을 주기 위해 그리하는 거라면, 그 점에 대해선 걱정할 필요가 없소. 밥을 팍팍 퍼먹는다고 해서 우리 집이 파산하지는 않을 테니까. 하느님의 은혜로 말미암아 우리는 밥 세 끼 먹고살 정도의 여유는 되오. 아민! 아무 걱정 말고, 나처럼 이렇게 먹으시오!」

이렇게 상냥하게 충고를 해주었으면 감사하는 마음으로 대답을 했어야 옳았습니다. 하지만 그녀는 한 마디 말도 없이 계속 똑같은 방식으로 먹는 것이었습니다. 오히려 저를 더 약 올리려고 작정했는지 쌀알을 뜨는 횟수는 더 뜸해졌으며, 다른 요리는 입에 대지도 않고 가끔씩 빵 부스러기만 건드리더군요. 꼭 참새가 모이를 쪼아 먹는 것 같았습니다.

그녀의 고집스러운 태도에 저는 화가 치밀었습니다. 하지만 그녀의 기분을 상하게 하지 않으려고 그냥 대범하게 넘어가기로 했지요. 남정네들과 함께 식사해 본 일이 없어서 저런 것이겠거니 하고 이해하려 노력했습니다. 어쩌면 단순한 그녀가, 남편 앞에서는 조신한 태도를 보여야 한다는 가르침을 지나치게 엄격히 적용하고 있는 것일지도 모른다고도 생각해 보았습니다. 또 점심을 많이 먹었거나, 나중에 혼자서 실컷 먹으려고 참고 있는지도 모를 일이었죠. 그래서 저는 그녀를 겁먹게 하거나, 혹은 저의 불편한 심기를 드러낼 수 있는 말은 삼갔습니다. 그저 식사를 마친 후 아무 일 없었던 듯 그녀 곁을 떠났습니다.

그날 밤의 야찬 시간에도 마찬가지였습니다. 다음 날도, 그리고 이후 함께 식사를 할 때도, 언제나 그녀는 똑같이 행동했습니다. 저는 그녀의 식사량으로는 사람이 도저히 살아갈 수 없다는 사실을 알고 있었기 때문에, 필시 여기에는 제가 모르는 어떤 비밀이 숨겨져 있으리라 생각했습니다. 저는 그냥 모르는 척하기로 작정했습니다. 그녀의 행동에 신경 쓰지 않는 척하고 있으면, 언젠가는 그녀도 저와 사는 일에 익숙해져서 이상한 행동을 점차 그만둘 것이라는 희망과 함께……. 하지만 얼마 안 가, 저는 그 희망이 부질없는 것이었음을 확인하게 됩니다.

어느 날 밤이었습니다. 아민은 제가 잠든 것을 확인하고는 살그머니 일어났습니다. 그러고는 행여 나를 깨울까 소리를 내지 않으려 극도로 조심하면서 옷을 입는 것이었습니다. 이렇게 잠도 안 자고 일어나 뭘 하려는 것인지, 저는 호기심에 사로잡혔습니다! 그래서 그녀의 행동을 훔쳐보려고 그냥 깊은 잠에 빠져 있는 척했지요. 이윽고 옷을 다 입은 그녀는 살그머니 방을 빠져나갔습니다.

그녀가 나가자마자 저는 벌떡 일어나 통옷을 급히 걸쳐 입은 다음, 내정 쪽으로 나 있는 창을 통해 내다봤습니다. 그녀는 대문을 열고 집 밖으로 나가고 있더군요. 저는 반쯤 열어놓은 대문으로 달려갔고, 달빛에 의지하여 그녀를 미행하기 시작했습니다. 잠시 후 그녀가 들어간 곳은 우리 집 근처에 있는 한 공동묘지였습니다. 공동묘지 입구에까지 뻗어 있는 긴 담벼락 끝부분에 이른 저는 들키지 않으려고 조심하면서 안쪽을 살펴보았습니다. 그런데…… 무서운 일이었습니다. 달빛 아래 공동묘지에 아민이 어떤 여성 굴[85]과 함께 서 있는 것이었습니다.

폐하께서도 들판을 떠돌아다니는 이 굴들이 어떤 존재인지 잘 알고 계실 것입니다. 인간과 마찬가지로 남성과 여성, 양성이 있는 이들은 보통 폐허가 된 건물에 숨어 있다가 지나가는 사람을 덮쳐 죽인 후, 그 살을 뜯어 먹는다고 합니다. 지나가는 사람이 없으면 밤마다 공동묘지에 가서 시체를 꺼내 그 살을 먹는다고도 하지요.

아내가 굴과 함께 있는 모습을 본 저는 눈알이 튀어나올 듯 놀랐습니다. 그들은 바로 그날 매장한 어떤 사람의 시체를 파냈습니다. 굴은 그 살을 여러 조각으로 자르더니, 구덩

---

85 사람 피와 시체의 살을 먹는다고 전하는 아랍 지방의 마귀.

이 언저리에 앉아 제 아내와 함께 먹더군요. 둘은 아주 태연자약하게 대화까지 나눠 가면서 이 잔인하고도 야만적인 식사를 계속했습니다. 하지만 저는 너무 멀리 떨어져 있어서 그 내용은 전혀 알아들을 수 없었습니다. 아마도 그녀들의 식사만큼이나 괴이한 내용이었겠죠. 여하튼 그때의 광경만 생각하면 지금도 온몸이 떨려 옵니다.

그 섬뜩한 식사를 마친 그녀들은 시체의 남은 부분을 구덩이에 던져 버린 후 다시 흙으로 메웠습니다. 그동안 저는 잽싸게 집으로 돌아왔습니다. 대문은 아까처럼 반쯤 열어 놓고, 방에 들어와서는 다시 침상에 누워 자는 척하고 있었죠.

잠시 후, 아민도 살그머니 들어와 옷을 벗고 제 곁에 누웠습니다. 전 눈을 감고 있었지만, 몰래 잘 먹고 와서 흐뭇한 미소를 띠고 있을 그 얼굴이 상상되더군요.

그렇게 누워 있었지만 방금 전에 본 그 야만스러운 광경이 머릿속을 꽉 채우는 데다, 그런 짓을 한 여자와 한 침대에 누워 있다는 사실이 너무도 끔찍하여 한동안 잠을 이룰 수 없었습니다. 그러다 간신히 잠이 든 저는 새벽녘 아침 기도 시간을 알리는 첫 외침 소리에 자리에서 벌떡 일어나 옷을 꿰어 입고 모스크로 달려갔습니다.

기도가 끝난 후, 성 밖으로 나가 정원을 거닐며 곰곰이 생각해 보았습니다. 어떻게 하면 아내의 삶의 방식을 바꾸어 줄 수 있을까 하고 말이죠. 처음에는 거친 방법을 사용해 볼까도 생각해 봤지만, 결국에는 부드러운 방법으로 그녀의 그 끔찍한 성향을 고쳐 줘야겠다고 마음먹게 되었습니다. 이런 생각을 하고 있으려니 저도 모르는 사이에 어느덧 집에 도착해 있었습니다. 그때는 마침 저녁 식사 시간이었죠.

제가 들어온 것을 본 아민은 상을 차리게 했고, 우리는 함께 식탁에 앉았습니다. 이날도 변함없이 밥알을 한 알 한 알

집어 먹는 그녀의 모습을 보고 저는 최대한 부드러운 목소리로 말했습니다.

「아민! 당신은 기억할 것이오. 결혼한 다음 날, 당신은 오로지 쌀밥만을, 그것도 새 모이 먹듯 조금씩만 집어 먹었소. 나 아닌 다른 남편 같았으면 성질이 나도 한참 났을 것이오. 또 기억하시오? 나는 그런 모습이 보기에 좋지 않으니, 하인들이 당신의 입맛을 돋우기 위해 정성껏 마련한 다른 고기 요리들도 좀 들라고 간청했었소. 또한 당신도 알다시피 그날 이후, 나는 항상 똑같은 식탁이 되지 않게끔 요리를 다양하게 바꾸고 먹음직하게 만들도록 각별히 신경을 써왔소. 하지만 이 모든 노력도 훈계도 다 부질없었소. 당신은 지금까지 똑같이 행동하면서 나를 여전히 괴롭히고 있는 거요. 나는 여태껏 아무 말도 하지 않았소. 그건 당신에게 아무것도 강요하고 싶지 않았기 때문이오. 지금도 이렇게 말하고 있지만 당신에게 조금도 부담을 주고 싶지는 않소. 하지만, 아민! 한 가지만 물어봅시다. 이 식탁 위에 있는 고기 요리들이 사람 고기만도 못한 것이오?」

제가 말을 마치자, 아민은 제가 자신의 지난밤 행동을 훔쳐봤다는 사실을 깨닫고 상상을 초월하는 격렬한 분노에 사로잡혔습니다. 얼굴은 불이 붙은 듯 시뻘게지고 눈알은 당장에라도 튀어나올 듯했으며, 입에는 거품을 물었습니다. 그 섬뜩한 모습을 본 저는 엄청난 공포에 사로잡혔습니다. 온몸이 마비된 듯 꼼짝할 수 없어, 그녀가 즉시 계획한, 그리고 폐하께서도 곧 아시게 될 그 끔찍한 만행으로부터 스스로를 방어할 수 없는 상태가 되었죠. 그녀는 여전히 시뻘게진 얼굴을 하고, 앙다문 입술 사이로 알 수 없는 주문을 외우면서 곁에 있던 물 단지 속에 손가락을 담갔습니다. 그러고는 그 물을 제 얼굴에 뿌리면서 무시무시한 목소리로 외치는 것이

었습니다.

「망할 놈! 네놈의 호기심에 대한 벌로 개가 되어 버려라!」

그때까지는 그녀가 마녀이리라고는 생각도 못하고 있었는데, 아민이 이렇게 악마의 주문을 내뱉자 저는 즉시 개로 변해 버렸습니다. 너무나도 갑작스러운 예상 밖의 변화에 대경실색한 저는 한동안은 도망갈 생각도 못한 채 멍하니 있었고, 덕분에 그녀가 휘두른 몽둥이 몇 대를 얻어맞아야 했습니다. 얼마나 거세게 패대는지 그걸 맞고도 즉사하지 않은 게 오히려 이상할 정도였죠. 저는 목숨을 건지기 위해 내정 쪽으로 쏜살같이 달아났습니다. 하지만 그녀는 길길이 날뛰면서 계속 따라왔습니다. 전 유연한 동작으로 요리조리 피해 보려 애를 써보았지만 결국은 늘씬하게 두드려 맞을 수밖에 없었습니다. 저를 뒤쫓아 다니며 때리다가 지쳤는지, 아니면 이런 식으로는 저를 죽일 수 없다고 판단했는지, 그녀는 새로운 방법을 생각해 냈습니다. 길 쪽으로 나가는 대문을 빠끔히 열어 놓고 제가 그 사이로 빠져나가길 기다리더군요. 지나가는 순간 문을 쾅 닫아 저의 몸을 으스러뜨리려는 수작이었습니다.

비록 개의 몸을 뒤집어쓰고 있긴 했지만 저는 그녀의 음흉한 속셈을 간파했습니다. 절체절명의 위기에 처했을 때 기지가 솟아나는 법, 저는 그녀의 동작과 표정을 유심히 지켜보고 있다가 잠시 방심하는 틈을 타서 잽싸게 문을 빠져나갔습니다. 제가 입은 상처라곤 꼬리 끝 부분이 약간 짓눌린 정도였죠. 하지만 그것도 말도 못하게 아팠습니다. 깨갱거리며 온 거리를 뛰어다녔죠. 그랬더니 이번엔 동네 개들이 다 몰려나와 저를 물어뜯더군요. 저는 녀석들의 추격을 피해 어떤 상점으로 뛰어 들어갔습니다. 구운 양의 대가리, 혀, 다리 등을 파는 푸주한의 가게였습니다.

푸주한은 처음에는 동정심에 사로잡혀 제 편을 들어 주었습니다. 푸줏간 안에까지 들어오려 하는 개들을 모두 쫓아 주었죠. 들어가자마자 제가 한 일은 개들이 보이지 않는 구석에 몸을 숨기는 것이었습니다. 하지만 결국 푸줏간도 제가 기대했던 은신처는 아니었습니다. 푸주한은 개는 재수 없는 동물이라는 미신에 사로잡혀, 지나가던 개와 스치기만 해도 집 안의 물과 비누가 바닥날 때까지 옷을 빨아 대는 사람이었으니까요. 개들이 물러가자 그는 여러 차례 저를 가게에서 쫓아내려 했습니다. 하지만 저는 그의 눈에 띄지 않는 구석에 숨어 버렸죠. 그렇게 하여 푸줏간에서 그날 밤을 보내며, 아민에게 두들겨 맞아 상처투성이가 된 몸을 추스를 수 있었습니다.

대수롭지 않은 이야기들로 폐하를 지루하게 하지 않기 위해, 그날 밤 개 신세가 된 제가 얼마나 서글픈 상념에 빠졌는지는 세세히 말씀드리지 않으렵니다. 어쨌든 다음 날, 아침 일찍 물건을 구입하러 나갔던 푸주한은 양 대가리, 혀, 다리 등을 잔뜩 짊어지고 돌아왔습니다. 그가 가게 문을 열어 놓고 고기를 진열하고 있을 때, 저는 숨어 있던 구석에서 나와 밖으로 나왔습니다. 동네 개들 여러 마리가 고기 냄새를 맡고 푸줏간 주위에 몰려들어, 던져 주는 고기 몇 점 주워 먹으려고 기다리는 것을 보았던 것입니다. 저 역시 그들 틈에 섞여서 애처로운 눈으로 푸주한을 쳐다보았죠.

제가 나타난 것을 본 푸주한은 어제부터 아무것도 못 먹은 제가 불쌍했던지, 다른 놈들에게보다 큰 고깃덩어리들을 자주 던져 주었습니다. 그가 이렇게 은혜를 베풀어 주고 가게 안으로 들어가려 할 때, 저는 다시 한 번 저를 거둬 달라는 듯 애절한 눈으로 그를 쳐다보았고 꼬리도 살래살래 흔들면서 다가갔습니다. 하지만 그의 태도는 단호했습니다. 손에 몽둥이를 든 채 어찌나 엄하게 노려보던지, 저는 떠나가지 않을 수 없었죠.

제가 멈춰 선 곳은 푸줏간에서 몇 집 건너에 있는 빵집 앞이었습니다. 빵집 주인은 침울하기 짝이 없는 양 대가리 장수와는 달리, 매우 명랑하고 화통한 사람이었습니다. 그는 점심 식사 중이었는데, 제가 특별히 뭔가 먹고 싶다는 표시를 내지 않았음에도 빵 한 조각을 던져 주었습니다. 저는 보통 개들처럼 빵 조각에 탐욕스럽게 달려드는 대신, 고개를 까딱하고 꼬리를 흔들면서 감사를 표했습니다. 이 예절 바른 태도에 그는 미소를 짓더군요. 저는 그때 그리 배고프지 않았지만, 그에게 고마움을 표시하기 위해 빵 조각을 물고 아주 천천히 먹었습니다. 이는 배고파서라기보다는 예의상 먹는 것이라는 사실을 그에게 보여 주기 위함이었죠. 이를 눈치챈 그는 제가 가게 근처에 머무는 것을 용납해 주었습니다. 저는 가게 문 옆에서 몸을 길 쪽으로 향한 채로 앉아 있었습니다. 지금 그에게 바라는 건 오직 그의 보호뿐이라는 것을 암시하는 자세였죠.

그는 저를 보호해 주었습니다. 심지어는 따뜻하게 쓰다듬어 주기까지 했기 때문에 저는 자신감을 얻어 그의 가게 안에 들어갔습니다. 물론 그가 허락할 경우에만 들어가리라는 것을 암시해 주었죠. 이런 저를 기특하게 생각한 주인은 가게 한쪽, 그에게 방해가 되지 않는 곳에 제가 앉을 자리를 마련해 주었습니다. 저는 냉큼 그 위에 앉았고, 이후 그의 집에 거하면서 항상 거기서 지냈습니다.

그는 저를 항상 친절하게 대해 주었습니다. 점심때와 저녁 때, 그리고 야찬 때도 잊지 않고 먹을 것을 충분히 챙겨 주었습니다. 저 역시 감사하는 마음으로 그에게 충성을 다했죠. 제 눈은 항상 그에게 못 박혀 있었고, 그가 집 안에서 몇 발자국이라도 걸을라치면 그 뒤를 졸졸 따라다녔습니다. 용무가 있어 시내에 외출할 때도 마찬가지였습니다. 그가 저를 좋아하는 것을 알고 있었기에 그가 나가면 어김없이 뒤를 쫓았고, 제가 알아채지 못하면 오히려 그가 먼저 〈빨강아!〉— 그가 붙여 준 제 이름이었죠 — 하고 부르며 신호를 보냈습니다. 그러면 저는 즉시 자리를 박차고 거리로 뛰어나가, 깡충깡충 뛰기도 하고 늘어선 상점들 앞을 이리저리 뛰어다니기도 했습니다. 그가 가게에서 나오고 나서야 비로소 이런 동작을 멈추고 그의 앞이나 뒤에 붙어 졸졸 따라갔지요. 가끔씩 눈을 들어 그를 올려다보며 제가 얼마나 즐거워하는지도 보여 주었고요.

이렇게 제가 그 집에서 지내기 시작하고 얼마간의 시간이 흐른 어느 날이었습니다. 어떤 부인이 가게에 와서 빵을 사는데, 진짜 은화 사이에 가짜 은화 하나를 섞어서 값을 치르는 것이었습니다. 가짜임을 알아본 주인은 그것을 돌려주면서 진짜 은화를 요구했습니다. 하지만 여인은 받으려 하지 않고 진짜라고 주장했습니다. 주인이 그녀의 말을 반박하면서 말했습니다.

「이건 누가 봐도 가짜라는 게 뻔한데 왜 우기시오? 심지어 우리 집 개도 구별하겠소. 빨강아, 이리 와보렴!」

그의 부름에 저는 계산대 위로 폴짝 뛰어올랐습니다. 그러자 주인이 다시 말했습니다.

「자, 봐라! 이게 가짜 돈이 아니냐?」

저는 은화들을 모두 들여다본 후에, 가짜 은화에 앞발을 올려놓고 마치 그것을 주인에게 보여 주려는 듯한 동작으로 다른 것들을 옆으로 치웠습니다.

사실 주인의 말은 설마 제가 정말로 동전을 구별해 내리라는 생각 없이, 그냥 농담 삼아 해본 것에 불과했습니다. 그런데 제가 주저 없이 정확히 가짜 동전을 골라내자 그는 크게 놀랐지요. 여인 역시 더 이상 은화가 진짜라고 주장하지 못하고 다른 은화로 지불했습니다. 그녀가 떠나자마자 주인은 이웃 사람들을 불러 있었던 일을 얘기해 주고 침을 튀겨 가며 제 능력을 자랑했습니다. 이웃 사람들은 사실을 확인해 보려 했습니다. 하지만 그 어떤 가짜 돈을 진짜 돈 사이에 섞어 놓아도, 저는 틀림없이 구별해 내어 앞발을 올리고 다른 것들과 분리시켜 놓았습니다. 여인 또한 돌아가서 만나는 사람에게마다 있었던 일을 얘기하고 다녔습니다. 결국 가짜 돈을 구별해 내는 저의 신통한 능력에 대한 소문은 비단 이웃과 동네뿐 아니라, 온 도성에 퍼지게 되었죠.

그날부터 저는 종일 바쁘게 되었습니다. 주인집에 빵을 사러 오는 사람들에게 제 재주를 보여 그들의 호기심을 채워 줘야 했으니까요. 저는 곧 유명한 구경거리가 되었고, 저의 재주를 시험해 보기 위해 아주 멀리 떨어진 동네에서까지 사람들이 몰려왔습니다. 제 명성 덕분에 주인은 쉴 틈이 없게 되었죠. 그는 이웃들과 친구들에게 저 개야말로 돈을 벌어 주는 복덩이라고 자랑하곤 했답니다. 하지만 저의 그 작은 재주는 질투심 많은 인간들 또한 끌어들였습니다. 어떤 자들은 저를 납치하려고 흉계를 꾸미기도 하여, 주인은 저를 끊임없이 지켜보고 있어야 했죠.

그러던 어느 날이었습니다. 저의 소문을 듣고 어떤 부인이 빵을 사러 왔습니다. 그때 제 자리는 계산대 위로 옮겨져 있었는데, 그녀가 내 앞에 가짜가 하나 섞인 은화 여섯 개를 던지는 것이었습니다. 저는 가짜를 찾아내 그 위에 앞발을 올려놓고서는, 마치 이것이 맞지 않냐고 묻는 듯한 눈빛으로 부인을 쳐다보았습니다. 그러자 부인 역시 제 눈을 유심히 들여다보며 말했습니다.

「그래, 이것이 가짜야. 네가 맞았어.」

그녀는 놀란 눈빛으로 저를 계속 살펴보더니 빵 값을 치르고 나가려 하다가, 주인이 알아채지 못하게끔 자기를 따라오라고 신호했습니다.

사실 저는 제가 갇혀 있는 그 괴이한 변신 상태에서 어떻게 하면 벗어날 수 있을지, 항상 그 생각만 해오고 있었습니다. 그래서 어쩌면 이 여자가 이 불행한 상태에서 저를 해방해 줄 수 있을지도 모른다고 느꼈지요. 하지만 저는 그녀를 쳐다보기만 할 뿐 따라가려 하지 않았습니다. 그러자 부인은 두세 걸음 더 걸어가다가 몸을 돌려, 꼼짝도 않고 자기를 쳐다보고만 있는 저에게 또다시 따라오라고 신호하는 것이 아닙니까? 이제는 더 이상 깊이 생각할 필요가 없었습니다. 주인이 화덕을 청소하느라 저를 보지 않고 있다는 것을 확인한 다음, 계산대에서 뛰어내려 그 부인을 따라갔습니다. 그렇게 저를 데려가는 그녀의 표정은 몹시도 즐거워 보이더군요.

그렇게 얼마간 걸은 후, 우리는 그녀의 집에 도착했습니다. 대문을 열고 들어간 그녀는 제가 들어올 수 있도록 열린 대문을 잡고 말했습니다.

「들어오렴! 나를 따라와서 후회할 일은 없을 거다.」

제가 들어가자 그녀는 대문을 닫고 저를 자신의 방으로 데려갔습니다. 거기엔 몹시 아름다운 아가씨 하나가 자수를 놓고 있었습니다. 그녀는 저를 거기까지 데려온 자비심 많은 부인의 딸로, 사실은 마법에 정통한 사람이었답니다. 그녀의 어머니는 딸에게 말했습니다.

「얘야! 가짜 돈을 구별할 줄 안다고 소문난 그 빵집 개를 데려왔다. 처음 이 개에 대한 소문을 들었을 때 내가 말했었지? 필시 어떤 고약한 자에 의해 개로 변한 사람일 거라고 말이야. 오늘 난 그 빵집에 가서 떠도는 소문이 거짓이 아님을 확인할 수 있었지. 그래서 바그다드의 자랑거리가 된 이 희귀한 개를 교묘한 방법으로 따라오게 했단다. 자, 얘야! 어떻게 생각하니? 내 생각이 틀렸니?」

「어머니 생각이 옳았어요. 이 사람의 진짜 모습을 보여 드릴게요.」

아가씨는 자리에서 일어나 물이 가득 든 단지 하나를 들더니 그 속에 손을 담갔습니다. 그러고는 물을 제게 뿌리면서 말했습니다.

「만일 네가 정말 개라면 개로 남아 있어라! 하지만 사람으로 태어났다면 이 물의 능력으로 사람의 형상을 되찾아라!」

그 순간 마법이 풀렸습니다. 개의 모습은 온데간데없고, 저는 전처럼 사람이 되어 있었죠. 그녀의 은혜가 너무도 고마워 저는 그녀의 발밑에 몸을 던지고 치맛자락에 입을 맞추며 말했습니다.

「오, 나의 해방자시여! 생면부지의 이 몸에 큰 은혜를 베풀어 주셨으니 대체 어떻게 감사를 드려야 할지 모르겠습니다. 제발 부탁이오니, 은혜를 갚을 수 있는 방법을 말씀해 주십시오! 아니면 그냥 저를 당신의 노예로 삼아 주십시오! 제 주인은 더 이상 저 자신이 아니라 당신이니까요. 자, 이렇게 당신의 노예가 된 자가 누구인지 알려 드리기 위해, 제 사연을 간략히 말씀드리겠습니다.」

저는 우선 제가 누구인지를 밝힌 다음, 아민과의 이야기를 들려주었습니다. 그녀와 결혼한 일, 괴상하기 짝이 없는 그녀의 성격과 행동을 참고 용납해 보려고 애쓴 일, 그리고 그녀가 제게 범한 끔찍한 만행 등을 모두 들려준 다음, 제게 형언할 수 없는 행복을 선사한 부인에게 감사하는 것으로 이야기를 마쳤습니다. 그러자 아가씨가 말했습니다.

「시디 누만 님! 제게 은혜를 입었다 하여 그렇게 부담 가지실 필요는 없어요. 당신 같은 신사분에게 기쁨을 안겨 주었다는 사실만으로도 저는 흡족하답니다. 자, 당신의 부인인 아민에 대해서 이야기해 봅시다. 전 당신이 결혼하기 전부터 그녀를 알고 있었답니다. 그녀가 마법사인 줄도 알고 있었고, 그녀 또한 제게 마술에 대한 지식이 있다는 사실을 알고 있었죠. 사실 우리 둘은 스승이 같거든요. 우리는 목욕탕에서 자주 마주치기도 했습니다. 하지만 둘의 기질이 너무도 달라서, 저는 그녀와 관계를 맺는 것을 가급적 피해 오고 있었죠. 그녀 역시 동일한 이유로 저를 피해 왔답니다. 한마디로, 저는 그녀의 사악함에 대해 익히 알고 있었어요. 이제 당신의 이야기로 돌아와 보죠. 제가 당신을 위해 해준 일만으로는 충분치 않아요. 저는 제가 시작한 일을 끝맺고 싶어요.

다시 말해서, 당신을 인간 세상에서 추방당하게 만든 그 고약한 마법을 깨는 것만으로는 충분치 않다는 뜻이에요. 당신은 집에 돌아가 마녀에게 응분의 벌을 내리고 당신의 권위를 되찾아야 해요. 제가 그렇게 할 수 있도록 도와 드리겠어요. 자, 곧 돌아올 테니 그동안 어머니와 얘기나 나누고 계세요.」

저의 해방자는 다른 방으로 들어갔습니다. 그동안 저는 부인을 향해 그녀와 그녀의 딸에게 진 큰 은혜에 대해 깊이 감사했습니다. 그녀는 제게 말했습니다.

「눈치채셨겠지만, 내 딸의 마법은 아민의 그것에 비해 조금도 뒤지지 않는답니다. 하지만 저 애는 마법을 항상 좋은 일에만 사용하죠. 저 애가 거의 매일 마법을 통해 어떤 선행을 행해 왔는지 알게 된다면 크게 놀라실 거예요. 그래서 내가 저 애를 그냥 놔두는 겁니다. 만일 조금이라도 마법을 악용했다면 가만히 있지 않았을 거예요.」

이렇게 부인이 자신이 본 놀라운 일들 몇 가지를 제게 이야기해 주고 있을 때, 그녀의 딸이 조그만 병 하나를 들고서 다시 방에 들어왔습니다.

「시디 누만 님! 방금 마법을 통해 알아보았더니, 아민은 지금 외출 중이고 잠시 후에 들어온다는군요. 또 마법이 알려 준 바에 의하면, 그 음흉한 여자는 당신이 사라져 버려 몹시 걱정하는 듯 연극을 하고 있대요. 그녀는 하인들에게 이렇게 둘러댔다는군요. 당신과 함께 저녁 식사 중이었는데, 당신이 갑자기 어떤 일이 생각났다며 그걸 처리하겠다고 불쑥 뛰어나갔다는 거예요. 또 나가면서는 대문을 열어 놓았는데, 그 틈을 타 개가 한 마리 들어오더니 그녀가 저녁 식사를 마친 방에까지 기어들기에 몽둥이를 휘둘러 쫓아냈다는 거죠…….

자, 지체하지 말고 이 작은 병을 가지고 당신 집으로 돌아가세요! 종들이 대문을 열어 주면 방에 들어가서 아민을 기다리세요. 오래지 않아서 돌아올 겁니다. 그러면 내정으로 나가 그녀 앞에 버티고 서서 얼굴을 똑바로 쳐다보세요. 그녀는 전혀 예상치 못했던 상황에 깜짝 놀랄 것이고, 몸을 돌려 도망치려 할 것입니다. 그때 이 병 속의 물을 뿌리면서, 담대하게 〈네가 지은 죗값을 받아라!〉라고 외치세요. 그 결과는 당신 눈으로 직접 보시게 될 것입니다.」

저는 은인의 말을 머릿속 깊이 새겨 두었습니다. 그리고 그녀와 그녀의 어머니에게 충심으로 감사하면서 작별을 고한 후, 지체 없이 집으로 돌아왔죠.

그 후 모든 일은 마법사 아가씨의 예언대로 이루어졌습니다. 오래지 않아 아민은 집에 돌아왔고, 저는 손바닥에 물을 담아 그녀 앞에 나타났습니다. 저를 본 그녀는 큰 소리로 비명을 지르면서 달아나려고 대문 쪽으로 몸을 돌리더군요. 하지만 저는 마법사 아가씨가 가르쳐 준 주문을 외우면서 그녀에게 물을 뿌렸죠. 곧 그녀는 한 마리의 암말로 변했으니, 그게 바로 폐하께서 어제 보셨던 그놈입니다.

저는 놀라 어쩔 줄 몰라 하는 암말의 갈기를 붙잡아, 놈의 반항에도 불구하고 마구간으로 끌고 갔습니다. 우선 입에다 고삐를 채우고, 놈의 죄악과 사악함을 꾸짖으면서 채찍으로 후려쳐 벌했습니다. 얼마나 오래 후려쳤던지 결국 팔에 힘이 빠져 중단했습니다만, 이후 매일같이 같은 형벌을 반복했습니다.

「신자들의 사령관이시여!」 시디 누만은 그의 이야기를 마치며 이렇게 덧붙였습니다. 「폐하께서 목격하신 저희 행동을 책망하지 말아 주시옵소서! 그토록 고약하고 사악한 짓을 저지른 여인에게 그 정도 형벌은 오히려 너무 관대한 것입니다.」

시디 누만의 이야기를 모두 들은 칼리프는 말했습니다.

「그대의 이야기는 참으로 기이했으며, 그대 아내의 사악함은 용서할 수 없는 것이었다. 그대가 지금까지 행해 온 징벌 또한 결코 책망할 수 없는 것이다. 하지만 생각해 보게나! 졸지에 짐승으로 변해 버렸다는 그 고통이 얼마나 크겠는가? 그것만으로도 형벌은 충분하다고 생각하지 않는가? 그러니 그녀를 지금의 상태로 두는 것으로 만족하고 더 이상의 형벌은 멈추었으면 하는 것이 내 바람이다. 사실 마음 같아서는 그녀를 이렇게 만들어 놓은 마법사 아가씨에게 마법을 풀어 달라고 부탁하고도 싶다. 하지만 자신의 기술을 악용하는 마법사와 마녀들이 얼마나 끈덕진 악인지 익히 알고 있기에, 또한 마법에서 풀려나면 그대에게 전보다 훨씬 더 잔인한 복수를 행할 가능성이 있기에 그러지는 않겠다.」

이처럼 응분의 벌을 받아 고통받고 있는 자들에게조차 부드럽고 자비로운 마음을 잃지 않는 칼리프는 자신의 뜻을 시디 누만에게 밝힌 다음, 이번에는 대재상 자파르가 데려온 세 번째 사람에게 몸을 돌려 말했습니다.

「코지아 하산! 나는 어제 그대의 동네를 지나다가 아주 으리으리한 집을 보고 대체 누구의 소유인지 궁금한 마음이 들었다. 그래서 사람들에게 물어 보니, 밧줄 만드는 일을 하면서 근근이 살아가고 있다가 어느 날 갑자기 그런 궁궐 같은 집을 지었다는 그대의 얘기를 들려주더군. 또 이웃들은, 그럼에도 그대는 조금도 우쭐대지 않고 하느님에게서 받은 재물을 잘 사용하고 있다며 칭찬을 아끼지 않았다. 이 모든 것을 들은 내 마음은 몹시 즐거웠으며, 하느님께서 매우 기이한 경로를 통해 그대에게 이런 선물을 내리셨을 것이라 짐작할 수 있었다. 나는 그대로부터 그 사연을 직접 듣고 싶어 이렇게 부른 것이다. 단지 그대에 대해 좀 더 자세히 앎으로써 그대의 행복을 함께하고 싶은 마음이니, 성실하게 이야기해 주기 바란다.

그리고 한 가지, 나의 호기심이 결코 불순한 동기나 사욕에서 나온 것이 아님을 그대에게 확신시켜 주기 위해, 그대의 재산에 대해 조금이라도 주장하는 일은 없을 것이며 오히려 지극히 안전하게 보호해 주겠다고 미리 약속하는 바이다.」

이렇게 칼리프가 약속해 주자, 코지아 하산은 옥좌 앞에 엎드려 바닥에 깔린 양탄자에 이마를 찧으며 절했습니다. 그러고는 다시 몸을 일으키면서 말했죠.

「신자들의 사령관이시여! 만일 양심에 한 점 부끄러움과 거리낌이 없는 저와 같은 사람이 아닌 다른 사람이 폐하의 옥좌 앞에 출두하라는 명을 받았더라면, 그는 심히 떨리고 난감했을 것이옵니다. 하지만 폐하에 대해 존경과 숭배의 감정 외에는 품어 본 적이 없으며, 폐하께 불충하거나 법을 어겨 폐하의 노여움을 살 만한 짓을 한 적도 없는 저로서는 다만 존귀하신 폐하의 광휘에 눈이 부셔서 몸을 떨 뿐이옵니다. 사실 저는 폐하께서 당신의 신민 가운데 가장 보잘것없는 자의 말조차도 귀를 열고 들어 주신다는 소문을 익히 들어 온지라, 저를 부르셨다는 말을 들었을 때에도 조금도 불안하지 않았을 뿐 아니라 요구하시는 것을 담대히 말할 수 있는 용기와 자신감을 폐하 자신께서 불어넣어 주실 것이리라 믿어 의심치 않았었습니다. 신자들의 사령관이시여! 과연 폐하께서는 저의 기대대로 해주셨고, 제게 그럴 만한 가치가 있는지 알아보지도 않은 채 보호를 약속하셨습니다. 소인은 다만, 폐하께서 제 사연을 듣고 나서도 저에 대해 품고 계신 좋은 감정을 계속 지니시기만을 바랄 뿐이옵니다.」

이처럼 정중한 서설로서 칼리프의 호감과 관심을 이끌어 낸 코지아 하산은 잠시 기억을 더듬은 후, 다음과 같이 그의 이야기를 시작했습니다.

# 코지아 하산 알하발의 이야기

 신자들의 사령관이시여! 제가 지금 누리고 있는 큰 행복에 어떻게 도달하게 되었는지 설명해 드리기 전에, 우선 제가 아는 어떤 두 사람에 대한 이야기부터 시작하고 싶습니다. 바그다드 시민이며 지금도 생존해 있는 이 두 사람은 서로 절친한 친구 사이로, 제게 이 모든 재산과 행복을 허락하신 첫 번째 은인이 하느님이라면, 그다음으로 제가 신세지고 있는 은인들이 바로 이분들이랍니다.

 그 두 친구의 이름은 사디와 사드입니다. 엄청난 부자인 사디는, 사람은 다른 사람에게 신세지지 않고 자유롭게 살 수 있을 만큼 큰 재산을 갖고 있을 때만 행복할 수 있다는 지론을 가지고 있었습니다. 사드의 생각은 전혀 달랐습니다. 그 역시 생계에 필요한 정도의 재산은 있어야 한다는 사실에는 동의했습니다. 하지만 그는 무릇 재물이란 크게 궁색하지 않고 능력껏 다른 사람들에게 베풀면서 살 수 있을 정도만 되면 충분한 것이며, 덕이 있을 때 비로소 사람은 행복해질 수 있는 거라고 주장했습니다. 사실 사드 자신이 바로 그런 종류의 사람으로, 적당한 재산과 덕성을 고루 갖추고 아주 행복하게 살고 있었지요. 그에 비해 사디는 비교할 수 없을 정도로 큰 부자였지만 두 사람의 우정은 매우 진실한 것이었고, 사디는 부자라고 하여 자신이 친구보다 낫다고 여기지 않았습니다. 그들은 앞서 말한 한 가지 점만을 제외하고는 어떤 일로도 다투지 않았습니다. 모든 일에 있어서 그들의 우정은 한결같았지요.

어느 날, 그들은 한 가지 주제로 토론을 벌이고 있었습니다. 우선 사디는 주장하기를 — 나중에 그들은 이 토론의 내용을 제게 들려주었답니다 — 가난한 사람들이 가난해지는 이유에는 두 가지가 있는데, 첫째는 가난하게 태어났기 때문이며, 둘째는 부유하게 태어났지만 방탕한 생활을 통해, 혹은 예측할 수 없는 운명의 작용에 의해 재산을 잃어버리기 때문이라는 것이었습니다. 그는 이렇게 덧붙였습니다.

「내 생각엔 말일세, 가난한 사람이 가난한 상태로 남아 있는 이유는 단 하나라네. 우리가 가난에서 벗어나기 위해서는 어느 정도의 돈을 모은 다음 그것을 잘 굴려야 하는 법인데, 가난한 사람들은 그 자본을 모으지 못하는 거야. 만일 자본을 모아 잘 운용할 수만 있다면 그들의 형편은 나아지고, 시간이 지날수록 엄청난 거부가 될 텐데 말이야.」

사드는 사디의 의견에 동의하지 않았습니다.

「자네가 말하는 방법은 자네 생각처럼 그렇게 확실한 것 같지 않네. 자네의 의견은 몹시 모호해서 내가 여러 가지 이유를 들어 반박할 수 있지만, 그리하면 시간이 너무 길어지겠지. 다만 한 가지만 말해 두지. 나는 가난한 사람은 자본을 통해서만이 아닌 다른 방법으로도 얼마든지 부자가 될 수 있다고 생각하네. 예를 들어 치밀한 경영과 끈질긴 절약을 통해 얻게 되는 돈보다도 훨씬 더 크고 놀라운 재산을, 순전한 우연에 의해 얻게 되는 일이 종종 있지 않은가?」

「사드! 이렇게 둘이서 백날을 싸워 봐야 결론이 나지 않을 것 같네. 우리 이렇게 해보면 어떨까? 나는 어느 정도의 돈을 누군가 가난한 사람에게 그냥 줘보겠네. 예를 들어 조상 대대로 가난하게 살아온 집에서 태어나 그 자신도 가난하게 살다가, 결국은 태어날 때처럼 무일푼으로 죽게 될 장인 중 한 사람을 골라서 말이야. 만일 내가 성공하지 못하면, 그다음엔 자네의 방법으로 실험해 보는 거지. 그러면 과연 누구 말이 옳은지 알게 될 것 아닌가?」

이런 논쟁이 있고 나서 며칠 후, 두 친구는 산책을 하다가 한 마을을 지나가게 되었습니다. 바로 제가 조상 대대로 이어져 내려온 생업인 밧줄 만드는 일을 하며 살아가고 있는 동네였죠. 저의 옷차림이며 초라한 도구들을 본 그들은 제가 형편없는 가난뱅이라는 사실을 금세 알아보았습니다. 사드는 사디가 했던 말을 떠올리고는 이렇게 말했습니다.

「자네와 내가 했던 약속 생각나는가? 자, 저기 한 사람이 있네.」 그는 저를 가리켰습니다. 「내가 알기에 저치는 오래전부터 밧줄 만드는 일을 하고 있지만, 항상 저렇게 궁색하게 살고 있다네. 자, 그러니 저 친구에게 은혜를 베풀고, 동시에 자네가 얘기했던 그 실험도 해보는 게 어떤가?」

「내가 그 약속을 잊을 턱이 있겠는가? 안 그래도 실험에 필요한 돈을 늘 지니고 다니면서 적당한 기회가 오기만을 기다리고 있었네. 자, 저 친구에게 가서 정말로 형편이 어려운지를 알아보세!」

두 친구는 저에게 다가왔습니다. 그들이 뭔가를 말하려는 듯하기에 저는 일하던 손을 멈췄습니다. 두 사람은 흔히 하듯 평화를 기원하는 인사말을 제게 던졌고, 이어 사디가 제 이름을 물었습니다. 저 역시 같은 인사말로 화답하고 사디의 질문에 답해 주었죠.

「선생님! 제 이름은 하산입니다. 제 직업 때문에 사람들은 보통 저를 하산 알하발이라고 부르지요.」

「하산!」 사디가 다시 말했습니다. 「무슨 일이든 열심히 하면 먹고살 수 있기 마련, 자네도 밧줄 일을 하면서 돈을 충분히 벌고 있으리라 생각하네. 한데 내가 이해할 수 없는 일이 하나 있다네. 다름이 아니라 자네가 이 일을 한 지도 꽤 오래 된 걸로 알고 있는데, 왜 돈을 저축해 놓으려 하지 않나? 돈이 좀 있으면 좋은 삼을 충분히 사서 일을 더 할 수 있을 것 아닌가? 자네가 직접 하든지, 직원들을 고용하여 더 많은 밧줄을 생산하면 지금보다 훨씬 부자가 될 수 있을 것 아닌가?」

「제가 저축을 안 한다고 책망하시는 겁니까? 부자가 될 수 있는 길을 가지 않는다고요? 그것은 선생께서 몰라서 하시는 말씀입니다. 제 실상을 말씀드릴까요? 저는 아침부터 밤까지 뼈 빠지게 일하지만 약간의 빵과 채소 등, 저와 가족이 입에 풀칠할 정도밖에 벌지 못한답니다. 저는 자식이 다섯이나 있지만 모두가 아직 일할 수 있는 나이가 아니니, 아무짝에도 쓸모없는 셈이지요. 녀석들을 매일같이 먹이고 입히는 일이 얼마나 힘든지 아십니까? 또 코딱지만 한 작은 살림에 들어가는 돈은 어찌 그리 많은지요! 물론 삼이 그리 비싼 것은 아니지만, 그래도 사려면 돈이 있어야 합니다. 사실 저는 밧줄을 팔아 돈이 들어오면 우선 삼 살 돈부터 떼어 놓곤 합니다. 안 그러면 일을 계속할 수도, 가족을 부양할 수도 없으니까요. 선생님! 사정이 이러한데 부자가 되기 위해 저축을 할 여력이 있겠습니까? 우린 다만 매일매일 하느님이 주시는 것에 만족하며, 또 분수에 맞지 않는 욕심이 생겨나지 않는 것에 감사하며 살아가고 있습니다. 그저 우리가 매일 먹는 것을 먹을 수 있고, 다른 사람에게 손 벌리지 않고 살 수 있는 것에 감사할 따름입니다.」

이처럼 소상히 사정을 밝히자, 사디가 다시 말했습니다.

「하산! 이제 이해하겠네. 왜 자네가 현재의 상태에 머물러 있는지 그 이유를 알겠어. 하지만 만일 내가 자네에게 금화 이백 냥을 선물하면 어떻게 되겠는가? 자네는 그걸 잘 운용하여, 최소한 자네 업계에서는 가장 부유한 사람이 될 수 있지 않겠는가?」

「아이고, 선생님! 이렇게 점잖게 생기신 분이 농담을 하실 리는 없으니, 그 제안은 진지한 것이겠지요? 그렇습니다! 제가 잘난 척하는 건 결코 아니지만 이렇게 장담할 수는 있습니다! 그 돈만 있으면, 아니 그보다도 훨씬 적은 액수라도 있으면, 짧은 시간 안에 이 대도시 바그다드의 모든 밧줄 장수들을 다 합친 것보다도 더 큰 부자가 될 수 있다고요!」

너그러운 사디는 즉시 자신의 말이 농담이 아님을 확인시켜 주었습니다. 품속에서 돈주머니를 꺼내어 제 손에 쥐여 주면서 이렇게 말한 것입니다.

「자, 이 돈주머니를 받게나! 정확히 금화 이백 냥이 들어 있다네. 부디 하느님께서 축복을 내리사, 자네로 하여금 이 돈을 내가 기대하는 방식으로 잘 쓰게 해주시길 빌겠네. 나와 여기 있는 내 친구 사드는, 자네가 이 돈으로 인해 지금보다 훨씬 더 행복해졌다는 소식이 들려오기만을 기다리겠네.」

신자들의 사령관이시여! 그 돈주머니를 받아 품에 넣었을 때 제 기분이 어땠을지 한번 상상해 보십시오! 너무도 기쁘고 너무도 고마워 말조차 할 수 없었습니다. 은인에게 감사하기 위해 다만 손을 내밀어 그의 옷자락을 잡고 입 맞출 뿐이었죠. 하지만 그는 더 지체하지 않고 몸을 돌려 친구와 함께 멀어져 갔습니다.

그들이 떠나가고 나서 다시 일하기 시작한 제 머릿속에 처음 떠오른 생각은, 어떻게 하면 이 돈을 안전하게 보관하느냐 하는 것이었습니다. 제가 사는 누추한 집에는 돈을 숨겨놓을 만한 금고도 궤짝도 옷장도 없었던 까닭입니다. 이렇게 한참을 난감해하고 있다가 문득 좋은 생각이 떠올랐습니다. 그것은 저처럼 가난한 사람들이 약간의 돈이 생길 때 흔히 쓰는 방법으로, 돈을 터번의 주름 사이에 숨겨 두는 것이었죠. 저는 즉시 일을 중단하고, 흐트러진 터번을 고쳐 쓰고 와야겠다는 핑계를 대고는 집으로 달려갔습니다. 그리고 집 한 구석에서 아내와 아이들이 눈치채지 못하게끔 가장 시급한 용처에 쓰기 위해 금화 열 냥을 떼어 놓은 다음, 나머지 액수는 제 터번의 갈피갈피에 집어넣었습니다.

따로 떼어 놓은 금화 열 냥을 가지고 가장 먼저 한 일은 삼을 사는 것이었습니다. 그리고 가족들이 고기 맛을 본 지 한참 되었음을 떠올리고는, 푸줏간에 가서 저녁거리도 좀 샀습니다.

그렇게 한 손에 고기를 들고 집으로 돌아가고 있을 때였습니다. 굶주린 솔개 한 마리가 미처 방어할 틈도 없이 저를 덮치더니 손에 든 고기를 채가려는 것이었습니다. 저는 빼앗기지 않으려고 꼭 쥐었습니다. 아아! 차라리 그때 순순히 고기를 내줘 버렸으면 얼마나 좋았을까요? 최소한 터번을 빼앗기지는 않았을 테니 말입니다. 제가 버티면 버틸수록 놈은 그걸 채가려고 달라붙었습니다. 공중에 뜬 채 발톱으로 고기를 움켜쥐고 이리저리 흔들었죠. 그 와중에 불행히도 터번이 벗겨져 땅바닥에 굴러떨어져 버린 것입니다.

솔개는 즉시 고기를 놓더니만, 미처 손을 쓸 틈도 없이 터번을 움켜쥐고 날아올랐습니다. 저는 놈을 뒤쫓으며 소리를 질러 댔습니다. 얼마나 크게 질러 댔던지 남자, 여자, 아이 할 것 없이 온 동네 사람이 몰려와 함께 소리를 지를 정도였죠.

보통 이렇게 하면 보통 새들은 잡은 것을 놓고 날아가 버리곤 합니다. 하지만 웬일인지 이놈은 꿈쩍도 안 했습니다. 터번을 놓지 않은 채 유유히 날아가 결국 시야에서 사라져 버린 것이죠. 뒤쫓아 달려가 봐야 소용없는 일이었습니다.

졸지에 터번과 돈을 잃어버린 저는 크게 낙심하여 집에 돌아왔습니다. 하지만 터번 없이 다닐 수는 없는 노릇, 새것을 사야 했고 남겨 둔 금화는 또 줄어들었습니다. 삼을 조금 사 놓기는 했지만, 제가 품었던 희망을 이루기에 남은 돈은 턱없이 모자랐습니다.

가장 큰 걱정은 은인을 다시 만나게 되면 돈을 잃은 사실을 말해야 한다는 것이었습니다. 이렇게 멍청한 인간을 믿고 돈을 내준 자신을 얼마나 한심하게 생각하겠습니까? 또 솔개에게 돈을 빼앗겼다고 설명해 봐야, 황당무계한 변명이나 늘어놓는다고 생각할 것이 뻔하지 않겠습니까?

그나마 남아 있던 금화 여섯 냥이 떨어지기 전까지는 살림이 잠시나마 나아졌습니다. 하지만 곧 과거의 상태로 되돌아가 다시금 헤어날 수 없는 빈곤의 수렁으로 빠져들었죠. 하지만 저는 불평하지 않았습니다.

〈하느님께서는 전혀 예상하지 못했던 때에 돈을 주시고 나를 시험해 보려 하셨던 거야. 그러고는 당신의 것을 곧바로 다시 거둬 가셨지. 그래! 하느님을 찬양하자! 그분이 내게 은혜를 베푸셨을 때 찬양했듯이 이번에도 찬양하자! 주시는 것도 거둬 가시는 것도 모두 그분의 깊은 뜻에 의한 것이니, 난 다만 그분의 뜻 앞에 무릎을 꿇고 찬양할 뿐.〉

이처럼 제 마음은 비교적 평온했지만 아내는 그렇지 못했습니다. 저에게 자초지종을 듣고는 너무도 원통하여 밤잠을 이루지 못할 정도였죠. 또 저는 이웃 사람들에게도 터번과 함께 금화 백구십 냥을 잃어버렸다는 사실을 얘기해 주었습니다. 하지만 제가 얼마나 가난한지 뻔히 알고 있던 그들은 제게 그런 큰돈이 생길 구멍이 없다고 생각하여 다만 웃을 뿐이었고, 특히 아이들은 저를 놀리기까지 했습니다.

이렇게 솔개에게 돈을 빼앗긴 지도 여섯 달이 지났을 때, 두 친구는 제가 사는 동네 근처를 다시 지나가게 되었습니다. 사드는 근처에 제가 산다는 사실을 기억해 내고 사디에게 말했습니다.

「하산 알하발이 사는 곳이 여기서 멀지 않으니 한번 들러 보는 게 어떤가? 자네가 준 금화 이백 냥이 과연 그의 형편을 낫게 해주었는지 확인해 보자고!」

「좋지! 안 그래도 며칠 전에 그가 생각났다네. 내 말이 옳았음을 자네에게 확인시켜 줄 생각을 하니 웃음이 절로 나왔지. 자, 이제 자네는 엄청나게 변한 그의 모습을 보게 될 걸세. 너무 변해서 알아보지 못할 정도일지도 모르지.」

두 친구는 이미 발길을 옮기고 있었고, 사디의 말이 채 끝나기도 전에 저의 일터가 있는 거리로 들어섰습니다. 사드가 먼저 멀리서 저를 알아보고는 그의 친구에게 말했습니다.

「자네가 너무 빨리 좋아했던 것 같군. 저기 하산 알하발이 보이네만, 조금도 변한 것 같지 않은데? 전과 똑같은 옷차림이야. 한 가지 차이가 있다면 터번이 좀 더 깨끗해졌다는 것뿐일세. 자, 내 말이 틀렸는지 자네가 직접 보게나!」

좀 더 가까이 다가와 저를 본 사디는 사드의 말이 틀리지 않았음을 확인할 수 있었습니다. 어떻게 이처럼 아무런 변화도 없는지 이해할 수 없었던 그는 너무도 충격을 받아, 제 앞에 와서도 아무 말도 하지 못했습니다. 대신 사드가 먼저 인사말을 건넨 후, 이렇게 말했습니다.

「어떤가, 하산! 지난번에 본 이후로 자네 사업은 잘 되어 가고 있나? 아마 훨씬 더 번창하고 있겠지? 거기에는 금화 이백 냥이 큰 역할을 했을 테고.」

「선생님들! 이런 말씀을 드리기 정말 힘듭니다만, 일은 두 분의 바람과 기원과 희망처럼, 그리고 제가 기대한 것처럼 진행되지 않았습니다. 그동안 제게 그 어떤 괴상한 일이 일어났었는지 말씀드려도, 두 분께서는 쉽게 믿으려 들지 않으시겠죠. 하지만 제 명예를 걸고 말씀드리는데, 이제부터 제가 말씀드릴 내용은 정말로 사실이랍니다.」

저는 두 사람에게, 방금 전 폐하께 말씀드렸던 것과 똑같이 제게 일어난 일을 모두 들려주었습니다.

하지만 사디는 제 말을 전혀 믿으려 들지 않았습니다.

「하산! 자네 지금 나를 놀리고 있나? 나를 속이고 있느냔 말일세! 어떻게 그런 일이 일어날 수 있는가? 이 세상 그 어떤 솔개가 터번을 노린단 말인가? 놈들이 원하는 것은 오직 하나, 탐욕을 채울 먹이뿐이 아닌가? 자네는 자네 같은 부류의 사람들이 보통 하는 식으로 했음이 분명해. 그들은 뜻밖의 큰돈을 쥐게 되면 하던 일을 때려치우고, 돈이 떨어질 때까지 진탕 먹고 마시고 놀아 대지. 그렇게 가진 돈을 탕진하고 나면, 다시 이전의 궁핍한 생활로 돌아가는 거야. 자네가 이처럼 빈곤의 수렁 속에서 뒹굴고 있는 것도 다 그럴 만하기 때문이네. 자네는 손에 돈을 쥐여 줘도 제대로 쓸 줄 모르는 사람이라고!」

「선생님! 뭐라 책망하셔도 저는 할 말이 없습니다. 지금 하신 말씀보다 훨씬 더 심한 말씀을 하셔도 아무 말 않겠습니다. 하지만 이렇게 가만히 있을 수 있는 까닭이야말로 바로 제가 떳떳하기 때문입니다. 제게 일어난 일은 이 동네 사람들이 다 알고 있습니다. 아무나 붙잡고 물어보세요. 제 말이 거짓이 아님을 확인하실 수 있을 것입니다. 물론 저도 지금까지 살아오면서 솔개가 터번을 채갔다는 말은 들어 본 적도 없습니다. 하지만 실제로 그런 일이 일어난 걸 어쩌겠습니까? 지금까지 한 번도 일어난 적이 없다가 오늘 일어나게 되는 일, 세상에는 그런 일들이 얼마나 많습니까?」

그러자 사드가 제 편을 들어 주며 제게 일어난 일만큼이나 놀라운 다른 솔개 이야기들을 사디에게 들려주었습니다. 그중 어떤 것들은 사디 자신도 알고 있는 이야기들이었죠. 결국 사디는 다시 돈주머니를 꺼냈습니다. 그러고는 금화를 하나하나 세어 모두 이백 냥을 제 손에 쥐여 주고 말했습니다.

「하산! 다시 한 번 자네에게 금화 이백 냥을 주겠네. 이번에는 잃어버리는 불행한 일이 없게끔 어디 안전한 장소에다 잘 보관하도록 하게. 그리고 이번에야말로 잘 사용하여 좋은 일이 있기를 바라네.」

저는 면목 없는 제게 이렇게 또다시 은혜를 베풀어 주셔서 얼마나 고마운지 모르겠다며, 이번에는 그의 유익한 충고를 철저히 지켜 반드시 좋은 결과를 보여 주겠다고 약속했습니다. 그러고서 뭔가 더 말하려 했지만, 그는 산책을 계속하기 위해 이미 친구와 함께 떠나가고 있었습니다.

저는 그날 일을 접고 집에 돌아왔습니다. 아내와 아이들은 집에 없더군요. 저는 지난번처럼 금화 열 냥을 따로 떼어 놓은 후, 나머지 백구십 냥은 천으로 둘둘 말아 끈으로 꽉 묶어 놓았습니다. 문제는 이것을 숨겨 놓을 만한 안전한 장소를 찾는 일이었죠. 한참을 궁리한 끝에 밀기울이 가득 든 토기 항아리에 넣어 두기로 했습니다. 그것은 아내나 아이들의 눈에 띄지 않는 한쪽 구석에 놓여 있어서 돈을 숨기기에는 안성맞춤이었죠. 잠시 후 아내가 돌아왔습니다. 마침 저는 밧줄 만들 삼이 다 떨어진 것을 보고, 그걸 사러 다녀와야겠다고 아내에게 말했습니다. 물론 두 친구에 대한 이야기는 쏙 빼놓았죠. 그러나 제가 바깥에서 물건을 구입하는 동안 집에서는 큰일이 벌어지고 있었습니다.

폐하께서도 아시다시피 우리네 여인들은 목욕탕에서 때를 벗길 때 어떤 종류의 흙을 사용합니다. 그런데 제가 나간 사이에 이 때밀이 흙을 파는 장사치 하나가 우리 동네에 와서 흙 사라고 외치며 다녔습니다. 아내는 집에 흙이 다 떨어진 것을 알고는 그를 불렀습니다. 돈이 없었던 그녀는 돈 대신 밀기울을 줘도 되겠느냐고 물었죠. 흙 장수가 밀기울을 한번 보자고 하자 아내는 항아리를 보여 주었습니다. 거래는 즉석에서 이루어졌습니다. 아내는 흙을 받았고, 흙 장수는 항아리를 들고 떠나 버렸습니다.

저는 삼을 짊어질 수 있는 만큼 잔뜩 짊어지고 집에 돌아왔습니다. 저처럼 집채만 한 삼 더미를 짊어진 다섯 명의 인부까지 데리고 돌아온 저는 집에 지어 놓은 고미다락에다 상품을 쟁여 놓았습니다. 그러고 나서 인부들에게 품삯을 주어 보낸 후 잠시 숨을 돌리려고 주저앉았죠. 그러고는 눈을 들어 밀기울 항아리 쪽을 바라보았는데, 이게 웬일입니까? 거기엔 아무것도 보이지 않았습니다!

폐하! 그 순간 제가 얼마나 놀랐는지, 제가 어떤 심정이었는지, 도저히 말로 표현할 수가 없습니다. 저는 황급히 아내에게 달려가 항아리가 어디로 사라졌느냐고 물었습니다. 그녀는 마치 큰 이익이라도 본 사람처럼 흙 장수와의 거래에 대해 신이 나서 말해 주더군요.

「이런 빌어먹을 여편네 같으니라고!」 저는 버럭 소리를 질렀습니다. 「지금 당신, 나와 당신 자신과 당신 자식들에게 무슨 짓을 한 줄 알아? 우리 모두를 알거지로 만든 거래를 한 거라고! 그래, 당신은 단지 밀기울만 팔았다고 생각했겠지? 하지만 사실은 밀기울에다 금화 백구십 냥까지 얹어 주어 그 망할 놈의 때밀이 흙 장수를 부자로 만들어 준 거라고! 그건 아까 사디 님이 친구와 함께 와서 다시 한 번 선사한 돈이란 말이야!」

자신이 엄청난 실수를 저질렀다는 사실을 알게 된 아내는 완전히 넋을 잃었습니다. 그녀는 통탄하며 자기 가슴을 두드리고 머리털을 쥐어뜯고 입고 있는 옷을 갈기갈기 찢었습니다. 그러고는 이렇게 소리치더군요.

「아이고 박복한 내 팔자야! 그렇게 끔찍한 실수를 저지르고 앞으로 어떻게 살 수 있나! 어디 가서 그 흙 장수를 찾아내나! 그가 누구인지도 모르는데. 그는 이 동네에 처음 온 사람이고, 다시는 안 올지도 모르는데……」 그러고는 저를 향해 말했습니다. 「아, 여보! 당신이야말로 큰 잘못을 한 거예요. 그렇게 중요한 일을 왜 내게 말하지 않았단 말이에요? 당신 비밀을 내게 말했다면 이런 일이 없었을 것 아니에요?」

고통으로 넋이 나간 그녀의 입을 통해 어떤 말들이 쏟아져 나왔는지, 여기서는 다 말씀드리지 않으렵니다. 여자들이 넋두리를 늘어놓을 때 얼마나 청산유수인지는 폐하께서도 잘 아실 테니까요.

「여보!」 저는 그녀를 달래 보려 애썼습니다. 「진정하시오. 당신 울고불고하는 소리에 이웃 사람들이 모두 몰려오겠소. 그들이 우리의 불행을 알아서 좋을 게 뭐가 있겠소? 우리를 동정하거나 위로하려 들기는커녕, 오히려 신이 나서 어수룩한 당신과 나를 비웃을 게 뻔하오. 지금 우리가 취해야 할 최선의 길은 돈을 잃은 사실을 숨기고, 아무 티 나지 않게 조용히 지내면서 다만 하느님의 뜻을 따르는 것이오. 그래도 하느님께서는 당신께서 주신 돈 중 백구십 냥만을 거둬 가시고, 너그럽게도 열 냥은 남겨 주셨으니, 이만도 얼마나 감사한 일이오? 방금 그 돈을 좀 쓰고 오긴 했지만, 그래도 당분간은 살림살이에 숨통이 트이지 않겠소?」

이렇게 사리에 맞는 말로 타일러 보았건만, 아내는 전혀 들으려 하지 않았습니다. 하지만 아무리 큰 아픔도 시간이 지나면 가라앉는 법, 결국 그녀는 진정되었습니다. 저는 다시 말했습니다.

「그렇소! 우리는 부자가 아니오. 하지만 부자들이라고 하여 우리와 다른 점이 뭐가 있겠소? 그들이나 우리나 똑같은 공기를 마시지 않소? 똑같은 태양의 빛과 온기를 누리지 않소? 그들이 우리보다 생활을 편리하게 하는 것들을 몇 가지 더 가지고 있는 건 사실이지만, 그렇다고 죽지 않는 건 아니오. 만일 우리가 모든 일 가운데 하느님을 경외하면서 주어진 행복을 제대로 누리기만 한다면, 부자를 부러워할 것이 뭐가 있겠소?」

폐하를 지루하게 할 수 있는 이런 도덕적인 성찰은 여기서 멈추기로 하겠습니다. 여하튼 저와 아내는 서로의 아픈 마음을 다독여 주었고, 저는 생업을 계속해 나갔습니다. 제 마음은 더없이 평온했습니다. 얼마 되지도 않는 시간 동안 두 번이나 쓰라린 불행을 겪은 사람이리라고는 믿기지 않을 정도였죠.

하지만 종종 마음을 어둡게 하는 것이 하나 있었습니다. 다름이 아니라, 사드가 오면 어떻게 그의 얼굴을 보나 하는 생각이었죠. 금화 이백 냥은 어떻게 썼는지, 또 그의 선물을 기반으로 제 재산이 얼마나 불어났는지 질문해 올 그의 모습과 더불어, 지난번과 마찬가지로 얼굴을 들지 못한 채 쩔쩔매고 있어야 할 저의 모습이 떠오르면 마음은 한없이 무거워만 졌습니다.

지난번에 두 친구는 여섯 달 후에 다시 나타났다고 말씀드렸는데, 이번에는 훨씬 더 오래 걸렸습니다. 사드는 종종 사디에게 제 얘기를 하곤 했지만, 그때마다 사디는 이렇게 말하며 방문을 미루었다고 합니다.

「우리가 나중에 갈수록 하산은 그만큼 더 부자가 되어 있을 게 아닌가? 그러면 우리의 기쁨도 더 커질 것이고.」

하지만 사드의 의견은 달랐습니다.

「이번에는 하산이 자네 선물을 잘 사용하리라고 생각하는군? 하지만 충고하는데, 너무 기대하지 말게나. 그러다 정반대의 일이 일어난 걸 보게 되면 얼마나 충격을 받으려고 그러나?」

「하지만 솔개가 터번을 채가는 일이 매일 일어나는 건 아니지 않나? 한번 당했으니, 하산은 다시는 그런 일이 없도록 각별히 조심할 것일세.」

「물론 그러겠지. 하지만 우리가 전혀 상상하지 못했던 다른 일이 일어날 수도 있네. 다시 한 번 말하는데, 제발 김칫국부터 마시지 말고, 하산의 행복이나 불행을 성급히 예단하지 말게나. 내가 지금 생각하는 것, 아니 항상 생각해 온 것을 솔직히 말해 볼까? 이번에도 자넨 성공하지 못할 것 같아. 그리고 나는, 가난한 사람이 부자가 되는 것은 돈이 아닌 다른 길을 통해서라는 내 주장을 입증할 것이네.」

드디어 어느 날, 사드와 다시 한 번 긴 논쟁을 벌인 끝에 사디가 말했습니다.

「말싸움은 이것으로 충분하네! 오늘 당장 가서 사실을 확인해 보세! 마침 산책 시간이고 하니, 가서 우리 둘 중 누가 이겼는지 한번 보자고!」

그렇게 두 친구는 출발했고, 얼마 후 저는 멀리서 오는 그들의 모습을 발견했습니다. 가슴이 철렁 내려앉더군요. 당장에라도 도망쳐 어디엔가 숨어 버리고 싶었습니다. 하지만 차마 그럴 수는 없는 노릇, 그냥 고개를 푹 숙이고 일에 몰두하는 척했습니다. 그렇게 두 사람을 못 본 척하려 했지만, 그들이 제게 가까이 다가와서 인사까지 건네는 바람에 더 이상 시치미를 뗄 수가 없더군요. 즉시 그들의 옷자락에 입을 맞추었죠. 그러고는 제게 닥친 불행을 소상히 들려주어, 왜 전보다 형편이 조금도 나아지지 못했는지 설명해 주었습니다. 마지막으로는 이렇게 덧붙였죠.

「두 분께서는 책망하시겠지요. 왜 그날 당장 집에서 들려 나갈 밀기울 항아리 속에 금화 백구십 냥을 넣어 두었느냐고요. 하지만 여러 해 동안 그 항아리는 변함없이 그 자리를 지키고 있었단 말입니다. 물론 마누라는 항아리가 찰 때마다 밀기울을 내다 팔았지만, 항아리 자체는 항상 거기에 있었다고요. 그런데 그날 제가 잠시 자리를 비운 딱 그 시간에 때밀이 흙 장수가 지나가고, 또 그때 마침 마누라는 돈이 없어 때밀이 흙과 항아리를 바꾸게 될 것이라 누가 상상이나 했겠습니까? 두 분께서는 말씀하시겠지요. 그럼 왜 마누라에게 미리 말해 두지 않았느냐고요. 하지만 솔직히 말해서, 현명하신 두 분께서 제게 그런 충고를 하셨겠습니까? 또 그러면 왜 다른 곳에다 감출 생각을 안 했느냐고 말씀하시겠죠. 하지만 다른 곳이 그곳보다 안전하다는 보장이 어디 있습니까?」 저는 사디를 향해 말했습니다. 「선생님! 결국 하느님께서는 선생님의 선물로 인하여 제가 부자가 되는 것을 원치 않으셨던 겁니다. 그분이 왜 그러셨느냐고요? 그건 그분만의 깊은 비밀인데 우리가 어찌 알겠습니까? 요컨대 그분은 제가 부자가 아닌 가난한 사람으로 남아 있기를 바라시는 거죠. 하지만 선생님! 하느님께서 저를 부자로 만들어 주시지는 않았지만, 저는 여전히 선생님께 감사하고 있답니다.」

제가 말을 마치자, 사디는 이렇게 말했습니다.

「그래, 하산! 자네의 모든 주장이 사실이며, 자네의 낭비나 방탕함을 숨기기 위해 하는 말이 아니라고 믿으려 노력해 보겠네. 하지만 나 자신마저 파산시킬 수 있는 이 위험한 실험을 더 이상은 계속하지 않으려네. 난 자네를 가난에서 벗어나게 하기 위해 금화 사백 냥을 준 것에 대해서는 조금도 후회하지 않네. 그것은 다만 하느님 앞에서 한 행동이며, 자네가 잘되는 모습을 보는 것 외에 다른 보상을 바란 것이 아니니까. 후회가 있다면, 그 돈을 자네가 아닌 다른 사람에게 주지 못했던 일이지. 어쩌면 자네보다 좋은 결과를 얻었을지도 모르는데 말이야.」 그리고 이번에는 그의 친구를 돌아보면서 말을 이었습니다. 「사드! 지금 내 말을 들으면서 짐작했겠지만, 난 아직 완전히 패배를 인정하지 않았어. 그러니 자네도 오래전부터 자네가 주장해 온 바를 실험해 볼 수 있네. 자, 바로 이 하산을 실험 대상으로 하여, 돈 말고 다른 방법으로 가난한 사람을 부자로 만들 수 있는지 보여 달란 말일세. 하지만 난 그 결과에 대해서 지극히 회의적이네. 금화 사백 냥을 가지고도 조금도 변하지 못한 사람이, 무엇을 가졌다 한들 차이가 있겠는가?」

이에 사드는 손에 든 납 한 조각을 사디에게 보여 주며 말했습니다.

「자, 자네도 알겠지만 이건 내가 조금 전에 땅바닥에서 주운 납 조각인데, 이걸 하산에게 줘보겠네. 얼마 후 자네는 이것이 어떤 가치를 지니고 있는지 알게 될 걸세.」

사디는 웃음을 터뜨리며 사드를 비웃었습니다.

「납 한 조각이라! 하하, 여보게! 하산이 그 하찮은 납 조각으로 대체 뭘 하겠나?」

하지만 사드는 납 조각을 제게 주면서 말했습니다.

「사디가 웃건 말건 상관하지 말고 이걸 받게나. 언젠가 이 작은 납 조각이 자네에게 행운을 가져다주었다고 우리에게 말할 날이 있을 테니까.」

처음엔 저도 사드가 농담을 하는 줄 알았습니다. 그래도 주는 것이니 고맙게 받아 대충 저고리 주머니에 넣어 두었죠. 두 친구는 저를 떠나 산책을 계속했고 저 역시 제 일을 계속했습니다.

그날 저녁, 저는 잠자리에 들기 위해 옷을 벗고 허리띠를 풀었습니다. 순간 사드에게 받아 저고리에 넣어 두고는 잊어버린 납 조각이 굴러떨어지더군요. 저는 주워서 침상 옆 아무 데나 대충 올려놓았습니다.

그런데 그날 밤, 이웃에 사는 어부 하나가 그물을 수선하다가 납으로 된 추가 하나 빠져 있는 것을 발견했습니다. 대체할 다른 것이 없었고 또 밤이 너무 깊어 가게들이 모두 닫혀 있었으므로 어디 가서 사올 수도 없었습니다. 하지만 그와 그의 식구들이 내일 당장 살아가기 위해서는 해 뜨기 두 시간 전에 고기를 잡으러 집을 나서야 할 형편이었죠. 그는 자기 마누라에게 푸념을 늘어놓은 후, 혹시 이웃집에 납 조각이 있을지도 모르니 가서 물어보라고 부탁했습니다.

여인은 남편의 말에 따랐습니다. 그래서 동네 이 집 저 집의 문을 두드리고 다녔지만 납은 찾을 수 없었죠. 그녀가 돌아와 결과를 보고하니, 어부는 동네 주민들의 이름을 하나하나 열거하며 이들 집에는 가보았느냐고 물었습니다.

「그럼 하산 알하발의 집에는? 그 집엔 분명히 안 가봤을 거야.」

「맞아요. 조금 멀어서 거기까지는 가지 않았죠. 하지만 갔다 한들 구할 수 있었을 것 같나요? 그 사람 집에는 필요한 게 아무것도 없을 때 가는 게 나아요. 난 경험을 통해 잘 알고 있죠.」

「이런 게으른 사람 같으니! 후딱 다녀오시오! 지금까지 백 번을 가서 원하는 것을 못 찾았다 해도, 오늘 가서 납 조각을 찾을 수 있는 일이오. 자, 어서 가라니까!」

어부의 아내는 투덜거리며 집을 나와 우리 집까지 걸어와 문을 두드렸습니다. 조금 전부터 잠들어 있던 저는 잠에서 깨어 누구냐고 물어보았죠.

「하산 알하발 님!」 여인이 목소리를 높여 말했습니다. 「우리 남편이 그물을 수선하고 있는데 납 조각이 하나 필요하대요. 혹시 가지고 계시면 하나 달라고요.」

사드가 제게 납 조각을 준 게 바로 그날 오후 일이었고, 더욱이 방금 전에 옷을 벗으면서 떨어뜨리기까지 했던지라 잊고 있을 리가 없었습니다. 저는 한 개 가지고 있으니 잠시만 기다리라고 말한 다음, 아내를 시켜 가져다주게 했습니다. 역시 소리를 듣고 깨어 있던 아내는 저의 지시에 따라 어둠 속을 더듬어 납 조각을 찾은 후, 문을 열고 이웃집 여인에게 건네주었죠. 여인은 헛걸음을 하지 않게 된 것에 기뻐하며 아내에게 말했습니다.

「아주머니! 당신이 저와 제 남편을 기쁘게 해주었으니, 한 가지 약속을 할게요. 원래 남편은 첫 번째 그물질로 잡는 물고기는 팔지 않고 제게 준답니다. 제가 그것을 아주머니에게 드리겠어요.」

여인이 집에 돌아가 기대하지 않았던 납 조각을 보여 주자 어부 역시 몹시 기뻐하면서, 아내가 우리에게 한 약속을 인정해 주었습니다.

「잘했소! 나라도 그리했을 테니까.」

그는 그물 수선을 마쳤고, 평소의 습관대로 해 뜨기 두 시간 전에 고기를 잡으러 집을 나섰습니다. 첫 번째 던진 그물에는 한 마리밖에 걸려 있지 않았습니다. 하지만 길이가 한 자 반이나 되고 굵기도 통통하니 실한 놈이었지요. 그다음에는 흐뭇하게도 그물을 던질 때마다 고기들이 가득가득 잡혀

올라왔습니다. 하지만 그 어느 것도 첫 번째 것만은 못했죠.

이렇게 고기를 잔뜩 잡아 집에 돌아온 어부가 가장 먼저 떠올린 일은 저를 찾아오는 것이었습니다. 일하고 있던 저는 그가 큼직한 물고기 한 마리를 들고 오는 모습을 보고 깜짝 놀랐죠. 그는 이렇게 말하더군요.

「이웃집 양반! 우리 마누라가 납 조각을 준 데 대한 감사의 뜻으로 처음 그물질해서 잡는 고기를 드리겠다고 약속했다죠? 나도 좋다고 했었죠. 오늘 하느님께서 당신에게 주라고 이놈을 보내 주셨으니 자, 받으십시오. 만일 그물에 고기가 그득 걸려 나왔어도 다 드렸을 겁니다. 자, 한 마리뿐이어도 이놈은 씨알이 굵으니 기쁘게 받아 주세요.」

「이웃 양반!」 제가 대꾸했죠. 「그 납 조각은 정말 하찮은 것인데, 이처럼 값비싼 선물을 하시니 이거 몸 둘 바를 모르겠습니다. 원래 이웃 간에 서로 돕고 사는 것 아닙니까? 같은 상황이었으면 어부 양반도 나처럼 하셨을 것 아닙니까? 하지만 이렇게 진심으로 주시는 것이니 거절하지 않고 받겠습니다. 받지 않으면 섭섭해하실 테니까요. 자, 원하시니 받겠고, 정말로 감사드립니다.」

저는 이렇게 정중히 인사한 후, 물고기를 집으로 가져갔습니다. 그리고 그것을 아내에게 주면서 말했죠.

「자, 받으시오. 어젯밤 우리에게서 납 조각을 얻어 간 이웃 어부가 사례로 가져온 것이라오. 어제 사드 님은 그 납 조각을 주면서 이것이 행운을 가져다줄 것이라고 말씀하셨는데, 이게 바로 그 행운이었던 모양이구려.」 그제야 저는 아내에게 그 두 친구가 저를 찾아온 일이며, 저와 그들 사이에 오간 얘기를 들려주었습니다.

아내는 그렇게 커다란 생선을 대체 어찌해야 할지 몰라 몹시 난감해했습니다.

「아니, 이 생선을 어쩐대요? 너무 커서 우리 석쇠에 굽는 건 어림도 없겠어요. 삶아서 요리를 하려 해도 맞는 단지가 없고…….」

「그건 당신 소관이니 굽든지 삶든지 알아서 하시구려!」 이렇게 말한 다음 저는 일터로 돌아왔습니다.

그런데 아내는 생선을 다듬다가 내장 안에서 큼직한 다이아몬드 하나를 발견하게 되었습니다. 물론 그녀는 사람들이 다이아몬드에 대해 말하는 것을 들어 본 적이 있었습니다. 심지어 보고 만져 보기도 했죠. 하지만 그것에 대한 충분한 지식이 없었던지라 무엇이 다이아몬드이며 무엇이 유리인지 제대로 구별하지는 못했습니다. 그래서 그녀는 생선에서 나온 것을 그냥 유리라 여기고 물로 씻어서 옆에서 놀고 있던 막둥이에게 주어 버렸던 것입니다. 막둥이가 그것을 장난감 삼아 가지고 놀자, 형들과 누이들이 몰려들어 차례로 돌려 보면서 그 아름다운 형태와 황홀한 광채를 홀린 듯이 살펴보았습니다.

저녁이 되어 등불을 켠 후에도 아이들은 낮에 하던 놀이를 계속했습니다. 즉 차례로 다이아몬드를 손에 들고 요모조모 살펴보며 신기해한 것이죠. 마침 아내는 야찬을 준비하느라 이리저리 움직이면서 때때로 등불을 가려 방안을 어둡게 만들었는데, 아이들은 그때마다 다이아몬드가 환한 빛을 발한다는 사실을 발견하게 되었습니다. 더욱 신기해진 아이들은 이제는 서로 다이아몬드를 빼앗아 가며 실험을 해보겠다고 법석을 떨었죠. 그러다가 나이 어린 녀석들은 큰 애들이 자기네끼리만 가지고 논다며 울어 대기 시작했고, 이에 큰 애들은 꼬맹이들을 달래기 위해 다이아몬드를 돌려줘야 했습니다.

사실 저와 아내는 처음에는 녀석들이 소동을 벌여도 크게 신경 쓰지 않았습니다. 아이들이란 아무것도 아닌 것을 가지고 즐거워하기도 하고 다투기도 하는 법이거든요. 큰 녀석들이 우리를 따라 식탁에 자리를 잡고, 아내가 음식을 덜어 주니까 꼬맹이들도 곧 조용해지더군요.

그런데 야찬이 끝난 후, 아이들은 다시 둘러앉더니 아까처럼 소동을 벌이기 시작했습니다. 그제야 저는 그들이 다투는 이유가 궁금해졌습니다. 그래서 맏이를 불러 왜 그렇게 시끄럽게 난리를 치느냐고 물었죠.

「아버지! 글쎄 엄마가 준 유리 조각이 말이에요, 우리가 램프를 등지고 어둠 속에 놓고 보아도 환하게 빛나는 거예요!」

저는 그것을 가져오게 하여 직접 실험해 보았습니다. 그리고 신기한 현상을 확인한 저는 아내에게 이 유리 조각이 웬 것인지 물었죠. 이에 그녀가 대답했습니다.

「나도 몰라요. 생선을 다듬다가 배 속에서 발견했을 뿐인걸요.」

다이아몬드에 대해 잘 몰랐던 저도 그것이 한갓 유리 조각인 줄만 알았습니다. 그래도 실험을 더 해보고 싶었죠. 아내에게 등불을 가려 보라고 했습니다. 그렇게 방안이 컴컴해지자 그 유리 조각이 환한 빛을 발하는데, 얼마나 밝던지 등불이 없어도 지낼 수 있을 정도였습니다. 저는 등불을 끈 뒤, 방 안을 비출 수 있도록 그것을 벽난로 위에 올려놓았습니다.

「자, 사디 님의 친구가 주신 납덩이가 우리에게 가져다준 두 번째 혜택인 셈이군. 이제 등유를 살 필요가 없게 되었으니 말이야.」

아이들은 제가 등불을 끄고 대신 유리 조각으로 방을 밝히는 것을 보고 감탄의 환성을 질러 댔는데, 그 소리가 얼마나 컸던지 동네 전체가 울릴 정도였습니다. 저와 아내는 아이들에게 조용히 하라고 호통을 쳤지만, 그 때문에 집 안의 소음은 한층 더 커졌습니다. 결국 아이들은 자리에 누워 유리 조각이 발하는 신기한 광채에 대해 자기네끼리 한동안 떠들어 대다가 잠이 들었고, 그제야 우리 내외도 겨우 잠을 청할 수 있었죠.

다음 날 아침, 저는 유리 조각에 대해서는 더 이상 생각하지도 않고 평소처럼 일터에 나갔습니다. 폐하께서는 이런 저의 행동을 이상하게 여기실지도 모르겠지만, 살아오면서 다이아몬드보다 유리 조각에 익숙해져 있는 사람에게는 충분히 일어날 수 있는 일이랍니다. 물론 다이아몬드를 본 적은 있었지만, 저하고는 상관없는 물건이라 여겨 아예 눈여겨볼 생각조차 안 해왔던 것입니다.

그런데 폐하! 제 집과 이웃집은 아주 얇은 벽돌 벽을 사이에 두고 서로 맞붙어 있었습니다. 그 집 주인은 아주 부유한 유대인 보석상이었는데, 그와 그의 아내가 사용하는 침실이 바로 벽 너머에 있었죠. 그래서 아내가 다이아몬드를 발견했던 날, 두 유대인 부부는 자고 있다가 우리 아이들이 떠드는 소리에 잠에서 깨어나 밤이 늦도록 다시 잠들지 못했던 것입니다. 다음 날, 유대인의 아내는 전날 밤 일을 불평하려고 우리 집을 찾아왔습니다. 이에 아내가 말했습니다.

「라셀 — 이는 유대인 아내의 이름이었습니다 — 아주머니! 어젯밤 일은 정말로 유감이고, 진심으로 사과드려요. 하지만 아주머니도 아시잖아요? 아무것도 아닌 걸 가지고 웃어 대고, 또 하찮은 일로 울어 대는 게 애들이잖아요? 자, 들어오세요. 어제 대체 왜 그렇게 소란을 피웠는지 이유를 설명해 드릴게요.」

아내는 그 여인을 집에 들이고 벽난로 위에 둔 다이아몬드를 보여 주며 말했습니다.

「보세요! 바로 이 유리 조각이 어젯밤 애들로 하여금 그 소동을 벌이게 했답니다.」

보석이라면 남편 못지않게 많이 알고 있던 유대 여인이 다이아몬드를 경탄 어린 눈으로 살펴보는 동안, 아내는 어떻게 그것을 생선 배 속에서 발견했으며 무슨 일이 있었는지 소상히 들려주었습니다. 유대 여인은 다이아몬드를 살펴보고 난 후, 아내에게 돌려주면서 말했습니다.

「그래, 아주머니 말대로 유리 조각인 것 같군요. 하지만 보통 유리보다는 예쁜 게 사실이에요. 꼭 이렇게 생긴 유리 조각이 내게도 하나 있어 가끔 그걸로 치장을 하기도 하는데, 두 개가 있으면 멋진 짝을 이루겠는걸요! 아주머니가 원하시면 내가 살 용의도 있어요.」

이 말을 들은 아이들은 대화에 끼어들어 소리를 지르며 제발 팔지 말라고 아내에게 간청했습니다. 아내는 아이들을 진정시키기 위해 그들 말대로 해야 했죠. 유대 여인은 보석을 손에 넣지 못한 채 나와야만 했습니다. 하지만 아내가 그녀를 문 앞까지 배웅해 주자 낮은 목소리로 신신당부했습니다. 만일 그 유리 조각을 팔 마음이 생기면 절대로 다른 사람에게는 보여 주지 말라고요.

그녀의 남편 유대인은 아침 일찍 보석상들의 거리에 있는 그의 가게에 나와 있었습니다. 유대 여인은 그를 찾아가 방금 자신이 엄청난 다이아몬드를 하나 발견했음을 알려 주었습니다. 우선 그것의 대략적인 무게와 크기, 형태와 투명도와 광채에 대해 묘사하고, 특히 아직 가공되지 않은 원석임에도 불구하고 밤중에도 환하게 빛을 발하는 기이한 특성이 있다고 설명했죠. 유대인은 즉시 그녀를 제 아내에게 다시 보내면서, 무슨 일이 있어도 그 보석을 꼭 사오되 처음에는 적당히 낮은 가격을 부르다가 우리 쪽에서 난색을 표하면 눈치를 보아 점점 더 올려 주라고 일렀습니다.

남편의 지시에 따라 우리 집으로 돌아온 유대 여인은 아내에게 보석을 팔 의향이 있는지조차 알아보려 하지 않고, 다짜고짜 금화 스무 냥이면 어떻겠느냐고 물었습니다. 아내는 하찮은 유리 조각 값으로 거액을 준다니 크게 놀랐지만, 우선은 좋다 싫다 즉답을 피했습니다. 다만 남편에게 물어보지 않고 혼자서 결정할 수는 없다고 대답했죠.

이렇게 두 여인이 대문 앞에서 얘기를 나누고 있을 때, 마침 제가 점심을 먹으러 집에 돌아왔습니다. 아내는 저를 멈춰 세우며, 유대 여인이 유리 조각을 금화 스무 냥에 사고자 하는데 어떻게 생각하느냐며 의견을 물었습니다.

저는 즉시 대답하지 않았습니다. 그 순간, 사드가 납 조각을 주면서 이것이 행운을 가져다줄 것이라고 약속했던 사실이 머리를 스쳤던 것입니다. 제가 잠시 꾸물거리고 있자, 유대 여인은 자신이 제의한 금액이 너무 적어서 그러는 것이라 생각하고는 말했습니다.

「이웃집 양반! 그럼 쉰 냥을 주겠어요. 그럼 만족하겠어요?」

금화 스무 냥이 단번에 쉰 냥으로 껑충 뛰어오르자 저는 이상한 낌새를 눈치채고 계속 버텼습니다. 쉰 냥도 내가 생각하고 있는 가격에 비하면 턱없이 부족하다고 말해 주었지요. 그랬더니 그녀는 다시 말하더군요.

「이웃집 양반! 그럼 백 냥을 주겠어요. 그만하면 상당히 큰 돈이죠. 사실 우리 남편이 동의할지조차 모르겠지만요.」

이렇게 그녀가 다시 한 번 값을 올리자, 저는 내가 원하는 가격은 금화 십만 냥이라고 못 박았습니다. 이어 사실 이것에는 그 이상의 가치가 있지만 이웃 사이니까 그 정도 가격으로 만족하는 것이며, 만일 그녀가 이 가격을 받아들일 수 없다면 다른 보석상을 찾아보는 수밖에 없다고 덧붙였죠. 그러자 유대 여인은 금화 오만 냥을 줄 테니 제발 팔아 달라고 여러 차례 부탁하는 것이었습니다. 하지만 계약을 매듭지으려고 서두르는 품새는 저로 하여금 더욱 짙은 의심을 품게 했죠. 결국 저는 그녀의 제의를 단호히 거절했습니다. 그녀는 이렇게 말하더군요.

「이 이상의 가격은 남편의 동의가 있어야 해요. 이따 저녁 때 그이를 데리고 오겠어요. 꼭 부탁드리는데, 그때까지는 누구에게도 팔지 말아 주세요.」

그날 저녁, 집에 돌아온 유대인은 그의 아내로부터 우리 부부와의 거래에 아무런 진전을 보지 못했으며, 대신 오늘 저녁 그 자신이 방문할 때까지 기다려 주기로 했다는 소식을 전해 들었습니다. 유대인은 제가 퇴근하여 대문을 열고 집에 들어가려는 시간에 딱 맞춰 찾아왔습니다.

「여보게, 하산! 자네 부인이 내 아내에게 보여 주었다는 그 물건을 한번 볼 수 있겠나?」

저는 그를 집에 들어오게 하여 보석을 보여 주었습니다. 그때는 이미 해가 저문 시간이었고 아직 등도 켜지 않았으므로 방 안은 꽤 어두웠습니다. 유대인은 이 어둠 속에서도 다이아몬드가 광채를 발할 뿐 아니라 그것을 받쳐 든 제 손까지 환하게 밝히고 있는 광경을 보고는, 자기 마누라의 말이 틀리지 않았음을 확인할 수 있었습니다. 그는 제게서 다이아몬드를 받아 들고는 감탄에 감탄을 거듭하면서 한참을 살펴보더니만 제게 말했습니다.

「여보게, 하산! 내 아내 말로는 자네에게 금화 오만 냥을 제의했다고? 그래, 자네 기분도 있고 하니까, 내 이만 냥 더 쳐줌세.」

「내가 십만 냥 불렀다는 말을 자네 부인에게서 이미 들었을 텐데? 십만 냥 내고 가져가든지, 아니면 거기 놓고 가든지 하게. 중간은 없네.」

그는 한 푼이라도 더 깎아 보려고 애를 썼습니다만, 저는 끄떡도 안 했습니다. 결국 제가 다른 보석상을 찾아가면 낭패다 싶었던지, 제가 요구하는 가격에 계약을 체결하더군요. 그는 지금 자기에게도 십만 냥이라는 거금은 없으니, 다음 날 같은 시각까지 꼭 그 돈을 지불하겠노라고 약속한 후 돌아갔습니다. 그리고 잠시 후에는 계약 체결을 확인하는 선금이라며, 각기 금화 천 냥씩 든 자루를 두 개 들고 돌아왔지요.

다음 날, 그는 약속한 시간에 금화 십만 냥을 가지고 왔습니다. 친구들에게 그 거액을 빌린 것인지, 아니면 다른 보석상들과 공동 구매하는 것인지 알 수 없었지만, 저로서는 상관할 바가 아니었습니다. 대금을 받아 든 후 다이아몬드를 그의 손에 쥐여 주었죠.

이렇게 다이아몬드를 팔아 상상을 초월하는 엄청난 돈을 벌게 된 저는 우선 이 모든 은혜를 베풀어 주신 하느님께 감사했습니다. 또 어디 사는지만 안다면 당장에라도 사드에게 달려가 감사하고 싶더군요. 사디에 대해서도 마찬가지의 심정이었습니다. 비록 그가 내 행운의 직접적인 원인은 되지 못했지만, 어쨌든 제 은인 중 한 사람임에는 분명하니까요.

그다음에 저는 어떻게 하면 이 막대한 돈을 올바르게 사용할 수 있을까 생각해 보았습니다. 하지만 그 착하던 아내도 결국은 여자였나 봅니다. 그녀는 허영심 많은 여느 여자와 다름없이, 당장에 자신과 아이들이 입을 화려한 옷들이며 호화로운 가구들로 꾸며진 집을 사자고 제의했습니다. 저는 이렇게 대답했죠.

「여보! 돈 좀 생겼다고 하여 그런 종류의 지출부터 하는 것은 옳지 않소. 자, 당신은 내가 시키는 대로만 하시오. 당신이 원하는 그런 것들은 시간이 지나면 자연히 따라올 테니 말이오. 물론 돈이란 쓰기 위해 존재하는 것이긴 하지만, 우선은 돈이 끊임없이 흘러나올 수 있도록 그 원천을 마련해 놓아야 하는 법이오. 난 당장 내일부터 그 원천을 만들 생각이오.」

다음 날 저는 저처럼 밧줄 만드는 일을 하는, 그리고 그때까지 저처럼 근근이 살아온 사람들을 찾아 하루 종일 바그다드 시내를 돌아다녔습니다. 그들을 만난 저는 선금을 내밀면서 제의했죠. 각자의 능력과 기술에 따라 각종 밧줄을 만들어 제게 납품해 달라고요. 물건만 가져오면 언제든지 사줄 것이며, 그때마다 셈은 정확히 해주겠다고 약속했습니다. 물론 그들은 흔쾌히 동의했습니다. 다음 날도 저는 비슷한 수의 밧줄장이들을 고용할 수 있었지요. 그때부터, 바그다드의 모든 밧줄장이들은 항상 정확하게 약속을 지켜 주는 저를 위해 즐겁게 일해 오고 있답니다.

그 많은 수의 밧줄장이들이 생산해 내는 밧줄의 양은 엄청났으므로, 저는 여러 장소에 점포를 임대했습니다. 그리고 점포마다 점원을 한 명씩 배치하여 물건을 입하하고 도매나 소매로 판매하도록 시켰죠. 이런 식으로 경영하다 보니 이내 큰 이윤과 수익을 얻을 수 있었습니다.

그다음엔 여러 곳에 흩어져 있는 점포들을 한 장소로 통합할 필요가 있었으므로, 금방이라도 허물어질 듯 낡긴 했지만 규모는 아주 큰 가옥 한 채를 구입했습니다. 그 집을 싹 밀어 버리고 그 위에 폐하께서 어제 보셨던 집을 지은 것입니다. 겉으로는 화려해 보일지 모릅니다만 사실 그 집을 이루고 있는 것은 제게 필요한 창고들이 대부분이고, 저와 가족들의 생활에 필요한 주거 공간은 얼마 되지 않습니다.

그렇게 제가 전에 살던 좁은 집에서 이 새 집으로 옮겨 와 살게 되고 나서 얼마 후, 오랫동안 저를 까맣게 잊고 있었던 사디와 사드는 다시 저를 떠올리게 되었습니다. 그들은 같이 산책할 날을 정했지요. 그리고 과거 제가 일하던 거리를 지나가다, 보잘것없는 일감을 펼쳐 놓고 일하던 제 모습이 보이지 않자 깜짝 놀랐습니다. 그들은 즉시 사람들에게 물어보았죠. 제가 어떻게 되었는지, 살았는지 죽었는지 말입니다. 대답을 듣고 그들은 더욱 크게 놀라지 않을 수 없었습니다. 그동안 제가 거상(巨商)이 되었고, 이름은 더 이상 하산이 아니라 〈밧줄 상인 하산〉이라는 뜻의 〈코지아 하산 알하발〉이라 불리고 있으며, 모 거리에 대궐 같은 저택을 지어 놓고 산다는 말을 들었던 것입니다.

두 친구는 곧장 그 거리를 향해 출발했습니다. 그렇게 우리 집을 찾아오면서, 사드가 준 납 조각이 제 큰 행운의 원인이 되었으리라고는 상상조차 못하던 사디는 이렇게 말했습니다.

「나로 인해 하산이 그 큰 재산을 얻게 되었다니 몹시 기쁘군! 하지만 내게서 금화 사백 냥을 빼내기 위해 두 번이나 거짓말을 한 행위는 용납할 수 없네. 내가 이런 말을 하는 건, 자네가 준 납 조각으로 부자가 됐으리라고는 도저히 생각할 수 없기 때문이지. 아니, 나 아닌 그 어떤 사람도 믿으려 들지 않을 거야.」

이에 사드가 대꾸했습니다.

「그건 단지 자네 생각일 뿐이네. 왜 코지아 하산을 거짓말쟁이로 몰려고 하는가? 난 그가 우리에게 진실을 말했다고 생각하네. 그는 우리에게 아무것도 감추지 않았으며, 그에게 행운을 가져다준 것은 내가 준 납 조각이라고 말이야. 잠시 후면 그의 입을 통해 직접 들을 수 있을 걸세.」

두 친구는 이런 말들을 나누며 제가 사는 동네에 당도했습니다. 그리고 사람들에게 물어물어 저의 집 앞에 서게 된 그들은 자신들의 눈을 믿을 수가 없었습니다. 밧줄장이 하산의 집이라고는 도저히 믿기지 않는 웅장한 저택이 떡하니 서 있었던 것입니다. 그들이 문을 두드리자 문지기가 문을 열어 주었습니다.

사디는 혹시 엉뚱한 귀족의 저택 문을 두드려서 실례를 범하고 있는 게 아닌가 걱정이 되어 문지기에게 물었습니다.

「사람들이 여기가 코지아 하산 알하발의 집이라고 하기에 찾아왔소. 혹시 우리가 실수를 한 것은 아닌지?」

그러자 문지기는 대문을 열어 주며 대답했습니다.

「천만에요, 선생님! 제대로 찾아오셨습니다. 들어오십시오! 그분은 지금 홀에 계신답니다. 종들 가운데 누군가에게 말하면 두 분이 오신 걸 알려 드릴 겁니다.」

종으로부터 웬 낯선 사람 둘이 찾아왔다는 말을 듣는 순간 저는 그들이 누구인지 짐작할 수 있었습니다. 그리고 그들의 모습이 보이자마자 일어나 달려가서 그들의 옷자락에 입을 맞추려 했죠. 하지만 두 사람은 그런 저를 만류하면서, 오히려 황송하게도 저를 껴안아 주는 것이었습니다. 홀에는 정원 쪽으로 돌출한 정자식의 작은 방이 하나 붙어 있었는데, 저는 그곳으로 두 사람을 인도하여 좌단에 자리를 권했습니다. 그들이 제게 상석을 권하기에 제가 말했습니다.

「두 분 선생님! 저는 제가 가난한 하산 알하발이었다는 사실을 잊지 않고 있습니다. 설혹 제가 다른 사람이라 한들, 혹은 두 분에게 아무런 은혜도 입지 않은 사람이라 한들, 이럴 수는 없는 노릇입니다. 그러니 저를 당황스럽게 하는 행동은 그만하십시오.」

이에 그들은 상석에 앉았고, 저도 그들을 마주하고 자리에 앉았습니다. 먼저 사디가 제게 말했습니다.

「코지아 하산! 이렇게 성공한 모습을 보니 얼마나 기쁜지 모르겠네. 내가 두 번씩이나 금화 이백 냥을 선뜻 내주었던 것도 다 이를 위함이었네. 과연 바람대로 내 돈 사백 냥이 자네에게 이 놀라운 변화를 가져다준 것 같구먼. 그런데 아직까지도 내 마음에 걸리는 부분이 하나 있다네. 그것은 왜 두 차례나 내게 진실을 숨겨야 했는지 이해할 수 없다는 것일세. 당시에도 믿기지 않았고 지금도 믿기지 않는, 그 말도 안 되는 이유를 대가면서 말이야. 사업이 생각보다 빨리 발전하지 않아 부끄러웠던 것인가? 나로서는 그렇게 믿고 싶을 뿐이네. 자, 내 생각이 맞나?」

이런 사디의 말을 들으며 사드는 시종 눈을 내리깐 채 머리를 설레설레 흔들었습니다. 여전히 저를 거짓말쟁이로 모는 그의 태도에, 화가 난다고까지는 할 수 없지만 몹시 답답했던 것입니다. 그는 사디의 말이 끝나자 입을 열었습니다.

「사디! 코지아가 대답하기도 전에 내가 먼저 말해서 미안하네. 하지만 자네 말을 듣고 있자니 도저히 참을 수 없어서 이렇게 끼어드네. 어떻게 그의 진심을 무시하고 그런 선입견을 가질 수 있는가? 그가 분명한 사실이라고 밝힌 것을 어떻게 그렇게 고집스럽게 아니라고 부인할 수 있는가? 자네의 편견과 고집이 정말 감탄스러울 따름이네. 자네에게 이미 말한 바 있지만, 오늘 다시 한 번 말하겠네. 난 예전에 그에게 일어난 사건들을 있는 그대로 믿었네. 또 자네가 무슨 말을 하더라도 그 사건들은 진실이었다고 확신하고 있네. 이제 그의 말을 한번 들어 보지. 설명을 들으면 우리 둘 중 누가 옳았는지 알게 될 거야.」

이에 제가 비로소 입을 열었습니다.

「두 분 선생님! 사실 전 그냥 입을 다물고 있고 싶습니다만, 잘못하다가는 저 때문에 두 분의 소중한 우정이 깨질 것 같으니 자세히 설명드리도록 하겠습니다. 그동안 제게 무슨 일이 일어났었는지, 항상 그랬듯 이번에도 숨김없이 알려 드리지요.」

그리고 나서 전 그들에게 폐하께 이미 말씀드린 내용을 한 가지 사실도 빼놓지 않고 소상히 들려주었습니다.

하지만 저의 이런 상세한 설명을 듣고도 사디의 굳은 마음은 조금도 바뀌지 않았습니다. 제가 이야기를 마치자 그는 이렇게 말하더군요.

「코지아 하산! 물고기를 얻고, 또 그 배 속에서 다이아몬드를 발견했다는 이 모든 이야기는 솔개가 터번을 채갔다는 이야기나 밀기울 항아리를 때밀이 흙과 교환했다는 이야기처럼 황당무계하기 짝이 없네. 하지만 어쨌거나 자네가 부자가 된 것만은 부인할 수 없는 사실이니, 그렇게 되기를 바랐던 나는 그저 기쁠 뿐이네.」

날이 벌써 저물었으므로 사디는 일어나 제게 작별을 고하려 했고, 사드 역시 마찬가지였습니다. 하지만 저는 따라 일어나면서 그들을 만류했습니다.

「두 분 선생님! 한 가지 청이 있으니 제발 거절하지 말아 주세요! 오늘 저녁 두 분께 소박하나마 야찬을 대접해 드리고 싶습니다. 그리고 침대도 하나씩 내드릴 테니 그냥 여기서 주무시고, 내일은 제가 가끔 시간을 보내기 위해 사둔 시골 별장에서 함께 놀다 오면 어떻겠습니까? 갈 때는 배를 타고 가고, 올 때는 제 마사에 있는 말을 타고 오면 재미있지 않겠습니까?」

「뭐, 사드가 다른 일이 없다면 나는 괜찮네만.」

「그대들과 즐거운 시간을 가진다는데 난들 다른 일이 있겠나? 자, 자네 집과 우리 집에 사람을 보내어 오늘 저녁엔 못 들어간다고 알리세.」

두 사람이 제 종에게 각기 집에 전할 내용을 알려 주는 동안, 저는 밖으로 나와 야찬을 준비하라고 분부했습니다.

야찬 시간이 되기를 기다리면서 저는 두 사람에게 집을 구경시켜 주었습니다. 그들은 모든 것이 저의 재산과 명예에 걸맞게 훌륭하게 꾸며져 있다고 칭찬해 주었죠. 저는 두 사람을 조금도 구별하지 않고 모두 〈나의 은인〉이라고 불렀습니다. 사디가 아니었으면 사드는 납 조각을 주지 않았을 것이요, 또 사드가 아니었으면 사디도 내 행운의 출발점인 금화 사백 냥을 주지 않았을 테니까요. 이렇게 함께 집을 둘러본 후 저는 다시 두 사람을 홀로 데려왔습니다. 거기서 그들은 제가 어떻게 사업을 하고 있는지 여러 가지를 자세히 질문했고, 제 대답을 듣고는 참 잘하고 있다며 좋아하더군요.

마침내 하인이 와서 야찬이 준비되었음을 알렸습니다. 상은 다른 홀에 차려져 있었으므로 저는 두 사람을 거기로 인도했습니다. 홀에 들어선 두 사람은 일제히 탄성을 발했습니다. 호사스러운 실내는 대낮처럼 밝혀져 있었고, 식탁 위에는 보기만 해도 군침이 도는 진미가효가 상다리가 부러지게 차려져 있었습니다. 저는 식사 중에 옆에서 은은한 음악을 연주하게 했으며, 후식 시간에는 남녀 춤꾼의 공연 등 갖가지 오락으로 흥을 돋우었습니다. 이 모든 것은 제가 두 사람에게 얼마나 고마워하고 있는지를 보여 주기 위함이었죠.

다음 날, 우리는 해가 뜨기도 전에 집을 나와 강가로 향했습니다. 서늘한 공기를 즐기기 위해 아침 일찍 떠나자고, 전날 사드와 사디의 동의를 얻어 놓았던 것입니다. 우리는 강가에 준비된, 바닥에 양탄자까지 깔려 있는 멋진 배에 승선했습니다. 여섯 명의 능숙한 노잡이가 물결이 흐르는 방향으로 힘차게 노를 젓기를 약 한 시간 반, 배는 마침내 전원 별장 앞의 강변에 닿았습니다.

배에서 내린 두 사람은 잠시 멈춰 서서 별장이며 주위의 경관을 둘러보며 감탄을 금치 못했습니다. 별장 건물 자체도 훌륭하지만, 어느 쪽으로 눈을 돌려도 지나치게 막혀 있지도, 지나치게 터져 있지도 않은 아름다운 경치들이 보이는 기막힌 명당이라는 것이었습니다. 저는 두 사람을 인도하여 별장의 방들을 하나하나 구경시켜 주었고, 또 이곳을 더욱 즐겁고 유쾌한 공간으로 만드는 각종 부속 건물이며 편의 시설도 보여 주었습니다.

그다음에 우리는 정원으로 들어갔습니다. 그곳은 주위의 공기를 그윽한 향기로 가득 채우는 열매와 꽃이 만발해 있으며, 강에서 끌어온 맑은 물이 흐르는 도랑으로 관개되는 각종 레몬 나무와 오렌지 나무들이 일정한 간격으로 나란히 심겨 있는 숲이었습니다. 햇볕이 따가운 날씨에도 서늘하기 그지없는 그늘, 졸졸 흐르는 물소리, 무수한 새들이 지저귀는 소리, 또 그 밖의 갖가지 유쾌한 것들에 넋이 나간 두 사람은 거의 매번 걸음을 멈추며 감탄했죠. 그들은 이렇게 달콤한 장소에 데려와 준 제게 감사하기도 하고, 이런 곳을 구입한 것을 축하하기도 하고, 또는 상냥하고 유쾌한 덕담을 해주기도 했습니다.

숲은 무척 넓고도 길었는데, 저는 두 사람을 숲의 끝자락에까지 안내했습니다. 정원의 끝에 위치한, 키 큰 거목들이 울창하게 자라 있는 또 하나의 숲을 보여 주기 위함이었죠. 저는 그 숲이 바라다보이는 정자로 두 사람을 인도했습니다. 정자는 종려나무 총림으로 둘러싸여 있었지만 사방의 경치를 감상하는 데는 아무런 지장이 없었습니다. 저는 두 사람을 정자 안으로 모신 다음, 양탄자와 방석이 깔려 있는 좌단에 앉게 했습니다.

그런데 마침 그 별장에는 저의 아들 두 녀석이 와 있었습니다. 평소에는 시내의 집에 있었지만, 잠시 야외의 맑은 공기나 쐬게 해주려고 제가 가정 교사와 함께 이곳에 보냈었던 것입니다. 손님들을 모시고 정자에 들어가 있을 때, 두 녀석은 앞서 말한 거목들이 울창한 숲으로 놀러 들어갔습니다. 그런데 숲 속을 이리저리 돌아다니던 녀석들은 아주 높은 나무의 가지 사이에 새 둥지가 하나 얹혀 있는 것을 발견했습니다. 녀석들은 직접 나무에 기어올라보려 했습니다만 아직 어려 힘과 능란함이 달렸으므로, 제가 동행시킨 노예에게 대신 올라가 둥지에 들어 있는 새끼 새들을 꺼내 오라고 분부했습니다.

잠시 후, 나무 꼭대기에 올라 둥지를 가까이서 보게 된 노예는 눈이 휘둥그레졌습니다. 그 둥지처럼 보이는 것은 실은 터번으로, 터번 속에 새 둥지가 들어 있었던 것입니다. 노예는 터번을 통째로 들고 내려와 아이들에게 보여 주었습니다. 또 그는 저 역시 이것을 보면 매우 신기해하리라 생각하고는, 맏이에게 주며 가져가서 아버님께 보여 드리라고 말했습니다.

잠시 후, 저는 새 둥지를 따낸 아이들이 다 그렇듯, 세상을 다 얻은 듯한 환한 얼굴로 저 멀리 숲에서 나오는 아들 녀석들을 볼 수 있었습니다. 맏이는 새 둥지를 제게 내밀면서 외쳤습니다.

「아버지! 이것 보세요! 새가 터번으로 둥지를 만들었어요!」

사디와 사드도 아들이 들고 있는 둥지를 보고 신기해했죠. 하지만 정작 크게 놀란 사람은 저였습니다. 새의 둥지, 그것은 바로 솔개가 채갔던 제 터번이었던 것입니다. 저는 벌어진 입을 다물지 못하며 터번을 이리저리 돌리고 살펴보면서 사디와 사드에게 말했습니다.

「혹시 두 분께서는 제가 처음 두 분을 만났던 날 쓰고 있던 터번을 기억하십니까?」

이에 사드가 대답했습니다.

「난 주의 깊게 보지 않았고, 사디도 마찬가지요. 하지만 만일 이 안에서 금화 백구십 냥이 나온다면 더 이상 의심할 수 없는 일이겠지.」

「선생님! 이것이 바로 그 터번입니다. 모양만 봐도 알 수 있을뿐더러, 무엇보다도 무게가 묵직한 게 여느 터번과는 다릅니다. 두 분께서도 한번 들어 보십시오.」

저는 둥지에 든 새끼 새들은 아이들에게 꺼내 주고, 터번을 사드에게 주었습니다. 그가 한번 들어 보고 사디에게 넘겨주니 사디는 말했습니다.

「흠, 자네 터번인 것 같구먼. 하지만 속에 든 금화 백구십 냥을 보면 더욱 확실해지겠지.」

저는 다시 터번을 받아 들었습니다.

「이 터번에 손을 대기 전에 두 분께 부탁드리고 싶은 것이

있습니다. 자, 이 터번을 주의 깊게 살펴봐 주십시오. 오랫동안 사람의 손길이 닿지 않은 것이 분명한 이 상태며 터번 속에 꼭 맞게 꾸며져 있는 둥지의 모양새, 이 모든 것이 솔개가 채가다가 떨어뜨려 가지에 걸린 이후로 줄곧 거기 있었다는 분명한 증거가 아니겠습니까? 이 사실을 두 분께 굳이 확인시켜 드리는 것을 용서해 주십시오. 이는 혹시 제가 두 분에게 사기를 치려고 터번을 이런 상태로 꾸며 나무 위에 올려놓았다고 의심하실지도 모르기에 미리 드리는 말씀입니다.」

사드는 대답 대신 사디를 바라보며 말했습니다.

「사디! 이건 자네에게 해당하는 말일세. 나는 코지아 하산이 우릴 절대로 속이지 않았다고 확신하고 있네.」

사드가 이렇게 말하는 동안 저는 터번의 일부인 챙 없는 모자 주위에 둘둘 감긴 천을 풀어, 그 속에 있는 돈주머니를 꺼냈습니다. 사디는 자신이 준 것임을 즉시 알아보았죠. 저는 그 속에 든 내용물을 두 사람 앞 양탄자 위에 모두 쏟아부었습니다.

「자, 금화입니다. 액수가 맞는지는 두 분께서 직접 세어 보세요!」

사디는 금화를 열 개씩 세어 모두 백구십 냥임을 확인했습니다. 이제 너무도 명백한 진실을 부인할 수 없게 된 사디는 제게 말했죠.

「코지아 하산! 이 금화 백구십 냥이 자네를 부자로 만드는 데 조금도 기여하지 못했음을 인정하네. 하지만 자네가 밀기울 항아리에 숨겨 두었다고 주장하는 백구십 냥만큼은 다르다고 생각하네.」

「선생님! 이 첫 번째 돈과 마찬가지로 두 번째 돈에 대해서도 저는 진실을 말씀드렸습니다. 그런데 선생님께서 아니라 하시면 전 어찌합니까? 제 말을 철회하고 거짓말을 해야 하나요?」

그러자 사드가 말했습니다.

「코지아 하산! 그건 저 사람 생각이니 그냥 놔두게나! 그리고 사디! 자네는 코지아 하산이 얻은 행운 중 반절만큼은 자네가 나중에 준 돈 덕분이라고 주장하는데, 나도 자네 생각을 받아들여 주겠네. 단, 자네 역시 그 행운의 반절은 내가 준 납 조각 덕분이라는 사실, 그리고 물고기 배 속에서 귀한 다이아몬드가 나왔다는 사실을 인정해 주어야 할 것일세.」

「좋아, 그렇게 하기로 하세!」 사디가 대꾸했습니다. 「하지만 돈을 모으게 하는 것은 오직 돈뿐이라는 내 신념에는 조금도 변함이 없네.」

「뭐라고, 이 사람아? 그래, 우연히도 내가 오만 냥짜리 다이아몬드를 줍고, 그걸 팔아 오만 냥을 벌게 된다면, 그 오만 냥을 과연 돈으로 번 것이라고 말할 수 있단 말인가?」

그들은 거기에서 논쟁을 그만두었습니다. 우리는 자리에서 일어나 별장으로 돌아왔고, 오찬이 준비되어 있었으므로 함께 식탁에 앉았습니다. 식사 후 저는 손님들에게 한낮의 무더위가 수그러들 때까지 잠시 쉬라고 권한 다음, 방을 나와 별장 수위와 정원사에게 이런저런 일들을 분부했습니다. 잠시 후에는 다시 손님들에게 돌아와, 여러 가지 주제로 한담을 나누었죠. 더위가 한풀 꺾인 다음에는 다시 정원으로 나와 서늘한 나무 그늘에서 시간을 보냈습니다. 해질 무렵 우리는 말에 올라 노예 한 명을 거느리고 귀로에 올랐고, 밤 두시가 되어서야 달빛에 아름답게 물든 바그다드에 도착할 수 있었습니다.

그런데 그날 밤, 종들이 무언가 실수를 했나 봅니다. 마사의 말들에게 줄 귀리가 동이 나 있었던 것입니다. 곡물 가게는 모두 닫혀 있을 터였고, 설사 열려 있다 하더라도 너무 늦은 시각이라 다녀오기도 곤란했습니다. 그래서 종들은 이웃집 문들을 두드리며 귀리를 구하러 다녔는데, 그들 중 하나가 한 가게에서 밀기울이 들어 있는 항아리를 발견하고 그것을 사서 항아리째 들고 왔습니다. 밀기울을 옮겨 붓고 항아리는 다음 날 돌려 주겠다고 약속했던 것입니다.

종은 밀기울을 말구유에 부었습니다. 그러고는 말들 각각에게 고루 분배되도록 손으로 편편하게 펼치고 있는데 손바닥에 무언가 묵직한 것이 느껴졌습니다. 들어 보니 뭔가를 천으로 둘둘 말아 끈으로 묶어 놓은 것이었습니다. 그는 즉시 그것을 제게 가져와, 제가 손님들에게 천으로 싸놓은 금화를 잃어버린 이야기를 하는 걸 여러 차례 들었던바, 혹시 이것이 그것이 아닌가 한다고 아뢰었습니다.

저는 기쁨에 넘쳐 은인들에게 말했습니다.

「두 분 선생님! 하느님의 뜻으로 말미암아, 두 분께서는 이곳을 떠나시기 전에 제가 그토록 줄기차게 말씀드려 온 진실을 확인하실 수 있게 되었습니다. 자, 보십시오!」 저는 사디에게 말했습니다. 「이것이 바로 제가 선생님에게서 두 번째로 받은 금화 백구십 냥입니다. 이 천만 봐도 저는 알아볼 수 있지요.」

저는 그들이 보는 앞에서 천을 풀어 그 안에 있는 돈을 세고, 항아리도 가져오게 했습니다. 틀림없이 금화를 숨겨 놓았던 그 항아리더군요. 그러고 나서 저는 종에게, 이 항아리를 아내에게 가져가 이것을 아느냐고 묻되 방금 일어난 일에 대해서는 말하지 말라고 분부했습니다. 물론 아내는 항아리를 당장에 알아봤고, 제게 사람을 보내어 그것이 바로 때밀이 흙과 바꾼 밀기울 항아리라고 전했죠.

그제야 사디는 모든 의심을 떨쳐 버리고 진심으로 패배를 인정하게 되었습니다. 그는 사드에게 말했습니다.

「내가 졌네. 이제는 오로지 돈만이 다른 돈을 만들어 부자가 되게 해주는 것은 아니라는 자네의 말에 동의하겠네.」

사디의 말이 끝나자 제가 말했습니다.

「선생님! 하느님께서는 오늘 선생님의 의심을 없애 주시려고 이 금화 삼백팔십 냥을 다시 나타나게 하셨습니다. 하지만 이 돈을 선생님께 다시 돌려 드릴 생각은 없습니다. 선생님께서도 돌려받을 생각으로 이 돈을 제게 주신 건 결코 아닐 테니까요. 하지만 그렇다고 해서 제가 가지지도 않겠습니다. 물론 하느님의 은혜로 다시 찾게 되어 너무나도 기쁘지만요. 만일 선생님께서 동의하신다면 내일 이 돈을 가난한 사람들에게 나누어 줄까 합니다. 그래야 하느님께서 두 분과 저에게 넘치는 보답으로 돌려 주시지 않겠습니까?」

그날 밤도 두 친구는 제 집에서 잤습니다. 그리고 다음 날, 두 사람은 저를 포옹한 다음 각자의 집으로 돌아갔죠. 집으로 향하는 두 사람의 얼굴엔 흐뭇한 미소가 가득했는데, 첫째는 제게서 융숭한 대접을 받아서였고, 둘째는 제가 그들로부터 받은 행운을 — 물론 가장 큰 은인은 하느님이지만요 — 올바르게 사용하고 있음을 확인할 수 있었던 까닭입니다. 저는 다시 한 번 감사를 표하기 위해 두 사람의 집을 차례로 방문했고, 그때부터 그분들이 제게 허락한 우정을 영광스럽게 여기며 친밀하게 왕래하고 있답니다.

칼리프 하룬알라시드는 코지아 하산의 이야기에 너무도 깊이 빨려 들어갔던 나머지, 그가 입을 다물고 나서야 비로소 이야기가 끝났음을 알게 되었습니다. 칼리프는 이렇게 말했습니다.

「코지아 하산! 이렇게 재미있는 이야기는 참으로 오랜만에 들어 보네! 정말이지 하느님께서는 그대를 행복하게 해주시려고 참으로 놀라운 방법들을 사용하셨구먼! 자네 역시 그분께 감사하기 위해서라도, 은혜로 받은 것들을 지금처럼 올바르게 사용하도록 하게. 그런데 자네에게 알려 줄 사실이 하나 있다네. 자네에게 행운을 가져다준 그 다이아몬드는 지금 나의 보고에 있다네. 그것이 어떤 경로로 여기 들어오게 됐는지 알게 되니 나도 몹시 기쁘군. 또 사연을 듣고 나니, 그것이 내가 가진 모든 소유 중에서도 가장 귀하고 경탄스러운 것으로 느껴지는구먼. 어쨌든 지금 사람을 보내어 사디와 사드를 불러와야겠네. 사디가 그 기이한 다이아몬드의 존재에 대해 아직도 의심하고 있다면, 즉 아직도 자네의 말을 완전히 믿지 못하고 있다면 보고를 지키는 대신으로 하여금 그 다이아몬드를 보여 주도록 하겠네. 이걸 봐야만 사디가 사드의 말에 더욱 확실히 동의할 테니까. 또 자네는 지금 내게 해 준 이야기를 보고를 지키는 대신에게도 들려주도록 하게. 그 이야기를 글로 기록하여, 다이아몬드와 함께 보고에 길이 간직할 수 있도록 말이야.」

말을 끝낸 칼리프는 코지아 하산과 시디 누만과 바바-압달라에게 고개를 끄떡하여 이제 그들에 대해 만족했음을 표시했습니다. 이에 세 사람은 옥좌 앞에 엎드려 인사를 고한 후 물러갔습니다.

왕비 셰에라자드는 또 다른 이야기를 시작하려 했다. 하지만 인도의 술탄은 아침이 밝아 오는 것을 보고 그 이야기를 듣는 것을 다음 날로 미루었다.

# 알리바바와 여종에게 몰살된 마흔 명의 도적 이야기
Histoire d'Alibaba

디나르자드 덕분에 잠에서 깨어난 셰에라자드는 남편인 인도의 술탄에게 그가 고대하고 있는 이야기를 다음과 같이 들려주었다.

강력하신 술탄이시여! 폐하의 영토 변경 지역인 페르시아의 한 도시에 카심과 알리바바라고 하는 두 형제가 살고 있었습니다. 두 사람은 부친으로부터 얼마 안 되는 재산을 물려받아 똑같이 나누어 가졌습니다. 이치대로라면 둘의 삶은 똑같아야 했을 터이나, 변덕스러운 운명으로 인해 그들의 팔자는 영 딴판이 되었습니다.

카심의 아내는 전남편으로부터 큰 가게와 훌륭한 상품들이 그득한 창고며 토지 등을 상속받은 과부였는데, 이로 인해 카심은 갑자기 도시에서 가장 부유한 상인 가운데 하나가 되었습니다.

알리바바의 팔자는 형과는 전혀 달랐습니다. 자신만큼이나 가난한 여자와 결혼한 그는 누추한 집에서 살아야 했습니다. 별다른 재주도 없던지라 인근의 숲에서 나무를 해다가 그의 전 재산이라 할 수 있는 세 마리의 나귀에 싣고 와 시내에 내다 팔면서 처자식과 근근이 연명하는 처지였죠.

이 알리바바가 어느 날 숲에서 나무를 하고 있을 때였습니다. 나귀에 실을 만치 나무를 잘라 놓은 참인데, 홀연 저쪽에서 먼지구름이 일더니 그가 있는 곳으로 다가오는 것이었습니다. 자세히 살펴보았더니 그것은 이쪽을 향해 빠른 속도로 말을 달려 오는 한 무리의 기사들이었습니다.

이 근방에 도적이 출몰한다는 말은 들어본 적이 없었지만, 알리바바는 이들이 도적임을 직감했습니다. 나귀들이야 어찌 되든 일단 목숨부터 구하고 볼 일이었죠. 그는 지체 없이 옆에 보이는 커다란 나무 위로 기어올랐습니다. 나무의 가지들은 그다지 높지 않은 곳에서 사방으로 둥글게, 그리고 촘촘히 퍼져 있어서 그 사이에 숨어든 알리바바는 발각될 위험 없이 아래를 내려다볼 수 있었습니다. 또 이 나무가 서 있는 곳은 평지 가운데 우뚝 솟은 큰 바윗덩어리의 발치였는데, 그 바위는 나무보다도 훨씬 높았을뿐더러 사면이 깎아지른 듯 가팔라서 다람쥐도 올라가기 힘들 정도였습니다.

건장한 체격에 단단하게 무장한 무리는 바위 아래에 이르자 말에서 뛰어내렸습니다. 알리바바가 세어 보니 모두 마흔 명이었는데, 험상궂은 얼굴이며 차고 있는 살벌한 무기 등으로 보아 도적 떼가 분명했습니다. 그의 짐작은 틀리지 않았습니다. 과연 그들은 인근에는 해악을 끼치지 않지만 먼 곳에 원정을 가서 강도질을 자행하고 다니는 도적 떼로서, 이곳을 그들의 만남의 장소로 삼고 있었던 것입니다.

각각의 기사는 말의 재갈을 풀고 나무둥치 등 적당한 장소에 매어 놓은 다음, 궁둥이에 실려 있던 귀리 자루를 목에 걸어 먹게 했습니다. 그러고는 각기 기다란 가죽 자루를 하나씩 짊어졌는데, 대부분 낑낑대는 품새로 보아 그 속에 금화

나 은화가 가득 들어 있는 것 같았습니다.

도적 중에서도 유난히 눈에 띄는 자가 하나 있었습니다. 다른 도적들처럼 가죽 자루를 짊어지고 있었지만 그가 바로 무리의 두목임을 쉽게 짐작할 수 있었죠. 그는 알리바바가 숨어 있는 나무 밑, 바위로 다가왔습니다. 그러고는 무성히 자라 있는 관목들을 헤치고 와서 바위 벽 앞에 서더니, 〈참깨야, 열려라!〉라고 또렷하게 외치는 것이었습니다. 두목이 주문을 외자마자 바위 문이 열렸습니다. 두목은 우선 부하들을 모두 들여보낸 다음 자신도 뒤따라 들어갔습니다. 그러자 문이 다시 닫혔습니다.

도적들은 바위 속에 그다지 오래 머물지 않았습니다. 알리바바는 감히 도망갈 엄두를 못 내고 나무 위에 그대로 붙어 있었습니다. 도적 가운데 하나가, 혹은 도적들 전부가 밖으로 나오기라도 하면 낭패였기 때문이죠. 사실 당장에라도 쪼르르 나무 아래로 내려가서는 말 한 마리를 잡아타고 나귀들을 몰아 성으로 돌아가 버릴까 하는 마음이 불쑥불쑥 일었습니다. 혹시 다른 말 한 마리의 고삐를 잡아끌고 갈 수 있다면, 한꺼번에 말 두 마리를 얻게 되는 것이 아니겠습니까? 하지만 상황이 어떻게 변할지 모르는 일, 그저 안전하게 제자리에 붙어 있는 게 상책이었죠.

이윽고 다시 문이 열렸습니다. 마흔 명의 도적들이 줄줄이 걸어 나오는데, 맨 나중에 들어갔던 두목이 나올 때는 첫 번째였습니다. 이어 서른아홉 명의 도적들이 모두 나오자 그는 〈참깨야, 닫혀라!〉라는 주문으로 다시 문을 닫았습니다. 도적들은 각자의 말로 돌아가 재갈을 물리고 궁둥이에 가죽 자루를 올려놓은 다음, 다시 말에 올라탔습니다. 이렇게 전원 출발 준비가 된 것을 확인한 두목은 그들을 이끌고 아까 왔던 길로 되돌아갔습니다.

알리바바는 곧바로 나무에서 내려오지 않았습니다. 그는 이렇게 생각했죠.

〈놈들이 뭔가 잊고 간 것을 깨닫고서 찾으러 되돌아올 수도 있잖아? 그럼 꼼짝없이 붙잡히는 거지.〉

그는 안전을 위하여 저 멀리 도적들의 모습이 사라지고 나서도 한참 지난 후에야 나무에서 내려왔습니다. 그런데 문득 아까 두목이 주문을 외워 문을 여닫은 것을 떠올린 그는 그 주문을 자기가 외어도 같은 효과가 있을까 하는 호기심이 일었습니다. 도적 두목처럼 관목 덤불을 헤치고 들어가 보았더니 그 뒤에 문이 숨겨져 있었습니다. 그가 문 앞에 서서 시험 삼아 〈참깨야, 열려라!〉라고 외쳐 보자, 그 즉시 문이 활짝 열렸습니다.

알리바바는 그 안에 동굴 같은 어두컴컴한 장소가 나타나리라 예상했었습니다. 한데 이게 웬일입니까? 문 뒤에는 밝고 널찍한 장소가 있었습니다. 사람의 손으로 지은 것이 분명한 그곳 천장은 아주 높은 궁륭형으로 되어 있었고, 역시 사람의 손으로 만들어진 천장 중앙의 구멍을 통해 외부의 밝은 빛이 들어오고 있었습니다. 알리바바를 더욱 놀라게 한 것은 거기에 산더미처럼 쌓여 있는 물건들이었습니다. 각종 식량이며 진귀한 상품, 비단과 수단, 고가의 양탄자, 그리고 크고 작은 자루 속에 꽉꽉 차 있는 은화와 금화……. 이 모든 것들은 동굴이 도적의 소굴로 사용된 이래 수 세기에 걸쳐 그렇게 차곡차곡 쌓여 온 것처럼 보였습니다.

알리바바는 즉시 마음을 정하고 동굴 안으로 들어갔습니다. 들어가자마자 문이 닫혀 버렸지만 조금도 걱정하지 않았습니다. 다시 여는 비밀을 알고 있는데 무엇이 두렵겠습니까? 그는 은화 따위는 거들떠보지도 않고 금화, 특히 자루에 든 금화만을 취했습니다. 양손에 들 수 있는 만큼 자루를 들어서 바깥으로 나르기를 수차례, 세 마리 나귀로 싣고 갈 수 있을 만큼 잔뜩 꺼내 놓았죠. 그러고는 흩어져 있던 나귀들을 다시 붙잡아 바위 가까이에 데려와서는 녀석들의 등에 자루들을 실었습니다. 사람들의 눈을 속일 수 있게끔 땔감으로 자루 위를 덮는 것도 잊지 않았죠. 이 모든 일을 마친 그는 문 앞으로 가서 〈참깨야, 닫혀라!〉라고 말했고, 그 즉시 문은 다시 닫혔습니다. 그 문은 사람이 들어가 있으면 저절로 닫히고, 나오면 열린 상태로 남아 있는 특성이 있는 모양이었습니다.

알리바바는 성으로 향했습니다. 집에 도착한 그는 나귀들을 작은 내정에 들인 후 대문을 꼭 닫았습니다. 그러고는 나귀 위에 얹어 놓은 땔감을 치운 다음 자루들을 집 안으로 옮겨, 좌단에 앉아 있는 아내 앞에 내려놓았습니다. 아내는 자루를 손으로 더듬어 보았습니다. 감촉을 통해 자루에 돈이 가득하다는 사실을 알게 된 그녀는 혹시 남편이 어디 가서 도둑질을 한 것은 아닌가 하는 의심이 들었습니다. 그래서 그가 자루 나르기를 마치자 이렇게 말하지 않을 수 없었죠.

「알리바바! 어떻게 당신이 그런 짓을……」

알리바바는 즉시 그녀의 말을 끊었습니다.

「여보, 걱정 마오! 나는 절대 도둑질한 게 아니니까. 도둑놈 물건을 가져온 것을 가리켜 도둑질이라고 한다면 또 모를까. 자, 내가 어떻게 이런 행운을 얻게 되었는지 한번 들어 보소. 그러면 더 이상 나를 이상하게 여기지 않을 테니까.」

그는 자루에 들은 돈을 모두 쏟아부었습니다. 방바닥에는 커다란 금화가 무더기로 쌓였고 그 반짝이는 광채에 아내는 눈을 뜨기 힘들 정도였죠. 알리바바는 자신이 겪은 일을 소상히 들려주었습니다. 그리고 이야기를 마치면서 이 일을 아무에게도 누설하지 말라고 신신당부했습니다.

마침내 두려움에서 벗어난 아내는 뜻밖에 찾아온 행운을 남편과 함께 기뻐했습니다. 그런데 문득 그녀는 앞에 쌓여 있는 금화가 모두 얼마나 되는지 한 닢 한 닢 세어 보고 싶다는 생각이 들었습니다. 하지만 알리바바는 핀잔을 주었죠.

「여보! 당신도 참 어리석소! 이걸 어느 세월에 다 세고 있겠단 말이오? 그것보다는 우선 구덩이를 파고 이걸 묻어야겠소. 자, 서두릅시다!」

「여보! 최소한 양이 어느 정도 되는지나 알아 두자고요. 옆집에 가서 조그만 됫박을 하나 빌려 오겠어요. 당신이 구덩이를 파는 동안 내가 헤아려 보면 되잖아요?」

「참, 쓸데없는 생각을 하고 있구려! 제발 내 말대로 가만히 있으면 좋으련만! 좋소! 그렇게 원한다면 마음대로 하시오. 단, 비밀은 반드시 지켜야 하오!」

알리바바의 아내는 호기심에 몸이 달아 멀지 않은 곳에 사는 시아주버니 카심의 집으로 달려갔습니다. 카심은 집에 없었으므로, 그의 아내인 동서에게 금방 다시 돌려줄 테니 됫박을 잠시만 빌려 달라고 부탁했지요. 동서는 큰 걸 원하는지 작은 걸 원하는지 물었고, 알리바바의 아내는 작은 것을 부탁했습니다. 이에 동서는 〈기꺼이 빌려 드리죠, 가져올 테니 잠시만 기다려요〉라고 말하고 됫박을 찾으러 갔습니다.

하지만 됫박을 찾아내어 가져다주려던 그녀는 갑자기 이상하다는 생각이 들었습니다. 가난한 알리바바의 집에 대체 어떤 곡물이 생겼기에 됫박으로 잴 정도인지 궁금해진 것입니다. 그녀는 이를 알아내기 위해 됫박 밑바닥에다 끈적거리는 유지(油脂)를 조금 발라 놓았습니다. 그러고는 알리바바의 아내가 있는 방으로 돌아와, 기다리게 하여 미안하다고 사과하며 됫박을 내주었죠.

집에 돌아온 알리바바의 아내는 됫박을 돈더미 위에 올려

놓고는 금화를 가득 채워 조금 떨어진 좌단에 가져다 붓기 시작했습니다. 이렇게 여러 차례 한 끝에 금화의 양을 파악한 그녀는 그 엄청난 액수에 입이 딱 벌어지고 말았죠. 그녀는 그동안 구덩이를 다 파놓은 남편에게 달려가 이 기쁜 사실을 알려 주었습니다.

알리바바가 금화를 파묻기 시작하자, 아내는 자신이 약속을 신속하고 정확하게 지키는 사람임을 보여 주기 위해 즉시 됫박을 들고 동서에게 갔습니다. 하지만, 아뿔싸! 됫박 밑바닥에 금화 한 닢이 달라붙은 것을 미처 알아차리지 못했죠. 그녀는 동서에게 됫박을 내밀면서 말했습니다.

「자, 여기 있어요. 제가 금방 쓰고 가져온다고 했죠? 잘 쓰고 돌려 드려요.」

알리바바의 아내가 등을 돌리자마자 카심의 아내는 됫박 밑바닥을 들여다보았습니다. 순간 그녀의 눈은 휘둥그레졌습니다. 거기 반짝반짝 빛나는 금화 한 닢이 붙어 있는 게 아니겠습니까? 그녀의 마음은 맹렬한 시샘에 사로잡혔습니다.

〈뭐야? 알리바바에게 됫박으로 잴 정도로 많은 금화가 있다고? 이 비렁뱅이가 어디서 그 많은 금을 얻게 되었담?〉

앞서 말했듯이 그때 카심은 집에 없었습니다. 그는 가게에 나가 저녁때나 들어올 예정이었죠. 한시라도 빨리 이 놀라운 소식을 알려 주고 싶어 미칠 지경이 된 그녀에게는 남편을 기다리는 시간이 백 년보다 더 길게 느껴졌습니다. 그리고 카심이 집에 돌아오자마자 바가지를 긁기 시작했지요.

「카심! 만약 당신이 스스로를 부자라고 생각한다면 그건 큰 오산이에요! 알리바바가 당신보다도 수천 배는 더 부자니까. 당신은 금화를 한 닢 두 닢 세고 앉아 있지요? 지금 그는 됫박으로 재고 있다고요.」

카심이 그게 무슨 뚱딴지같은 소리냐고 묻자, 그녀는 낯에 있었던 일을 설명해 주었죠. 자신이 어떤 꾀를 써서 그 사실을 알아냈는지 밝히고, 됫박 밑바닥에서 발견한 금화도 보여 주었습니다. 카심으로서는 누군지조차 알 수 없는 옛날 옛적 왕의 이름이 각인되어 있는 오래된 금화였습니다. 보통 사람 같았으면 고생하던 동생이 드디어 가난에서 벗어났구나 싶어 함께 기뻐해 주었을 것입니다. 하지만 카심은 오히려 지독한 질투심에 사로잡혔습니다. 그날 밤 잠을 한숨도 못 이룰 정도였지요.

다음 날 새벽, 그는 아직 해도 뜨지 않은 시각에 동생의 집으로 쳐들어갔습니다. 사실 평소 그는 알리바바를 〈동생〉이라고 부르지도 않았습니다. 부유한 과부와 결혼한 이후로 그 호칭은 아예 잊어버렸던 거지요. 그는 험악한 표정으로 알리바바에게 다가가 말했습니다.

「알리바바! 이 음흉한 놈 같으니! 그래, 겉으로는 가난한 척, 불쌍한 척하며 온갖 궁상을 떨더니만 뒷구멍으로는 금을 됫박으로 세고 있었어?」

「대체 무슨 말씀이죠, 형님?」

「모르는 척하기는!」 카심은 아내에게서 받은 금화를 내밀면서 소리쳤습니다. 「이런 금화를 몇 개나 갖고 있지? 이건 어제 네 마누라가 우리 집에서 빌려 간 됫박 밑바닥에 붙어 온 거라고!」

이 말을 들은 알리바바는 어리석은 아내의 고집 때문에 반드시 숨겨야만 하는 자신의 비밀을 카심과 그의 아내에게 들켜 버렸다는 사실을 깨달았습니다. 하지만 이미 엎지른 물, 이제 와서 어쩌겠습니까. 그는 조금도 놀라거나 아쉬워하는 기색을 보이지 않고 형에게 사실을 고백했습니다. 우연히 도적들의 소굴을 발견하게 된 것부터 모두 얘기했지요. 그러고는 비밀만 지켜 준다면 그곳에 있는 보물을 나누어 주겠다고 약속했습니다. 그러자 카심이 오만하게 대꾸했습니다.

「좋아, 비밀을 지켜 주지! 하지만 그 보물 창고가 어디에 있는지 정확히 알고 싶다. 그러니 나 혼자서도 찾아갈 수 있게끔 가는 길을 가르쳐 줘! 안 그러면 네놈을 당장 포도대장에게 고발해 버릴 테다. 그러면 네놈은 그 보물 창고에 있는 것은 고사하고, 지금 집에 가져다 놓은 것마저 잃게 될 거야. 대신 나는 네놈을 고발한 대가로 큰 상을 받게 되겠지.」

이 흉악한 형의 뻔뻔스러운 위협에 겁을 먹지는 않았지만, 워낙에 성품이 너그러웠던 알리바바는 그가 원하는 것을 상세히 알려 주었습니다. 심지어는 동굴을 들어갈 때와 나올 때 사용하는 주문까지 가르쳐 주었죠. 카심은 더 묻지 않고 알리바바의 집에서 달려 나왔습니다. 이제 선수를 치는 일만 남아 있을 뿐, 거기서 더 이상 지체할 이유가 없었던 까닭입니다.

다음 날 해가 뜨기도 전에, 그는 보물을 혼자서 몽땅 차지해 버리겠다는 야심을 품고 집을 나섰습니다. 노새를 열 마리나 끌고 갔는데 각 노새의 등에는 커다란 빈 궤짝이 하나씩 실려 있었습니다. 물론 열 궤짝 모두 꽉꽉 채워 오리라는 욕심이었죠. 가서 보물의 양을 정확히 파악한 후, 다음번에는 더 많은 노새를 끌고 가리라는 계산까지 하고 있었습니다. 그는 알리바바가 가르쳐 준 길을 따라갔습니다. 마침내 바위 부근에 당도하자 알리바바가 올라가 숨었다는 나무가 보였습니다. 문을 찾아낸 그는 그 앞에 서서 외쳤습니다.

「참깨야, 열려라!」

그러자 정말로 문이 열리는 게 아닙니까! 그가 안으로 들어갔더니 문은 저절로 닫혔습니다. 동굴 안을 둘러보는 카심의 두 눈은 휘둥그레졌으며 벌어진 입은 좀처럼 다물어지지 않았습니다. 알리바바의 이야기를 듣고 상상했던 것보다도 훨씬 많은 보물이 산처럼 쌓여 있었던 것입니다. 그의 놀라움은 보물을 하나하나 살펴봄에 따라 더욱 커졌습니다. 천하에 둘도 없는 욕심쟁이요, 지독하게 돈을 밝히는 카심으로서는 그렇게 반짝반짝 빛나는 금화를 감상하면서 하루 종일이라도 동굴 속에 처박혀 있고 싶은 심정이었죠. 하지만 곧 여기 온 목적이 돈을 노새에 실어 집에 가져가기 위함이었다는 사실을 떠올리고는, 양손으로 들 수 있는 만큼 돈 자루를 집어 들었습니다. 그러고서 문 앞에 섰는데 아뿔싸, 이게 웬일입니까! 그놈의 머리가 다른 것들로 꽉 차버린 탓에, 가장 중요한 단어를 까먹었지 뭡니까! 그는 〈참깨〉 대신에 〈귀리야, 열려라!〉라고 외쳐 보았습니다. 안타깝게도 문은 꿈쩍도 하지 않았죠. 이어 온갖 곡물들의 이름을 줄줄이 열거하며 주문을 외어 보았지만 문은 여전히 묵묵부답이었습니다.

카심으로서는 전혀 예상하지 못했던 사태였습니다. 지금 자신이 엄청난 위험에 처했음을 느끼자, 가슴이 철렁 내려앉았습니다. 하지만 〈참깨〉라는 단어를 기억해 내려고 애를 쓰면 쓸수록 정신은 더욱더 뒤얽혀, 마치 그 단어를 한 번도 들어 본 적 없는 사람처럼 머릿속이 새하얘지는 것이었습니다. 그는 들고 있던 돈 자루를 땅바닥에 내려놓고 뜨거운 가마솥 안에 갇힌 개미처럼 허둥지둥 동굴 안을 왔다 갔다 했습니다. 하지만 자신의 운명을 슬퍼하고 있는 카심의 이야기는 여기서 잠시 중단하기로 합시다. 사실 동정받을 만한 값어치도 없는 인간이니까요.

도적들은 정오 무렵에 그들의 소굴로 돌아왔습니다. 그런데 동굴에서 얼마 떨어지지 않은 곳에 당도해 보니, 바위 주변에 궤짝을 실은 노새가 몇 마리 보이는 것이었습니다. 불안해진 도적들은 전속력으로 말을 몰아 달려왔습니다. 그 서슬에 카심이 제대로 매어 놓지 않아 자유롭게 풀을 뜯고 있던 노새들은 뿔뿔이 흩어져 숲속으로 사라져 버렸죠. 도적들은 굳이 노새들을 잡으러 뒤쫓아 가지 않았습니다. 그보다 더 중요한 것은 녀석들의 주인을 찾는 일이었으니까요. 다른 사람들이 바위 주변을 수색하는 동안 두목은 부하 몇 명과 함께 말에서 내려 칼을 빼 들고는 곧장 문 앞으로 갔습니다. 그러고서 주문을 외우자, 문이 열렸습니다.

동굴에 갇혀 말발굽 소리를 들은 카심은 눈앞이 캄캄해졌습니다. 이 소리는 분명 도적들이 돌아오는 소리일 터, 이제 자신의 목숨은 끝난 것이나 다름없었기 때문입니다. 하지만 그냥 앉아서 죽음을 기다리기보다는 최소한 탈출의 시도라도 해보리라 작정하고는, 문만 열리면 밖으로 뛰쳐나갈 심산으로 문 앞에 바짝 붙어 내달릴 준비를 하고 있었습니다.

과연 그렇게도 기억이 안 나던 〈참깨〉라는 소리가 들려온 뒤 문이 열렸습니다. 카심은 비호처럼 밖으로 몸을 날렸습니다. 느닷없이 치고 나온 덕에 앞에 서 있던 두목은 자빠뜨릴 수 있었지만 중과부적, 뒤에 서 있던 다른 도적들이 휘두른 칼에 맞아 결국 카심은 그 자리에서 절명하고 말았습니다.

침입자를 죽인 도적들은 지체 없이 동굴 안으로 뛰어 들어갔습니다. 문 가까이에는 카심이 노새에 싣기 위해 들고 나왔던 돈 자루들이 뒹굴고 있었습니다. 도적들은 자루들을 제자리에 가져다 놓았는데, 전에 알리바바가 가져간 돈 자루에 대해서는 미처 알아채지 못했죠. 그들은 이 사태에 대해 잠시 의견을 나누었습니다. 카심이 어떻게 동굴 밖으로 나갔는지는 모두가 보았으니 더 이상 말할 필요가 없었습니다. 하지만 어떻게 들어올 수 있었는지는 아무리 생각해도 알 수가 없었습니다. 혹시 동굴 천장에 난 구멍을 통해 들어온 것은 아닌지 가정해 보았지만, 바위의 외벽이 너무도 높고 가팔라 사람이 도저히 올라갈 수 없을뿐더러 그런 흔적도 보이지 않

아 이는 불가능한 일이라고 결론 내렸습니다. 또 침입자가 문으로 들어왔을 가능성도 생각해 보았습니다. 하지만 이 세상에서 오직 자신들만이 문의 비밀을 알고 있는데, 어찌 다른 사람이 문을 열고 들어올 수 있단 말입니까? 하지만 바로 이 부분에서 도적들은 착각하고 있었던 것입니다. 알리바바가 그들의 비밀을 엿보았다는 사실을 알 턱이 없었으니까요.

어쨌거나 중요한 것은 그들 공동의 재산이 더 이상 안전하지 않다는 사실이었습니다. 그래서 그들은 또 다른 침입자를 겁주어 쫓아낼 수 있는 방안을 생각해 냈습니다. 다름이 아니라 카심의 시체를 네 토막 내어 두 토막은 동굴 안 문 좌측에, 두 토막은 우측에 걸어 놓기로 한 것입니다. 그리고 그들 자신은 시체 썩는 악취가 가실 때까지 당분간 돌아오지 않기로 결정했습니다. 이 결정은 곧바로 실행되었고, 볼일을 마친 도적들은 동굴 문이 닫힌 것을 다시 한 번 확인한 다음 전원 말에 올랐습니다. 노상 해왔던 것처럼 대상들이 다니는 길로 가서 그들을 습격하고 강도질하기 위함이었죠.

한편, 카심의 아내는 밤이 가까워 올 때까지 남편이 돌아오지 않자 커다란 불안감에 휩싸였습니다. 결국 알리바바의 집으로 달려와 이렇게 호소했죠.

「시숙! 제 남편 카심이 숲으로 간 걸 알고 있겠죠? 그런데 이렇게 밤이 다가오고 있는데도 아직 돌아오지 않고 있어요. 무슨 일이 일어나지 않았나 걱정이 돼서 죽겠어요.」

사실 알리바바는 전날 카심의 기세를 보고 그가 곧바로 숲으로 달려가리라 예상하고 있었습니다. 그래서 행여 형의 기분을 거스를까 봐 숲에 가는 걸 삼가고 있던 참이었죠. 여느 사람 같았으면, 혼자서 보물을 차지하겠다며 숲으로 달려가 덜컥 변을 당한 형을 질책하거나 그 처지를 고소해했을 것입니다. 하지만 마음 착한 알리바바는 형수나 — 만일 살아 있었다면 — 형의 기분을 상하게 할 수 있는 그런 말은 삼갔습니다. 대신 현명하신 형님께서 어두워진 다음에 마을에 들어오는 편이 낫겠다고 판단하신 듯하니, 아직은 걱정하실 필요가 없다고 형수를 안심시켜 주었죠.

카심의 아내는 고개를 끄덕였습니다. 특히나 남편이 이 일을 은밀히 처리하려 했다는 사실을 잘 알고 있었기에 시숙의 말에 동감할 수 있었죠. 그녀는 집으로 돌아가 자정이 될 때까지 기다려 보았습니다. 하지만 자정이 넘어서도 남편은 여전히 감감무소식이었습니다. 불안감은 더 커져 갔고, 마음의 고통 또한 심해졌습니다. 특히나 이웃이 듣고 달려와 이유를 물어 올까 봐 목청껏 울어 댈 수도 없어 속만 시커멓게 타들어갔지요. 그제야 그녀는 어리석은 호기심과 쓸데없는 시샘으로 시숙과 동서의 일에 끼어들다가 이런 불행을 자초한 것을 땅을 치며 후회했습니다. 이렇게 눈물로 밤을 새운 그녀는 동이 트자마자 다시 시숙의 집으로 달려가, 울며불며 상황을 설명했습니다.

시숙에게 동굴에 가서 남편이 어떻게 되었는지 알아봐 달라고 부탁할 필요조차 없었습니다. 알리바바는 형수를 위로한 후, 그녀가 부탁하기도 전에 즉시 나귀 세 마리를 끌고 숲으로 향했던 것입니다. 바위가 있는 산까지 가는 동안 형도 노새도 보이지 않아 더욱 불안해진 그는 동굴 문 앞에 이르러 가슴이 철렁 내려앉았습니다. 그 앞에 시뻘건 선혈이 흩뿌려져 있었던 것입니다. 서둘러 문 앞에서 주문을 외워 문을 열었습니다. 다음 순간 그가 본 것은 네 토막 난 형의 시체가 벽에 걸려 있는 그 끔찍한 광경이었습니다. 하지만 알리바바는 머뭇거리고 있지 않았습니다. 형의 고약한 행동은 다 잊어버리고, 오직 동생으로서 다해야 할 마지막 의무만을 생각했습니다.

그는 동굴 안에서 필요한 재료를 가져다 형의 토막 난 시신을 두 개의 짐으로 꾸리고 나귀 등에 실었습니다. 또 나머지 두 마리 나귀에는 전처럼 금화를 가득 싣고 그 위는 땔감으로 덮었습니다. 이 모든 일을 마치자 지체 없이 동굴 문을 닫고 마을로 향했습니다. 하지만 신중한 그는 숲 입구에서 해가 저물 때까지 기다렸다가 사방이 컴컴해지고 난 후에야 마을로 들어갔죠. 집에 도착한 그는 우선 나귀 두 마리를 안뜰에 들였습니다. 카심에게 일어난 일을 아내에게 간략히 들려주고 나귀에 실린 짐을 내려놓으라고 당부한 후, 자신은 카심의 시체가 실린 나귀를 끌고 형수의 집으로 향했죠.

대문을 두드린 알리바바에게 문을 열어 준 사람은 모르지안이라는 카심의 여종이었습니다. 몹시 곤란한 일들도 척척

해치우는 꾀 많고 영리한 아가씨였죠. 내정에 들어온 알리바바는 우선 나귀 등에서 땔감과 짐들을 내린 다음, 모르지안을 따로 불러 이렇게 말했습니다.

「모르지안! 우선 당부하겠는데, 앞으로 일어날 일들에 대해선 꼭 비밀을 지켜 다오! 이건 네 여주인에게도 내게도 아주 중요한 일이란다. 자, 여기 짐 두 개가 보이지? 이건 바로 네 주인 카심 님의 시신이야. 지금 우리가 해야 할 일은 그분이 자연사한 것처럼 꾸미는 거란다. 자, 가서 네 여주인을 불러오렴! 그러고서 우리 둘이 하는 얘기를 잘 듣거라.」

모르지안은 여주인에게 알리바바가 도착했음을 고했고, 그는 그녀의 인도를 받아 형수의 방으로 들어갔습니다. 그가 나타나자 카심의 아내가 달려와 말했습니다.

「그래요, 시숙! 제 남편은 어떻게 됐죠? 시숙 얼굴을 보니 좋은 소식은 없는 듯하군요.」

「형수님! 제 말을 듣기 전에 먼저 약속해 주세요. 제 이야기가 끝날 때까지 절대 입을 열지 않겠다고요. 형님에게 일어난 일에 대해선 반드시 비밀을 지켜야 합니다. 형수님과 저의 안녕을 위해 꼭 필요한 일입니다.」

「아이고!」 형수는 목소리를 낮추어 비명을 질렀습니다. 「그렇게 허두를 떼는 걸 보니 우리 남편은 더 이상 이 세상 사람이 아닌 모양이군요! 하지만 왜 비밀을 지켜야 하는지는 이해하겠어요. 자, 슬픔과 고통이 치밀더라도 꾹 참고 들을 터이니 어서 얘기해 보세요!」

알리바바는 동굴에 가서 형 카심의 시체를 찾아오기까지의 경위를 들려주었습니다. 그러고 나서 이렇게 덧붙였지요.

「형수님! 이런 일이 일어나게 될 줄은 꿈에도 생각 못하셨을 텐데 지금 마음이 얼마나 아프시겠습니까! 물론 그 아픔을 완전히 없앨 수는 없겠지만, 형수님을 조금이나마 위로해

드리고자 하느님께서 제게 보내 주신 얼마 안 되는 재산을 형수님의 재산에 합쳐 드리고 싶습니다. 다시 말해, 형수님과 결혼할 용의가 있다는 뜻입니다. 물론 제 아내는 형수님을 조금도 질투하지 않을 것이며, 두 분은 동기간처럼 화목하게 지내실 수 있을 겁니다. 저의 제의를 받아들이시겠습니까? 그렇다면 무엇보다도 먼저 형님이 자연사한 것처럼 꾸며야 합니다. 이 일은 모르지안에게 맡겨 놓으면 그 애가 다 알아서 처리할 거예요. 저도 옆에서 있는 힘껏 도와줄 거고요.」

사실 카심의 미망인에게 이보다 더 좋은 제의가 또 어디 있겠습니까? 물론 그녀는 첫 번째 남편에게서 물려받은 유산만으로도 남부럽지 않은 부자이긴 했습니다. 하지만 그녀보다 훨씬 부자이며, 또 보물 창고로 인해 앞으로 더욱 엄청난 부자가 될 수 있는 알리바바의 청혼을 어찌 거절할 수 있겠습니까? 그녀는 너무도 기쁜 나머지 순간 남편을 여읜 슬픔마저 잊었습니다. 철철 흘러내리던 눈물도 닦고, 남편을 잃은 아낙네들이 흔히 발하는 그 찢어지는 듯한 울음소리도 멈추었습니다. 그런 식으로 알리바바에게 그의 제의를 받아들였음을 표시했죠.

알리바바는 카심의 미망인을 남겨 두고 방을 나왔습니다. 그러고는 모르지안에게 그녀가 맡은 역할을 충실히 수행해 달라고 당부하고는 집으로 돌아갔습니다.

물론 모르지안은 자신의 임무를 소홀히 하지 않았습니다. 알리바바와 함께 집을 나온 그녀는 곧장 근처의 약방으로 갔습니다. 가게 문을 두드렸고, 문이 열리자 그녀는 돈을 내밀며 가장 위중한 병에 쓰는 약을 달라고 했습니다. 약사는 그녀에게 알약을 내주면서 주인댁에 환자가 있는 거냐고 물었습니다. 그녀는 땅이 꺼질 듯 한숨을 내쉬며 대답했습니다.

「아아! 다름 아닌 우리 주인 카심 님이에요! 대관절 무슨 병에 걸리신 건지, 말도 못하고 먹지도 못하세요.」 이렇게 말하고 그녀는 알약을 받아 갔습니다. 물론 그것을 사용할 카심은 벌써 이 세상 사람이 아니었지만요.

다음 날, 모르지안은 다시 약방에 가서 눈물이 글썽글썽한 눈을 하고 이번에는 어떤 식물에서 추출한 농축액을 달라고 했습니다. 그것은 환자의 병세가 악화되어 더 이상 희망이 없을 때 마지막으로 시도해 보는 약이었습니다.

「아아!」 약사에게서 약을 받아 든 그녀는 고통에 찬 음성으로 말했습니다. 「이 약도 어제의 알약만큼이나 아무 소용없을 것 같아요! 아아! 이렇게 착하신 주인님을 여의어야만 하는 건가요?」

알리바바와 그의 아내도 하루 종일 수심이 가득한 표정을 하고서 카심의 집을 들락거렸습니다. 동네 사람들은 이런 모습들을 보았던지라, 그날 저녁 카심의 아내와 모르지안이 애절하게 울부짖으며 카심의 죽음을 알릴 때도 크게 놀라지 않았습니다.

다음 날 아침, 동이 트자마자 모르지안은 일찌감치 집을 나왔습니다. 아주 나이 많은 구두장이 한 사람이 누구보다도 먼저 가게 문을 열고 일을 시작한다는 사실을 잘 알고서 그를 찾아 광장으로 온 것입니다. 그녀는 노인에게 다가가 아침 인사를 한 다음, 손에 금화 한 닢을 쥐어 주었습니다.

바바 무스타파라고 하는 이 노인은 천성이 명랑하여 늘 유쾌한 농담을 달고 사는 사람이었습니다. 아직 빛이 희미하여 노인은 자기가 받은 것이 무엇인지 금방 알아차리지 못했습니다. 한참을 들여다본 끝에 그것이 금화라는 사실을 알게 된 그는 깜짝 놀라 외쳤습니다.

「아이고머니나! 아주 훌륭한 첫 손님이구려! 그래, 무슨 일이우? 내 무슨 일이든 다 해드리리다!」

「바바 무스타파 영감!」 모르지안이 말했습니다. 「즉시 재봉 도구를 챙겨 들고 나를 따라와요. 하지만 도중에 어떤 장소에서부터는 눈을 가리고 가야 해요.」

그러자 바바 무스타파는 싫은 내색을 하며 말했습니다.

「어이구! 지금 나한테 양심에 거리끼는 일이나 내 행복을 해칠 수 있는 일 같은 걸 시키려는 셈이우?」

그러자 모르지안은 그의 손에 금화 한 닢을 더 쥐여 주면서 말했습니다.

「하느님께 맹세코 당신의 명예를 해칠 만한 일은 절대 시키지 않을 거예요. 걱정 말고 그냥 따라오기나 해요.」

바바 무스타파는 그녀를 따라나섰습니다. 미리 알려 준 장소에 이르자 모르지안은 손수건을 꺼내어 노인의 눈을 가린 다음, 주인댁으로 데려갔습니다. 그녀는 주인의 시체 네 토막을 몸통 모양으로 만들어 눕혀 놓은 방에 들어가서야 비로소 노인의 눈을 가린 손수건을 풀어 주었습니다.

「바바 무스타파 영감! 당신을 여기까지 데려온 것은 여기 있는 이 조각들을 꿰매어 달라고 부탁하기 위해서였어요. 자, 서두르세요! 일을 다 마치고 나면 또다시 금화 한 닢을 주겠어요.」

바바 무스타파가 일을 마치자 모르지안은 다시 눈을 가렸습니다. 그리고 약속했던 세 번째 금화를 쥐여 주고 반드시 비밀을 지킬 것을 당부한 다음, 아까 데려오면서 눈을 가렸던 장소까지 인도했습니다. 그곳에서 손수건을 풀어 주고 가게로 돌려보낸 뒤에도, 그녀는 즉시 돌아가지 않고 그가 완전히 사라질 때까지 뒷모습을 지켜보았습니다. 호기심이 발동하여 다시 돌아올 수도 있기 때문이었죠.

모르지안은 카심의 시체를 닦기 위해 물을 데웠습니다. 그녀가 돌아올 때 같이 도착한 알리바바가 형의 시체를 닦고 그 위에 향을 쏘인 다음 정해진 의식에 따라 염을 했습니다. 곧이어 목수도 알리바바가 주문해 놓은 관을 가지고 도착했습니다. 모르지안은 목수가 아무것도 눈치채지 못하게끔 대문에서 관을 받았죠. 돈을 지불하고 목수를 돌려보낸 다음에는 알리바바가 시체를 관에 넣는 것을 도와주었습니다. 알리바바가 관 뚜껑을 덮고 못질까지 마치자, 그녀는 모스크로 가서 장례식 준비가 끝났음을 알렸습니다. 모스크에는 죽은 사람들의 시체를 닦는 일을 하는 사람들이 있어서 그들이 일을 하겠다고 나섰습니다만, 모르지안은 그 일은 이미 끝났다고 말하며 사양했습니다.

모르지안이 집에 돌아오기 무섭게, 이맘을 비롯한 모스크의 성직자들도 도착했습니다. 기도문을 암송하는 이맘의 뒤를 따라 네 명의 이웃이 어깨에 관을 메고 공동묘지로 출발했습니다. 이곳의 관습대로 고인의 여종인 모르지안은 머릿수건을 벗고서 운구 행렬을 따랐습니다. 그녀는 애절한 소리로 호곡하면서 가슴을 쿵쿵 두드리기도 하고 머리카락을 쥐어뜯기도 했습니다. 그 뒤로는 알리바바가 이웃 사람들과 함께 따라갔습니다. 때때로 뒤에서 따라오는 이웃 중 몇 사람이 앞으로 나가 지친 사람과 교대하여 관을 메었고, 이런 식으로 운구는 공동묘지에 이를 때까지 계속되었습니다.

한편 카심의 아내는 집에 남아서 이웃 여인들과 함께 구슬피 울어 댔습니다. 관습에 따라 장례식이 진행되는 동안 고인의 집에 몰려든 이웃 여인들은 미망인의 호곡 소리에 자신들의 호곡 소리를 섞으며 동네와 그 근방을 슬픔으로 가득 채웠답니다.

이렇게 카심의 불행한 죽음의 진짜 이유는 감춰졌습니다. 그것은 알리바바와 그의 아내, 카심의 미망인, 그리고 모르지안 사이의 비밀로 남게 된 것입니다. 그들이 이 일을 너무도 감쪽같이 처리한 덕분에, 이에 대해 의심하는 사람은 아무도 없었습니다.

카심의 장례식이 있은 지 사나흘 후, 알리바바는 그가 가진 얼마 안 되는 가구들을 죽은 형의 미망인 집으로 날랐습니다. 또 도적의 보물 창고에서 가져온 돈도 옮겼는데, 이것은 사람들의 이목을 피해 밤에만 날랐습니다. 물론 거기서 새살림을 시작하고, 또 그로써 자신과 형수의 결혼을 세상 사람들에게 알리기 위함이었죠. 이에 놀라는 사람은 아무도 없었는데, 이런 종류의 결혼이 우리의 종교권에서는 조금도 이상한 일이 아닌 까닭입니다.

그럼 카심의 가게는 어떻게 되었을까요? 알리바바에게는 어려서부터 행실이 바르고 얼마 전에는 큰 상인 밑에서 도제 수업을 마친 아들이 하나 있었습니다. 알리바바는 죽은 형의 가게를 그 아들에게 주면서, 만일 앞으로도 현명하게 처신해 나간다면 곧 훌륭한 짝을 찾아서 결혼시켜 주겠노라고 약속했습니다.

이렇게 행운을 만끽하고 있는 알리바바의 이야기는 여기서 잠시 내려놓고, 다시 마흔 명의 도적들 이야기로 돌아와 봅시다. 도적들은 정해 놓은 때가 오자 숲 속에 있는 그들의 소굴로 돌아왔습니다. 한데 이게 웬일입니까? 문 옆에 걸어 놓았던 카심의 시체가 감쪽같이 사라져 있는 게 아닙니까! 더구나 금화 자루들까지 줄어 있는 것을 발견한 그들은 한층 더 놀랐습니다.

「망했다, 망했어! 우리 소굴이 발각됐어!」 두목이 소리쳤습니다. 「빨리 손을 쓰지 않으면, 조상들과 우리가 피땀 흘려 모아 온 재산이 슬금슬금 다 없어져 버리고 말 거야. 자, 지금까지 일어난 일들을 종합하여 판단해 보자. 전번에 우리에게 발각된 그 도둑놈은 문을 여는 비밀을 알고 있었어. 하지만

다행히도 우리는 놈이 도망가기 직전에 붙잡을 수 있었지. 그런데 비밀을 아는 자는 놈 혼자만이 아니었던 거야. 놈의 시체가 사라졌을 뿐 아니라 우리 보물까지 줄어들었다는 사실이 그 부인할 수 없는 증거지. 하지만 모든 정황으로 보아, 비밀을 아는 것은 그 두 놈뿐인 것 같다. 그런데 한 놈은 이미 죽였으니 이제 무얼 해야 옳을까? 나머지 한 놈을 잡아 죽이는 일 아닌가! 자, 동지들, 어떻게 생각하는가? 나와 의견이 같은가?」

두목의 제안이 너무도 온당한지라 도적들은 일제히 동의했습니다. 그들은 다른 일들은 다 내려놓고 오직 도둑 잡는 일에만 전념하기로 결정했습니다. 그러자 두목이 다시 말했습니다.

「동지들의 용기와 용맹함을 익히 알고 있는 나이기에 그대들이 이렇게 결정할 줄 알고 있었다. 자, 우리가 먼저 시급히 처리해야 할 일을 말해 주겠다. 동지들 가운데 대담하고 약삭빠르고 적극적인 사람 한 명이 나그네 복장을 하고 무기 없이 성안에 들어가는 거다. 가서 우선 최근에 이상하게 죽은 사람이 없는지 찾아봐야 한다. 그자는 필시 우리가 죽인 그 도둑놈일 테니까. 그러고 나서 그자가 누구이며 어디에 사는지도 알아 놓아야 할 것이다. 제군들은 왜 이 일이 중요한지 알고 있는가? 그렇게 해야만 우리가 후회할 일이 없을 것이고, 그토록 오랫동안 사람들의 눈에 띄지 않고 활동해 온 이 나라에서 앞으로도 계속 활동할 수 있을 것이기 때문이다. 마지막으로 이 임무를 자청할 사람의 힘을 북돋우는 동시에, 잘못 알아보고 엉뚱한 정보를 가져오는 불상사를 방지하기 위해 여러분에게 한 가지 제안을 하겠다. 만일 임무에 실패할 경우, 스스로 죽음을 받아들이는 것이 어떤가?」

다른 동료들이 미처 의견을 내놓기도 전에 한 도둑이 벌떡 일어서며 말했습니다.

「그 제안을 받아들이겠소! 그리고 이 임무에 내 목숨을 거는 것을 영광으로 생각하겠소. 설사 내가 성공하지 못한다 할지라도 무슨 상관이겠소? 최소한 여러분은 여기 있는 이 내가 무리의 공리를 위하는 갸륵한 뜻과 용기가 없었던 사람은 아니었다고 기억해 줄 것 아니겠소?」

두목과 동료들로부터 열렬한 찬사를 받은 이 도적은 아무도 그의 정체를 짐작할 수 없는 모습으로 변장했습니다. 무리와 헤어져 밤에 출발한 그는 시간을 교묘히 안배한 덕분에 동녘이 밝아 오는 시간에 맞춰 성에 들어올 수 있었습니다. 그가 광장에 당도해 보니 문을 연 가게가 딱 하나 있었는데, 다름 아닌 바바 무스타파의 가게였습니다.

바바 무스타파는 구두 꿰매는 송곳 바늘을 손에 들고 자리에 앉아 막 일을 시작하려 하고 있었습니다. 도적은 그에게 다가가 아침 인사를 건넸습니다. 그러고서 노인이 아주 연로한 것을 보고는 말했습니다.

「영감님! 몹시 일찍부터 일을 시작하시는군요. 아직 날도 어둑한데 잘 보이십니까? 게다가 연로하셔서 시력도 안 좋으실 텐데요. 좀 더 날이 밝은 다음에 일하시는 게 좋지 않겠어요?」

이에 바바 무스타파가 대답했습니다.

「누군지는 모르겠소만, 나를 잘 모르시는 모양이오. 당신이 나를 얼마나 늙게 보는지 모르겠는데, 내 눈만큼은 아직 쓸 만하다오. 그 증거를 대볼까? 얼마 전에는 지금만큼이나 어두컴컴한 장소에서 죽은 사람을 꿰맨 일도 있소이다.」

도적으로선 더 이상 기쁠 일이 없었습니다. 이곳에 도착하자마자 묻지도 않았는데 자기가 찾고 있던 소식을 스스로 알려 주는 사람을 만나게 되었으니까요.

「죽은 사람이라고요?」 그는 짐짓 놀란 듯 소리쳤습니다. 「아니, 왜 죽은 사람을 꿰맸죠? 그의 몸을 쌀 수의를 꿰맸단 말이군요?」

「아니오, 아니오. 하지만 난 이래 봬도 할 말과 안 할 말은 가릴 줄 아는 사람이오. 지금 당신은 내 이야기를 더 듣고 싶어 하는 모양이오만, 난 더 이상은 말하지 않을 거요.」

도적은 더 듣지 않아도 사정을 뻔히 짐작할 수 있었습니다. 그는 금화 한 닢을 꺼내어 바바 무스타파의 손에 쥐여 주며 말했습니다.

「더 이상 영감님 비밀을 캐묻지는 않겠습니다. 물론 영감님이 밝혀 주신다 해도 절대 누설하는 일은 없을 테지만 말입니다. 하지만 한 가지만 부탁드릴게요. 그 죽은 사람을 꿰

맨 곳이 어디인지만 좀 알려 주세요. 아니 그냥 손가락으로 가리키기만 하셔도 돼요.」

「설사 당신 부탁을 들어주고 싶은 마음이 든다 해도, 아쉽게도 그럴 수가 없소이다.」 바바 무스타파는 그에게 금화를 돌려주려 하며 대꾸했습니다. 「자, 그 이유를 들어 보시오. 나를 고용한 사람이 그곳까지 나를 어떻게 데려갔는지 아오? 어느 장소까지 데려가더니 거기서부터 두 눈을 가리고 인도합디다. 일을 마친 다음에도 올 때처럼 눈을 가리고 그 장소까지 데려다 주었소. 자, 왜 내가 당신 부탁을 들어줄 수 없는지, 이제 이해하겠소?」

「하지만 눈을 가리고 갔어도 방향은 대충 기억할 것 아니겠어요? 자, 저와 함께 가봅시다. 제가 그 장소에서 눈을 가려 드릴 터이니, 저와 함께 걸으면서 기억을 더듬어 보세요. 걸었던 길들과 돌았던 모퉁이들을 생각해 보라고요! 그리하시면 보답으로 금화 한 닢을 또 드리겠어요. 자, 어서요! 꼭 좀 부탁드릴게요.」 이렇게 말하면서 도적은 노인의 손에 또 다른 금화 한 닢을 쥐여 주었습니다.

금화 두 닢에 바바 무스타파의 마음이 크게 흔들렸습니다. 그는 아무 말도 못하고 손바닥 위에 놓인 금화 두 닢을 물끄러미 내려다보면서 도대체 어찌하면 좋을지 한동안 망설였죠. 그러다가 결국 품속에서 주머니를 꺼내 돈을 집어넣고는 도적에게 말했습니다.

「길을 정확하게 기억해 낼 수 있을지는 장담 못하겠소. 하지만 그렇게 원하시니 한번 시도해 보리다.」

바바 무스타파가 몸을 일으키자 도적은 너무나도 기뻤습니다. 별로 훔쳐 갈 것도 없는 가게인지라 노인은 문도 닫지 않은 채 출발하여, 모르지안이 그의 눈을 가렸던 장소까지 도적을 데려갔습니다.

「자, 여기가 내 눈을 가렸던 곳이라오. 그다음에 내 몸은 이쪽을 향해 있었소.」

도적은 준비했던 손수건으로 그의 눈을 가려 주고 옆에 서서 함께 걷기 시작했습니다. 한편으로는 그를 인도해 주면서, 다른 한편으로는 그에게 인도되면서 말이죠. 마침내 노인은 걸음을 멈추고 말했습니다.

「여기까지 왔었던 것 같소.」

과연 그가 찾아온 곳은 알리바바가 살고 있는 카심의 집이었습니다. 도적은 손수건을 풀기 전에 재빨리 분필로 대문에 표시를 했습니다. 이어 손수건을 풀어 주면서 이 집이 누구의 소유인지 아느냐고 물었죠. 무스타파는 자기는 이 동네 사람이 아니므로 아는 바가 아무것도 없다고 대답했습니다.

도적은 더 이상 바바 무스타파에게서 알아낼 것이 없다고 판단하고는 수고해 줘서 고맙다고 말했습니다. 그리고 그를 가게로 돌아가게 한 다음, 자신은 소굴이 있는 숲으로 향했습니다. 동료들의 뜨거운 환영을 받게 되리라는 생각에 마음은 더없이 가벼웠지요.

도적과 바바 무스타파가 헤어진 지 얼마 되지 않아, 모르지안은 외출할 일이 있어 알리바바의 집에서 나왔습니다. 그리고 일을 마치고 돌아오다가 도적이 남겨 놓은 표시를 발견하게 되었죠. 그녀는 멈춰 서서 그것을 주의 깊게 살펴보았습니다.

〈아니, 이게 대체 뭐지? 누군가가 우리 주인님에게 해를 끼치려는 걸까? 아니면 단순히 장난을 친 건지도 모르지. 하지만 그 의도가 무엇이든 간에 만일의 경우에 대비해 놓는 게 좋겠어.〉

그녀는 즉시 분필을 가져왔습니다. 그러고는 골목 위쪽과 아래쪽, 두세 개씩 줄지어 있는 비슷하게 생긴 대문들에도 똑같은 표시를 해놓았습니다. 그런 다음에 집에 들어왔지만, 이 사실은 주인에게도 안주인에게도 알리지 않았습니다.

한편 도적은 부지런히 길을 걸어 아주 이른 시각에 동료들과 재회할 수 있었습니다. 그는 임무를 성공적으로 마치고 왔음을 보고했습니다. 운 좋게도 도착하자마자 그들이 원했던 정보를 알려 줄 유일한 인물을 만난 것부터 시작해서, 모든 자초지종을 침을 튀겨 가면서 들려주었죠. 이 보고를 들은 도적들은 물론 크게 기뻐했습니다. 두목은 입을 열어 우선 신속하게 임무를 수행한 도적의 공로를 치하한 다음 모두를 둘러보며 이렇게 말했습니다.

「동지들! 자, 꾸물거릴 시간이 없다. 겉으로는 보이지 않게 단단히 무장하고 즉시 떠나자. 그리고 사람들의 의심을 사지 않도록 각자 따로 떨어져 성에 잠입하도록 한다. 집결지는 광장으로, 두 무리로 나누어 모인다. 제군들이 거기에서 기다리고 있으면 나는 우리에게 기쁜 소식을 가져다준 이 동지와 함께 그 집을 확인하러 가겠다. 그러고 나서 이후의 행동을 결정할 것이다.」

도적들은 두목의 말에 박수갈채를 보낸 후, 즉시 떠날 준비를 마쳤습니다. 그들은 두세 명씩 짝을 지어 출발했습니다. 서로 어느 정도의 거리를 두고 걸었기 때문에 모두들 조금도 의심받지 않고 성안에 들어갈 수 있었죠. 두목과 아침에 다녀간 도적은 제일 마지막으로 도착했습니다. 도적은 두목을 알리바바의 집이 있는 거리로 데려왔습니다. 그러고는 모르지안이 표시해 놓은 대문 중 하나를 가리키며 여기가 바로 그곳이라고 알려 주었죠. 하지만 사람들의 의심을 사지 않게끔 걸음을 멈추지 않고 계속 걸으며 주위를 살피던 두목은 이상한 점을 발견했습니다. 그다음 집의 대문에도 똑같은 부분에 똑같은 표시가 있는 게 아니겠습니까? 두목은 도적에게 둘 중 어느 것이 진짜냐고 물었습니다. 당황한 도적은 꿀 먹은 벙어리가 되고 말았죠. 그런데 더욱 당황스럽게도 다음에 이어지는 너덧 집의 대문에도 똑같은 표시가 나 있는 것이었습니다. 도적은 맹세코 자신은 오직 한 곳에만 표시를 해놓았다고 주장했습니다. 그리고 이렇게 덧붙였죠.

「대체 어떤 놈이 이렇게 똑같은 표시들을 해놓았는지 모르겠네요. 너무나 헷갈려서 어떤 게 진짜인지 전혀 구별이 안 갑니다.」

계획이 실패했음을 깨달은 두목은 즉시 광장으로 갔습니다. 그러고는 처음 마주친 도적에게 모든 일이 수포로 돌아갔으니 다시 소굴로 철수하는 수밖에 없다고 말하고, 이 사실을 다른 도적들에게도 알리라고 명했습니다. 그러고는 먼저 숲으로 떠났고, 부하들 역시 들어왔을 때와 같은 방식으로 성을 빠져나갔습니다.

무리가 다시 숲에 모이자, 두목은 왜 그들이 다시 돌아올 수밖에 없었는지, 그 이유를 설명해 주었습니다. 무리를 잘못 인도한 도적에게는 만장일치로 죽음이 선고되었죠. 이 도적은 좀 더 신중하지 못했던 자신의 과오를 인정하고 결연한 자세로 동료의 칼 앞에 목을 내밀었습니다.

무리의 보존을 위해서는 무리에 해를 가한 자에게 반드시 복수해야 하는 법, 이번에는 또 다른 도적 하나가 나섰습니다. 그는 처벌받은 도적보다 잘 할 수 있다고 장담하면서 자신을 보내 달라고 간청했습니다. 두목이 허락하자 즉시 출발한 그는 첫 번째 도적이 그랬듯이 바바 무스타파를 매수했고, 노인은 눈을 가린 채로 알리바바의 집을 알려 주었습니다. 이 도적은 대문에서 좀 더 눈에 띄지 않는 부분에 붉은색으로 표시를 해놓았습니다. 그렇게 하면 이미 흰색 표시가 있는 다른 대문들과 구별할 수 있으리라 생각했던 거죠.

하지만 그가 떠난 지 얼마 되지 않아 이번에도 모르지안이 외출하러 집을 나왔습니다. 그리고 다시 돌아올 때, 그녀의 예리한 눈은 그 붉은 표시를 놓치지 않았죠. 지난번과 똑같은 생각을 한 그녀는 즉시 붉은 분필을 가져다가 대문마다 똑같은 표시를 해놓았습니다.

숲에서 기다리고 있는 동료들에게 돌아온 도적은 자신이 어떤 일을 해냈는지 들려주었습니다. 그리고 이번에는 확실하게 표시해 두었으니 절대로 알리바바의 집을 혼동하는 일이 없을 거라고 장담했죠. 두목을 비롯한 다른 도적들도 이번에는 성공할 수 있으리라 확신했습니다. 도적들은 지난번과 같은 방식으로, 그리고 지난번만큼이나 조심해 가면서 성으로 향했습니다. 그들이 계획하고 있는 일을 위해 은밀하게 무장하는 것도 잊지 않았죠. 그렇게 성에 도착한 두목과 도적은 곧장 알리바바의 집이 있는 거리로 갔습니다. 하지만 이번에도 똑같은 문제가 기다리고 있었습니다. 두목은 부아가 치밀었고, 도적은 첫 번째 도적과 마찬가지로 당황하여 어쩔 줄 몰랐습니다.

결국 이날도 두목은 부하들과 함께 철수하는 수밖에 없었습니다. 마음은 첫날만큼이나 언짢았죠. 잘못한 도적은 마찬가지로 처벌을 받게 되었고, 기꺼이 그 벌을 받았습니다.

용감한 부하를 둘씩이나 잃은 두목은 이제 심각하게 고민하지 않을 수 없었습니다. 알리바바의 집을 알아 오라고 다른 부하들을 계속 보낸다면, 무리의 숫자가 갈수록 줄어들 것이 불 보듯 뻔했기 때문입니다. 실패한 두 부하의 예는 이들이 완력을 쓰는 일에나 능할 뿐, 머리를 쓰는 일에는 전혀 적합하지 않다는 사실을 증명한 셈입니다. 그리하여 그는 자신이 직접 일을 맡기로 결심했습니다. 그는 성으로 가서 바바 무스타파의 도움을 받아 알리바바의 집을 찾아냈습니다.

하지만 그는 집을 기억하기 위해 분필로 표시하는 짓 따위는 하지 않았습니다. 대신 문을 자세히 관찰하여 그 특징을 머릿속에 새겨 두었습니다. 뿐만 아니라 집 근처를 여러 번 왔다 갔다 하면서 위치도 확실히 익혀 놓았죠.

기쁜 마음으로 숲으로 돌아간 두목은 무리가 기다리고 있는 동굴에 들어서서 이렇게 말했습니다.

「동지들! 지금이야말로 우리가 당한 피해를 속 시원히 돌려줄 수 있게 되었다! 우리가 복수해야 할 그 못된 놈이 누구인지 내가 확실히 알아냈단 말이다. 또 나는 돌아오는 길에, 우리 본부와 보물 창고의 존재를 사람들에게 드러내지 않으면서 감쪽같이 복수할 방법이 있는지 곰곰이 궁리해 보았다. 왜냐하면 우리가 놈에게 복수하려는 궁극적인 목적도 다 이를 위해서이기 때문이다. 그것이 아니라면 이 모든 일은 우리에게 득은커녕 오히려 치명적인 독이 될 것이야. 자, 그래서 내가 생각해 낸 계획을 설명해 줄 테니 잘 들어 봐라. 만일 이것보다 더 좋은 묘책이 있다면 말해 보도록!」

이어 그는 어떤 식으로 행동해야 하는지 설명해 주었습니다. 도적들이 모두 찬성하자, 두목은 즉시 부하들을 여러 무리로 나누어 인근의 소읍이며 마을, 심지어는 도시로까지 보내면서, 노새 열아홉 마리와 기름을 담는 커다란 구리 항아리 서른여덟 개를 사오되 하나는 기름을 가득 채운 것으로, 나머지는 빈 것으로 사라고 분부했습니다.

이삼 일 후, 도적들은 이 모든 것들을 다 구해 왔습니다. 그런데 항아리가 좁아 그들의 음모를 실행하기에 불편했으므로, 두목은 주둥이를 약간 넓히게 했습니다. 그리고 나서 각 항아리에 무장한 도적을 한 명씩 들어가게 한 뒤 숨을 쉴 수 있도록 약간의 틈만 남기고는, 마치 속에 기름이 가득한 것처럼 보이게끔 뚜껑을 닫아 놓았습니다. 마지막으로 더욱 완벽한 위장을 위해 진짜 기름 항아리에서 기름을 퍼내 각 항아리의 겉면에 발라 놓았지요.

두목은 자신을 제외한 부하 전원이 숨어 있는 항아리 서른 일곱 개와 진짜 기름이 든 항아리 한 개를 모두 노새 등에 실은 다음 직접 고삐를 잡아끌고 도시로 향했습니다. 그는 예정했던 시간, 즉 해 지고 나서 한 시간쯤 후에 성문 앞에 도착할 수 있었습니다. 성안에 들어가서는 곧장 알리바바의 집으로 갔습니다. 대문을 두드려 주인을 찾은 다음, 노새들과 함께 하룻밤 묵게 해달라고 부탁할 심산이었죠. 하지만 문을 두드릴 필요도 없었습니다. 저녁 식사를 마친 알리바바가 서늘한 바람을 쐬러 대문 앞에 나와 있었기 때문입니다. 두목은 노새들을 멈춰 세우고 알리바바에게 다가갔습니다.

「선생님! 보시다시피 전 멀리서 온 장사꾼입니다. 여기 이 기름을 내일 장에다 내다 팔려고 가져왔습죠. 그런데 벌써 이렇게 시간이 늦어 버렸으니 어디 가서 묵어야 할지 모르겠습니다. 괜찮으시다면 하룻밤만 재워 주시지 않겠습니까? 그리해 주신다면 너무도 고맙겠습니다만······.」

알리바바는 지금 말하는 상대를 이미 숲 속에서 본 적이 있었습니다. 심지어는 목소리까지 들었었죠. 하지만 기름 장수로 감쪽같이 변장한 그를 어떻게 알아볼 수 있었겠습니까?

「아이고, 잘 오셨습니다! 어서 들어오세요.」 이렇게 말하면서 알리바바는 두목이 노새들과 함께 들어올 수 있게끔 대문 옆으로 비켜서 주었습니다.

동시에 종에게는 노새들이 이슬을 피할 수 있게끔 마구간에 들이고 건초와 귀리를 먹이로 주라고 명했습니다. 또 몸소 부엌에 들어가서 모르지안에게 방금 도착한 손님을 위해 신속히 저녁을 차릴 것이며, 한쪽 방에다 잠자리를 마련해 주라고 분부했죠. 이것으로 그치지 않았습니다. 손님을 극진

하게 대접하고 싶은 마음뿐이었던 그는 두목이 바깥 내정에서 밤을 보낼 곳을 찾으며 서성이는 것을 보고는 부리나케 달려가, 어떻게 귀한 손님을 바깥에서 재울 수 있겠느냐고 말하며 손님을 접대하는 홀로 끌고 갔습니다. 두목은 극구 사양했습니다. 폐를 끼치고 싶지 않다는 핑계였지만, 실은 그가 품은 흉계를 보다 자유롭게 실행하기 위한 속셈이었죠. 하지만 알리바바가 너무도 간절히 청하는지라 결국 그의 뜻에 따르는 수밖에 없었습니다.

알리바바는 모르지안이 저녁상을 차려 올 때까지 자신의 목숨을 노리는 자와 함께 있어 주는 것에 그치지 않고, 이런저런 얘기까지 하면서 그를 즐겁게 해주었습니다. 두목이 식사를 다 마치고 나서야 그는 자리에서 일어나며 말했습니다.

「자, 이젠 편히 쉬시지요. 그리고 무엇이든 필요한 것이 있으면 말씀만 하세요. 제가 가진 모든 것은 손님을 위한 것입니다.」

도적 두목도 함께 일어나 알리바바를 문까지 배웅해 주었습니다. 그리고 알리바바가 모르지안과 얘기하기 위해 부엌에 들어가자, 노새들을 살피러 마구간에 간다는 핑계로 내정으로 나왔습니다.

알리바바는 모르지안에게 손님을 잘 보살필 것이며, 부족한 것이 없도록 각별히 신경 쓰라고 다시 한 번 당부하고는 이렇게 덧붙였습니다.

「모르지안! 미리 말해 두는데 내일 나는 해 뜨기 전에 목욕탕에 다녀올 생각이다. 그러니 목욕 수건을 준비해서 압달라 — 이는 알리바바 하인의 이름이었습니다 — 에게 맡겨 놓거라. 또 내가 목욕을 다녀와서 먹을 수 있게끔 죽도 한 그릇 따끈하게 끓여 놓고.」

한편 마구간에서 나온 도적 두목은 부하들에게 할 일을 지시하기 위해 기름 항아리가 있는 곳으로 갔습니다. 그는 첫 번째 항아리에서 마지막 항아리까지 일일이 다니면서 이렇게 속삭였습니다.

「내가 묵고 있는 방에서 조약돌을 던져서 신호하겠다. 그 소리가 들리면 칼로 항아리를 갈라 버리고 빠져나와라. 나도 즉시 이곳으로 오겠다.」 그가 말하는 칼이란 이러한 용도를 위해 특별히 준비한 뾰쪽하고도 날카로운 것이었죠.

두목은 다시 돌아왔습니다. 부엌문 앞으로 가니까 모르지안이 등불을 밝혀 들고 준비해 놓은 방으로 그를 인도했습니다. 그러고서 다른 부족한 것은 없는지 물어본 다음 물러갔습니다. 두목은 의심을 사지 않기 위해 금방 불을 끄고 잠자리에 들었습니다. 하지만 간단히 한잠 자고 일어나서 행동을 개시해야 했으므로 옷은 입은 채였죠.

모르지안은 알리바바의 분부를 잊지 않았습니다. 목욕 수건을 준비하여 아직 깨어 있던 압달라에게 맡기고는 죽을 끓이기 위해 솥단지를 불에 올려놓았습니다. 그런데 그렇게 죽의 거품을 걷어 내고 있을 때 등불이 꺼져 버렸습니다. 마침 집에는 남아 있는 기름이 없었고 양초도 없었죠. 솥의 거품을 걷어 내기 위해서는 밝은 빛이 필요했습니다. 그녀가 이런 고충을 압달라에게 말하자 압달라가 말했습니다.

「이런, 아주 곤란하게 됐구먼! 그런데 말이야, 내정에 쟁여 놓은 게 모두 기름 항아리들 아닌가? 거기서 기름 좀 퍼다 쓰지그래?」

모르지안은 좋은 생각이라며 압달라에게 감사했습니다. 곧 압달라는 다음 날 새벽 목욕을 가는 알리바바를 따라가기 위해 주인의 방 근처로 자러 갔고, 그녀는 조그만 기름 단지를 들고 내정으로 나갔습니다. 그런데 처음 보이는 항아리 곁으로 다가가려니, 그 속에서 누군가가 나직한 소리로 묻는 것이 아닙니까!

「시간이 됐나요?」

도적은 나름껏 목소리를 낮춰 말했지만 모르지안은 화들짝 놀랐습니다. 아까 도적 두목이 좁디좁은 항아리에 갇혀 옴짝달싹 못하고 답답해하는 부하들의 숨통을 조금이나마 터주고자 입구를 어느 정도 열어 놓았고, 그 때문에 도적의 목소리가 아주 또렷하게 들렸던 까닭입니다.

다른 여종 같았더라면 항아리 속에 웬 사내가 숨어 있다는 사실에 기겁을 하여, 기름을 퍼가기는커녕 비명을 지르는 등 소란을 피워 불행한 일을 자초했을 것입니다. 하지만 모르지안은 여느 여종과는 다른 처녀였습니다. 그녀는 즉시 깨달았습니다. 지금 알리바바와 그의 가족, 나아가 그녀 자신이 얼마나 큰 위험에 처해 있는지, 그리고 소동을 피우지 않고 신속히 이 일을 처리해야 한다는 사실을 말입니다. 총명한 그녀는 즉시 그 방법을 생각해 냈습니다. 그녀는 정신을 다잡고 아무런 동요도 드러내지 않은 채, 자신이 두목인 양 이렇게 대답했습니다.

「아직 아니다. 하지만 곧 시작된다.」

그러고서 다음 항아리로 갔더니 거기서도 똑같은 질문이 새어나왔고, 그것은 마지막 항아리까지 계속되었습니다. 그때마다 그녀는 똑같은 대답을 해주었죠.

이제 총명한 모르지안은 무슨 일이 벌어지고 있는지 눈치 챘습니다. 그녀의 주인 알리바바가 집에 들인 기름 상인은 실은 서른일곱 명의 도적과 함께 숨어든 그들의 두목, 가짜 상인이었던 것입니다. 그녀는 마지막 항아리에서 기름을 퍼, 가져간 기름 단지에 담았습니다. 그러고는 등에 기름을 부어 우선 불부터 밝혀 놓은 다음, 커다란 가마솥을 들고 다시 내정으로 돌아가 마지막 항아리의 기름을 그 안에 가득 부었습니다. 가마솥을 들고서 부엌에 돌아온 그녀는 즉시 그 밑에 불을 때기 시작했습니다. 온 집안의 운명이 달려 있는 일이라 일각도 지체할 여유가 없었지요. 마침내 기름이 끓기 시작했습니다. 그녀는 가마솥을 들고 내정으로 나가, 펄펄 끓는 기름을 한 바가지씩 퍼서 서른일곱 개의 항아리 안에 차례로 부었습니다. 그 안에 숨어 있던 도적들은 모두 숨이 막혀 즉사해 버렸지요.

이처럼 오직 그녀만이 가능한 용기를 발휘하여 소리없이 계획을 실행한 모르지안은 빈 가마솥을 가지고 부엌으로 돌아와 문을 닫았습니다. 기름을 끓이느라 피운 불을 줄이고 알리바바의 죽을 끓이는 데 필요한 만큼만 남겨 놓았죠. 그리고 등의 불도 껐습니다. 하지만 부엌을 떠나지는 않았습니다. 내정 쪽으로 난 부엌 창문을 통해 무슨 일이 일어나는지 지켜보기 위함이었죠.

이렇게 모르지안이 기다리기 시작한 지 얼마 지나지 않아 도적 두목이 잠에서 깨어났습니다. 그는 몸을 일으켜 창문을 열고 밖을 내다보았습니다. 집 안은 아무 불빛도 소리도 없이 고요하기만 했죠. 그는 조약돌 여러 개를 던졌습니다. 소리가 나는 것으로 보아 그중 몇 개는 항아리에 맞은 것이 분명했습니다. 그는 귀를 기울여 보았지만 아무 소리도 들리지 않았고, 부하들이 행동을 개시하는 기척도 느껴지지 않았습니다. 두목은 불안해졌습니다. 다시 조약돌을 던져 보았죠. 돌이 분명히 항아리에 맞았는데도 뭔가 신호를 보내는 부하가 한 명도 없었습니다. 도무지 이유를 알 수 없는 일이었죠.

마침내 크게 불안해진 두목은 소리를 내지 않으려 애쓰면서 내정으로 내려갔습니다. 그렇게 살금살금 첫 번째 항아리로 다가가서는 그 안을 향해, 지금 자고 있느냐고 물었습니다. 하지만 이게 웬일입니까? 항아리에서는 아무런 대답이 없고 대신 기름 향과 뭔가 타는 냄새만이 풍겨 나오는 게 아니겠습니까? 그는 직감했습니다. 알리바바의 목숨을 빼앗고 그의 집을 약탈하여, 그들이 잃은 것을 되찾아 오리라는 계획은 수포로 돌아간 것입니다. 그다음 항아리, 그리고 이어지는 모든 항아리들을 다 돌아보았지만, 모두가 같은 운명이 되었다는 사실만을 확인할 수 있었습니다. 마지막에 놓인 기름 항아리에는 가득했던 기름이 현저히 줄어들어 있었습니다. 누군가가 자신의 부하들을 죽이기 위해 어떤 방법을 사용했는지도 충분히 짐작할 수 있었죠. 절망에 사로잡힌 두목은 정원으로 통하는 문으로 빠져나갔고, 그렇게 여러 개의 정원을 통과하여 마침내는 담을 넘어 알리바바의 집 밖으로 나갈 수 있었습니다.

이렇게 그가 사라지고 난 후 한참이 지나도 아무 소리가 나지 않자, 모르지안은 가짜 상인이 어떤 결정을 내렸는지 짐작할 수 있었습니다. 도적놈은 이중으로 굳게 잠겨 있는 대문으로 나가는 대신 월담하여 줄행랑치는 쪽을 택했던 것입니다. 그녀는 집을 안전하게 지켜 냈다는 생각에 너무나 기쁘고 뿌듯한 마음으로 잠자리에 들었습니다.

한편 알리바바는 동이 트기 전에 일어나 종을 데리고 목욕을 갔습니다. 하지만 그가 잠들어 있는 동안 집 안에서 무슨 일이 일어났는지는 까맣게 모르고 있었죠. 모르지안이 그를 깨우지 않는 편이 낫다고 판단했기 때문입니다. 무엇보다 너무도 위급한 상황이어서 그를 깨울 틈도 없었고, 위험이 사라진 뒤에는 굳이 그의 휴식을 방해할 필요가 없다고 생각했던 것이지요.

해가 뜨자, 목욕 갔던 알리바바가 집에 돌아왔습니다. 내정에 들어선 그는 기름 항아리들이 아직도 그 자리에 놓여 있는 것을 보고 깜짝 놀랐습니다. 이미 기름 상인이 그것들을 시장에 가져갔어야 할 시간이었기 때문입니다. 그는 대문을 열어 준 모르지안에게 이유를 물었습니다. 사실 그녀는 일부러 항아리들을 치우지 않고 그대로 놓아 두었던 것입니다. 그렇게 모든 것을 보여 줌으로써, 자신이 어떤 식으로 집을 지킬 수 있었는지 보다 생생하게 설명하기 위함이었죠.

「주인님! 하느님께서 주인님과 주인님의 집안을 지켜 주시기를 빕니다! 잠시 후에 몇 가지 것들을 보시면 무슨 일이 일어났는지 짐작하실 거예요. 자, 저를 따라 오세요.」

알리바바는 모르지안을 따라갔습니다. 그녀는 우선 대문을 잠근 후에 그를 첫 번째 항아리 앞으로 데려갔습니다. 그러고는 말했습니다.

「항아리 안을 들여다보세요. 속에 기름이 들어 있나요?」

알리바바는 항아리 안에 웬 사내가 웅크리고 앉아 있는 것을 보고는 덜컥 겁이 나서 크게 비명을 지르며 뒤로 물러섰습니다.

「무서워하실 것 하나도 없어요.」 모르지안이 말했습니다. 「이 사내는 주인님께 어떤 짓도 할 수 없으니까요. 전에는 고약한 짓을 하고 다녔지만, 지금은 주인님이나 그 어떤 사람에게도 그럴 수 없는 상태거든요. 더 이상 살아 있지 않으니까요.」

「모르지안! 그게 대체 무슨 말이냐? 어서 설명해 봐!」

「설명해 드리겠어요. 하지만 먼저 놀란 가슴부터 진정시키세요. 이건 무슨 일이 있어도 꼭 숨겨야 하는 일인데, 잘못하면 이웃들로 하여금 호기심을 느끼게 할 수 있거든요. 자, 다른 항아리들도 한번 들여다보세요.」

알리바바는 다른 항아리들을 모두 들여다보았습니다. 첫 번째 항아리부터 시작해서 마지막 항아리의 기름이 현저히 줄어들어 있는 것까지 확인했죠. 이 모든 것을 본 알리바바는 꼼짝도 않고 말없이 서 있었습니다. 다만 입을 크게 벌리고 항아리들과 모르지안을 번갈아 쳐다볼 뿐이었죠. 결국 간신히 입을 열 수 있게 된 그는 이렇게 물었습니다.

「그럼 상인은? 그는 어떻게 됐지?」

「쉰네가 상인이 아니듯, 그 상인도 진짜 상인이 아니지요. 그자가 누구이며, 어떻게 되었는지는 주인님께 다 말씀드리겠어요. 하지만 이 모든 이야기는 방에서 듣는 게 더 편하실 거예요. 또 지금은 목욕을 다녀오시는 길이니 건강을 위해 죽을 드실 시간이기도 하고요.」

알리바바는 자기 방으로 들어갔고, 모르지안은 죽을 가지러 부엌에 갔습니다. 잠시 후 그것을 받아 든 알리바바는 먹기 전에 그녀에게 말했습니다.

「답답해 죽겠으니 어서 말해 보거라! 이 상황은 대체 그 어떤 기이한 사연으로 인한 것이냐?」

모르지안은 알리바바의 분부에 이렇게 말했습니다.

「주인님! 어제저녁 주인님께서 자러 들어가셨을 때 쉰네는 주인님이 분부하신 대로 목욕 수건을 준비하여 압달라에게 맡겼어요. 그러고서 죽을 끓이려 불 위에 솥단지를 올렸죠. 그렇게 죽의 거품을 걷어 내고 있는데, 기름이 떨어져 등이 꺼져 버렸어요. 설상가상으로 우리 단지에는 기름이 한 방울도 남아 있지 않았죠. 양초 조각이라도 있을까 싶어 찾아보았지만 그것도 보이지 않더군요. 제가 이렇게 난처해하자 압달라가 내정에 기름 항아리들이 잔뜩 있다는 사실을 상기시켜 주었어요. 아마 주인님께서도 그러셨겠지만, 우리는 그 안에 기름이 가득 들어 있으리라고 믿어 의심치 않았어요. 저는 기름 단지를 들고 가장 가까운 곳에 있는 항아리로 달려갔어요. 그런데 제가 항아리에 다가가니까 그 안에서 어떤 사람이 이렇게 묻는 거예요. 〈시간이 됐나요?〉 저는 두려워하며 벌벌 떨고 있지만은 않았답니다. 오히려 가짜 상인의 흉계를 간파하고는 머뭇거리지 않고 이렇게 대답했어요. 〈아직은 아니다. 하지만 곧 시작된다.〉 그러고서 그다음 항아리로 갔더니 거기서도 다른 목소리가 똑같은 질문을 해오는 거예요. 저 역시 똑같이 대답해 주었죠. 이렇게 저는 항아리들을 차례차례 모두 돌아보았고, 똑같은 질문에 똑같이 대답해 주었어요. 마지막 항아리에는 진짜 기름이 들어 있어서 가지고 간 단지를 채울 수 있었어요. 그제야 저는 상황을 확실히 이해할 수 있었지요. 주인님께서 진짜 상인이라 생각하고 온 집안이 들썩거리도록 환대한 자는 사실은 도적의 두목이었으며, 내정 한가운데엔 그의 명령만을 기다리고 있는 도적 서른일곱 명이 숨어 있었던 거죠. 저는 지체 없이 행동을 개시했어요. 우선 기름 단지를 부엌에 가져가 등불을 다시 켰어요. 그다음엔 부엌에 있는 것 중 가장 큰 가마솥을 꺼내 그 안에 기름을 가득 채운 다음 불 위에 올려놓았어요. 그러고서 펄펄 끓는 기름을 퍼다가 도적이 숨어 있는 항아리들에다 부었지요. 그들의 사악한 계획을 막을 수 있을 만큼씩만 부었어요. 이렇게 계획한 대로 일을 마치고 나서는 부엌에 들어와 등불을 껐답니다. 하지만 아직 자러 들어가지는 않았어요. 가짜 기름 장수가 어떻게 나올 것인지 창문을 통해 느긋하게 지켜보기 위함이었죠. 조금 지나니까 그가 방 창문을 통해 항아리들 쪽으로 조약돌을 던지는 소리가 났어요. 한 번 던져 반응이 없자, 두 번, 세 번 던지더군요. 아무런 기척이 없자 결국 그는 내정으로 내려왔어요. 저는 그가 마지막 항아리까지 다 살펴본 후, 밤의 어둠 속으로 사라져 버리는 광경을 지켜 볼 수 있었지요. 그러고 나서도 얼마간 기다려 보았지만 돌아오지 않더군요. 계획이 실패한 것에 절망하여 정원 담을 넘어 도망가 버렸다는 사실에 의심의 여지가 없었어요. 그렇게 집이 안전해진 것을 확인하고 나서야 잠자리에 들 수 있었답니다.」

이야기를 마치며 모르지안은 이렇게 덧붙였습니다.

「자, 이상이 주인님께서 듣고 싶어 하신 이야기였어요. 하지만 쇤네가 확신하건대, 이것은 대엿새 전부터 있었던 일련의 사건들에 이어져 일어난 일에 불과합니다. 사실 저는 이 사건들을 눈여겨보고 있었지만, 그다지 대수롭지 않은 것이라 여겨 주인님께는 말씀드리지 않고 있었지요. 며칠 전 쇤네가 이른 아침부터 시내에 다녀와야 할 일이 있었어요. 그런데 돌아오다 보니까 거리에 면한 대문에 누군가가 흰색으로 표시를 해놓았더군요. 그다음 날에는 흰색 표시 옆에 빨간색 표시를 해놓았고요. 대체 누가 어떤 의도로 이런 짓을 해놓았는지는 알 수 없었지만, 저는 매번 거리의 위아래로 이어진 두세 개의 다른 대문들 위에다 마찬가지의 표시를 해놓았어요. 자, 이 사실과 간밤에 일어난 일을 연결해서 생각해 보세요. 그럼 이 모든 것이 숲 속 소굴의 그 도적 떼들이 꾸민 음모라는 사실을 깨달으실 거예요. 원래 마흔 명이라는 놈들 가운데 왜 두 명이 안 왔는지는 알 수 없지만, 이제는 많아야 세 명밖에 안 남았다는 사실만큼은 분명하죠. 여하튼 이 모든 사실은 놈들이 주인님의 목숨을 노린다는 사실을 증명하고 있어요. 그러니 그중 단 한 놈이라도 살아 있는 한 주인님께서는 각별히 조심하셔야 합니다. 쇤네 역시 주인님의 안전을 지키기 위해 만전을 기하겠어요.」

모르지안이 이야기를 모두 마치자 알리바바는 고마워 어쩔 줄 몰라 했습니다.

「모르지안! 정말 이 은혜를 어떻게 갚아야 할지 모르겠구나! 네가 내 생명을 구해 주었어! 자, 나중에 더 큰 보답을 해야겠지만, 우선 감사의 표시로 즉시 널 자유의 몸으로 해방해 주겠다. 그래, 마흔 명의 도적놈들이 이 모든 일을 꾸몄다는 것, 나도 너와 같은 생각이다. 하느님께서 너를 통해 나를 구해 주신 거야. 앞으로도 놈들의 사악한 음모에서 나를 보호해 주시기를 빌 뿐이다. 지금 내 머리 위에 드리운 놈들의 사악한 음모를 분쇄하사, 이 저주받을 족속들의 악행으로부터 세상을 구원하시기를 기도할 뿐이야. 자, 지금 우리가 해야 할 일은 인류의 흑사병과도 같은 이자들의 시체를 매장하는 것이다. 그것도 그들이 무슨 일을 당했는지 아무도 눈치채지 못하게끔 은밀하게 처리해야 할 것이야. 하지만 걱정 마라. 내가 압달라를 데리고 모두 알아서 처리할 테니.」

알리바바의 정원은 매우 길었고, 그 끝에는 큰 나무들이 서 있었습니다. 그는 지체 없이 종을 데리고 그 나무들 쪽으로 가서 구덩이를 파기 시작했습니다. 구덩이의 넓이와 깊이는 시체들을 다 매장할 수 있을 정도로 맞추었죠. 흙이 단단하지 않았으므로 그들은 오래지 않아 작업을 끝낼 수 있었습니다. 두 사람은 시체들을 항아리에서 꺼내고, 그들이 품고 있던 무기는 빼내어 한쪽에 따로 놓았습니다. 그런 다음 시체를 정원 끝으로 날라 구덩이 안에 차곡차곡 쌓았습니다. 마지막으로는 파낸 흙으로 구멍을 메우고, 남은 흙을 주위에 교묘하게 뿌려 놓아 지면이 전처럼 평평하게 보이게 했습니다. 알리바바는 기름 항아리들이며 무기들도 은밀한 곳에 잘 숨겨 놓았습니다. 노새들은 필요하지 않았으므로, 종을 시켜 몇 마리씩 여러 차례에 걸쳐 시장으로 끌고 가 팔아 오게 했지요.

이처럼 알리바바가 자신이 짧은 시간에 큰 부자가 된 사정을 사람들이 눈치채지 못하게끔 만반의 조치를 취하고 있을 때, 도적 두목은 말할 수 없이 비통한 심정으로 숲에 돌아와 있었습니다. 계획과는 달리 너무도 참혹한 실패를 겪은 후라

 정신이 온통 흥분되고 멍한 상태여서, 돌아오는 길에는 아무 생각이 없었습니다. 이제 무엇을 해야 할 것이며, 무엇을 하지 말아야 할지 아무런 생각도 나지 않았죠. 그렇게 어두운 동굴 속에 홀로 앉아 있으려니 가슴이 찢어지는 것만 같았습니다. 그는 부르짖었습니다.

「오, 용감한 사람들이여! 함께 밤을 지새우고 말을 달리고 일해 온 나의 동료들이여! 모두들 어디에 있는가? 그대들 없이 내가 무엇을 할 수 있단 말인가? 내가 그토록 애를 써서 그대들을 골라 모아 놓은 결과가 고작 이거란 말인가? 그대들의 용기에 너무도 어울리지 않는 그 잔혹한 운명으로 한꺼번에 몰살되는 꼴을 보려고 그리했단 말인가? 차라리 용감한 전사답게 손에 칼을 쥐고 죽어 갔더라면 이렇게까지 원통하지는 않았을 것을! 언제 그대들 같은 부하들을 다시 얻을 수 있을까! 하긴, 다시 얻는다 한들 무슨 소용이 있겠는가? 우리의 모든 황금과 은과 보물이 벌써 그 일부를 훔쳐간 자에게 노출되어 있거늘! 그래! 그자의 목숨을 빼앗기 전에는 다시 부하를 얻을 생각을 하지 않겠다. 좋다! 그토록 강력했던 그대들의 도움을 받고도 할 수 없었던 일, 이제는 나 혼자서 이루어 보련다. 그렇게 이 보물 창고를 약탈의 위험으로부터 안전하게 만든 다음에야 이를 물려받을 상속자들도, 나를 이을 후계자도 찾아보련다. 그리하여 이 모든 것이 후세에까지 길이 보전되고 번창해 나갈 수 있게끔 하련다!」

결심을 하고 나니, 그 계획을 이루는 방법을 찾아내는 것은 조금도 어렵지 않았습니다. 그렇게 두목은 희망에 부풀어 평온해진 마음으로 편안히 잠들 수 있었습니다.

다음 날 아침 도적 두목은 전날 작정했던 대로 아침 일찍 일어나, 계획의 실행을 위해 매우 화려한 의복으로 갈아입었습니다. 그러고는 성안에 돌아와 칸에다 방을 하나 얻었습니다. 그는 칸의 수위와 이런저런 얘기를 나누는 척하면서, 혹시 성안에 무슨 새로운 일이라도 있는지 물어보았죠. 알리바바가 부자가 되었다는 소문이 쫙 퍼졌으리라고 생각했던 것입니다. 하지만 수위의 대답은 예상과 전혀 달랐습니다.

두목은 이를 통해 몇 가지 사실을 짐작할 수 있었습니다. 첫째로 지금 알리바바가 비밀을 철저히 지키고 있는 까닭은 자신이 보물 창고와 그 안에 들어가는 비밀을 알고 있다는 사실을 드러내지 않기 위함이며, 둘째로 그가 자신의 목숨이 위협받고 있다는 사실을 잘 알고 있다는 것이었죠. 이 모든 것을 생각하니 두목으로서는 더더욱 알리바바를 제거하지 않을 수 없었습니다. 그것도 알리바바가 그러하듯 지극히 은밀한 방법으로 말이지요.

도적 두목은 말을 한 필 구입했습니다. 보물 창고에 있는 각종 귀한 직물들을 숙소로 날라 오기 위함이었습니다. 그는 보물 창고가 드러나지 않게끔 극도로 조심해 가면서 여러 차례 그곳을 오갔습니다. 상품이 충분히 쌓이자 이제는 그것들을 팔 가게가 필요했습니다. 곧 적당한 장소를 찾아 세를 내어 상품을 들여놓고 개점했습니다. 그런데 이 가게의 바로 맞은편에는 과거 카심의 소유로, 얼마 전부터는 알리바바의 아들이 경영하고 있는 가게가 있었습니다.

이제 〈코지아 후사인〉이라는 이름으로 행세하기 시작한 도적 두목은 관례대로 이웃 상인들을 찾아다니며 인사를 했습니다. 그러다가 비록 나이는 어리지만 용모가 준수하고 머리 또한 영리하여, 보는 이로 하여금 호감을 느끼게 하는 청년인 알리바바의 아들을 만났죠. 가게가 가까워 서로 자주 찾아가 얘기를 나누는 일이 잦다 보니 두 사람은 금방 친한 사이가 되었습니다.

그렇게 그가 개업한 지 사흘쯤 지났을 무렵, 알리바바가 이따금 하는 습관대로 아들의 가게에 찾아와 그와 한동안 얘기를 나누었습니다. 두목은 그 모습을 보았고, 알리바바가 떠나간 후에는 그가 다름 아닌 앞 가게 젊은이의 아버지라는 사실을 듣게 되었습니다. 이에 두목은 더욱 친절히 아들을 대했습니다. 여러 가지 세상사를 가르쳐 주고 조그만 선물들을 주는가 하면, 음식도 여러 차례 대접했죠.

이렇게 은혜를 입었으니 알리바바의 아들도 가만히 있을 수 없었습니다. 자신도 코지아 후사인이 해준 것 같은 성대한 연회를 열어서 대접해 주고 싶었죠. 하지만 지금 지내는 거처가 너무 비좁아 그런 연회를 열기 힘들었습니다. 그는 이런 고충을 아버지에게 털어놓으면서, 이렇게 잘해 주는 코지아 후사인을 모른 척하고 있는 건 예의가 아닌 것 같다고 말했습니다. 이에 알리바바는 흔쾌히 자신이 연회를 열어 주겠다고 하면서 말했죠.

「아들아! 내일은 금요일이다. 즉 너나 코지아 후사인 같은 상인들이 가게를 닫고 쉬는 날이지. 이렇게 하거라. 점심을 먹고 나서 산책이나 같이하자고 제안하는 거야. 그리고 돌아오는 길에 슬그머니 우리 집 앞으로 데려와서는 여기가 우리 부친 댁이니 같이 들어가자고 청해라. 거창한 격식을 갖춰 초대하는 것보다는 그런 방법이 훨씬 자연스럽지 않겠니? 나는 모르지안을 시켜 저녁을 준비해 놓도록 하겠다.」

금요일 오후, 알리바바의 아들과 코지아 후사인은 전날 약속한 대로 만나서 산책을 떠났습니다. 돌아오는 길에 알리바바의 아들은 슬그머니 코지아 후사인을 부친이 살고 있는 거리로 데려왔고, 집 대문 앞에 이르자 그를 멈춰 세운 다음 문을 두드리면서 말했습니다.

「여기가 제 부친의 집이랍니다. 일전에 선생님께서 제게 친절히 대해 주신다는 말씀을 드렸더니 부친께서 선생님을 뵙고 인사드리고 싶다며 한번 모시고 오라고 하셨어요. 자, 들어갑시다! 지금까지 그래 오셨듯이 오늘도 저를 기쁘게 해 주십시오.」

코지아 후사인의 목적은 알리바바의 집에 들어가서, 자신이 위험에 빠지는 일이 없게끔 조용하고 은밀하게 그의 목숨을 빼앗는 것이었습니다. 그럼에도 그는 짐짓 점잖게 사양하면서 알리바바의 아들에게 작별을 고하고 떠나 버리려는 시늉을 했습니다. 하지만 대문이 열리고 알리바바의 아들이 그의 손을 잡아끌면서 간절히 청하자 못 이기는 체하며 따라 들어갔죠.

알리바바는 환한 얼굴로 코지아 후사인을 맞아 주었습니다. 그는 우선 자기 아들에게 친절하게 대해 준 데 감사한 다음 이렇게 덧붙였습니다.

「사실 저 애는 아직 너무 어려서 세상 물정을 잘 모릅니다. 저런 아이를 가르쳐 주시고 보살펴 주신다니 아비된 저로서는 얼마나 고마운지 모르겠군요.」

코지아 후사인은 답례로 그의 아들에 대한 칭찬을 늘어놓았습니다. 즉 그는 아직 몇몇 존경할 만한 노인들이 지니고 있는 경험은 없지만, 수많은 보통 노인네들의 경험을 대신할 만한 뛰어난 양식을 지니고 있다는 말이었죠. 이렇게 잠시 이런저런 얘기들을 나눈 후, 코지아 후사인은 작별을 고하고 떠나려 했습니다. 그러자 알리바바가 그를 잡았습니다.

「선생, 어딜 가시겠다는 겁니까? 여기까지 오셨으니 제발 저와 함께 저녁 식사라도 하고 가세요. 선생의 은혜에 비하면 변변한 음식이 못 됩니다만, 그래도 정성껏 차릴 터이니 흔쾌히 들고 가세요.」

그러자 코지아 후사인이 대답했습니다.

「알리바바 선생! 저를 배려하시는 따뜻한 마음, 충분히 느껴집니다. 하지만 이렇게 고마운 청을 받아들이지 못하고 떠나려는 저를 나쁘게 생각하지는 말아 주세요. 그것은 선생을 경멸해서도 아니요, 무례하게 굴고 싶어서도 아니랍니다. 사실은 선생도 알고 나면 이해할 만한 이유 때문이지요.」

「그 이유가 뭔데요? 좀 여쭤 봐도 되겠습니까?」

「좋아요, 말씀드리죠! 사실 저는 소금을 넣은 고기나 스튜를 먹지 못한답니다. 그러니 음식을 보고도 먹지 못하는 제 고충이 얼마나 클지 한번 생각해 보세요.」

「하하! 고작 그런 이유였나요? 그런 이유라면 저는 더욱 선생을 붙잡아야 할 것 같군요. 우리 집에서 먹는 빵에는 소금이 안 들어갑니다. 그리고 고기와 스튜가 문제가 된다면 선생 앞에 놓일 음식에는 소금을 넣지 말라고 분부하겠습니다. 자, 제가 잠시 다녀올 테니 여기 앉아 계세요.」

알리바바는 부엌으로 가 모르지안에게 만찬에 올릴 고기에 소금을 뿌리지 말 것이며, 이미 스튜가 준비되었다면 소금을 넣지 않은 두세 그릇을 빨리 만들라고 분부했습니다. 이미 상을 올릴 준비를 마쳐 놓은 모르지안은 이렇게 다시 분부가 떨어지니 속이 상했습니다. 그래서 자신도 모르게 알리바바에게 따지고 들었습니다.

「아니, 소금을 먹을 수 없다니, 그렇게 까다로운 손님이 대체 누구래요? 다 차려 놓은 이 음식을 나중에 내가면 식어서 맛이 하나도 없을 텐데요!」

「모르지안, 화내지 말거라! 그분은 착한 양반이시다. 그러니 그냥 내가 시키는 대로 해다오!」

모르지안은 마지못해 순종했지만, 소금을 먹지 않는다는 양반이 대체 어떤 사람인지 알고 싶은 마음이 들었습니다. 그래서 음식을 다 만들고 알리바바를 도와 상에 올리면서 그를 살펴보았죠. 코지아 후사인은 사람들이 자신을 알아보지 못하게끔 변장을 하고 있었지만 모르지안은 한눈에 그의 정체를 간파했습니다. 뿐만 아니라, 그를 주의 깊게 관찰한 결과 옷 속에 단검을 숨기고 있다는 사실까지 눈치챘죠. 그녀는 생각했습니다.

〈이 악당이 주인님과 함께 소금을 먹지 않으려 하는 이유를 이제야 알겠군.[86] 오늘 불구대천의 원수를 암살하러 온 거야. 하지만 내가 가만히 있을 것 같아?〉

상을 다 차려 놓은 모르지안은 나머지 시중을 압달라에게 맡기고 자신의 거처로 돌아왔습니다. 그들이 식사하는 동안,

---

86 아랍 지방에서는 손님에게 빵과 소금을 함께 내놓는데, 이는 지극한 환대의 표시이다. 한 지붕 밑에서 빵과 소금을 나누어 먹으면 영원한 친구가 된다는 믿음이 있기 때문이다.

용감무쌍한 계획을 실행하는 데 필요한 준비를 하기 위함이었죠. 준비를 다 마쳤을 때 압달라가 와서 과일을 내놓을 시간이라고 일러 주었습니다. 그녀는 과일을 내왔고, 압달라가 상을 치우자 그 위에 올려놓았습니다. 이어 그녀는 알리바바 곁에 조그만 탁자를 하나 갖다 놓고 그 위에 포도주와 술잔 세 개를 놓았습니다. 그런 다음에는 함께 저녁을 먹자며 압달라를 데리고 방을 나왔죠. 이런 경우 상전들이 자유롭게 대화를 나누면서 즐길 수 있도록 하인들이 자리를 비워 주는 것이 관례였으니까요.

가짜 코지아 후사인, 즉 도적 두목은 알리바바의 목숨을 빼앗을 절호의 기회가 왔다고 판단했습니다.

〈하지만 아들은 죽이고 싶지 않아. 어쨌든 먼저 부자를 술에 취하게 해야겠지. 해롱대는 상태에서는 아비의 심장에 비수를 박아도 아들이 어쩔 수 없을 거야. 그런 다음 나는 지난번과 마찬가지로 정원 쪽으로 도망가는 거지. 요리사 계집과 종놈은 계속 저녁을 먹고 있거나, 부엌에서 잠들어 버릴 게 뻔하니까.〉

하지만 가짜 코지아 후사인의 속셈을 꿰뚫어 본 모르지안은 그에게 시간을 주지 않기 위해 저녁도 먹지 않았습니다. 그녀는 화려한 무희의 복장으로 갈아입고 머리 모양도 바꾸었습니다. 허리에는 금도금을 한 띠를 질끈 매고, 그 아래 손잡이와 칼집이 같은 금속으로 된 단검을 찔러 넣었습니다. 마지막으로 멋진 가면으로 얼굴을 가려 변장을 마친 그녀는 압달라에게 말했습니다.

「압달라! 탬버린을 들고 나를 따라와요! 우리가 가끔 저녁 시간에 주인님께 보여 드리는 그 춤 있잖아요? 그걸로 주인님과 도련님과 손님을 즐겁게 해드리는 거예요.」

압달라는 그녀 앞에 서서 탬버린을 치며 홀 안으로 들어갔습니다. 뒤따라 들어간 모르지안은 좌중의 시선이 자신에게 쏠리게끔 깊이 허리를 숙여 절을 올렸습니다. 그것은 자신의 춤 솜씨를 발휘할 수 있게끔 허락해 달라는 무언의 요청이기도 했습니다. 알리바바가 입을 열려 하자 압달라는 탬버린 연주를 멈췄습니다.

「오, 모르지안! 어서 들어오게! 어서 들어와!」 알리바바가 반갑게 외쳤습니다. 「그래, 네 솜씨를 코지아 후사인 님에게도 한번 보여 드리는 게 좋겠지! 그런데, 선생!」 그는 코지아 후사인에게 고개를 돌리며 말을 이었습니다. 「선생에게 이 여흥을 제공하려고 일부러 사람을 산 건 아니랍니다! 이것을 보여 줄 사람은 우리 집에 속해 있는 사람이란 말씀입니다. 바로 내 여종이자, 집안 살림을 맡고 있는 요리사이기도 하죠. 솜씨가 과히 나쁘지 않은 편이니 한번 구경해 보십시오!」

코지아 후사인은 알리바바가 만찬 뒤에 여흥까지 제공하리라고는 예상치 못하고 있었습니다. 잘못하면 모처럼 찾아온 절호의 기회를 놓칠 수도 있게 된 것입니다. 하지만 만일 그렇게 된다 할지라도 아들과 친밀하게 지내다 보면 또다시 기회를 잡을 수 있으리라 생각하며 스스로를 위로했죠. 속으로는 알리바바가 제발 이 여흥을 제공하지 않았으면 하는 마음이었지만, 그는 아주 고마운 척하면서 주인장이 즐거운 것이라 하시니 분명 자기에게도 즐거울 것이라고 말했습니다.

알리바바와 코지아 후사인이 대화를 멈추자, 압달라는 다시 탬버린을 두드리면서 반주에 맞춰 노래를 부르기 시작했습니다. 그러자 춤 솜씨로 말하자면 그 어떤 직업 춤꾼 못지않은 모르지안이 춤을 추기 시작했습니다. 누가 보더라도 경탄해 마지않을 기막힌 솜씨였죠. 세상에서 그녀의 춤에 무관심한 사람이 있었다면 오직 하나, 코지아 후사인뿐이었을 것입니다.

우아하면서도 힘찬 동작으로 여러 곡의 춤을 마친 그녀는 마침내 단검을 뽑아 들었습니다. 단검을 들고 추는 칼춤은 앞의 춤들보다 한층 더 멋졌습니다. 다양한 춤사위, 경쾌한 움직임, 놀라운 도약, 그리고 칼을 내지르고 휘두르고 자신의 가슴을 찌르는 시늉을 하는 그 격렬한 동작들…….

마침내 숨이 차오른 그녀는 압달라의 손에서 탬버린을 뺏아 들었습니다. 그리고 오른손에는 아직 단검을 든 채 그릇같이 생긴 탬버린의 뒷면을 알리바바에게 내밀었죠. 공연을 마친 뒤 구경꾼들의 돈을 걷으려 하는 직업 춤꾼들의 행동을 흉내 낸 것이었습니다.

알리바바는 모르지안이 내민 탬버린에 금화 한 닢을 던져 주었습니다. 그녀는 알리바바의 아들에게도 마찬가지로 탬버린을 내밀었고, 그 역시 아버지처럼 했지요. 코지아 후사인은 그녀가 자기 쪽으로 오는 것을 보고 미리 품속에서 돈주머니를 꺼내 놓았습니다. 하지만 돈을 빼려고 돈주머니에 손을 집어넣는 순간, 모르지안은 그녀의 결연함에서 나온 용감하고도 신속한 동작으로 그의 심장 한복판에 단검을 푹 박아 넣었습니다. 얼마나 깊숙이 박혔던지, 다시 빼냈을 때 그는 이미 절명해 있었습니다.

이 광경에 기겁을 한 알리바바와 그의 아들은 비명을 질렀습니다. 알리바바는 이렇게 소리쳤죠.

「아니, 이 망할 것아! 대체 이게 무슨 짓이냐? 나와 우리 집안을 망하게 하려고 작정을 한 것이냐?」

「망하게 하다뇨? 오히려 주인님의 생명을 구한 거라고요!」 그녀는 코지아 후사인의 통옷을 벗겨 그 속에 감춘 무기를 꺼내어 보여 주었습니다. 「자, 보세요! 이자는 손님이 아니라 적이라고요. 그리고 얼굴을 자세히 보세요! 바로 가짜 기름 장수, 도적의 두목이에요. 아까 이자가 주인님과 함께

는 소금을 먹지 않겠다고 한 말 기억하세요? 그의 사악한 의도를 확인하기 위해 더 이상의 증거가 필요할까요? 사실 주인님께서 이런 이상한 손님이 왔다고 말하실 때부터 저는 의심하고 있었어요. 자, 이제 제 의심이 근거 없는 것이 아니었다는 사실을 확실히 아시겠죠?」

알리바바는 비로소 모르지안이 다시 한 번 자신의 생명을 구해 주었다는 사실을 깨닫고 그녀를 끌어안았습니다.

「모르지안! 난 널 이미 종의 신분에서 해방해 주었지! 또 그것에 그치지 않고 곧 더 큰 보답을 해주겠다고 약속했었지! 자, 이제 때가 된 것 같구나. 너를 내 며느리로 삼겠어!」 그러고는 자기 아들을 향해 말했습니다. 「아들아! 지금 내가 너와 상의도 없이 모르지안을 네 아내로 주었다만, 넌 착한 아들이니 이 아비의 마음을 충분히 이해할 게다. 이 아이에게 은혜를 입고 있는 것은 비단 나뿐이 아니라 너도 마찬가지야. 자, 봐라! 이 코지아 후사인이 네게 왜 그렇게 잘해 준 줄 아느냐? 그건 바로 내 목숨을 노리기 위함이었어. 만일 성공했다면 그다음에는 복수를 위해 너까지 희생시켰을 거야. 그것이 아니라도 이 모르지안과 결혼하는 것은 보통 일이 아니다. 내가 살아 있는 동안에는 내 가족의 의지가 되어 주고, 네가 살아 있는 동안에는 네 가족의 버팀목이 되어 줄 그런 훌륭한 애야.」

아들은 조금도 불만의 기색을 보이지 않고, 오히려 기쁜 얼굴로 결혼에 동의했습니다. 그것은 비단 아버지의 뜻을 거스르지 않기 위함이 아니라, 그 자신의 마음 역시 모르지안에게 끌리고 있었던 까닭입니다.

그들은 두목의 시체를 다른 서른일곱 명의 도적들 옆에 매장하기로 결정했습니다. 이 일은 너무도 은밀하게 이루어졌기 때문에, 그로부터 아주 오랜 세월이 지나서야 사람들은 그 사실을 알게 되었답니다. 하지만 그때는 이미 이 기억할 만한 이야기의 주인공들이 모두 세상을 떠난 후였죠.

그로부터 며칠 후, 알리바바는 그의 아들과 모르지안의 결혼식을 성대하게 열어 주었습니다. 물론 각종 흥겨운 춤과 공연과 여흥을 곁들인 성대한 연회도 잊지 않았죠. 알리바바가 초대한 친지들과 이웃들은 이 결혼의 진짜 이유에 대해서는 모르고 있었지만, 워낙에 모르지안이 착하고 아름다운 처녀라는 사실을 잘 알고 있던 터라 모두들 진심으로 축하해 주었습니다. 뿐만 아니라 신분의 차이에도 불구하고 그녀를 며느리로 맞아들인 알리바바의 관대함과 착한 마음을 소리 높여 칭송하여 그의 마음을 흐뭇하게 해주었답니다.

도적들의 동굴에서 카심의 시체와 금화를 나귀에 싣고 집으로 가져온 이후로, 알리바바는 그곳에 가는 것을 삼가 왔습니다. 도적들에게 붙잡히게 될까 봐 두려웠던 것이지요. 결혼식이 끝난 후, 이제 두목을 포함한 도적 서른여덟 명이 죽었다는 것을 알면서도 무섭기는 마찬가지였습니다. 남은 두 도적이 아직도 살아 있으리라 믿고 있었기 때문이었습니다.

하지만 한 해가 지나도록 아무 일도 일어나지 않자, 마침내 그곳에 다시 가보고 싶은 마음이 일었습니다. 그는 안전을 위해 만반의 준비를 갖춘 후 말에 올랐습니다. 동굴 가까이에 이르자 좋은 예감이 느껴지기 시작했습니다. 사람이나 말의 자취가 전혀 보이지 않았던 거죠. 그는 말을 묶어 놓고 동굴 앞에 서서 아직 잊지 않고 있었던 그 주문, 〈참깨야, 열려라!〉를 외었습니다. 문이 열리자 안으로 들어갔죠. 동굴의 상태를 둘러보니 가짜 코지아 후사인이 성에 들어와 가게를 연 그 무렵부터 아무도 들어오지 않았음을, 다시 말해서 도적 마흔 명 모두가 전멸했음을 짐작할 수 있었습니다. 이제 그는 더 이상 의심할 수 없었습니다. 이 세상에서 동굴을 여는 비밀을 아는 사람은 오직 자신뿐이라는 사실, 동굴 안에 든 모든 보물의 주인은 바로 자신이라는 사실을 말입니다. 그는 커다란 가죽 주머니에 말이 싣고 갈 수 있을 만큼 금화를 가득 담아 성으로 돌아왔습니다.

그때부터 알리바바와 그 동굴의 비밀을 전해 들은 그의 아들, 그리고 대대로 비밀을 물려받은 그들의 후손들은 그들이 지닌 엄청난 재산을 절제하여 사용하면서 그 도시에서 가장 높은 직위에 올라 부귀영화를 누리며 살았다고 합니다.

술탄 샤리아에게 이 이야기를 끝까지 들려준 셰에라자드는 아직 동이 트지 않은 것을 보고서, 다음 이야기를 들려주기 시작했다.

# 바그다드 상인 알리 코지아 이야기

Histoire d'Ali Cogia

칼리프 하룬알라시드가 세상을 다스리던 시절, 바그다드에 알리 코지아라는 상인이 살고 있었습니다. 아버지로부터 물려받은 집에서 아내도 자식도 없이 살고 있는 그는 엄청난 부자는 아니었지만, 그렇다고 해서 최하층의 빈민도 아니었습니다. 장사를 해서 버는 돈으로 제 한 몸 간수하는 데는 별 문제가 없었기 때문에, 가진 것에 만족하며 살아가는 평범한 사내였죠.

그런데 알리 코지아는 사흘 밤을 연이어 똑같은 꿈을 꾸게 되었습니다. 점잖게 생긴 어느 노인이 나타나, 엄한 눈으로 그를 쏘아보면서 왜 아직까지 메카 성지 순례를 하지 않았느냐고 꾸짖는 것이었습니다. 알리 코지아는 크게 당황했습니다. 신실한 이슬람교도였던 그는 성지 순례가 반드시 이행해야 할 의무임을 잘 알고 있었던 것입니다. 하지만 그에게는 집과 가구들과 가게가 있었으므로, 자신은 성지 순례의 의무를 면제받을 충분한 이유가 있다고 항상 믿어 왔습니다. 그래서 적선이나 기타 선행을 통하여 성지 순례의 의무를 대신하려 노력해 왔던 것입니다. 하지만 그 꿈을 꾼 이후 양심은

잠시도 그를 가만히 두지 않았고, 이러다 벌을 받아 큰 불행이 올 수도 있다고 생각하게 된 그는 결국 성지 순례를 더 이상 미루지 말자고 결심하게 되었습니다.

일 년 안에 출발 준비를 마치기로 마음먹은 그는 우선 가구부터 처분하기 시작했습니다. 그다음에는 가게와 상품의 대부분을 팔았고, 일부는 메카에 가져가서 팔 생각으로 남겨 놓았습니다. 마지막으로 집은 세입자를 찾아 임대해 주었죠. 이렇게 모든 일이 정리되었으므로, 이제는 바그다드의 대상이 메카를 향해 출발하는 날을 기다렸다가 함께 떠나기만 하면 됐습니다.

그런데 한 가지 남은 일이 있었습니다. 메카까지 가는 데 필요한 여비를 떼어 놓고도 금화 천 냥이 남았는데, 이것을 어딘가에 안전하게 보관해 둬야 했던 것이죠. 알리 코지아는 적당한 크기의 항아리를 골라 안에 금화 천 냥을 넣고 그 위를 올리브 열매로 덮었습니다. 입구를 잘 봉한 다음에는 항아리를 친구인 한 상인에게 가져가서 이렇게 말했습니다.

「여보게! 자네도 알다시피 난 얼마 후에 대상에 끼어서 메카로 성지 순례를 떠난다네. 그래서 부탁이 하나 있어. 내가 돌아올 때까지 이 올리브 항아리 좀 보관해 주게나.」

친구는 친절하게 대답했습니다.

「자, 이게 우리 집 창고 열쇠네. 자네가 직접 가서 창고를 열고 항아리를 넣어 두게. 자네가 돌아올 때까지 그대로 놔둘 테니까.」

바그다드 대상이 출발하는 날이 왔습니다. 알리 코지아는 상품을 싣고 자신도 탈 생각으로 특별히 고른 낙타 한 마리를 끌고 대상에 합류하여 무사히 메카에 도착할 수 있었습니다. 그는 다른 순례자들과 함께 유명한 성전을 방문했습니다. 그 사원은 전 세계에 흩어져 있는 다양한 민족과 인종의 이슬람교도들이 매년 모여들어 그들에게 규정된 경건한 의식들을 엄숙하게 거행하는 장소랍니다. 이렇게 성지 순례에 수반되는 각종 의무를 마친 알리 코지아는 이제 바그다드에서 가져온 상품들을 시장에 펼쳐 놓았습니다. 팔든지 아니면 다른 상품과 교환할 생각이었죠.

그러고 있자니 지나가던 상인 두 사람이 멈춰 서서 알리 코지아의 상품을 구경했습니다. 필요한 것은 아니었지만 상품이 너무 훌륭하여 자세히 들여다보기 위함이었죠. 그런데 호기심을 채운 그들이 다시 길을 가면서 이렇게 말하는 것이 아닙니까?

「저 상인. 저 물건들을 카이로에 가져가면 돈을 얼마나 많이 받는지 알고 있는 걸까? 만일 안다면 여기서 헐값으로 팔지 않고 그리로 가져갈 텐데 말이야.」

알리 코지아는 그 말을 들었습니다. 그는 이집트의 아름다움에 대해서도 귀가 닳도록 들어 온 터라 〈좋다, 이번 기회에 이집트 구경이나 한번 하자〉 하고 결심하게 되었습니다. 그리하여 다시 짐을 꾸린 그는 바그다드로 돌아가는 대신 카이로 대상에 합류하여 이집트를 향해 출발했습니다.

카이로에 도착해 보니 과연 이곳에 오길 잘했다는 생각이 들었습니다. 며칠 되지도 않아 그가 바랐던 것보다도 훨씬 큰 이문을 남기고 상품을 팔 수 있었던 것입니다. 그는 번 돈으로 돌아가는 길에 다마스쿠스에 들러서 팔 상품도 사놓았습니다.

이렇게 일을 다 마쳐 놓고 나니, 대상이 출발할 때까지는 아직 여섯 주나 남아 있었습니다. 그는 그 시간 동안 카이로만 둘러보는 것으로 만족하지 않고, 피라미드까지 구경하러 갔습니다. 또 나일 강을 거슬러 올라가며 강의 양쪽 기슭에 자리 잡은 유명한 옛 도읍들도 구경했지요. 또 다마스쿠스로 향하는 대상이 도중에 예루살렘을 경유했으므로, 우리의 알리 코지아는 그 기회를 이용해 그 유명한 예루살렘 성전도 구경했습니다. 이슬람교도들이 메카의 성전 다음으로 신성한 사원으로 여기는 이 도시 역시 〈고귀한 성도(聖都)〉라는 칭호가 붙은 곳이었지요.

처음 가본 다마스쿠스는 너무도 아름다운 도시였습니다. 풍부한 물, 푸른 들판, 매혹적인 정원들까지……. 이곳의 아름다움을 묘사한 책도 많이 읽어 보았지만 실제의 모습과는 비교할 수 없었습니다. 결국 알리 코지아는 그곳에서 아주 오래 머무르게 되었습니다. 하지만 자신이 바그다드 사람이라는 사실을 잊지 않고 있던 그는 다시 출발했고, 알레포에 도착하여 거기서도 오랜 기간 체류했지요. 다시 길을 떠난 그는 유프라테스 강을 건너 이번에는 모술 쪽으로 향했습니다. 티그리스 강을 타고 내려가면 바그다드까지의 귀로가 훨씬 단축되리라는 생각에서였죠.

하지만 모술에 도착한 알리 코지아의 생각은 또 한 번 바뀌게 되었습니다. 알레포에서 모술까지 동행한 페르시아 상인들은 정직하면서도 유쾌한 사람들이어서 그와는 아주 친한 사이가 되어 있었는데, 이들이 시라즈까지 같이 가자고 권하는 것이었습니다. 거기에 가서 물건을 팔면 큰 이문을 남길 수 있을 뿐 아니라, 바그다드에도 쉽게 돌아갈 수 있다는 말로 설득했죠. 그들을 전적으로 신뢰하고 있었던 까닭에 마음을 정하는 것은 어렵지 않았습니다. 그는 그들을 따라서 술타니야, 레이, 코암, 카샨, 이스파한 같은 도시들을 거쳐 마침내 시라즈에 도착했습니다. 하지만 그것으로 끝이 아니었습니다. 그는 다시 그들과 동행하여 인도에까지 갔다가 시라즈로 돌아왔죠.

이렇게 바그다드를 떠나 이 도시 저 도시를 주유하며 다니다 보니 어느덧 칠 년에 가까운 세월이 흘러 버렸고, 마침내 알리 코지아는 이번에는 정말로 고향에 돌아가야겠다는 결심을 하게 되었습니다.

한편, 알리 코지아의 올리브 항아리를 맡아 준 그 친구는 어떻게 되었을까요? 그는 메카로 떠난 친구도, 맡아 놓은 항아리도 까맣게 잊고 있었습니다. 그런데 알리 코지아가 대상들과 함께 시라즈를 출발하여 바그다드로 돌아오고 있던 즈음 어느 날 저녁, 이 친구 상인의 가족들은 저녁 식사를 하던 중에 올리브 얘기를 하게 되었습니다. 그의 아내가 집에서 올리브 구경한 지도 오래되었다며 올리브를 먹고 싶다고 말했던 것입니다.

「당신이 올리브 얘기를 하니까 생각나는 게 있군! 칠 년 전에 알리 코지아가 메카로 떠나면서 올리브 항아리 하나를 내게 맡겼다오. 돌아오면 찾아가겠다고 자기가 직접 내 창고 안에 갖다 놓았었지. 그런데 이 알리 코지아는 대체 어디에 있는 거지? 메카에서 돌아온 대상의 얘기로는 그가 이집트로 갔다고 하더구먼. 하지만 그 후로도 벌써 수년이 흘렀으니 어디서 죽은 게 아니고서야 이렇게 소식이 없을 수 있는가? 그러니까 이젠 우리가 그 올리브를 좀 먹어도 될 거야. 물론 아직까지 상하지 않았다면 말이지. 자, 쟁반 한 개하고 등불을 좀 주구려. 내가 약간 가져오겠소.」

「여보!」 아내가 말했습니다. 「제발 그런 음흉한 행동일랑 삼가세요! 남이 맡긴 물건처럼 신성한 것은 없다는 사실, 당신도 잘 알잖아요? 당신 방금 말했죠? 알리 코지아가 칠 년 전에 이집트로 갔다고. 그렇다면 이집트에서 또 다른 곳으로 갔을지 누가 알아요? 중요한 것은 아직 그가 죽었다는 소식이 없다는 사실이에요. 그러니 내일이나 모레 돌아올 수도 있는 일이죠. 만일 그가 돌아왔을 때 항아리를 원래 상태 그대로 돌려주지 못한다면 당신이나 우리 집안에 그런 창피가 어디 있겠어요? 자, 분명히 말하는데, 난 그의 올리브를 원하지도 않고 절대 먹지도 않겠어요. 내가 올리브 얘기를 꺼낸 건 그냥 웃자고 한 소리였다고요. 게다가 그렇게 오랜 시간이 지났는데 아직도 올리브가 멀쩡하리라고 생각해요? 완전히 상해 썩어 있을 게 분명해요. 또 그건 둘째 치더라도, 만약 알리 코지아가 돌아와서 당신이 그걸 건드렸다는 걸 알면 당신을 어떻게 보겠어요? 신의도 없고 의리도 없는 그런 사람으로 보지 않겠느냔 말이에요. 자, 그러니 제발 그따위 생각일랑 하지 마세요!」

아내가 이렇게 장광설을 늘어놓은 데에는 다 이유가 있었습니다. 남편의 얼굴에서 꺾을 수 없는 고집을 읽었기 때문이죠. 과연 그는 아내의 현명한 충고를 귓등으로 흘려 버리고 벌떡 일어났습니다. 그러고는 등불과 쟁반 하나를 들고서 광으로 갔죠.

「그럼 이것만 명심해 둬요!」 방을 나가는 그의 등에 대고 아내가 소리쳤습니다. 「이 일에는 난 아무 상관 없어요! 그러니 나중에 후회할 일이라도 생기면 날 탓하지 말라고요!」

상인은 여전히 들은 척도 하지 않았습니다. 창고에 간 그는 항아리를 찾아 뚜껑을 열었습니다. 안에 든 올리브들은 모두 썩어 있었죠. 그는 밑바닥에 있는 것들도 마찬가지 상태인지 확인하려고 항아리를 들어 내용물을 쟁반에 부었습니다. 그렇게 항아리를 들고 흔들자 금화 몇 닢이 땡그랑 소리를 내며 쟁반에 떨어졌지요.

천성이 탐욕스러운 상인으로서는 두 눈이 번쩍 뜨일 일이었습니다. 그는 항아리 안을 주의 깊게 들여다보았습니다. 아래에 깔려 있는 것이 모두 반짝거리는 금화들이었습니다. 그는 쟁반에 떨어진 올리브를 다시 항아리에 집어넣고 뚜껑을 닫은 후 방으로 돌아왔습니다.

「여보, 당신 말이 옳았소. 올리브가 죄다 썩어 있더군. 그래서 알리 코지아가 봐도 못 알아차리게끔 감쪽같이 뚜껑을 막아 놓았지.」

「내 말을 듣고 아예 건들지 않았으면 더 좋았을 텐데요. 아아, 이 일로 인해 나쁜 일이나 일어나지 않으면 좋으련만!」

하지만 상인은 아까 아내가 질책했을 때와 마찬가지로 이번에도 꿈쩍도 하지 않았습니다. 그리고 그날 밤에는 어떻게 하면 알리 코지아의 황금을 차지할 수 있을까 하는 생각에 잠을 이루지 못했죠. 그가 돌아와 항아리를 돌려주어야 할 경우, 황금만 감쪽같이 빼돌릴 수 있는 묘책을 찾아내야 했던 것입니다.

다음 날 새벽부터 그는 시장으로 달려가 갓 나온 올리브를 샀습니다. 그러고는 집에 돌아와 알리 코지아의 항아리에서 묵은 올리브를 버리고 그 밑의 금화를 꺼내어 안전한 곳에 숨겨 놓았습니다. 빈 항아리는 새로 사온 올리브로 채우고 같은 뚜껑으로 막은 다음, 알리 코지아가 처음 두었던 장소에 가져다 놓았죠.

그가 이렇게 큰 벌을 받아 마땅한 비열한 짓을 하고 나서 한 달이 지난 후, 알리 코지아가 드디어 긴 여행을 끝내고 돌아왔습니다. 떠나기 전에 집을 임대해 주었기에 그는 우선 칸에다 여장을 풀었습니다. 세입자에게 자신이 도착한 사실을 알리고, 다른 집을 찾을 시간을 주기 위해서였죠.

도착한 다음 날 그는 친구인 상인부터 찾아갔습니다. 친구는 그를 껴안으며 이렇게 수년 만에 돌아온 그를 보니 얼마나 기쁜지 모르겠다고 말했습니다. 하도 오랫동안 소식이 없어서 이제 영영 못 보게 되는 것은 아닌가 걱정했다고도 덧붙였죠. 이렇게 오랜만에 만났을 때 으레 하는 인사가 끝나자, 알리 코지아는 자신이 맡긴 올리브 항아리를 돌려 달라고 부탁하고, 오랫동안 그것을 간수하느라 몹시 번거로웠을 것이라며 용서를 구했습니다. 그러자 상인이 대답했습니다.

「여보게, 친구! 용서라니 무슨 말인가? 자네 항아리를 간수하는 일은 조금도 번거롭지 않았네. 그리고 이런 경우가 내게 닥쳤어도 자네 역시 나와 똑같이 해줬을 것 아닌가? 나도 그리했을 뿐이라네. 자, 여기 창고 열쇠가 있네. 들어가서 가져가게나. 자네가 두었던 그 자리에 있을 걸세.」

알리 코지아는 상인의 창고로 가서 항아리를 가져왔습니다. 그리고 열쇠를 돌려주면서 그동안의 수고에 다시 한 번 감사하고는 칸으로 돌아왔죠. 그는 항아리 뚜껑을 연 다음, 금화가 숨겨져 있을 깊이에까지 손을 넣어 더듬어 보았습니다. 한데 놀랍게도 금화가 한 개도 잡히지 않는 것이었습니다. 그는 자신이 금화가 깔린 높이를 착각한 것이라고 생각했습니다. 그래서 즉시 확인하기 위해 여행 때 사용했던 쟁반이며 단지 등속을 꺼내 놓고 항아리의 내용물을 모두 쏟아 부었죠. 하지만 거기에는 금화 한 닢도 섞여 있지 않았습니다. 그는 너무 놀라 한동안 꼼짝도 하지 못했습니다. 그리고 잠시 후 두 팔을 하늘로 쳐들고는 이렇게 외쳤죠.

「하느님, 이게 대체 가능한 일입니까? 좋은 친구인 줄로만 알았던 자가 이처럼 악랄하게 신의를 배신하다니요!」

알리 코지아는 엄청난 돈을 잃게 될지도 모른다는 불안감에 떨면서 상인의 가게로 찾아갔습니다.

「여보게, 친구! 내가 이렇게 되돌아와서 놀랐지? 사실은 고백할 게 하나 있네. 내가 창고에서 가져간 그 항아리 말이야, 떠날 때 내가 두었던 것이 맞긴 해. 하지만 난 거기에다 올리브와 함께 금화 천 냥도 함께 넣어 두었다네. 그런데 그게 없어져 버렸어! 여보게! 혹시 자네가 사업상 급전이 필요해서 사용한 것은 아닌가? 만약 그런 거라면 난 아무 상관 없네. 그냥 그런 사실을 인정하는 차용증만 하나 써주고, 돈은 천천히 갚아도 되니까.」

알리 코지아가 돌아올 것을 예상했던 상인은 대답할 말도 미리 준비해 두고 있었습니다.

「여보게, 알리 코지아! 자네가 그 올리브 항아리를 가져왔을 때 내가 그걸 건드렸던가? 내가 분명히 자네에게 창고 열쇠를 줘서, 자네가 직접 거기에다 갖다 놓았지? 그리고 돌아와서는 놓았던 곳에서 처음 상태 그대로 다시 찾아갔지? 안 그런가? 만일 자네가 그 안에다 금화를 넣어 두었다면 분명히 거기 있을 거야. 자네는 그 안에 올리브가 들어 있다고 말하지 않았었나? 난 그렇게 믿고 있네. 그게 내가 알고 있는

전부라고! 자네가 믿을지 모르겠지만, 난 정말 항아리를 건드린 적이 없단 말일세.」

알리 코지아는 가급적 부드러운 말로 친구가 스스로 잘못을 인정하게 해보려고 노력했습니다.

「여보게! 난 제발 이 일을 원만하게 해결하고 싶어. 자네의 명예를 실추시킬 수 있는 극단적인 방법에 호소하기는 정말로 싫단 말일세. 생각해 보게나! 우리 같은 장사치들에겐 신용이 생명 아닌가? 그걸 지키기 위해 작은 이익은 초개처럼 버리지 않는가? 다시 한 번 말하는데, 자네가 정말로 나로 하여금 법에 호소하지 않을 수 없게끔 만든다면 난 너무도 절망스러울 거야! 지금까지는 법에 호소하느니 차라리 손해를 보는 쪽을 택했던 나이지만 이번만큼은 어쩔 수 없다고!」

하지만 상인은 이렇게 대꾸했습니다.

「알리 코지아! 자네는 우리 집에다 올리브 항아리 하나를 맡기고 갔어. 그리고 그걸 다시 가져가더니만 이렇게 또 와서 내게 금화 천 냥을 내놓으라고 하고 있군. 자네가 항아리에 금화가 들어 있다고 말한 적이 있었나? 사실 이제는 그 안에 과연 올리브가 들어 있었는지조차 모르겠네. 자네가 보여 준 일이 없으니 난들 어떻게 알겠나? 차라리 금이 아니라 진주나 다이아몬드가 들어 있었다고 우기지 그러나? 여보게, 그만 물러가게! 자네가 소란을 피우니 우리 가게 앞에 사람들이 몰려들잖아!」

벌써 구경꾼 몇 사람이 가게 앞에 멈춰 서 있었습니다. 거기에다 상인이 더 이상 자제하지 못하고 내지른 마지막 말소리에 더 많은 구경꾼들이 멈춰 섰을 뿐 아니라, 이웃 상인들까지 몰려와 두 사람이 다투는 이유를 알아보고 가능하면 화해시켜 보고자 했습니다. 알리 코지아가 자초지종을 설명하자, 가장 명망 있는 상인 몇이 나서서 상인에게 답변해 보라고 말했습니다.

상인은 자신이 알리 코지아의 항아리를 자기 창고에 보관했다는 사실은 인정했습니다. 하지만 자신은 그것에 손을 대지 않았으며, 알리 코지아가 그 안에 올리브가 있다고 말했기 때문에 그리 알고 있었을 뿐이라고 주장했죠. 나아가 그가 자기 가게에 쳐들어와 이렇게 모욕을 준 사실에 대해 모든 사람이 증인이 되어 달라고 요청하기까지 했습니다.

「모욕은 자네 스스로 자초한 일이잖아!」 알리 코지아는 상인의 팔을 움켜쥐며 소리쳤습니다. 「좋아! 자네가 이리 고약하게 나오니 나도 어쩔 수 없이 하느님의 법 앞에 가는 수밖에 없네! 자네가 카디 앞에서도 똑같은 말을 하는지 어디 두고 보자고!」

신의 법정에 함께 가자는 요청은 이슬람교도라면 절대 거절할 수 없는 것이었습니다. 그것을 거절하는 것은 신앙을 거부하는 것이나 마찬가지였으니까요. 아무리 망나니 같은 자라 해도 따르지 않을 수 없었죠. 상인은 이렇게 대꾸했습니다.

「좋아, 가자고! 바로 내가 바라던 바야. 누가 옳고 누가 그른지는 곧 판가름이 나겠지!」

알리 코지아는 상인을 카디의 법정으로 데려가 우리가 알고 있는 바와 같이 자초지종을 설명하면서 그가 금화 천 냥을 훔쳤다고 고소했습니다. 카디는 증인이 있는지 물었습니다. 알리 코지아는 정직한 친구라 믿고 물건을 맡겼기 때문에 구태여 증인을 세워 둘 필요를 느끼지 않았다고 대답했습니다.

이에 상인은 아까 알리 코지아와 이웃 사람들에게 말했던 내용을 그대로 되풀이하며 자신을 변호했습니다. 나아가 자신은 결단코 금화 천 냥을 훔치지 않았을 뿐 아니라, 항아리

속에 금화가 들어 있었는지조차 몰랐다는 사실을 맹세할 수 있다고 단언했습니다. 이에 카디는 상인에게 맹세를 요구했고, 그가 맹세하자 무죄를 선고하고 돌려보냈습니다.

엄청난 돈을 잃게 된 알리 코지아는 너무도 원통해서 그냥 돌아갈 수 없었습니다. 카디의 판결에 항의하며 칼리프 하룬 알라시드에게 상소하겠다고 선언했지요. 하지만 카디는 꿈쩍도 안했습니다. 소송에서 패한 사람들이 흔히 보이는 앙심의 표현이라고만 생각했던 겁니다. 게다가 증인이 없는 상태에서 피고에게 유죄 판결을 내릴 수도 없는 노릇이었죠.

그렇게 상인이 공짜로 금화 천 냥을 얻은 기쁨에 신이 나서 집으로 돌아가고 있을 때, 알리 코지아는 탄원서를 작성했습니다. 그리고 다음 날, 칼리프가 정오 기도를 마치고 돌아오는 모스크 근처 길목에서 기다리고 있다가, 그가 지나가자 탄원서를 높이 쳐들었습니다. 그러자 칼리프의 행렬 앞에서 걸으며 그 업무만을 전담하는 관원이 탄원서를 받아 칼리프에게 전달했습니다.

보통 하룬알라시드는 이런 식으로 탄원서를 전해 받아 궁에 들어가서 직접 읽어 본 후에, 관원을 시켜 알현을 윤허한다는 사실을 당사자에게 알려 주곤 했죠. 이런 관례를 익히 알고 있는 알리 코지아는 칼리프의 행렬을 따라 궁 안에까지 들어가서 기다렸습니다. 잠시 후, 칼리프의 집무실에서 나온 관원은 폐하께서 다음 날에 알현을 허락하셨다고 알려 주었습니다. 관원은 상인의 집에도 사람을 보내어 그 역시 같은 날 같은 시각에 왕궁에 출두하라고 명했습니다.

그날 저녁, 칼리프는 대재상 자파르와 호위대장 메스루르와 함께 슬그머니 궁 밖으로 빠져나왔습니다. 이 칼리프에게 그처럼 변복한 두 신하를 거느리고 이따금 도성을 순찰하는 습관이 있었다는 사실은 이미 폐하께 말씀드린 바 있지요.

그런데 한 골목을 지나던 칼리프의 귀에 어떤 소리가 들려왔습니다. 소리는 골목의 어느 집 대문 안에서부터 들려오고 있었죠. 걸음을 재우쳐 대문 앞에 이른 칼리프가 슬그머니 들여다보니, 안뜰에 여남은 명의 아이들이 아직 집에 들어가지 않고 달빛 아래서 놀이를 하고 있었습니다. 칼리프는 대문에 난 틈을 통해 그들이 노는 모습을 엿볼 수 있었습니다.

대체 아이들이 무엇을 하면서 놀지 궁금해진 칼리프는 대문 옆에 놓여 있는 돌에 걸터앉았습니다. 그러고서 다시 문틈으로 안을 들여다보니까, 그중에서도 가장 활기차고 똘똘하게 생긴 아이 하나가 다른 아이들에게 이렇게 말하는 것이었습니다.

「얘들아, 우리 카디 놀이를 하자! 자, 이제부터 나는 카디다! 알리 코지아와 그에게서 금화 천 냥을 훔친 상인을 데려오너라!」

아이의 이 말에 칼리프는 오늘 자신이 읽은 탄원서를 떠올렸습니다. 그는 아이들의 놀이를 더욱 관심 있게 지켜보았습니다. 이 사건을 대체 어떻게 처리할지 궁금해서였죠.

알리 코지아와 상인의 이야기는 이미 온 도성의 화젯거리가 되어 모르는 사람이 없을 정도였습니다. 심지어는 아이들에게도 예외가 아니었죠. 아이들은 그 똘똘한 아이의 제안에 즐거이 동의하며 각자 역할을 분담했습니다. 스스로 카디 역을 맡겠다는 그 아이의 제안에 반대하는 아이는 한 명도 없었죠. 아이가 진짜 카디처럼 위엄 있는 자세로 자리에 앉자, 재판정의 관원 역할을 하는 아이가 다른 두 명의 아이를 그에게로 데려왔습니다. 관원 역을 하는 아이는 두 아이 중 하나는 알리 코지아이며, 다른 아이는 알리 코지아가 고소한 상인이라고 설명했습니다. 그러자 가짜 카디가 입을 열어 가짜 알리 코지아를 심문하기 시작했죠.

「알리 코지아! 그대가 여기 있는 상인에게 요구하는 게 무엇인고?」

가짜 알리 코지아는 우선 가짜 카디에게 깊이 허리를 숙여 절한 다음, 자초지종을 상세히 아뢰었습니다. 그러고는 결론을 대신하여, 카디님의 권위 있는 판결로서 자신이 엄청난 손해를 보는 일이 없게끔 해달라고 간청했습니다.

가짜 알리 코지아의 말을 들은 가짜 카디는 이번에는 가짜 상인에게 몸을 돌려 왜 그의 돈을 돌려주지 않는 거냐고 물었습니다. 가짜 상인은 진짜 상인이 바그다드의 카디에게 말했던 이유들을 그대로 반복했죠. 나아가 자신의 말이 진실임을 맹세해 보일 수도 있다고 말했습니다. 하지만 가짜 카디는 그를 제지했습니다.

「어허, 우리 그렇게 서두르지 말자고! 그대의 맹세를 듣기에 앞서, 우선 문제의 올리브 항아리를 좀 보고 싶네. 알리 코지아!」 그는 이번에는 가짜 알리 코지아에게 말했습니다. 「그대는 항아리를 가져왔는가?」

그가 가져오지 않았다고 대답하자, 아이는 위엄 있는 목소리로 명했습니다.

「가서 내게로 가져오게!」

가짜 알리 코지아는 잠시 사라져 있다가 곧 나타나서 가짜 카디 앞에 항아리 하나를 놓는 시늉을 하더니, 이것이 자신이 피고의 집에 맡겼다가 다시 찾아온 것이라고 말했습니다. 가짜 카디는 재판의 절차에 따라 우선 가짜 상인에게 이것이 그 항아리가 맞는지 물었습니다. 가짜 상인이 침묵으로 인정하자, 카디는 항아리의 뚜껑을 열라고 분부했습니다. 가짜 알리 코지아가 뚜껑을 여는 시늉을 하자 가짜 카디는 그 속을 들여다보는 시늉을 했습니다.

「흠, 썩 괜찮은 올리브군! 어디 한번 맛 좀 볼까?」 그는 한 개를 꺼내어 맛을 보는 시늉을 하더니 말했습니다. 「음, 기가 막히군!」

그러나 그는 거기서 말을 끝내지 않았습니다.

「하지만 칠 년 동안이나 보관한 올리브라면 이렇게 맛이 좋을 리가 없지! 여봐라! 올리브 상인들을 데려와서 올리브를 한번 보여 주어라!」

그의 명에 이번에는 올리브 장수 역할을 하는 아이 두 명이 앞으로 나왔습니다.

「그대들은 올리브 상인들인고?」 그들이 그렇다고 대답하자 가짜 카디는 다시 말했습니다. 「솜씨 좋은 사람이 절였을 경우, 올리브는 먹을 수 있는 상태로 얼마 동안이나 보존될 수 있는가?」

「카디 나리! 오래 보관하기 위해 아무리 정성을 기울여 절인다 해도 삼 년이 지나면 아무 쓸모가 없어집니다. 더 이상 맛도 없고 향도 없지요. 그런 건 그냥 버리는 게 좋습니다.」

「그렇다면 여기 있는 이 항아리를 한번 들여다보아라. 이 안에 든 올리브는 얼마나 묵은 것 같은가?」

가짜 상인들은 올리브를 살펴보고 맛을 보는 시늉을 한 다음, 이것은 최근에 절여 먹기 좋은 것이라고 아뢰었습니다.

「틀렸어!」 가짜 카디가 말했습니다. 「알리 코지아 말로는 칠 년 전에 넣어 둔 것이라는데?」

「나리!」 전문가 자격으로 호출된 상인들이 대답했습니다. 「분명히 말씀드리는데, 이 올리브는 올해 나온 것입니다. 바그다드의 그 어느 상인을 데려다 물어보셔도 우리와 똑같은 대답을 할 거라고 장담할 수 있습니다.」

이렇게 전문가들이 증언하자, 가짜 알리 코지아가 고소한 가짜 상인은 입을 열어 변명하려 했습니다. 하지만 가짜 카디는 그에게 입을 열 시간조차 주지 않고 벼락같이 호통을 내질렀습니다.

「입 닥쳐! 너는 도둑놈이야! 여봐라! 이놈을 교수형에 처하도록 해라!」

이렇게 아이들은 그들의 놀이를 끝맺었습니다. 모두들 즐겁게 손뼉을 치면서 가짜 죄인에게 달려들었죠.

칼리프 하룬알라시드는 자신이 다음 날 처리해야 할 사건을 이처럼 지혜롭게 판결한 아이의 현명함과 재치에 감탄하지 않을 수 없었습니다. 그는 문틈에서 눈을 떼고 일어섰습니다. 그러고는 역시 주의 깊게 모든 것을 지켜본 대재상에게 아이가 방금 내린 판결을 들었는지, 그리고 그에 대해 어떻게 생각하는지 물었습니다.

「신자들의 사령관이시여! 어린아이가 저토록 지혜로울 수 있다니 소신으로서는 그저 놀라울 따름입니다!」

「그런데 경은 내가 내일 이와 똑같은 사건을 처리해야 한다는 사실을 알고 있지 않소? 오늘 진짜 알리 코지아가 내게 탄원서를 올렸던 일 말이오.」

「폐하께서 소신께 직접 말씀해 주시지 않았습니까?」

「그렇다면 내일 우리가 지금 들은 판결과 다른 판결을 내릴 수 있다고 생각하시오?」

「똑같은 사건이라면 폐하께서 다른 방식으로 처리하시거나, 다른 판결을 내리시기는 어려울 듯싶사옵니다.」

「그렇다면 이 집을 잘 기억해 두시오! 그리고 내일 저 아이를 데려오시오! 저 애로 하여금 내가 보는 앞에서 판결을 내리게 할 것이오. 또 상인을 무죄 방면한 카디도 불러 이 재판을 참관하게 하시오. 아이의 본을 보고 자신의 의무에 대한 가르침을 얻을 수 있도록 말이오. 그리고 알리 코지아에게는 올리브 항아리를 가져오도록 하고, 올리브 상인 두 사람도 재판에 나와 있게 하시오.」

칼리프는 이렇게 분부하고 도성 순찰을 계속했습니다. 하지만 그날 저녁에는 이 사건 외에 그의 관심을 끌 만한 별다른 일이 없었죠.

다음 날, 대재상 자파르는 전날 저녁 칼리프가 아이들의 놀이를 엿보았던 집을 찾아가 집주인을 불렀습니다. 아이 아버지는 외출 중이었고, 대신 어머니가 그를 맞았습니다. 대재상은 그녀에게 슬하에 자녀가 몇이나 있는지 물었습니다. 그녀는 셋이 있다고 말하고는 아이들을 불러오게 했습니다. 대재상은 아이들에게 물었습니다.

「애들아! 어제저녁 너희들이 같이 놀 때 카디 역을 한 사람이 누구지?」

가장 덩치가 큰 맏이가 자신이라고 대답했습니다. 하지만 대재상이 왜 이렇게 물어 오는지 이유를 몰랐기 때문에 두려움으로 얼굴빛이 변했죠. 이에 대재상이 말했습니다.

「애야, 나와 같이 가자! 신자들의 사령관님께서 널 보고 싶어 하신단다.」

여인은 대재상이 자기 아들을 데려간다는 소리에 기겁을 했습니다.

「대감님! 신자들의 사령관께서 이 애를 제게서 빼앗으시려는 건가요?」

대재상은 한 시간 안에 아이를 돌려보내겠다고 약속하며, 아이가 돌아오면 왜 불려 갔는지 이유를 알게 될 것이고 그 이유를 알면 오히려 기뻐할 것이라는 말로 그녀를 안심시켜 주었습니다. 그러자 여인이 다시 말했습니다.

「그렇다면, 나리! 영광스럽게도 제 아들이 신자들의 사령관님 안전에 나아가는 일인데, 좀 더 좋은 옷으로 갈아입힐 수 있도록 허락해 주세요!」 그러고서 그녀는 신속하게 아들의 옷을 갈아입혔습니다.

대재상은 칼리프가 알리 코지아와 상인을 부른 시간에 맞추어 아이를 왕궁에 데려가 칼리프에게 소개했습니다. 아이가 약간 당황해하고 있음을 눈치챈 칼리프는 잠시 후에 그가 맡게 될 일을 준비시키고자 이렇게 말했습니다.

「얘야, 내 옆으로 오거라! 어제 알리 코지아와 그의 황금을 훔친 상인의 사건을 판결한 게 바로 너였느냐? 난 이미 네가 어떻게 하는지 다 보았단다. 아주 훌륭하게 잘하더구나!」

아이는 칼리프의 칭찬에 침착함을 잃지 않고 자신이 그리했다고 대답했습니다. 그러자 칼리프가 다시 말했습니다.

「내가 오늘 너에게 진짜 알리 코지아와 그 상인을 보여 주려 한다. 자, 이리 와 내 옆에 앉거라.」

칼리프는 아이의 손을 잡고 옥좌에 올라가 앉은 뒤, 아이를 자기 옆에 앉혔습니다. 그러고는 소송 당사자들을 데려오라고 분부했습니다. 신하들은 그들을 데려와, 그들이 부복하여 옥좌 아래 깔린 양탄자에 이마를 찧어 대며 절을 하는 동안 각자의 이름을 알렸습니다. 그들이 다시 몸을 일으키자 칼리프가 말했습니다.

「자, 각기 주장을 얘기해 봐라! 여기 있는 이 아이가 그대들의 말을 듣고 판결을 내릴 것이다. 만약 아이의 판결에 뭔가 부족한 점이 있다면 내가 친히 보충할 것이다.」

알리 코지아와 상인은 차례대로 각자의 주장을 펼쳤습니다. 상인은 첫 번째 재판 때와 마찬가지로 자기 주장의 진실성에 대해 맹세하게 해달라고 요청했지요. 하지만 아이는 아직 그럴 시간이 아니며, 우선 올리브 항아리를 보는 것이 순서라고 대꾸했습니다.

이 말에 알리 코지아는 항아리를 가져와 칼리프의 발밑에 내려놓고 뚜껑을 열었습니다. 칼리프는 올리브를 들여다보고 한 개를 꺼내어 맛을 보았습니다. 그러고 나서 아이가 어젯밤에 했던 것처럼 그곳에 불러온 전문 상인들로 하여금 올리브를 살펴보게 하자, 전문가들은 그 올리브는 먹을 수 있는 것이며 올해 나온 것이라고 보고했습니다. 이에 아이가 알리 코지아는 올리브를 칠 년 전에 넣었다고 주장하고 있다며 반박하자, 그들은 다시 전날 가짜 전문 상인들이 말했던 그대로 대답했습니다.

두 전문가의 의견으로 자신의 유죄가 확실해졌음에도 상인은 무언가 변명을 늘어놓으려 했습니다. 그러자 아이는 그를 당장에 교수형에 처하라고 명했던 어제와는 달리, 칼리프를 돌아보면서 이렇게 말했습니다.

「신자들의 사령관님! 이것은 놀이가 아니옵니다. 중벌을 내리는 것은 오직 폐하만의 권한으로, 저의 몫이 아니옵니다. 물론 어제 저는 가짜 상인을 교수형에 처했지만, 그건 장난이었을 뿐입니다.」

이제 상인의 음흉한 소행을 분명히 알게 된 칼리프는 그를 형관들에게 넘겨 교수형에 처하게 했습니다. 형이 집행되기 전 그는 금화 천 냥을 숨겨 둔 장소를 실토했고, 그 돈은 알리 코지아에게 돌아왔죠. 정의롭고도 공정한 이 군주는 첫 번째 판결을 내렸던 카디를 향해, 아이의 본을 마음에 새겨 앞으로는 더욱 정확하게 직무를 수행하라고 경고했습니다. 그리고 나서는 아이를 따뜻하게 안아 준 뒤, 너그러움의 표시로 금화 백 냥을 하사하여 집으로 돌려보냈답니다.

〈제6권에 계속〉

**열린책들 세계문학 140** 천일야화 5

**옮긴이 임호경** 서울대학교 불어교육과를 졸업했다. 파리 제8대학에서 문학 박사학위를 취득했으며, 현재 전문 번역가로 활동하고 있다. 옮긴 책으로는 요나스 요나손의 『킬러 안데르스와 그의 친구 둘』, 『셈을 할 줄 아는 까막눈이 여자』, 『창문 넘어 도망친 100세 노인』, 피에르 르메트르의 『오르부아르』, 스티그 라르손의 〈밀레니엄 시리즈〉, 베르나르 베르베르의 『신』(공역), 『카산드라의 거울』, 아니 에르노의 『남자의 자리』, 조르주 심농의 『갈레 씨, 홀로 죽다』, 『누런 개』, 『센 강의 춤집에서』, 『리버티 바』, 로렌스 베누티의 『번역의 윤리』, 다니엘 살바토레 시페르의 『움베르토 에코 평전』, 파울로 코엘료의 『승자는 혼자다』, 기욤 뮈소의 『7년 후』 등이 있다.

**엮은이** 앙투안 갈랑  **옮긴이** 임호경  **발행인** 홍예빈 · 홍유진
**발행처** 주식회사 열린책들  **주소** 경기도 파주시 문발로 253 파주출판도시
**전화** 031-955-4000  **팩스** 031-955-4004  **홈페이지** www.openbooks.co.kr
Copyright (C) 주식회사 열린책들, 2010, *Printed in Korea.*
**ISBN** 978-89-329-1013-0 04860  **ISBN** 978-89-329-1499-2 (세트)
**발행일** 2010년 1월 25일 초판 1쇄  2010년 7월 25일 세계문학판 1쇄  2023년 11월 10일 세계문학판 13쇄

이 도서의 국립중앙도서관 출판예정도서목록(CIP)은 서지정보유통지원시스템 홈페이지(http://seoji.nl.go.kr)와 국가자료공동목록시스템(http://www.nl.go.kr/kolisnet)에서 이용하실 수 있습니다.(CIP제어번호 : CIP2010000015)